叶芝

*A Commentary on the Selected Poems of
W. B. Yeats with Chinese Translation*

诗解

傅 浩
Fu Hao

著

上海外语教育出版社
SHANGHAI FOREIGN LANGUAGE EDUCATION PRESS

图书在版编目（CIP）数据

叶芝诗解 / 傅浩著. -- 上海：上海外语教育出版社, 2021 (2023重印)
ISBN 978-7-5446-6759-3

Ⅰ. ①叶… Ⅱ. ①傅… Ⅲ. ①叶芝 (Yeats, William Butler 1865-1939) －诗歌研究 Ⅳ. ①I562.072

中国版本图书馆CIP数据核字（2021）第042292号

出版发行：**上海外语教育出版社**
（上海外国语大学内） 邮编：200083
电　　话：021-65425300（总机）
电子邮箱：bookinfo@sflep.com.cn
网　　址：http://www.sflep.com
责任编辑：孙　静

印　　刷：上海中华商务联合印刷有限公司
开　　本：787×1000 1/16 印张 43.75 插页 2 字数 546千字
版　　次：2021年11月第1版 2023年5月第2次印刷

书　　号：ISBN 978-7-5446-6759-3
定　　价：148.00 元

本版图书如有印装质量问题，可向本社调换
质量服务热线: 4008-213-263

青年叶芝

老年叶芝

目　录

插图目录 001

绪论：解说的必要 001

叶芝年表 019

精选文献 029

叶芝诗解 053

选自 *Under the Moon* /《月下》(1882—1894)

A flower has blossomed 055
一朵花开了

选自 *Crossways* /《十字路》(1889)

The Stolen Child 058
被拐的孩子

To an Isle in the Water 068
去水中一小岛

Down by the Salley Gardens 072
经那些柳园往下去

选自 *The Rose* /《玫瑰》(1893)

To the Rose upon the Rood of Time 080
致时光十字架上的玫瑰

The Rose of the World 095
尘世的玫瑰

A Faery Song 100
仙谣

The Lake Isle of Innisfree 107
湖岛因尼斯弗里

When You are Old 117
在你年老时

The White Birds 129
白鸟

A Dream of Death 133
梦死

The Countess Cathleen in Paradise 137
女伯爵凯瑟琳在天堂

选自 *The Wind Among the Reeds* /《苇间风》(1899)

Into the Twilight 142
到曙光里来

The Song of Wandering Aengus 145
漫游的安格斯之歌

The Song of the Old Mother 151
老母亲之歌

The Lover mourns for the Loss of Love 153
恋人伤悼失恋

The Secret Rose 158
隐秘的玫瑰

He wishes for the Cloths of Heaven 169
他冀求天国的锦缎

The Fiddler of Dooney 174
都尼的提琴手

选自 *In the Seven Woods* /《在那七片树林里》(1904)

The Arrow 178
箭
The Folly of Being Comforted 182
感到安慰的愚蠢
Adam's Curse 188
亚当所受的诅咒
The Happy Townland 194
快乐的镇区

选自 *The Green Helmet and Other Poems* /《绿盔及其它》(1910)

Words 203
文字
Upon a House shaken by the Land Agitation 206
关于一幢被土改运动动摇的房子

选自 *Responsibilities* /《责任》(1914)

Running to Paradise 213
奔向乐园

选自 *The Wild Swans at Coole* /《库勒的野天鹅》(1919)

An Irish Airman Foresees his Death 219
一位爱尔兰飞行员预见死亡

Men Improve with the Years 225
人随年岁长进
The Fisherman 231
钓者
His Phoenix 238
他的不死鸟
On being asked for a War Poem 246
有人求作战争诗感赋
Upon a Dying Lady 250
关于一位濒死的女士

 I. Her Courtesy 256
 一、她的温文尔雅
 II. Certain Artists bring her Dolls and Drawings 258
 二、某些艺术家给她带来玩偶和线描画
 III. She turns the Dolls' Faces to the Wall 260
 三、她把玩偶的脸转向墙壁
 IV. The End of Day 262
 四、白天的结束
 V. Her Race 264
 五、她的家族
 VI. Her Courage 268
 六、她的勇敢
 VII. Her Friends bring her a Christmas Tree 271
 七、她的朋友们给她带来一棵圣诞树

选自 *Michael Robartes and the Dancer* /《麦克尔·罗巴蒂斯与舞者》(1921)

Easter, 1916 273
一九一六年复活节

The Rose Tree 297
玫瑰树
On a Political Prisoner 302
关于一名政治犯
The Second Coming 311
再度降临
A Prayer for my Daughter 334
为女儿的祈祷
To be Carved on a Stone at Thoor Ballylee 353
拟刻于巴利里碉楼一块石头上的铭文

选自 *The Tower* /《碉楼》(1928)

Sailing to Byzantium 360
向拜占庭航行
Leda and the Swan 369
勒达与天鹅
A Man Young and Old 379
一个男人的青年和老年
   V. The Empty Cup 379
   五、空杯

选自 *The Winding Stair and Other Poems* /《旋梯及其它》(1933)

In Memory of Eva Gore-Booth and Con Markiewicz 384
纪念伊娃·郭尔-布斯和康·马尔凯维奇
The Nineteenth Century and After 396
十九世纪及以后
Coole and Ballylee, 1931 398
库勒和巴利里，1931

For Anne Gregory 410

为安·格雷戈里作

At Algeciras — A Meditation upon Death 416

在阿耳黑西拉斯——沉思死亡

Words for Music Perhaps 422

或许可谱曲的歌词

    XVII. After Long Silence 422

    十七、长久沉默之后

    XVIII. Mad as the Mist and Snow 427

    十八、像雾和雪一般狂

    XX. 'I am of Ireland' 432

    二十、"我来自爱尔兰"

A Woman Young and Old 439

一个女人的青年和老年

    I. Father and Child 439

    一、父与女

选自 *Parnell's Funeral and Other Poems* /《帕内尔的葬礼及其它》(1935)

Supernatural Songs 443

超自然之歌

    I. Ribh at the Tomb of Baile and Aillinn 443

    一、瑞夫在波伊拉和艾琳之墓畔

    II. Ribh denounces Patrick 450

    二、瑞夫驳斥帕垂克

    VI. He and She 457

    六、他和她

    IX. The Four Ages of Man 460

    九、人的四个时期

X. Conjunctions	467
十、合象	
XI. A Needle's Eye	471
十一、针眼	

选自 New Poems /《新诗》(1938)

Lapis Lazuli	474
天青石雕	
Imitated from the Japanese	492
仿日本诗	
Sweet Dancer	495
甜美的舞女	
The Three Bushes	506
三丛灌木	
The Lady's First Song	527
贵妇的第一支歌	
The Lady's Second Song	529
贵妇的第二支歌	
The Lady's Third Song	532
贵妇的第三支歌	
The Lover's Song	535
情郎的歌	
The Chambermaid's First Song	539
侍女的第一支歌	
The Chambermaid's Second Song	541
侍女的第二支歌	
A Crazed Girl	544
发疯的女孩	

To Dorothy Wellesley 550
给多萝西·韦尔斯利

The Curse of Cromwell 558
对克伦威尔的诅咒

Roger Casement 564
罗杰·凯斯门特

Come Gather Round Me Parnellites 576
帕内尔派，聚集到我身边来

The Great Day 583
伟大的日子

Parnell 585
帕内尔

What Was Lost 587
失去之物

The Spur 589
马刺

The Pilgrim 592
朝圣者

A Model for the Laureate 599
给桂冠诗人的范本

Those Images 604
那些形象

选自 *Last Poems* /《最后的诗》(1938—1939)

Under Ben Bulben 609
布尔本山下

Cuchulain Comforted 636
得到了安慰的库胡林

The Statues	644
雕像	
Long-legged Fly	660
长足虻	
Politics	666
政治	
附录	671
后记	676
诗题索引	679

插图目录

青年叶芝 ———————————————————— 卷首插页 1
老年叶芝 ———————————————————— 卷首插页 2
图 1： 罗西斯岬角 ———————————————————— 065
图 2： 斯来沟郡加拉沃格河沿岸的黄柳 ———————————— 075
图 3： 叶芝自制的玫瑰十字架徽章正反面 ————————————— 083
图 4： 戈尔韦郡康呐马拉地区的石栅栏 —————————————— 105
图 5： 斯来沟郡吉尔湖中的因尼斯弗里岛 ———————————— 109
图 6： 青年茉德·冈 ———————————————————— 119
图 7： 老年茉德·冈 ———————————————————— 127
图 8： 奥莉维娅·莎士比亚 ————————————————— 155
图 9： 库勒庄园大宅 ———————————————————— 211
图 10：罗伯特·格雷戈里 —————————————————— 223
图 11：伊秀尔特·冈 ———————————————————— 229
图 12：梅波尔·比尔兹利 —————————————————— 253
图 13：1916 年复活节起义之后的都柏林市中心 ———————— 281
图 14：康斯坦丝·郭尔-布斯·马尔凯维奇 —————————— 285
图 15：帕垂克·皮尔斯 ——————————————————— 289
图 16：托马斯·麦克多纳 —————————————————— 289
图 17：约翰·麦克布莱德 —————————————————— 293
图 18：詹姆斯·康诺利 ——————————————————— 293
图 19：康斯坦丝·郭尔-布斯·马尔凯维奇 —————————— 305
图 20：叶芝夫妇 —————————————————————— 317
图 21：叶芝通灵照 ————————————————————— 325
图 22：月相大轮 —————————————————————— 331

图 23：安·巴特勒·叶芝 347

图 24：巴利里碉楼铭文 357

图 25：米开朗琪罗已佚画作《勒达与天鹅》临本 375

图 26：希腊浮雕《勒达与天鹅》 375

图 27：奥莉维娅·莎士比亚 381

图 28：伊娃·郭尔-布斯和康斯坦丝·郭尔-布斯·马尔凯维奇 389

图 29：利萨代尔庄园大宅内景 393

图 30：巴利里碉楼 403

图 31：安·格雷戈里 413

图 32：叶芝一家 441

图 33：威廉·布雷克作水彩画《撒旦窥视亚当和夏娃恩爱》 455

图 34：二十八月相大轮图 465

图 35：天青石雕 481

图 36：玛戈特·儒多克 501

图 37：古斯塔夫·莫罗作《女人与独角兽》 537

图 38：多萝西·韦尔斯利 555

图 39：罗杰·凯斯门特爵士 569

图 40：德戈湖中"圣帕垂克的炼狱" 597

图 41：布尔本山 619

图 42：米开朗琪罗壁画《创造亚当》 627

图 43：叶芝墓 633

图 44：奥利弗·谢泼德雕塑作品《库胡林之死》 657

绪论：解说的必要

爱尔兰大诗人威廉·巴特勒·叶芝（William Butler Yeats, 1865—1939）晚年曾在家里给一些朋友朗读自己的新作《瑞夫驳斥帕垂克》（"Ribh denounces Patrick", 1934）。读毕，他问他们懂不懂，弗兰克·欧康纳（Frank O'Connor, 1903—1966）回答："不，我一个字也不懂。"① 另有人猜测说，如是作答者也可能是茉德·冈（Maud Gonne, 1866—1953）。②

由此可见，叶芝的诗作在刚刚问世时就有人不懂，那自然就需要解说。在当时，人们还有可能向作者本人求解，但在作者去世已久的今天，他的作品想必就更难懂了，那么，我们又当如何求解呢？

一、由谁解说？

俗话说："解铃还须系铃人。"平时我们在听或读到一段话却不甚明白时，本能地会问发话者或作者而不是问旁人："你说的这是什么意思？"作者当然最清楚自己想要表达什么，这是公认的常识。然而，自从苏格拉底以诘问难倒了诗人们以来，作者并非总是清楚自己所表达的意思在文学评论界也成了公认的常识。③ 有些文学研究者从而认为，作者对自

---

① Richard Ellmann, *The Identity of Yeats*, New York: Oxford University Press, 1954, p. 282.
② A. Norman Jeffares, *A New Commentary on the Poems of W. B. Yeats*, Stanford: Stanford University Press, 1984, p. 354.
③ 柏拉图：《申辩篇》，《柏拉图全集》第一卷，王晓朝译，北京：人民出版社，2002年，页8。

己作品的解说也未必权威,因为他在创作过程中未必始终充分意识到自己所写的文字所有的隐含意思。这也许是个心理学问题,但更可能是个立场问题。大概所有作者都不会承认评论者比自己更懂自己都写了些什么吧。曾经有人问诗人菲利浦·拉金(Philip Larkin,1922—1985)说:是否诗人对自己的作品解说得最好呢。他回答说:这要分两个方面:关于作品的内容或意思,肯定是作者自己最清楚,解说得最好;至于作品的好坏,或艺术质量的高低,作者的评价就未必可信。[1] 诗人罗伯特·洛厄尔(Robert Lowell,1917—1977)虽然谦逊地承认"一首诗的作者不一定是解说其意思的理想人选。他像任何其他人一样,可能会搅乱、不诚实和有所隐瞒,"但并没有放弃仅属于作者的最后权威,"我能够描述而别人无法描述的是我写诗的背景"。[2] 就连"新评论者"(the New Critics)主将兰色姆(John Crowe Ransom,1888—1974)也说:"文学艺术家……相比于其他艺术家,是自己的艺术的较好评论者;很可能现在我们所能拥有的最好的诗歌评论者就是诗人了。"[3] 无疑,既有创作经验又有广博系统的文学知识,也就是说,兼为评论者或学者的作者是最接近理想的作品解说者。但是,这样的作者却少而又少,大多数作者不是知识不够全面,就是对自己的艺术还不够自觉,只知其然而不知其所以然,或者说,只会做不会说,而且做不到完全客观地看待自己,所以他们的解说往往差强人意。再说,每一件作品都由作者本人来解说显然是不现实的。大多数作者并不愿意公开解说自己的作品,而宁愿让作品自己说话,例如诗人艾略特(T. S. Eliot,1888—1965)。

那么,退而求其次,作者的至亲知交是否较为合适?作为知情人,他

---

[1] John Haffenden, ed., *Viewpoints: Poets in Conversation with John Haffenden*, London: Faber & Faber, 1981, p. 117.
[2] Anthony Ostroff, ed., *The Contemporary Poet as Artist and Critic*, Boston and Toronto: Little Brown, 1964, pp. 107–108.
[3] John Crowe Ransom, "Criticism, Inc." in *The World's Body*, Baton Rouge: Louisiana State University Press, 1968, p. 327.

们对作者的生活和创作也许了解得较多,但他们未必具有文学评论的专业知识和训练。更重要的是,他们往往有如"齐人之妾",在感情上可能会偏私作者。所以说,这些人中未必就能产生解说作品的上佳人选。

至于一般读者,由于各人知识结构不同,其解说的可靠程度也各不相同。古印度传统文论就把读者按照"审美反应水平"分为如下几等:一、阿阇梨(ācārya),最熟练的读者;二、班智达(paṇḍita),学者;三、薄可陀(bhakta),虔信者或仅仅是热心者;四、萨陀罗那加那(sādhāraṇa jana),平庸之人;五、阿尔波布提加那(alpabudhi jana),无智之人。① 有了这样的分类,以谁的解说为最权威,就不言而喻了。就像面对一件古董,许多收藏爱好者都能说出种种见解,但只有真正有经验的行家才能根据种种证据准确无误地鉴别真伪。行家的解说之所以值得信赖,具有权威性,不是因为他仅仅知道眼前这件具体器物的收藏和传承情况,而是因为他在同类器物的发展历史和工艺特点,甚至制造方法等方面,具有比较全面的知识。正所谓不怕不识货就怕货比货,行家见多识广,可资参照的知识较为系统,其判断当然就相对可靠些。

类似地,兰色姆把"受过训练的"文学评论者分为三类:一、文学艺术家本人。如前面提到过的,他们可能是"最好的诗歌评论者",但他们的评论愈专注于"技巧效果"才愈有价值;二、哲学家。他们应该懂得艺术的所有功用,但他们倾向于"只见森林不见树木",长于理论概括,而拙于对具体作品,尤其是技巧效果的分析;三、大学文学教师。他们是"有学问但没有批评能力的人",可能"终其一生都在汇编文学资料,却极少或从不从事文学评价活动"。② 这些基本上相当于古印度人对读者分类的前三种。其中后两种应该是没有资格为他人解说的,或者说只会拾人牙慧,人云亦云吧。

---

① C. D. Narasimhaiah, "Towards the Formulation of a Common Poetics", *The Norton Anthology of Theory and Criticism*, 2nd edn., eds. Vincent B. Leitch et al., New York: W. W. Norton, 2010, p. 1386.
② John Crowe Ransom, op. cit., pp. 327–328.

古罗马诗人马提亚尔(Martial, 40—104?)回应同行的批评说：我才不在乎呢。我做菜是为了讨好食客,而不是为了讨好厨子。① 这可以说是一种面向大众的科普态度。但要让内行人也佩服,才有可能成为"诗人的诗人"。一般食客只知道菜好吃,却不知道怎么做才好吃。同样,不懂创作的评论者一般不会触及创作过程和机制的核心秘密,即兰色姆所谓"技巧效果",在这方面就只能隔雾看花、隔靴搔痒。所以,同样是解说者,若论懂不懂创作,也还是有等级之分的。我们不妨仿效古印度人的做法,把解说者分级如下：一、有创作实践经验的评论专家,包括前面所说的兼为评论者的作者,好比能吃会做的厨子。在最佳状态,其解说鞭辟入里,能搔到痒处,对作者原意有较深的同情、理解和洞见,用语平常但是内行话。二、没有创作实践经验的评论专家,好比只会吃不会做的美食家或鉴赏家。其解说往往搬弄理论,掉书袋,讲逻辑,充满行话但未必真内行,似是而非,似到未到。三、不懂创作只略懂评论的评论者,好比一般收藏爱好者。其解说大多自抒胸臆,感慨万千,偶有一中。四、不懂创作只略懂评论却没有审美眼光的评论者,好比买椟还珠的外行,其解说可能涉及一切,唯独与文学无关。五、既不懂创作又不懂评论也没有审美眼光的评论者,好比买假古董的上当者,其解说听似头头是道,自说自话,却无一句是自己的话。

当然,言论自由,人人都可以对一件作品说三道四,但听信谁的,相信多数人还是会有所选择的,就像在美术馆或博物馆,常常会看到一位艺术家或艺术评论家或教师给一群观众或学生解说展品,旁观者也会情不自禁地去偷听,而不会理会旁边夸夸其谈的普通人一样。

总之,理想的解说者应具备以下素养：一、见多识广。即对专业领域内的发展历史和具体产品,甚至相关领域的状况有较全面系统的直接

---

① Martial, *Epigrams*, II, ed. & trans. D. R. Shackleton Bailey, Cambridge, Mass.: Harvard University Press, 1993, p. 296.

或间接知识。二、能说会做,或曰修说兼通。即在专业领域内不仅有理论,而且会实践,是有经验的内行,不是隔雾看花的外行。三、明辨卓识。即既有细致入微的分析能力,又有披沙拣金的鉴别能力;既有透彻通达的洞察能力,又有高屋建瓴的概况能力。四、善解人意。即富有同情的理解力,善于将心比心,换位思考,有知人之智,对人性和人心有深刻的认识,但不感情用事。五、不偏不倚,不卑不亢。即像一个本分的译者,总是站在作者身后,不抢镜,既不仰视又不俯视,而是平视作者,立场客观,态度审慎,不臆测,不妄评。

二、解说什么?

十九世纪以降,二十世纪以前,西方抒情诗大率是以个人为中心的。注重自我表现,突出诗人个性,尤以浪漫主义者为最。而那时流行的一类诗歌评论也大多认为诗中的发言者"我"即是诗作者本人,而以探求基于作者生平的诗作本事为能事,甚至本末倒置,直以钩索作者隐私为旨趣。此之谓传记型评论,丹麦人格奥尔格·勃兰兑斯(Georg Brandes, 1842—1927)的名著《十九世纪文学主流》(*Main Currents in Nineteenth Century Literature*, 1890)即其中代表作之一。

二十世纪以来,渐有反潮流涌现。1919 年,艾略特在其《传统与个人才能》("Tradition and the Individual Talent")一文中明确提出诗歌创作要"去个性化"。[①] 所谓去个性化,其实不外乎把显露个性的因素,或曰个人隐私,掩饰隐藏起来。这种思想的形成似乎与艾略特本人的个性和私生

---

① T. S. Eliot, *Selected Prose of T. S. Eliot*, ed. Frank Kermode, London: Faber & Faber, 1975, p. 40.

活有关。相应地,随后崛起的所谓"新评论者"就开始强调作品的自主性,创作者的"去个性化"说到了评论者这里自然而然就成了"去作者"说。这类"新评论"主张最有代表性的集中表述是小韦姆塞特与比尔兹利(William K. Wimsatt Jr. & Monroe C. Beardsley)合作的《意图谬见》("The Intentional Fallacy",1946)一文。他们认为:

> 作者的构思或意图既不可得而作为评判艺术作品成功与否的标准,亦不可欲;

> 诗作既不是评论者的又不是作者的(它一出生即脱离了作者,在世上漫游,而他无力对它有所图谋或控制)。诗作属于公众。

> 对艺术作品的评价取决于公众;作品是由作者之外的东西来衡量的。①

割断了作者与作品的天然联系,那又如何确知作品的意思呢?据他们说,有三类证据可以用来做决定。其一是内在的,也是公共的:它是通过诗作的语义和句法,通过我们惯常的语言知识,通过语法、字典以及作为字典资源的所有文献,总之通过构成语言和文化的一切而发现的;其二是外在的,也是私人的或独特的:不属于作品的一部分,包括诸如诗人如何或为何写此诗之类种种创作背景情况(出自日记、书信或访谈等)。其三是介乎前二者之间的:有关作者的性格,或有关作者或其所属小圈子赋予词语或话题的私人或半私人性含义。不过,他们承认,三者之间的界线并不总是很明显。他们似乎主张注重第一类,而稍稍兼及第三类

---

① W. K. Wimsatt, Jr. & Monroe C. Beardsley, "The Intentional Fallacy", *The Verbal Icon*, The University of Kentucky Press, 1954, pp. 3; 5; 10.

证据。他们继而举柯尔律治(Samuel Taylor Coleridge,1772—1834)和艾略特等诗人的作品为例,进一步说明在实际评论中,虽然"在每首诗背后都有大量生活、大量感触和内心经验,而且在某种意义上是创作该诗的动因,但是在语言文字亦即智性构造,亦即诗作中,却永远无法也无需获知"。他们认为"对诗的分析和解说"是"真正而客观的评论方法",而"对传记或本事的探究"却不是"评论性的探究"。[①] 总之,作品是独立自主的文本,其意思产生自语言文字本身的一致性;作者的创作意图不可知也不必知,故解说文本以追寻作者本意为指归是一种谬见。

那么,这样的解说充分可靠吗? 作者的本意真地不可知也不必知吗? 小赫施(E. D. Hirsch, Jr.)在《解说中的有效性》(*Validity in Interpretation*,1967)和《解说的目的》(*The Aims of Interpretation*,1976)二书中提出了针锋相对的观点。在前一本书开宗明义的第一章"为作者辩护"中,作者列举了种种流行的文本自主论观点,并逐一予以驳斥,通过缜密的推论得出了令人信服的结论。他的首要贡献在于对弗雷格(Gottlob Frege,1848—1925)最早于1892年指出的意思(meaning)与意义(significance)之区别做了充分阐发。所谓意思是指文本所代表的、作者通过文字符号所表达的、文字符号所表示的东西;意义则是指意思与个人、观念、情境或任何事物的关系。对于读者(包括作为读者的作者),前者是不变的,后者则有可能随时代和环境变迁而发生变化。在此基础上,他批驳了"作者本意不可知"、"除了文本所说,作者意图无关紧要"、"作者往往不知道他所表达的是什么意思"等论点。他运用类似的二分法,把作者本意与作者意图区分开来:前者是作者用文字表达的意思,是公开的、可与人分享的,后者则是作者在写作过程中的全部私人心理经验;前者是可知的,而后者是不可知的。所以,所谓作者意图应指其在文本中实现了

[①] W. K. Wimsatt, Jr. & Monroe C. Beardsley, "The Intentional Fallacy", *The Verbal Icon*, The University of Kentucky Press, 1954, pp. 10 – 18.

的意图(即作者本意),而不等于作者内心的愿望。既然文本的意思是由作者意图赋予的,那么文本就不可能独立自主;正确的解说应符合作者原意,如果不顾作者原意,解说就会因人而异,漫无标准,达不成共识。人不可能表达没有表达的意思,却可能表达没有意识到的意思。就像人不是对自己所有行为都有意识一样,他对自己表达的所有意思也不是都有意识。但是,注意到与没有注意到的意思之间的区别不同于已表达与没有表达的意思之间的区别。也就是说,作者所表达的意思,无论有意识与否,都是文本的意思,文本的意思无疑是由作者决定的。[1]

的确,如果放逐了作者,仅凭约定俗成的语言准则来重构作品文本的意思,那就有诸多可能,而没有对错标准可言,因为书写符号只是实际语言的记录,缺乏语气、语调、语境、身体语言等相关因素,往往一段文字的记录可能有不止一种意思的理解。例如:"喜欢上一个人"这句话,阅读时会因强调不同字词而产生不同的理解。另外,实际语言是发展变化的,而相对来说,书写符号却是一成不变的。一个词或说法,不同时代的人理解的意思就有可能不同,例如,叶芝在晚期诗《天青石雕》("Lapis Lazuli",1936)中不止一次用到了"gay"这个词:"Of poets that are always gay";"They know that Hamlet and Lear are gay";"And those that build them again are gay."[2]据《牛津英语词典》(*Oxford English Dictionary*)所载,此词作为形容词,表示男性同性恋之义,始见于厄赛因(N. Ersine)编纂的《地下和监狱俚语》(*Underworld & Prison Slang*,1935)一书,但直到1960年代,这一词义才在英语世界大行其道,而此词的常用义"欢快"、"明快"等反倒开始显得老旧过时了。如果把叶芝这些诗句理解成有关同性恋的描写,岂不是与作者原意大相径庭?尽管在句法和语义上都完

---

[1] E. D. Hirsch, Jr., *Validity in Interpretation*, New Haven & London: Yale University Press, 1967, pp. 211; 8; 10 - 23.
[2] W. B. Yeats, *The Poems of W. B. Yeats*, ed. Richard J. Finneran, New York: Macmillan, 1983, pp. 294 - 295.

全讲得通。实际上,犹如文学创作中会有时代错位的描写,文学评论中亦不乏以今解古的误读。这些都是由于创作者或评论者知识不足造成的。

无疑,文本的文字意思就是作者本意的体现。那么,正确的解说就不是随心所欲,而是瞄准作者本意的。就如同翻译,假如没有了原文作为比照标准,那就形同创作,无所谓对错了,因为即便是同题创作,也不可能有意思完全相同的两篇作品。解说之能事就是要尽可能正确还原和表出作者本意,至于参酌己意加以评价和评说则属于评论的事了。可以说,符合作者本意的解说才是正确的解说,亦即最好的解说,因为"解说者如同任何其他人,受发言的基本道德义务所制约,即须尊重作者的意图。因此,在道德意义上讲,作者本意即'最好的意思'"。①

诚如小赫施反复强调的,意思是属于(of)文本的;意义则是文本对于(to)文本之外任何语境的。② 例如,艾略特的长诗《荒原》(*The Waste Land*, 1922)甫一问世,就被评论者解说为第一次世界大战后一代人精神异化的表现,堪称一部面临西方文明的衰朽,渴望秩序、寻求新生的现代神话。艾略特本人却说:"形形色色的评论者恭维我,把此诗解说为对当代世界的批判,的确,视之为一部重要的社会批评之作。对我来说,它只不过是个人对生活的毫无意义的抱怨宣泄罢了,只是一通有节奏的牢骚话。"③ 作为读者(包括艾略特),他们所说的都是这首诗对于他们的意义,而非这首诗本身所具有的意思;他们都是在评说,而非解说。意义可以有多种,因人而异;意思却只有一种是对的,即作者本意。具有反讽意味的是,作为作者的艾略特显然并不同意或容忍他人对己作的误读误判,尽管他力倡作品自主说。

---

① E. D. Hirsch, Jr., *The Aims of Interpretation*, Chicago & London: The University of Chicago Press, 1976, p. 92.
② Ibid., pp. 2-3.
③ T. S. Eliot, *The Waste Land: A Facsimile and Transcript of the Original Drafts Including the Annotations of Ezra Pound*, ed. Valerie Eliot, New York: Harcourt Brace Jovanovich, 1971, p. 1.

三、如何解说？

许多文化中都有文献典籍存在，即先贤言论的文字记录，随着时间推移，势必变得越来越难懂，而后世又有弄懂的需要，于是又有了更多的解说文字。后人形象地把前一种文字称为"经"（text），后一种文字则称为"纬"或"注"或"解"或"疏"（commentary）。久而久之，又产生了一种专门研究如何做注疏的学问，我们一般称之为经学（其实是经典注疏之学），西人则称之为 hermeneutics（解释学、阐释学、诠释学、释义学等译名不一）。解释学大体分为三类：哲学、法律、文学或普通解释学。早期是应用于宗教、哲学和法律经典，如犹太教的解圣经和法典，古希腊的解神谕，近代才开始涉及文学乃至一般文献的解说实践和理论。我国的经学也是如此，最早专指对儒家经典的注释疏解，后来就逐渐发展为应用于其他各种文献的注疏学了。印度的注疏学也非常发达，几乎每一种经典都有不止一种注疏，印度人形象地称之为"灯"（dīpikā，也译为"明"），取"照亮经文"之喻义。可以说，注疏是解说的实践，解释学则是来自且用于解说的理论。

作为文学评论的一种体裁，文本注疏可包含四种功能：理解（understanding）、解说（interpretation）、判断（judgment）和评论（criticism）。[①]尽管在实践中，四者往往夹缠在一起，如一般所谓夹叙夹议，但在理论上，解说的实践者对它们不可没有清晰的分别意识。前两者着重于对文本的文字意思的重构和复述；后两者则是对文本对于外部环境所具有的意义的评价和看法。前两者是基础，后两者是发挥。如果前者是错误的，那么后者无论怎样精彩，也是无意义的。例如，叶芝早期诗作《湖岛因尼斯弗里》（"The Lake Isle of Innisfree", 1890）中的"Innisfree"一词，

---

① E. D. Hirsch, Jr., *Validity in Interpretation*, pp. 132–133.

国内有人如是解说:"'茵纳斯'英文的含义是'内在','弗利'的含义是'自由'。由此可见,诗人借此抒发他所追求的自然理想主义。"① 还有人认为,"叶芝的'Innisfree'无论是发音上,还是在构词上,都与'Inner's free'(内在的自由)的词组有关联。有了这个有趣的发现,我们或许就更可以体味他的心境与追求"。② 这样的解说和评论不可谓没有创意。然而,这其实是在错误的语言系统内的望文生义,有违解释学所谓的"合法性"准则,即"读解必须合乎构成文本所用语言的公共规范"。③ 因为,"Innisfree"并不是英语单词,而是盖尔语(今称爱尔兰语)译音。前缀"Innis"意思是"岛";"free"意思是"石楠"。二者合起来意思是"石楠岛",而其发音在英语系统内是没有意思的。就算有意思,也应该是"客栈是免费的"(Inn is free)才对。半音半义的妙译"可口可乐"在汉语中有意思,但与原文"Coca-Cola"的原义并不相干,与此是同样的道理。以上是笔者的解说。一个在任何英语词典中都查不到的音译词,上述两位解说者中的前者竟不知道它是外来语,而径直把它当做英语词组来理解;后者应该知道,却硬拿它来比附毫不相干的英语词组。如此强解,实在令人不解。二者随后的评论发挥也就只能是空中楼阁了。实际上,因尼斯弗里或曰石楠岛是叶芝家乡的一个真实的湖岛,叶芝少年时常幻想到岛上避世隐居。据他自述,此诗不过是单纯的思乡之作而已。④ 作者有无意识到因尼斯弗里与"内在的自由"之间的音义联系,不得而知,无据可查。但从个人性格、艺术风格和创作习惯来判断,叶芝不大可能刻意玩弄如此低级的双关手法,因为在他的全部作品中再也找不到第二个类似的例子。疑罪从无是法律解说的原则,也应是文学解说的原则。文学评论不是文学创作,不应过分倚重想象力。以上是笔者的评论。

---

① 方汉泉:《略论叶芝其人其诗》,《华南师范大学学报》1992年第4期,页75。
② 汪剑钊:《〈湖心岛茵尼斯弗利〉解读》,《在所有声音中,我倾听你》(赵又廷、"为你读诗"出品),北京:中信出版集团,2017年,页35。
③ E. D. Hirsch, Jr., *Validity in Interpretation*, p. 236.
④ W. B. Yeats, *Autobiographies*, London: Macmillan, 1955, p. 153.

有时候,一个词理解错了,还会导致整个语境都说不通了。叶芝另一首早期诗作《在你年老时》("When You are Old",1891)倒数第三行写到"Love"云云。这个大写的词,大多数汉语译者都译为"爱情"或"爱人",严格说来,这是不对的。其实,在英语诗歌传统中,此词往往是指情爱的人格化形象,具体即指男性的小爱神。他在古希腊神话中名叫厄洛斯,是爱与美之女神阿芙洛狄特之子,在古罗马神话中名叫丘比特,是维纳斯之子,形象是一个长翅膀、持弓箭的裸体小男孩。《牛津英语词典》等工具书中就有此义项,释义清楚无疑。所以,将此词理解成"爱神",才是正确的选择,而且在语法上,最后一行的物主代词"his"也才有着落(有的译者由于把前置词译成"爱情"而无法处理这个莫名其妙的阳性物主代词,就干脆把它译成中性的"它"。而译成"爱人"的,则是因为这个代词正好与男性恋人相应吧。一般用小写的 love 指恋人,但更常用于指女性恋人)。这是文本内的自证。小爱神其实不止一位,而是一群,常常环绕在恋人身边,甚至有本事凭附于恋人体内,一旦离去,情欲即灭。古罗马诗人奥维德(Ovid,前 43—17)的长诗《岁时记》(Fasti)卷 6 第 5 行云:"我们体内住着一个神;他一动,我们就被点燃。"① 据说这写的就是附体的小爱神。这是文本外的旁证。而叶芝这首诗写的正是爱神的离去。叶芝作于差不多同时但生前未发表的另一首诗《有关前世的梦》("A Dream of a Life Before This One",1891)最后一行重复使用了类似的意象和措辞,正好可以为《在你年老时》的末尾两行半作注脚。比较而言,前者更清晰地勾画了"头戴繁星冠"(a crown of stars on his head)②的爱神形象,并点明无缘之人不受爱神眷顾的寓意,不似后者描写得那样隐晦,以至于令有些译者误解成是受话者的恋人"把他的脸庞藏在繁星

---

① Ovid, *Fasti*, trans. Sir James George Frazer, London: William Heinemann; Cambridge, Mass.: Harvard University Press, 1951, p. 318.
② W. B. Yeats, "A Dream of a Life Before This One", *Under the Moon: The Unpublished Early Poetry by William Butler Yeats*, ed. George Bornstein, New York: Scribner, 1995, p. 97.

中间"(hid his face amid a crowd of stars)①了。这是文本间的互证。

要确定文本中词语的意思,不必仅限于在特定文本乃至所用语言范围内寻找证据,有时可能会超出文本范围,甚至还可能需要诉诸词语所指的外在现实。如同翻译,在不同语言间,从词语到词语的简单对应未必总是正确的,有时还需要参照词语所指的实事实物,因为同一事物在不同语言中可能有不同的说法或叫法。例如,据说英语"Goodbye"原意是"愿上帝与你同在"(God be with ye),因基督徒惯用为道别语,故译成汉语惯用的"再见",可谓语不对而事对。汉语的"再见"倒是与法语的"*Au revoir*"既事对又语对。叶芝另一首早期诗作《白鸟》("The White Birds", 1891)中的白鸟究为何指?这在诗作本身的文本中是无法索解的。当然,有的解说者也许会止步于文本,认为弄清这一点并无必要,也无助于对诗意的理解,但对于对创作背景和过程感兴趣的内行人来说,这还是颇有必要的。此诗最初于1892年5月7日发表在《国民观察家》报上时,叶芝自注曰:"仙境的鸟像雪一样白。'妲娜居住的海滨'当然是'青春永驻之邦',或仙境。"②然而,据此诗的受赠者、叶芝的单恋对象茉德·冈亲口所述:那是在1891年8月4日下午,她与叶芝同游都柏林远郊的厚斯崖。看见一对海鸥飞过头顶,冈说,假如能转世再生为鸟,她会选择海鸥。三天后,她收到了叶芝寄给她的《白鸟》诗稿。③ 笔者于1998年游厚斯崖时,曾亲见荒凉的高崖下别无他物,只有大群的海鸥在海面上盘旋觅食,顿悟此即《白鸟》这首诗的灵感来源。由此可证,叶芝与茉德·冈当年所见亦必为海鸥无疑。但为什么寻常海鸥在诗中就变成了"仙境的鸟"了呢?这大概就是想象的加工或艺术的升华作用吧。或许,我们也可以因此说,作者的解说也未必可靠。然而,叶芝也并未明说仙

---

① W. B. Yeats, *The Poems of W. B. Yeats*, p. 41.
② W. B. Yeats, *The Variorum Edition of the Poems of W. B. Yeats*, ed. Peter Allt & Russell K. Alspach, New York: Macmillan, 1957, p. 799.
③ A. Norman Jeffares, *A New Commentary on the Poems of W. B. Yeats*, p. 32.

境的鸟不是海鸥呀。至少,我们知道了所谓仙境的鸟并非完全凭空想象的产物,而是来源于现实的。这对从事创作的读者应有所启发吧。

从以上诸例看来,解说应调动一切与文本和作者相关的证据,而不应仅限于在文本内部求解。解说的正确或曰合理与否是可以多方验证的。解说应注重事实的准确无误,小心求证,有几分证据说几分话,若是毫无根据地大胆想象,任意发挥,妄加议论,就只能是无本之木、无源之水、无稽之谈了。

四、何为解说?

遇到别人听不懂而问"你说的这是什么意思"时,我们通常会换一种更详细的或别样的说法,这就是解说。在某种意义上,解说是原始表述的必要重述或修订,包括对原始意思的内化(理解)和外化(表达)过程。解说是对已有意思的重构,而不是原创意思的生产;借用孔夫子的说法,是述,不是作;或借用陆九渊的说法,是我注六经,不是六经注我。古希腊语动词"*hermeneúein*"和英语动词"*interpret*"都既有解说又有翻译的意思。所以说,翻译即一种跨语言的解说形式。如果说翻译堪称细读中的细读,那么似乎也可以说翻译是解说中的解说。正如一件作品可有不止一种译本,它也可有不止一种解说。最好的译本和解说都是尊重作者本意的,而不是任意发挥的。小赫施把尊重作者本意归结为道德选择问题,的确,这是第一位的,是出发点;其次还有能力问题,从效果看来,有时事与愿违,属于非不为也,是不能也。毋庸讳言,有不少文学评论文章类似读后感,缺乏必要的对文本意思的透彻理解和扎实解说,却充斥着不必要的对作品意义的空泛议论或基于误解的任意发挥。好的文学评论通常包括对文本的解说、评价和评论,而解说是评价和评论的必要前提,是不可或缺的。

每一种阅读都是误读,这种流行的说法是说不通的。这其实是基于没有标准的说法,就像射箭如果没有鹄的,当然就没有中的之说。但若有鹄的,就必然有中的的机会。如前所论,解说的鹄的就是作者的本意,那么有的解说就有可能与作者的本意相对接近甚至重合。就好比翻译,由于有原文作为鹄的,翻译与创作就有质的区别。创作无对错之别,翻译则有正误之分。尽管也有人说,没有完美的翻译,只有无限接近完美的翻译,但相对而言,接近的程度还是有等差的。不正确的翻译,译文再漂亮,也与原文本意无关,而形同创作了。类似地,在理论上讲,正确的解说只有一种,不正确的解说可有无数种。如果没有标准,那就没有解说的必要,人人都可任意理解和发挥了。解说存在的理由不就在于拨云见日,披沙拣金,提供尽可能贴近作者本意的理解吗?

堪称"新评论"之父的瑞恰兹(I. A. Richards, 1893—1979)早年在剑桥大学教英语文学时曾做过一个实验:把十三首隐去了作者姓名和背景介绍的英美诗作分发给学生,让他们解说评论,以测试其阅读反应。结果是五花八门,莫衷一是,有人甚至把公认的名家名作贬得一无是处。[1] 这一评论实验恰恰说明,一旦割断了与作者的联系,对文本的解说即失去标准而陷入无限可能性之中,就可能出现有一千个读者就有一千个哈姆雷特这种言人人殊的状况。这就好比在几何学中,通过一个点可以有无数条直线,两点之间却只能有一条直线。同时也说明,不是所有的解说者都具备足可信赖的资质。没有相关的外部信息作参照,学生的评价基本上是建立在对文本意思的臆解误读之上的,所以说是不足凭信的。

家喻户晓的伯牙子期高山流水的故事说明,就作品的意思而言,解

---

[1] I. A. Richards, *Practical Criticism: A Study of Literary Judgment*, New York: Harcourt Brace; London: Routledge & Kegan Paul, 1948, pp. 3 - 176.

说者的理解是完全有可能与作者本意契合而且得到作者认可的。只不过在大多数情况下，解说者没有这种机会罢了。在实际交流中，意会也应比误会为多，否则人世间岂不乱了套。晏殊对梅尧臣某些诗句赞赏有加，后者却并不认为那些是自己最好的作品。① 晏殊与梅尧臣的故事说明，就作品的艺术价值而言，解说者与作者的判断很有可能大相径庭。《湖岛因尼斯弗里》一诗问世后大受好评，成为被收入各种诗选集次数最多的叶芝诗作，但作者本人后来对它就不再满意了。② 此诗的流行与叶芝的自我否定也同样说明价值判断比意思解说有更多的差异，因为作者对前者不像对后者那样具有决定权。

在创作观念上，艾略特主张去私人化，叶芝则主张诗人的私生活应为人知。③ 在解说前者的作品时，似乎须更多诉诸文学和文化传统，如艾略特所说，即"整个欧洲的文学"甚至更大的范围；在解说后者之作时，除文学和文化传统之外，还须更多注重作者的私人生活经验。无论如何，仅仅在特定文本内部寻绎意思线索是不够的。要正确解说一个作者的某一特定作品，最好对这个作者的全部作品，包括非虚构写作都有所了解，对其用语习惯、思想观念、性格癖好等有所认识，也就是说，尽可能熟悉这个人。孟子曰："颂其诗，读其书，不知其人，可乎？"④

五、关于本书

如上所述，解诗的首要目的在于揭示作者本意，故本书目前所解诗

---

① 欧阳修：《六一诗话》，《历代诗话》，何文焕辑，北京：中华书局，2004年，页269—270。
② W. B. Yeats, *Autobiographies*, p. 72.
③ A. Norman Jeffares, *W. B. Yeats: A New Biography*, London: Hutchinson, 1988, p. 208.
④ 孟子：《孟子》，朱熹《四书章句集注》，北京：中华书局，2012年，页329。

作仅限于有确凿旁证可证明作者本意如何者,否则存而不论,留待日后有所发现再作补订。旁证包括一切与主文本(诗作)有关的副文本,如作者的自注、草稿、自传、日记、书信、讲稿,甚至日常言谈等,以及作者亲友的言论、评论者的评论等,但所有这些材料都经过了比较、甄别、评判和抉择,依据其适用程度加以采信。最可信的当然是作者直接涉及主文本的言论,这是主要的证据来源;最不可信的是一般评论者的论断,一般不予采信,除偶尔作为批驳对象加以引用之外。设若有人问曰:如何证明所解尽符作者本意?答曰:若质诸作者本人,则已无可能,亦无必要;若较诸作品本身,则即解即证,譬如翻译,只要瞄准原作,以忠实为鹄的,虽不中,亦不远矣。一般来说,读者不会向原作者求证译作是否忠实可信,而只会拿原作来对比而据以评判。不以作者本意为解说目的,犹如翻译不依原作,那就是另一回事了。

本书体裁仿照中外传统文本注疏通例而稍加变通,融注释于疏解,直以一篇串讲式疏解系于诗作正文(主文本)之下。由于原作为西文,故缀以汉译,亦即体现注疏的第一功能:理解。翻译即细读之细读,亦为不增不减的纯粹解说。笔者在撰写疏解的过程中,每发现旧译有理解不当之处,即随手改正,故本书诗作正文的译文均为最新修订本。这也说明,理解与解说确乎互为表里,可以互相发明。疏解则尽量止于诗作意思的解说,即客观事实的陈述,而不涉及价值判断和艺术评论。后两者大体属于主观意义的表述,应该留给使用本书读者自理。也就是说,尽量读出意思,而避免读入意义。既重视"对诗的分析和解说",又不轻视"对传记或本事的探究",二者互证,以彰显作者用心;不仅考察作品,而且追踪创作过程,以期理清所有构成元素的来源和用途;调动一切手段,穷尽一切可能,条分缕析,发微抉隐,再加以合理整合,力求为读者提供如CT扫描般透视原作的清晰、完整的全息图像。至于疏解行文,并无固定格式,如水漫地,随坡就势,有话则长,无话则短。

本书目的明确,目的决定手段;手段非一,实行工具主义,即一切适用方法均可为我所用。总之,读不厌细,解不厌精,言必有据,据必以实,不作无根之谈,不作无据之论,仅此而已。当然,文章须有剪裁,绝非材料堆砌,取舍缀连则有赖亦体现经验和见识,正所谓"运用之妙,存乎一心"。

本书选取叶芝诗作 89 首(据 *The Collected Works of W. B. Yeats: Volume I: The Poems*, 2nd edn., ed. Richard J. Finneran, New York: Scribner, 1997 本),加以汉译(笔者最新修订本)和解说。严格说来,应该题作《叶芝诗选译解》才算确当(英文书名正是如此),但如此略嫌费词,不如仿照我国传统做法,只着一"解"字而已,因为,一、笼统而言,无所谓选解,亦无所谓全解,以后若增补也无需改名;二、既然用汉语撰写,包括汉译乃当然之义,何况译亦即跨语之解,解外文作品必然包含翻译(至少作为引文),此理不言而喻,故"译"字亦可省去。

本书所用叶芝诗作原文系标准文本,拼写形式悉依叶芝当时排印惯例,标题大小写等与现在的用法有所不同。所引用外文文献的汉语译文除注明者外,均为笔者自译。注释和文献格式采用传统英式规范,与流行的 MLA 格式有所不同。数字用法亦与现行标准略有不同。为方便故,序数词基本采用阿拉伯数字,基数词则采用汉字。插图中有三幅源自互联网,系已进入公版领域的老照片。

叶芝年表

1862年： W. B. 叶芝牧师(祖父)于都柏林桑地蒙堡逝世。

1863年： 约翰·巴特勒·叶芝(父亲)与苏珊·玛丽·波莱克斯芬在斯来沟结婚。

1865年： 6月13日，威廉·巴特勒·叶芝出生于都柏林市桑地蒙特大道乔治大宅一号。

1866年： 8月25日，苏珊·玛丽·叶芝(丽丽)出生于斯来沟附近。

1867年： 父亲弃法学而从绘画，全家迁居伦敦市瑞金公园菲茨罗伊路23号。经常去斯来沟外祖父母家。芬尼亚党人起义。"曼彻斯特烈士"殉难。

1868年： 3月11日，伊丽莎白·柯伯特·叶芝(萝丽)出生于伦敦。全家在斯来沟度夏。

1871年： 8月29日，约翰·巴特勒·叶芝(杰克)出生于伦敦。

1871—75年： 父亲借助于司各特和莎士比亚的作品对叶芝进行"人格"教育。

1874年： 全家移居伦敦西肯星顿区伊蒂斯住宅区14号。

1875—80年： 就读于伦敦汉默史密斯区的郭德尔芬小学，在校常受欺负；回斯来沟外祖父母家度假。

1876年： 全家迁居伦敦契斯威克区倍得福苑伍德斯多克路8号。

1877年： 查尔斯·斯图亚特·帕内尔任地方自治同盟主席。

1879年： 帕内尔领导的爱尔兰民族党建立爱尔兰土地同盟。

1880年：	因土地战争,全家迁回爱尔兰都柏林市厚斯区,以照管基尔达尔的地产;家庭经济陷入拮据状况。入读都柏林的埃拉斯姆斯·史密斯中学。
1882年：	自认为爱上了远房表姐劳拉·阿姆斯特朗。开始写诗。弗·卡文迪什勋爵和柏克遇刺于凤凰公园。爱尔兰土地联盟被镇压。
1884年：	入读都柏林首府艺术学校。与乔治·拉塞尔(Æ)同学。父亲因叶芝拒绝上三一学院而失望。
1885年：	两首抒情诗(其一是《雕像之岛》)发表在《都柏林大学评论》3月号上。创立都柏林秘术学会,任主席。结识凯瑟琳·泰南。
1886年：	弃画从文。初遇约翰·欧李尔瑞。开始阅读爱尔兰诗人的作品。初次体验降神会。发表戏剧诗《摩萨达》。开始写《乌辛漫游记》。格拉兹通与帕内尔为争取地方自治而联合。第一个地方自治议案失败。贝尔法斯特发生暴动。
1887年：	全家迁回伦敦。加入布拉瓦茨基夫人通灵学会理事会。初次在英国杂志上发表诗作。成为两家美国报纸(《神意星期日报》和《波士顿导航报》)的文学撰稿人。会见前拉斐尔派艺术家。母亲两度发病。
1888年：	会见威廉·莫瑞斯、乔治·伯纳·萧、威廉·亨利和奥斯卡·王尔德。编辑《爱尔兰农村民间传说故事集》。在斯来沟外祖父母家度夏。家里卖掉地产。
1889年：	轻度虚脱。第一本诗集《乌辛漫游记及其它》出版。在牛津大学出版社做编辑、抄写工作。与埃德温·艾利斯合编威廉·布雷克诗集。经欧李尔瑞之妹介绍

	结识茉德·冈。
1890年：	诗作《湖岛因尼斯弗里》发表于《国民观察家报》。被通灵学会劝退。加入"金色黎明"秘术修会。结识弗洛伦丝·法尔。帕内尔卷入一离婚案。
1891年：	在伦敦创立诗作者俱乐部和爱尔兰文学会。在都柏林创立民族文学社,由欧李尔瑞任社长。小说《约翰·舍曼》和《托亚》发表。向茉德·冈求婚。
1892年：	《女伯爵凯瑟琳及各种传说和抒情诗》和《爱尔兰精灵故事》出版。《女伯爵凯瑟琳》上演。两篇关于"罕拉汉"的短篇小说发表。外祖父母逝世。
1893年：	《凯尔特的曙光》和三卷本《布雷克作品集》出版。三篇短篇小说发表。在"金色黎明"升级。格拉兹通的第二次地方自治议案在英国下院通过,在上院被否决。道格拉斯·海德创立盖尔语联盟。
1894年：	2月,游巴黎,住在麦克格莱戈·梅瑟斯家;同阿瑟·赛蒙斯会见魏尔伦;与茉德·冈同观奥古斯特·维耶尔·德·利勒-亚当的剧《阿克塞尔》。奥斯卡·王尔德被捕。3月,短篇小说集《隐秘的玫瑰》出版。诗剧《心愿之乡》在伦敦上演。经莱奥内尔·约翰生介绍结识其表妹奥莉维娅·莎士比亚太太。秋,与舅父乔治·波莱克斯芬在斯来沟做秘密法术实验。二访利萨代尔庄园,考虑向伊娃·郭尔-布斯求婚。冬,带慰问信访王尔德。
1895年：	《诗集》出版。编辑《爱尔兰诗选》。移居"圣殿"(伦敦法学学会会所),与阿瑟·赛蒙斯合住。
1896年：	移居沃本小区。与奥莉维娅·莎士比亚私通,初尝性

	爱之欢。为《卷心菜》杂志撰稿。开始写长篇自传小说《斑鸟》。与阿瑟·赛蒙斯游爱尔兰西部。结识格雷戈里夫人。游阿兰群岛。在巴黎遇见约翰·辛格。加入爱尔兰共和兄弟会。
1897年：	《隐秘的玫瑰》再版。盘桓于库勒庄园两个月；与格雷戈里夫人一同采集民间传说。筹建爱尔兰民族剧院。与茉德·冈在英国巡回讲演，为纪念伍尔夫·透呐募捐。都柏林发生抗议维多利亚女王在位六十周年庆典骚乱。
1898年：	游巴黎、伦敦、都柏林、库勒、斯来沟。在都柏林茉德·冈家遇詹姆斯·康诺利。与茉德·冈缔结"灵婚"。
1899年：	爱尔兰文学剧院首次演出彩排。上演《女伯爵凯瑟琳》。诗集《苇间风》出版并获当年最佳诗集"学院"奖。访茉德·冈于巴黎，再度求婚。布尔战争爆发。阿瑟·格瑞菲斯创立联合爱尔兰人（新芬）党。
1900年：	母亲逝世。与梅瑟斯发生龃龉，另组"金色黎明"伦敦分会。向茉德·冈求婚。退出爱尔兰共和兄弟会。维多利亚女王巡幸爱尔兰。致信给报纸抗议女王来访。
1901年：	与乔治·穆尔合写的《狄阿米德与格拉妮娅》在都柏林快乐剧院上演。在库勒庄园会见休·雷恩。向茉德·冈求婚。教弗洛伦丝·法尔用八弦琴伴奏朗诵他自己的诗。
1902年：	爱尔兰民族戏剧社成立，叶芝任社长，茉德·冈、道格拉斯·海德、乔治·拉塞尔（Æ）任副社长。茉德·冈

	主演《凯瑟琳·尼·胡里汉》。在伦敦会见乔伊斯。开始研读尼采。
1903年：	诗集《在那七片树林里》、文论集《善恶观》出版。诗剧《王宫门口》写成。开始在美国麦克米兰公司出书。率民族戏剧剧团访伦敦，演出《沙漏》《那锅肉汤》和《女伯爵凯瑟琳》。到美国讲演（40讲），赚到不少酬金。伊丽莎白·叶芝创办丹·埃默出版社（后改名为夸拉出版社）。茉德·冈与约翰·麦克布莱德结婚。与奥莉维娅·莎士比亚重温鸳梦。与弗洛伦丝·法尔发生性关系。
1904年：	艾贝剧院开张，任经理兼舞台监督。《在波伊拉海滨》和《王宫门口》上演。在库勒庄园写成诗剧《黛尔德》。
1905年：	《荫翳的水域》在伦敦上演，旋即被改写。茉德·冈与丈夫分居。
1906年：	爱尔兰民族戏剧社改为有限公司，与格雷戈里夫人和辛格一起被提名为董事。《诗集1899—1905》出版。《黛尔德》在艾贝剧院首演。
1907年：	在《西部浪子》风波中为辛格辩护。与格雷戈里夫人及其子罗伯特同游意大利北部，在拉文纳看到拜占庭风格镶嵌壁画。父亲去了纽约。
1908年：	八卷本《诗与散文汇集》出版，早期作品皆经修改。与按摩师兼健身教练梅宝儿·狄更生发生性关系。12月，访已分居的茉德·冈于巴黎，终于得亲芳泽。学习法语。
1909年：	约翰·辛格逝世。编辑辛格的《诗和译作》。遇识埃兹拉·庞德。

1910年： 接受英国王室年金津贴(每年150英镑)及自由参加任何爱尔兰政治活动的免罪权。辞去剧院经理职务。在伦敦讲演,为艾贝剧院筹资。5月,访茉德·冈于诺曼底。《绿盔及其它》出版。与梅宝儿·狄更生的关系出现危机。乔治·波莱克斯芬去世。

1911年： 《为一爱尔兰剧院所作剧》出版。经莎士比亚太太介绍结识乔吉娜·海德-李斯。同格雷戈里夫人访巴黎。

1912年： 率艾贝剧院演出团访美;因上演辛格的《西部浪子》,演员在费城被捕。在哈佛大学作题为"美的戏剧"的讲演。散文集《玛瑙的切割》在美国出版。在都柏林成立第二个艾贝剧团。与泰戈尔合作翻译孟加拉文《吉檀迦利》。庞德追随叶芝,教他击剑术,并一起朗诵作品。冬,休·雷恩赠画风波。

1913年： 8月,庞德作为叶芝的秘书同住于苏塞克斯的斯通别墅。关于休·雷恩赠画风波《沮丧中所作诗》发表。

1914年： 1—3月,在美国和加拿大旅行讲演。同茉德·冈一起调查米尔波奇迹,写出未发表的调查报告。庞德与莎士比亚太太之女朵若茜结婚。诗集《责任》出版。开始对家族史发生兴趣。写作《自传》第一部。第三次地方自治议案得到英国王室批准。8月4日,第一次世界大战爆发。

1915年： 受庞德影响对日本能乐剧发生兴趣。《在鹰之井畔》写成并上演,由日本舞蹈家伊藤道男主演。拒绝英国骑士称号。休·雷恩在"露西塔尼亚"号事件中遇难。

1916年： 4月,都柏林爆发爱尔兰共和兄弟会领导的复活节起

	义。5月，十五位领导人遇难（包括茉德·冈的丈夫约翰·麦克布莱德）。写成《一九一六年复活节》。访茉德·冈于法国。购置巴利里碉楼。向茉德·冈求婚。在茉德·冈之女伊秀尔特帮助下读法国诗。自传第一部《有关童年和少年时代的遐想》出版。
1917年：	向伊秀尔特求婚，遭拒绝。10月20日，与乔吉娜·海德-李斯在伦敦结婚。叶芝太太在苏塞克斯度蜜月期间开始扶乩活动。诗集《库勒的野天鹅》出版。
1918年：	1—2月，偕妻在牛津。诗剧《埃玛的唯一嫉妒》写成。《借着宁静友好的月色》出版。同妻子监修巴利里碉楼。罗伯特·格雷戈里殉难。11月11日，一战停战协定签署。新芬党在大选中获胜。
1918—21年：	"黑褐之乱"。
1919年：	2月，安·巴特勒·叶芝出生。《演员女王》在伦敦首演。夏，迁入巴利里碉楼。拒绝去日本讲学的邀请。
1920年：	偕妻子去美国旅行讲演。最后一次见父亲于纽约。阅读历史和哲学，为写作《异象》作准备。诗集《麦克尔·罗巴蒂斯与舞者》出版。
1921年：	麦克尔·叶芝出生。《四舞剧》《晚近诗集》出版。12月，英-爱条约签订。内战爆发。
1922年：	爱尔兰自由邦宪法使内战加剧。第一任总统阿瑟·格瑞菲斯逝世。2月，购置都柏林梅里昂广场82号。巴利里塔堡前桥梁被共和军炸毁。父亲在纽约逝世。自传第二部《帏幕的颤动》出版。与托·斯·艾略特共进晚餐。接受都柏林大学名誉文学博士学位。12月，应邀出任自由邦参议员。

1923年： 《勒达与天鹅》写成。11月,获诺贝尔文学奖,赴斯德哥尔摩领奖。写作《瑞典的厚赠》。德维列拉下令共和军停火。自由邦加入国联。

1924年： 组诗《内战期间的沉思》发表。《随笔集》出版。阅读历史和哲学。患高血压。偕妻子游西西里、卡波里和罗马,参观拜占廷艺术。

1925年： 访问米兰。在瑞士讲学。在参议院发表关于离婚问题的演说。《异象》初版。

1926年： 自传第四部《疏远》出版。写成《向拜占庭航行》和《在学童中间》。为艾贝剧院改编《俄底浦斯王》。艾贝剧院演出欧凯西的《犁与星》风波。6月,出任新爱尔兰货币委员会主席。

1927年： 完成《俄底浦斯在科洛努斯》。在西班牙和法国南部患肺充血。健康状况恶化。7月,爱尔兰司法部部长凯文·欧希金斯遇刺。

1928年： 2月,移居意大利拉帕罗。7月,参议员任期既满,由于健康原因,拒绝连任。诗集《碉楼》出版。写作组诗《或许可谱曲的歌词》。

1929年： 夏,在巴利里碉楼最后一次逗留。冬,修改毕《异象》。写成《拜占庭》。《旋梯》出版。《战海浪》(《埃玛的惟一嫉妒》修改版)在艾贝剧院首演。访罗马。12月,在拉帕罗染上马耳他热病。

1930年： 春,在热那亚休养。11月,《窗玻璃上的字》写成并上演。

1931年： 获牛津大学名誉文学博士学位。最后一次与格雷戈里夫人在库勒庄园度夏。在BBC贝尔法斯特台做广播讲演。

1932年： 5月，格雷戈里夫人逝世。创建爱尔兰文学院。10月，最后一次旅美讲演，为文学院筹集资金。《或许可谱曲的歌词》出版。在都柏林河谷购置别墅。

1933年： 获剑桥大学名誉文学博士学位。写成诗剧《大钟楼之王》。《旋梯及其它》《诗汇集》出版。对欧达菲的法西斯主义蓝衫运动发生兴趣。

1934年： 接受回春手术。与年轻女诗人玛戈特·儒多克和小说家伊瑟尔·曼宁建立亲密关系。6月，在拉帕罗。初遇惠灵顿公爵夫人多萝西·韦尔斯利。《轮与蝴蝶》《剧作汇集》出版。

1935年： 乔治·拉塞尔（Æ）逝世。肺出血复发。编辑《牛津现代诗选》。剧与诗集《三月里的满月》、自传第三部《出场人物》出版。七十诞辰庆祝宴会。11月，同师利·普罗希大师去马略卡岛过冬，协助他翻译《奥义书》。

1936年： 哮喘。6月，在都柏林拉斯凡汉"河谷"别墅。在英国广播公司（BBC）作关于现代诗歌的广播讲演。《牛津现代诗选》出版。共和军被宣布为非法。

1937年： 当选为文艺协会会员。四次在BBC播讲。《异象》修订本出版。《1931至1936年随笔》出版。德维列拉的新宪法通过。

1938年： 《鹭鸶蛋》出版。移居法国南部。随笔与剧作集《在锅炉上》写成。1月，《新诗》出版。8月，出席艾贝剧院《炼狱》首演并讲话（最后一次公开露面）。奥莉维娅·莎士比亚逝世。茉德·冈来访。完成诗剧《库胡林之死》。写作最后一首诗《黑碉楼》。

1939年：	骤病。1月26日,逝世于法国开普马丁。28日,葬于罗克布吕纳。6月,《最后的诗和两个剧本》和《在锅炉上》出版。9月,第二次世界大战爆发。
1941年：	库勒庄园被夷平。
1948年：	遗体由爱尔兰海军巡洋舰运回爱尔兰,受到隆重礼遇,遵照《布尔本山下》一诗所嘱,葬于斯来沟竺姆克利夫墓园。新的联合政府组成,宣布爱尔兰退出英联邦,成为共和国。

精选文献

下列推荐阅读书目,可供专业叶芝研究参考,并不限于本书所引用者。

一手资料

叶芝作品

诗歌

"*In the Seven Wood*" and "*The Green Helmet and Other Poems*", ed. David Holdeman, Ithaca, NY: Cornell University Press, 2002.

Last Poems: Manuscript Materials, ed. J. Pethica, Ithaca, NY: Cornell University Press, 1997.

Michael Robartes and the Dancer: Manuscript Materials, ed. Thomas Parkinson with Anne Brannen, Ithaca, NY: Cornell University Press, 1994.

New Poems: Manuscript Materials, ed. J. C. C. Mays & Stephen Parrish, Ithaca, NY: Cornell University Press, 2000.

Responsibilities: Manuscript Materials, ed. William H. O'Donnell, Ithaca, NY: Cornell University Press, 2003.

The Collected Poems of W. B. Yeats, New York: Macmillan, 1943.

The Collected Works of W. B. Yeats: Vol. I: The Poems, ed. Richard J. Finneran, New York: Scribner, 1989; 2nd edn., 1997.

The Early Poetry: Manuscript Materials, Vol. I, ed. George Bornstein,

Ithaca, NY: Cornell University Press, 1987.

The Early Poetry: Manuscript Materials, Vol. II, ed. George Bornstein, Ithaca, NY: Cornell University Press, 1994.

"*Parnell's Funeral and Other Poems*" from "*A Full Moon in March*", ed. David R. Clark, Ithaca, NY: Cornell University Press, 2003.

The Poems, ed. Daniel Albright, London: J. M. Dent, 1990.

The Poems of W. B. Yeats, ed. Richard J. Finneran, New York: Macmillan, 1983.

The Tower (1928): Manuscript Materials, ed. Richard J. Finneran, Ithaca, NY: Cornell University Press, 2007.

The Variorum Edition of the Poems of W. B. Yeats, ed. Peter Allt & Russell K. Alspach, New York: Macmillan, 1957; 5th printing, 1971.

The Wild Swans at Coole: Manuscript Materials, ed. Stephen Parrish, Ithaca, NY: Cornell University Press, 1994.

The Wind Among the Reeds: Manuscript Materials, ed. Carolyn Holdsworth, Ithaca, NY: Cornell University Press, 1993.

The Winding Stair (1929): Manuscript Materials, ed. David R. Clark, Ithaca, NY: Cornell University Press, 1995.

Under the Moon: The Unpublished Early Poetry by William Butler Yeats, ed. George Bornstein, New York: Scribner, 1995.

Words for Music Perhaps and Other Poems: Manuscript Materials, ed. David R. Clark, Ithaca, NY: Cornell University Press, 2000.

戏剧

"*At the Hawk's Well*" and "*The Cat and the Moon*": *Manuscript Materials*, ed. Andrew Parkin, Ithaca, NY: Cornell University Press, 2010.

Deirdre: Manuscript Materials, ed. Virginia Bartholomew Rohan, Ithaca, NY: Cornell University Press, 2004.

Diarmuid and Grania: Manuscript Materials, ed. J. C. C. Mays, Ithaca, NY: Cornell University Press, 2005.

On Baile's Strand: Manuscript Materials, ed. Jared Curtis & Declan Kiely, Ithaca, NY: Cornell University Press, 2013.

Purgatory: Manuscript Materials, ed. Sandra F. Siegel, Ithaca, NY: Cornell University Press, 1986.

Sophocles' Oedipus at Colonus: Manuscript Materials, ed. Jared Curtis, Ithaca, NY: Cornell University Press, 2008.

The Collected Plays of W. B. Yeats, London: Macmillan, 1934.

The Collected Works of W. B. Yeats: Vol. II: The Plays, ed. David R. Clark & Rosalind E. Clark, Hampshire: Palgrave, 1989.

The Countess Cathleen: Manuscript Materials, ed. Michael J. Sidnell & Wayne K. Chapman, Ithaca, NY: Cornell University Press, 1999.

The Death of Cuchulain: Manuscript Materials, ed. Phillip L. Marcus, Ithaca, NY: Cornell University Press, 1982.

"*The Dreaming of the Bones*" and "*Calvary*": *Manuscript Materials*, ed. Wayne K. Chapman, Ithaca, NY: Cornell University Press, 2003.

"*The Golden Helmet*" and "*The Green Helmet*": *Manuscript Materials*, ed. William P. Hogan, Ithaca, NY: Cornell University Press, 2009.

The Herne's Egg: Manuscript Materials, ed. Alison Armstrong, Ithaca, NY: Cornell University Press, 1993.

The Hour Glass: Manuscript Materials, ed. Catherine Phillips, Ithaca, NY: Cornell University Press, 1994.

"*The King of the Great Clock Tower*" and "*A Full Moon in March*":

Manuscript Materials, ed. Richard Allen Cave, Ithaca, NY: Cornell University Press, 2007.

The King's Threshold: Manuscript Materials, ed. Declan Kiely, Ithaca, NY: Cornell University Press, 2005.

The Land of Heart's Desire: Manuscript Materials, ed. Jared Curtis, Ithaca, NY: Cornell University Press, 2002.

"The Only Jealousy of Emer" and "Fighting the Waves": Manuscript Materials, ed. Steven Winnett, Ithaca, NY: Cornell University Press, 2004.

The Resurrection: Manuscript Materials, ed. Jared Curtis & Selina Guinness, Ithaca, NY: Cornell University Press, 2011.

The Variorum Edition of the Plays of W. B. Yeats, ed. Russell K. Alspach, London: Macmillan, 1966; repr. 1989.

"Where There Is Nothing" and "The Unicorn from the Stars": Manuscript Materials, ed. Wim van Mierlo, Ithaca, NY: Cornell University Press, 2012.

"The Words Upon the Window Pane": Manuscript Materials, ed. Mary FitzGerald, Ithaca, NY: Cornell University Press, 2002.

小说

Mythologies, London: Macmillan, 1959.

The Secret Rose, Stories by W. B. Yeats: A Variorum Edition, 2nd edn., ed. Warwick Gould, Phillip L. Marcus & Michael J. Sidnell, London: Macmillan, 1992.

The Collected Works of W. B. Yeats: Vol. XI: Mythologies, ed. Jonathan Allison, New York: Scribner, 1989.

The Collected Works of W. B. Yeats: Vol. XII: John Sherman and Dhoya, ed. Richard Finneran, New York: Macmillan, 1991.

The Speckled Bird, ed. William H. O'Donnell, Toronto: McClelland and Stewart, 1976.

杂文

Discoveries, London: Chapman & Hall, 1908.

Essays, New York: Macmillan, 1924.

Essays and Introductions, London: Macmillan, 1961.

Explorations, selected by Mrs. W. B. Yeats, New York: Macmillan, 1962.

The Collected Works of W. B. Yeats: Vol. IV: Early Essays, ed. George Bornstein & Richard J. Finneran, New York: Scribner, 2007.

The Collected Works of W. B. Yeats: Vol. V: Later Essays, ed. William H. O'Donnell, New York: Scribner, 1994.

The Collected Works of W. B. Yeats: Vol. VI: Prefaces and Introductions, ed. William H. O'Donnell, New York: Macmillan, 1989.

The Collected Works of W. B. Yeats: Vol. VII: Letters to the New Ireland, ed. George Bornstein & Hugh Witemeyer, London: Macmillan, 1989.

The Collected Works of W. B. Yeats: Vol. VIII: The Irish Dramatic Movement, ed. Mary FitzGerald, New York: Scribner, 1989.

The Collected Works of W. B. Yeats: Vol. IX: Early Articles and Reviews, ed. John P. Frayne & Madeleine Marchaterre, New York: Scribner, 1989.

The Collected Works of W. B. Yeats: Vol. X: Later Articles and Reviews: Unpublished Articles, Reviews and Radio Broadcasts Written after 1900, ed. Colton Johnson, New York: Scribner, 2000.

Uncollected Prose, Vol. I, ed. John P. Frayne, New York: Macmillan, 1970.

Uncollected Prose, Vol. II, ed. John P. Frayne, London: Macmillan, 1975.

哲学

A Critical Edition of Yeats's A Vision (1925), ed. George Mills Harper & Walter Kelly Hood, Macmillan, 1978.

A Vision, London: T. Werner Laurie, 1925.

A Vision, London: Macmillan, 1937.

A Vision and Related Writings, ed. A. Norman Jeffares, London: Arrow Books, 1989.

The Collected Works of W. B. Yeats: Vol. XIII: A Vision (1925), ed. Connie K. Hood & Walter Kelly Hood, New York: Scribner, 1989.

The Collected Works of W. B. Yeats: Vol. XIV: A Vision (1937), ed. Connie K. Hood & Walter Kelly Hood, New York: Scribner, 1989.

Yeats's Vision Papers: Volume 1: The Automatic Script: 5 November 1917 – 18 June 1918, ed. Steve L. Adams, Babara J. Fielding & Sandra L. Sprayberry, London: Palgrave Macmillan, 1992.

Yeats's Vision Papers: Volume 2: The Automatic Script: 24 September 1918 – 28 March 1920, ed. Steve L. Adams, Babara J. Fielding & Sandra L. Sprayberry, London: Palgrave Macmillan, 1992.

Yeats's Vision Papers: Volume 3: Sleep and Dream Notebooks, Vision Notebooks 1 and 2, Card File, ed. George Mills Harper, Robert Anthony Martinich & Margaret Mills Harper, London: Palgrave Macmillan, 1992.

Yeats's Vision Papers: Volume 4: "The Discoveries of Michael Robartes", Version B ["The Great Wheel" and "The 28 Embodiments"], ed.

George Mills Harper & Margaret Mills Harper, Basingstoke: Macmillan, 2000.

自传

Autobiographies, London: Macmillan, 1955; repr. 1956.

The Collected Works of W. B. Yeats: Vol. III: Autobiographies, ed. William H. O'Donnell & Douglas N. Archibald, New York: Scribner, 1999.

Memoirs, ed. Denis Donoghue, London: Macmillan, 1972.

书信

Ah, Sweet Dancer: W. B. Yeats, Margot Ruddock: A Correspondence, ed. Roger McHugh, London: Macmillan, 1970.

Letters on Poetry from W. B. Yeats to Dorothy Wellesley, London: Oxford University Press, 1940; repr. 1964.

The Collected Letters of W. B. Yeats, Vol. I: 1865–1895, ed. John Kelly, Oxford: Oxford University Press, 1986; repr. 2011.

The Collected Letters of W. B. Yeats, Vol. II: 1896–1900, ed. Warwick Gould, John Kelly & Deirdre Toomey, Oxford: Oxford University Press, 1993; repr. 1998.

The Collected Letters of W. B. Yeats, Vol. III: 1901–1904, ed. John Kelly & Ronald Schuchard, Oxford: Oxford University Press, 1994; repr. 2007.

The Collected Letters of W. B. Yeats, Vol. IV: 1905–1907, ed. John Kelly & Ronald Schuchard, Oxford: Oxford University Press, 2005; repr. 2012.

The Collected Letters of W. B. Yeats, Vol. V: 1908–1910, ed. John Kelly &

Ronald Schuchard, Oxford: Oxford University Press, 2018.

The Correspondence of Robert Bridges and W. B. Yeats, ed. Richard J. Finneran, Toronto: Macmillan, 1977.

The Gonne-Yeats Letters 1893 – 1938: Always Your Friend, ed. Anna MacBride White & A. Norman Jeffares, London: Hutchinson, 1992.

The Letters of W. B. Yeats, ed. Allan Wade, London: Rupert Hart-Davis, 1954.

W. B. Yeats and George Yeats: The Letters, Oxford: Oxford University Press, 2011.

讲演

"Modern Ireland: An Address to American Audiences 1932 – 1933", *Massachusetts Review*, Vol. 5, No. 2 (Winter 1964), pp. 256 – 268.

Senate Speeches, ed. Donald R. Pearce, London: Faber & Faber, 1961.

编辑

A Book of Irish Verse, London: Methuen & Co., 1895.

Fairy and Folk Tales of the Irish Peasantry, London: The Walter Scott Publishing Co., Ltd., 1906.

The Oxford Book of Modern Verse 1892 – 1935, London: Oxford University Press, 1936.

The Poems of William Blake, London: Routledge & Kegan Paul, 1905.

翻译

The Ten Principal Upanishads, collaborated with Shree Purohit Swami, London：Faber & Faber, 1937.

他人作品

Auden, W. H., *The Dyer's Hand and Other Essays*, London：Faber & Faber, 1962.

Blavatsky, H. P., *Isis Unveiled: A Master-Key to the Mysteries of Ancient and Modern Science and Theology*, 2 vols., New York：J. W. Bouton, 1877.

——, *The Secret Doctrine: The Synthesis of Science, Religion, and Philosophy*, 2 vols., London：The Theosophical Publishing Company, Ltd., 1888.

Finneran, Richard J., George Mills Harper & William M. Murphy, eds., *Letters to W. B. Yeats*, 2 vols., London：Macmillan, 1977.

Gonne, Iseult, *Letters to W. B. Yeats and Ezra Pound from Iseult Gonne: A Girl That Knew All Dante Once*, ed. A. Norman Jeffares, Anna MacBride & Christina Bridgwater, London：Palgrave Macmillan, 2004.

Gregory, Isabella Augusta, Lady, *Cuchulain of Muirthemne: The Story of the Men of the Red Branch of Ulster*, London：John Murry, 1902.

——, *Lady Gregory's Journals*, Vols. I & II, ed. Daniel J. Murphy, Gerrard Cross：Colin Smythe, 1978.

MacBride, Maud Gonne, *A Servant of the Queen: Her Own Story*, new edn., Dublin: Golden Eagle Books, 1950.

Mannin, Ethel, *Privileged Spectator: A Sequel to Confessions and Impressions*, London: Jarrolds, 1939.

Margot Ruddock, *The Lemon Tree*, London: J. M. Dent, 1937.

Mikhail, E. H., ed., *W. B. Yeats: Interviews and Recollections*, 2 vols., London: Macmillan, 1977.

Pound, Ezra, *Literary Essays of Ezra Pound*, ed. T. S. Eliot, New York: New Directions, 1968.

——, *Pavannes and Divagations*, New York: New Directions, 1958.

——, *The Selected Letters of Ezra Pound to John Quinn, 1915–1924*, ed. Timothy Materer, Durham: Duke University Press, 1991.

Quinn, John, *The Letters of John Quinn to William Butler Yeats*, ed. Alan Himber, Epping: Bowker, 1983.

Rosenroth, Knorr von, *Kabbala Denudata: The Kabbalah Unveiled*, trans. S. L. MacGregor Mathers, New York: The Theosophical Publishing Company, 3rd impression, 1912.

Sinnet, A. P., *Esoteric Buddhism*, 5th edn., London: Chapman and Hall, Ltd., 1885.

Wescott, William Wynn, *The Magical Mason: Forgotten Hermetic Writings of William Wynn Wescott, Physician and Magus*, ed. R. A. Gibert, Wellingborough, Northamtonshire: The Aqurian Press, 1983.

Yeats, John Butler, *Letters to His Son W. B. Yeats and Others*, ed. Joseph Hone, London: Faber & Faber, 1944.

二手资料

关于叶芝的作品

生平传记

Alldritt, Keith, *W. B. Yeats: The Man and the Milieu*, New York: Clarkson Potter, 1997.

Brown, Terence, *The Life of W. B. Yeats*, Oxford: Blackwell Publishers, 1999.

Coote, Stephen, *W. B. Yeats: A Life*, London: Hodder & Stoughton, 1997.

Ellmann, Richard, *Yeats: The Man and the Masks*, New York: Macmillan, 1948.

——, *W. B. Yeats's Second Puberty*, Washington: Library of Congress, 1985.

Foster, R. F., *W. B. Yeats: A Life: I. The Apprentice Mage 1865–1914*, Oxford: Oxford University Press, 1997.

——, *W. B. Yeats: A Life: II. The Arch-Poet 1915–1939*, Oxford: Oxford University Press, 2003.

Hone, Joseph, *W. B. Yeats 1865–1939*, rev. edn. London: Macmillan, 1962.

Jeffares, A. Norman, *W. B. Yeats: A New Biography*, London: Hutchinson, 1988.

——, *W. B. Yeats: Man and Poet*, New York: Palgrave Macmillan, 1996.

Macrae, Alasdair D. F., *W. B. Yeats: A Literary Life*, New York: St. Martin's Press, 1995.

Tuohy, Frank, *Yeats*, London: Gill & Macmillan, 1976.

作品诠释

Armstrong, Charles I, *Reframing Yeats: Genre, Allusion and History*, London: Bloomsbury, 2013.

Bradford, Curtis B., *Yeats at Work*, Carbondale & Edwardsville: Southern Illinois University Press, 1965.

Clark, David R., *Yeats at Songs and Choruses*, Amherst: The University of Massachusetts Press, 1983.

Finneran, Richard J., *Editing Yeats's Poems: A Reconsideration*, London: Macmillan, 1983.

Grene, Nicholas, *Yeats's Poetic Codes*, Oxford: Oxford University Press, 2008.

Jeffares, A. Norman, *A New Commentary on the Poems of W. B. Yeats*, London: Macmillan, 1984.

—— & Knowland, A. S., *A Commentary on the Collected Plays of W. B. Yeats*, London: Macmillan, 1975.

——, "Notes on Yeats's 'Lapis Lazuli'", *Modern Language Notes*, Vol. 65, No. 7 (Nov., 1950), pp. 488–491.

McCormack, Jerusha, "The Poem on the Mountain: A Chinese Reading of Yeats's 'Lapis Lazuli'", *Yeats Annual*, No.19 (2013), pp. 261–287.

O'Donnell, William H., *A Guide to the Prose Fiction of W. B. Yeats*, Ann Arbor, MI: UMI Research Press, 1983.

——, "The Art of Yeats's 'Lapis Lazuli'", The Massachusetts Review, Vol. 23, No. 2 (Summer, 1982), pp. 353–367.

O'Sullivan, Sheila, "W. B. Yeats's Use of Irish Oral and Literary Tradition", *Béaloideas*, Iml. 39/41 (1971–1973), pp. 266–279.

Parker, David, "Yeats's Lapis Lazuli", *Notes and Queries*, New Series,

Vol. 24, No. 5 (Oct., 1977), pp. 452-454.

Saul, George Brandon, *Prolegomena to the Study of Yeats's Poems*, Philadelphia: University of Pennsylvania Press, 1957.

Stallworthy, Jon, *Between the Lines: Yeats's Poetry in the Making*, Oxford: The Clarendon Press, 1963.

——, *Vision and Revision in Yeats's 'Last Poems'*, Oxford: The Clarendon Press, 1969.

Taylor, Richard, *A Reader's Guide to the Plays of W. B. Yeats*, London: Macmillan, 1984.

Unterecker, John, *A Reader's Guide to W. B. Yeats*, London: Thames and Hudson, 1959, repr, 1969.

诗歌研究

Balinisteanu, Tudor, *Violence, Narrative and Myth in Joyce and Yeats: Subjective Identity and Anarcho-syndicalist Traditions*, Basingstoke, Hampshire: Palgrave Macmillan, 2013.

Bhargava, Ashok, *The Poetry of W. B. Yeats: Myth as Metaphor*, New Delhi: Arnold-Heinemann, 1979.

Bora, C. M., "William Butler Yeats", *The Heritage of Symbolism*, London: Macmillan, 1947, pp. 180-218.

Bradley, Anthony, *Imagining Ireland in the Poems and Plays of W. B. Yeats: Nation, Class and State*, New York: Palgrave Macmillan, 2011.

Brunner, Larry, *Tragic Victory: The Doctrine of Subjective Salvation in the Poetry of W. B. Yeats*, Troy, N.Y.: Whitston Pub. Co., 1987.

Cade-Stewart, Michael, "Mask and Robe: Yeats's *Oxford Book of Modern Verse* (1936) and *New Poems* (1938)", *Yeats Annual*, No.19 (2013), pp. 221–258.

Clarke, Edward, *The Later Affluence of W. B. Yeats and Wallace Stevens*, Houndmills, Basingstoke, Hampshire: Palgrave Macmillan, 2012.

Deane, Sheila, *Bardic Style in the Poetry of Gerard Manley Hopkins, W. B. Yeats, and Dylan Thomas*, Ann Arbor, MI: UMI Research Press, 1989.

Ellmann, Richard, *The Identity of Yeats*, London: Faber & Faber; New York: Oxford University Press, 1954.

Engelberg, Edward, *The Vast Design: Patterns in W. B. Yeats's Aesthetic*, 2nd edn., Washington, D. C.: Catholic University of America Press, 1988.

Farag, F. F., "Oriental and Celtic Elements in the Poetry of W. B. Yeats", *W. B. Yeats 1865–1965: Centenary Essays on the Art of W. B. Yeats*, ed. D. E. S. Maxewell & S. B. Bushrui, Ibadan: Ibadan University Press, 1965, pp. 33–53.

Grossman, Allen R., *Poetic Knowledge in the Early Yeats: A Study of* The Wind Among the Reeds, Charlottesville: University Press of Virginia, 1969.

Haswell, Janis Tedesco, *Pressed Against Divinity: W. B. Yeats's Feminine Masks*, DeKalb, Ill.: Northern Illinois University Press, 1997.

Henn, T. R., *The Lonely Tower: Studies in the Poetry of W. B. Yeats*, 2nd edn., London: Methuen & Co., 1965.

Heuston, Sean, *Modern Poetry and Ethnography: Yeats, Frost, Warren, Heaney, and the Poet as Anthropologist*, New York: Palgrave Macmillan, 2011.

Holdridge, Jefferson, *Those Mingled Seas: The Poetry of W. B. Yeats, the Beautiful and the Sublime*, Dublin: University College Dublin Press, 2000.

Koch, Vivienne, *W. B. Yeats: The Tragic Phase: A Study of the Last Poems*, London: Routledge & Kegan Paul, 1951.

MacNeice, Louis, *The Poetry of W. B. Yeats*, Oxford: Oxford University Press, 1941.

Meir, Colin, *The Ballads and Songs W. B. Yeats: The Anglo-Irish Heritage in Subject and Style*, London: Macmillan, 1974.

Nally, Claire, *Envisioning Ireland: W. B. Yeats's Occult Nationalism*, Oxford: Peter Lang, 2010.

Parkinson, Thomas, *W. B. Yeats: Self-Critic & The Later Poetry*, two volumes in one, Berkeley & Los Angeles: University of California Press, 1971.

Pryor, Sean, *W. B. Yeats, Ezra Pound and the Poetry of Paradise*, Farnham, Surrey: Ashgate, 2011.

Purdy, Dwight H. *Biblical Echo and Allusion in the Poetry of W. B. Yeats: Poetics and the Art of God*, Lewisburg: Bucknell University Press, 1994.

Raine, Kathleen, *W. B. Yeats and the Learning of the Imagination*, Ipswich: Golgonooza Press, 1999.

Ramazani, R. Jahan, "Yeats: Tragic Joy and the Sublime", *PMLA*, Vol. 104, No. 2, (March, 1989), pp. 163 – 177.

Ramratnam, Malati, *W. B. Yeats and the Craft of Verse*, Lanham, MD: University Press of America, 1985.

Rosenthal, M. L., *Running to Paradise: Yeats's Poetic Art*, New York: Oxford University Press, 1997.

Sanders, Mark, *Riddled with Light: Metaphor in the Poetry of W. B. Yeats*, Nacogdoches, Tex.: Stephen F. Austin State University Press, 2014.

Schricker, Gale C., *A New Species of Man: The Poetic Persona of W. B. Yeats*, Lewisburg: Bucknell University Press, 1982.

Schuchard, Ronald, *The Last Minstrels: Yeats and the Revival of the Bardic Art*, Oxford: Oxford University Press, 2008.

Surette, Leon, *The Birth of Modernism: Ezra Pound, T. S. Eliot, W. B. Yeats and the Occult*, Montreal: McGill-Queen's University Press, 1993.

Young, David, *Troubled Mirror: A Study of Yeats's* The Tower, Iowa: University of Iowa Press, 1987.

戏剧研究

Cusack, George, *The Politics of Identity in Irish Drama: W. B. Yeats, Augusta Gregory and J. M. Synge*, New York: Routledge, 2009.

Dorn, Karen, *Player and Painted Stage: The Theatre of W. B. Yeats*, Brighton: Harvester, 1984.

Ellis, Sylvia C., *The Plays of W. B. Yeats: Yeats and the Dancer*, Basingstoke: Palgrave, 1995.

Flannery, James W., *W. B. Yeats and the Idea of a Theatre: The Early Abbey Theatre in Theory and Practice*, New Haven: Yale University Press, 1976.

Good, Maeve, *W. B. Yeats and the Creation of a Tragic Universe*, Totowa, NJ: Barnes & Noble Books, 1987.

Knowland, A. S., *W. B. Yeats, Dramatist of Vision*, Gerrards Cross, Bucks: C. Smythe, 1983.

Martin, Heather C., *W. B. Yeats: Metaphysician as Dramatist*, Gerrards Cross: C. Smythe, 1986.

Potet, Jean-Paul G, *Yeats and Noh*, Raleigh, NC: Lulu Press, 2015.

Skene, Reg, *The Cuchulain Plays of W. B. Yeats: A Study*, London：Macmillan, 1974.

Suess, Barbara Ann, *Progress and Identity in the Plays of W. B. Yeats, 1892 – 1907*, New York：Routledge/Taylor & Francis Group, 2015.

Vendler, Helen Hennessy, *Yeats's Vision and the Later Plays*, Cambridge, Mass.：Harvard University Press, 1963; 2nd printing, 1969.

散文研究

Hirsch, Edward, "Coming out into the Light：W. B. Yeats's 'The Celtic Twilight'(1893, 1902)", *Journal of the Folklore Institute*, Vol. 18, No. 1 (Jan.– Apr., 1981), pp. 1 – 22.

思想研究

Arkins, Brian, *The Thought of W. B. Yeats*, Oxford：Peter Lang, 2010.

Dabić, Snežana, *W. B. Yeats and Indian Thought: A Man Engaged in That Endless Research into Life, Death, God*, Newcastle upon Tyne：Cambridge Scholars Publishing, 2015.

Engelberg, Edward, *The Vast Design: Patterns in W. B. Yeats's Aesthetic*, Toronto：University of Toronto Press, 1964.

McCormack, W. J., *Blood Kindred: W. B. Yeats: The Life, the Death, the Politics*, London：Pimlico, 2005.

Pietrzak, Wit, *The Critical Thought of W. B. Yeats*, London：Palgrave Macmillan, 2017.

法术研究

Adams, Steve L. & George Mills Harper, eds., "The Manuscript of 'Leo

Africanus'", *Yeats Annual*, No. 19 (2013), pp. 289–335.

Barccana, H. R., *W. B. Yeats and Occultism: A Study of His Works in Relation to Indian Lore, the Cabbala, Swedenborg, Boehme and Theosophy*, Delhi: Motilal Banarridass, 1965.

Graf, Susan Johnston, *W. B. Yeats: Twentieth-Century Magus*, York Beach, Maine: Samuel Weiser, Inc., 2000.

Harper, George Mills, *The Making of Yeats's A Vision: A Study of the Automatic Script*, 2 vols, London: Macmillan, 1987.

——, ed., *Yeats and The Occult*, London: Macmillan, 1975.

——, *Yeats's Golden Dawn*, London: Macmillan, 1974.

Harper, Margaret Mills, *Wisdom of Two: The Spiritual and Literary Collaboration of George and W. B. Yeats*, Oxford: Oxford University Press, 2006.

Hough, Graham Goulden, *The Mystery Religion of W. B. Yeats*, Brighton, Sussex: The Harvester Press; Barnes & Noble Books, 1984.

Maddox, Brenda, *Yeats's Ghosts: The Secret Life of W. B. Yeats*, New York: Harper Collins, 1999.

Mann, Neil, Matthew Gibson & Claire Nally, eds., *W. B. Yeats's A Vision: Explications and Contexts*, Liverpool: Liverpool University Press, 2015.

Monteith, Ken, *Yeats and Theosophy*, New York: Routledge, 2008.

Moore, Virginia, *The Unicorn: William Butler Yeats' Search for Reality*, New York: Macmillan, 1954.

Raine, Kathleen, *Yeats, the Tarot and the Golden Dawn*, Dublin: The Dolmen Press, 1972.

交游研究

Ellmann, Richard, *Eminent Domain: Yeats among Wilde, Joyce, Pound, Eliot and Auden*, New York: Oxford Universty Press, 1967.

Frazier, Adrian, *Behind the Scenes: Yeats, Horniman, and the Struggle for the Abbey Theatre*, Oakland, CA: University of California Press, 1990.

Harper, George Mills, *W. B. Yeats and W. T. Horton: The Record of an Occult Friendship*, London: Macmillan, 1980.

Harwood, John, *Olivia Shakespear and W. B. Yeats: After Long Silence*, New York: Palgrave Macmillan, 1989.

Hassett, Joseph M., *W. B. Yeats and the Muses*, Oxford: Oxford University Press, 2010.

Ian, Fletcher, *W. B. Yeats and His Contemporaries*, New York: St. Martin's Press, 1987.

Lonenbach, James, *Stone Cottage: Pound, Yeats, and Modernism*, New York: Oxford University Press, 1988.

Schuchard, Ronald, "An Attendant Lord: H. W. Nevinson's Friendship with W. B. Yeats", *Yeats Annual*, No. 7 (1990), pp. 90–130.

Toomey, Deirdre, ed., *Yeats and Women*, 2nd edn., Houndmills, Basingstoke, Hampshire: Macmillan, 1997.

背景研究

Arrington, Lauren, *W. B. Yeats, the Abbey Theatre, Censorship and the Irish State: Adding the Half-pence to the Pence*, Oxford: Oxford University Press, 2010.

Fleming, Deborah, *W. B. Yeats and Postcolonialism*, West Cornwall, CT: Locust Hill Press, 2001.

Holdeman, David et al., *W. B. Yeats in Context*, Cambridge: Cambridge University Press, 2010.

Kinahan, Frank, *Yeats, Folklore and Occultism: Contexts of the Early Work and Thought*, Boston: Urwin Hyman, 1988.

Kain, Richard Morgan, *Dublin in the Age of William Butler Yeats and James Joyce*, Norman, OK: University of Oklahoma Press, 1990.

Stanfield, Paul Scott, *Yeats and Politics in the 1930s*, London: Palgrave Macmillan, 1988.

Torchiana, Donald T., *W. B. Yeats and Georgian Ireland*, Evanston, Ill.: Northwestern University Press, 1966.

Tuente, Mary Helen, *W. B. Yeats and Irish Folklore*, Totowa, N. J.: Barnes & Noble, 1981.

影响研究

Doody, Noreen, *The Influence of Oscar Wilde on W. B. Yeats*, London: Palgrave Macmillan, 2018.

Hoare, Dorothy M., *The Works of Morris and of Yeats in Relation to Early Saga Literature*, Cambridge: Cambridge University Press, 1937.

Jochum, K. P. S., *The Reception of W. B. Yeats in Europe*, London: Continuum, 2006.

Raine, Kathleen, "Yeats's Debt to Blake", *Defending Ancient Springs*, London: Oxford University Press, 1967, pp. 66–87.

Sasso, Eleonora, *How the Writings of William Morris Shaped the Literary Style of Tennyson, Swinburne, Gissing and Yeats: Barthesian Rewritings Based on the Pleasure of Distorting Repetition*, Lewiston, NY: Edwin Mellen Press, 2011.

Sheils, Barry, *W. B. Yeats and World Literature: The Subject of Poetry*, Burlington, VT: Ashgate, 2015.

评论文集

Gwynn, Stephen, ed., *Scattering Branches: Tribute to the Memory of W. B. Yeats*, New York: Macmillan, 1940.

Hall, James & Martin Steinmann, eds., *The Permanence of Yeats*, New York: Macmillan, 1950.

Jeffares, A. Norman, *The Circus Animals: Essays on W. B. Yeats*, London: Palgrave Macmillan, 1970.

——, ed., *W. B. Yeats: The Critical Heritage*, London and New York: Routledge, 1977.

Jeffares, A. Norman & K. G. W. Cross, eds., *In Excited Reverie: A Centenary Tribute to William Butler Yeats 1865－1939*, London: Palgrave Macmillan, 1965.

Khalifa, Rached, *Emblems of Adversity: Essays on the Aesthetics of Politics in W. B. Yeats and Others*, Newcastle: Cambridge Scholars Publishing, 2009.

Pierce, David, ed., *W. B. Yeats: Critical Assessments*, 4 vols., Mountfield, East Sussex: Helm Information, 2000.

Raine, Kathleen, *Yeats the Initiate: Essays on Certain Themes in the Work of W. B. Yeats*, Mountrath: Dolmen Press, 1986.

Stallworthy, Jon, ed., *Yeats: Last Poems*, London: Macmillan, 1968.

Taneja, G. R., ed., *W. B. Yeats: An Anthology of Recent Criticism*, Delhi: Pencraft International, 1995.

生平年表

Kelly, John, *A W. B. Yeats Chronology*, Houndhill, Basingstoke, Hampshire: Palgrave Macmillan, 2003.

著作目录

Cross, K. G. W. & R. T. Dunlop, eds., *A Bibliography of Yeats Criticism 1887–1965*, London: Macmillan, 1971.

Jochum, K. P. S., *W. B. Yeats: A Classified Bibliography of Criticism: Including Additions to Allan Wade's Bibliography of the Writings of W. B. Yeats and a Section of the Irish Literary and Dramatic Revival*, Urbana: University of Illinois Press, 1978.

Wade, Allan, ed., *A Bibliography of the Writings of W. B. Yeats*, London: Rupert Hart-Davis, 1958.

工具书

Conner, Lester I., *A Yeats Dictionary: Persons and Places in the Poetry of W. B. Yeats*, New York: Syracuse University Press, 1998.

Howes, Marjorie Elizabeth & John S. Kelly, eds., *The Cambridge Companion to W. B. Yeats*, Cambridge: Cambridge University Press, 2006.

McCready, Sam, *A William Butler Yeats Encyclopedia*, Westport, CT: Greenwood Press, 1997.

Malins, Edward, *A Preface to Yeats*, London: Longman, 1974; repr. 1980.

Ross, David A., *Critical Companion to William Butler Yeats: A Literary Reference to His Life and Work*, New York: Facts On File, 2009.

其他作品

Hirsch, Edward, "The Imaginary Irish Peasant", *PMLA*, Vol. 106, No. 5 (Oct., 1991), pp. 1116 - 1133.

Inglis, Brian, *Roger Casement*, New York: Harcourt Brace Jovanovich, 1973.

Kennelly, Brendan ed., *The Penguin Book of Irish Verse*, Harmondsworth: Penguin Books, 1970.

Kohfeldt, Mary Lou, *Lady Gregory: The Woman behind the Irish Renaissance*, London: Deutsch, 1985.

Levenson, Samuel, *Maud Gonne*, New York: Reader's Digest Press, 1976.

Pyle, Hilary, *Yeats: Portrait of an Artistic Family*, London: Merrell Holberton, 1997.

Todd, Loreto, *The Language of Irish Literatutre*, London: Macmillan Education, 1989.

Saddlemyer, Ann, *Becoming George: The Life of Mrs W. B. Yeats*, New York: Oxford University Press, 2002.

Seymour, St. John D., *Anglo-Irish Literature 1200 - 1582*, Cambridge: Cambridge University Press, 1929.

Zimmermann, Georges-Denis, *Irish Political Street Ballads and Rebel Songs 1780 - 1900*, Genève: Imprimerie La Sirène, 1966.

叶 芝 诗 解

A flower has blossomed

A flower has blossomed, the world heart core,
The petals and leaves were a moon white flame.
A gathered the flower, the colourless lore
The abundant measure of fate and fame.
Many men gather and few may use
The sacred oil and the sacred cruse.

一朵花开了

一朵花开了,世界的心核,
瓣和叶是一簇月白火焰。
采下的花朵,无色的学科,
命运和名誉的足量装点。
许多人采集,很少人会用
那神圣精油和神圣油瓶。

【解】

此诗抄写在一封未署日期的信的背面,似为未定稿。凯利(John Kelly)认为该信写于 1882 年前后。① 据韦德(Allan Wade)说,收信人名叫玛丽·克洛南(Mary Cronan),不知何许人也。② 由于叶芝是个白字大王,拼写永远做不到完全没错,所以凯利猜测,收信人可能是玛丽·克洛宁(Mary Cronin, 1832—1919),一位律师的妻子。③ 叶芝的父亲约翰早年曾学习法律,并取得了律师资格,可能这位律师是他的熟人吧。叶芝在信中说:

> 我寄给您您要的诗。我很少有好几百行以下的诗,但在我有的那些当中,这是最短最容易懂的……
>
> 又及:如您所将看到的,我的大目标是直接和极度简单。④

此诗在叶芝生前未发表过,此处所用版本出自伯恩斯坦(George Bornstein)编的《月下:叶芝未发表的早期诗》(*Under the Moon: The Unpublished Early Poetry by William Butler Yeats*, 1995)一书。

第 3 行前半部分,韦德释读为"你采下花朵"(U gathered the flower);凯利的释读"A gathred the flower"不合语法,衍一定冠词"the","gathered"也拼写错了,可能是叶芝笔误。后半部分原作"the soulless lore","soul"(灵魂)被划掉了,换成了"colour",意思稍费解,可能与《快乐的牧人之歌》("The Song of the Happy Shepherd", 1885)一诗中的"灰真理"(Grey Truth)⑤意思相近,都指的是科学知识。此行似乎是说,采下的花朵就成了科学研究的对象了。

---

① W. B. Yeats, *The Collected Letters of W. B. Yeats*, Vol. I: 1865-1895, ed. John Kelly, Oxford: Oxford University Press; repr. 2011, 1986, p. 5.
② W. B. Yeats, *The Letters of W. B. Yeats*, ed. Allan Wade, London: Rupert Hart-Davis, 1954, p. 30.
③ W. B. Yeats, *The Collected Letters of W. B. Yeats*, Vol. I, p. 5.
④ Ibid., pp. 5-7.
⑤ 傅浩(译):《叶芝诗集》,上海:上海译文出版社,2018 年,页 69。

第4行,凯利释读为"命运和名誉的丰足草坪"(The aboundant meadow of fate and fame);韦德释读为"青春和名誉的足量装点"(The aboundant measure of youth and fame),而且显示"meadow"已被划掉,改成了"measure"(注意:他们都保留了"abundant"的错误拼法)。但是,比较两种释读,"youth"与"fate"字形差别较大,不知何至于此。按说,"fate"与"fame"既押头韵又押元音韵,所以更有可能是正确的选择,而且伯恩斯坦也是如此释读的。

第6行中的"sacret"一词,韦德和凯利都保留了原稿的错误拼写;伯恩斯坦认为叶芝可能是想写"secret"(秘密)的,但最终决定"sacred"的意思更合适。[①] 5—6行的意思大约与张俞(约十一世纪)的诗句"遍身罗绮者,不是养蚕人"的意思差不多。

总起来说,此诗大意是:一朵自然开放的花,就是世界的中心;一旦被采摘下来,就成了没有生命的科研对象,成了人生重大场合和名誉的装饰品了;采下的(尤其是玫瑰)花朵可以提炼精油,用于宗教的涂油礼,采花炼油的人多,用油施礼的人少。

叶芝晚年(1934年3月17日)在英国广播公司贝尔法斯特电台做读诗节目时提到:"我年轻时,诗已经变得流利而富丽。史文朋的影响一统天下,他非常流利。新一代到来,想要简单;我想我比别人都更想要。……我尽量在我的诗里保持非常简单的情感,写自然的词语,用自然的语序。"[②] 这与上引的信里的说法是一致的。然而,话虽如此,此诗仍不尽免十九世纪浪漫主义古雅诗风的陈词滥调和抽象模糊,例如"lore"和"cruse"这样的日常生活中不常用的生僻词或"诗歌用语"显然是为了凑韵而用的;"measure"一词与前后文的搭配也显得有些不知所云。

---

① W. B. Yeats, *Under the Moon*, p. 104. n. 6.
② W. B. Yeats, "Poems About Woman", *Later Articles and Reviews: Uncollected Articles, Reviews, and Radio Broadcasts Written After 1900* [*The Collected Works of W. B. Yeats*, Vol. X], ed. Colten Johnson, New York: Scribner, 2000, p. 249.

The Stolen Child

Where dips the rocky highland

Of Sleuth Wood in the lake,

There lies a leafy island

Where flapping herons wake

The drowsy water-rats;

There we've hid our faery vats,

Full of berries

And of reddest stolen cherries.

Come away, O human child!

To the waters and the wild

With a faery, hand in hand,

For the world's more full of weeping than you can understand.

Where the wave of moonlight glosses

The dim grey sands with light,

Far off by furthest Rosses

We foot it all the night,

Weaving olden dances,

Mingling hands and mingling glances

Till the moon has taken flight;

To and fro we leap

And chase the frothy bubbles,

While the world is full of troubles

And is anxious in its sleep.

Come away, O human child!

To the waters and the wild

With a faery, hand in hand,

For the world's more full of weeping than you can understand.

Where the wandering water gushes

From the hills above Glen-Car,

30   In pools among the rushes

That scarce could bathe a star,

We seek for slumbering trout

And whispering in their ears

Give them unquiet dreams;

Leaning softly out

From ferns that drop their tears

Over the young streams.

Come away, O human child!

To the waters and the wild

40   *With a faery, hand in hand,*

For the world's more full of weeping than you can understand.

Away with us he's going,

The solemn-eyed:

He'll hear no more the lowing

Of the calves on the warm hillside

Or the kettle on the hob

        Sing peace into his breast,
        Or see the brown mice bob
        Round and round the oatmeal-chest.
50 *For he comes, the human child,*
    To the waters and the wild
    With a faery, hand in hand,
    From a world more full of weeping than he can understand.

被拐的孩子

　　斯利什林地的高高
　　岩岸浸泡入湖水处，
　　有一个葱郁的小岛，
　　那里有振翅的白鹭
　　把瞌睡的水鼠惊扰；
　　在那里我们已藏好
　　满盛着浆果的魔桶，
　　偷来的樱桃红通通。
　　人类的孩子啊，走！
10　*跟一个精灵，手拉手，*

到那水上和荒野里,
因为人世溢满你不懂的哭泣。

远在罗西斯岬角边,
月光的浪潮洗刷着
朦胧而灰暗的沙滩;
我们彻夜地踏着脚,
把古老的舞步编织;
交缠着眼神和手臂,
一直到月亮已飞逃;
20　我们往返地跳跃着,
追逐着飞溅的水泡,
而人世却充满烦恼,
正在睡梦里焦灼着。
人类的孩子啊,走!
跟一个精灵,手拉手,
到那水上和荒野里,
因为人世溢满你不懂的哭泣。

格仑卡湖上的山里
漫流的泉水四处涌;
30　杂草丛生的水池子
难得沐浴到一颗星;
从滴泪的蕨丛深处
悄悄地把身子探出

在年轻的溪水之上，
我们找沉睡的鳟鱼，
在它们的耳边低语，
送它们不宁的梦乡。
人类的孩子啊，走！
跟一个精灵，手拉手，
40　到那水上和荒野里，
因为人世溢满你不懂的哭泣。

那眼神忧郁的孩子，
他就要跟我们离去：
将再也听不见牛崽
在温暖山坡上低吼；
听不见火炉上水壶
使他心静的唱歌声；
或再也看不见家鼠
绕着麦片箱转不停。
50　那人类的孩子，来喽，
跟一个精灵，手拉手，
到这水上和荒野里，
来自溢满他不懂的哭泣的人世。

【解】

此诗最初发表于《爱尔兰月刊》(*Irish Monthly*)1886年12月号。收入自编的《爱尔兰农民仙话和民间故事集》(*Fairy and Folk Tales of the Irish Peasantry*, 1888)中时,叶芝加注说:"所提到的地方在斯来沟周围。较远的罗西斯是一个非常有名的神仙出没之地。这里有一处乱石成堆的岬角,如果有人在那里睡着了,就有醒来变傻的危险,因为神仙摄走了他们的灵魂。"[1] 此诗即基于这一传说的演义。诗中发言者是神仙,或译为精灵,在爱尔兰凯尔特人的母语盖尔语中统称为"希"(sidhe),是风的意思。

诗中提到的地名都实有其地。斯利什(盖尔语义为"斜坡")森林在斯来沟县城东南,吉尔湖南岸。叶芝在短篇小说《春天的心》(1893)中如是描写该地:"南边的斯利什森林看上去好像是用绿宝石切割而成的,反映它的湖水就像蛋白石一样闪亮。"[2] 罗西斯(盖尔语义为"山丘")岬角是斯来沟西北一海滨渔村。叶芝在小品文《竺姆克利夫与罗西斯》(1889)中如是描写:"罗西斯是一个被大海分割的、沙质的平原,覆盖着浅草,就像一张绿色的桌布,躺在顶上有石塚的科坶克纳瑞圆丘与布尔本山之间白浪翻滚的中途……在罗西斯北角是一小块有沙有石有草的岬角:一个凄凉、闹鬼的地方。乡下人很少会在它那矮崖下入睡,因为睡着的人醒来会变'傻',希神摄走了他的灵魂。"[3] 格伦卡(盖尔语义为"碑石之谷")是斯来沟东南一湖泊。

在1888年3月14日写给诗友凯瑟琳·泰南(Katherine Tynan, 1859—1931)的信中,叶芝谈到了对此诗的修改:

---

[1] W. B. Yeats, *The Variorum Edition of the Poems of W. B. Yeats*, p. 797.
[2] W. B. Yeats, "The Heart of the Spring", *The Secret Rose, Stories by W. B. Yeats: A Variorum Edition*, 2nd edn., ed. Warwick Gould, Phillip L. Marcus & Michael J. Sidnell, London: Macmillan, 1992, p. 38.
[3] W. B. Yeats, "Drumcliff and Rosses", *Mythologies*, London: Macmillan, 1959, p. 88.

> 在这次修改过程中,我注意到了以前不曾注意到的一些有关我的诗的事情,例如,那几乎全都是从现实世界向仙境的逃离,以及对那逃离的召唤。《被拐的孩子》的合唱作了总结——那不是具有洞见和知识的诗,而是表达渴望和抱怨的诗——反对于生活必需品的心灵呼声。我希望有朝一日有所改变,写作具有洞见和知识的诗。①

由此可见,此诗可以说标志着叶芝对爱尔兰民间传统暨逃往仙境主题的自觉以及由此转向的初衷,但类似主题仍然以各种形态重现于他随后的创作中,直到《钓者》("The Fisherman", 1914)一诗出世,才再度宣示了写作不一样的"寒冷而热情的诗篇"的决心并切实显露出转向的端倪来。

在1889年1月30日致诗歌爱好者伊丽莎白·怀特(Elizabeth White, 1868—1891)的信中,叶芝建议:"你会发现,根据爱尔兰传说和地方等事物作诗是一件好事情。这有助于独创性,使诗作显得真诚,并减少无数的竞争对手。而且,一个人就应该热爱与自己生活离得最近和最纠缠不清的东西。"② 这是很实在的忠告,叶芝自己就是这样做的。文学青年想要在无数竞争对手中间快速出人头地,就不得不找到自己独具特色的风格。叶芝当时在伦敦文艺界寻求发展,于1890年初主创韵人俱乐部(the Rhymers' Club)。他如是回忆:"我记得有一天晚上在柴郡干酪酒馆说过,当时来的诗人异乎寻常地多:'我们谁也不能说谁会成功,甚至不能说谁有没有天才。我们唯一确定的事是我们人太多了'。"③

---

① W. B. Yeats, *The Collected Letters of W. B. Yeats*, Vol. I, pp. 54 – 55.
② Ibid., 131.
③ W. B. Yeats, *Autobiographies*, New York: Macmillan, 1956, p. 171.

图 1：罗西斯岬角
（傅浩摄影）

后来,叶芝在《爱尔兰与艺术》("Ireland and Arts", 1901)一文中写道:"我现在无法写别的国家,只能写爱尔兰,因为我的风格是由我写作的题材塑造而成的……"① 直到1908年,他仍然坚信自己永远不会"去本土之外任何国家寻求一首诗的风景,我想我将把这信念坚持到底"。②

---

① W. B. Yeats, "Ireland and Arts", *Early Essays* [*The Collected Works of W. B. Yeats*, Vol. IV], ed. George Bornstein & Richard J. Finneran, New York: Scribner, 2007, p. 153.
② W. B. Yeats, *Collected Works*, Stratford-on Avon: Shakespeare Head Press, 1908, p. 1.

To an Isle in the Water

Shy one, shy one,

Shy one of my heart,

She moves in the firelight

Pensively apart.

She carries in the dishes,

And lays them in a row.

To an isle in the water

With her would I go.

She carries in the candles,

10   And lights the curtained room,

Shy in the doorway

And shy in the gloom;

And shy as a rabbit,

Helpful and shy.

To an isle in the water

With her would I fly.

去水中一小岛

羞答答,羞答答,
羞答答,心上人,
炉火照,她忙活,
心事重,躲着人。

端进碟,一摞摞,
一排排,摆放好。
我愿她,一起走,
去水中,一小岛。

擎进烛,一支支,
10　挂帘子,屋照亮,
羞答答,门边躲,
羞答答,暗处藏;

羞答答,像兔子,
羞答答,帮手好。
去水中,一小岛,
我愿她,一起逃。

【解】

　　此诗作于1886年10月,诗人时年二十一岁,最初发表于叶芝的第一本诗集《乌辛漫游记及其它》(The Wanderings of Oisin and Other Poems, 1889)中。据叶芝晚年自述[①],创作此诗时,自己还很年轻,没有恋爱经验,只关心文学风格。他和伦敦韵人俱乐部的年轻同人们尊崇史文朋(Algernon Charles Swinburne, 1837—1909),却又不敢读他的作品,因为怕被他带偏了。史文朋的风格恪守传统诗语和句法,讲究修辞,在当时已开始显得矫揉造作而老派过时。而且,其姿态多愁善感,动不动就泪湿沾巾,后来被埃兹拉·庞德(Ezra Pound, 1885—1972)讥为"水不唧唧的"(watery)。叶芝这一代诗人对旧诗的陈词滥调和圆熟流利甚是反感。他们认为,好的语句应该是"以自然次序排列的自然词语",不应有多余的藻饰,不应故作文学姿态。叶芝为追求简单风格,一度挨家挨户走访爱尔兰西部农民,搜集民间故事和歌谣。他遇到一个不懂装懂的人,向他请教一首著名的爱尔兰语民谣的副歌是什么意思。那人"翻译"说是"羞答答像兔子,羞答答又勤劳"。其实原歌词并不是这个意思,那人只是糊弄他而已。不过,诗人竟据此演绎出了这首小诗。晚年回顾时,他仍觉得此诗不错,不装腔作势,尽管内容也许显得空洞,毕竟那不是自己的亲身体验,而是他人思想的复述。此诗是典型的仿民谣体,措辞简单,形式复沓,一唱三叹,但也不免像一般民谣一样嵌有个别古旧的表达法,例如"pensively apart","in the gloom"等就令人联想到斯宾塞(Edmund Spenser, 1552—1599)和弥尔顿(John Milton, 1608—1674)的用词。

　　从主题上看来,叶芝稍后的诗剧《心愿之乡》(The Land of Heart's Desire, 1894)似乎就是从此诗发展而来的。该剧重述了爱尔兰西部民间故事中一个常见的情节:一个婚姻生活不幸福的少妇被精灵所诱,终于

---

① W. B. Yeats, "Poems About Woman", Later Articles and Review, pp. 234-243.

离家出走。在不同文类中重现类似主题,是叶芝惯用的手法。由此看来,此诗中的发言者很可能不是人类,而是与《被拐的孩子》一诗中的发言者同样,是精灵。

Down by the Salley Gardens

Down by the salley gardens my love and I did meet;
She passed the salley gardens with little snow-white feet.
She bid me take love easy, as the leaves grow on the tree;
But I, being young and foolish, with her would not agree.

In a field by the river my love and I did stand,
And on my leaning shoulder she laid her snow-white hand.
She bid me take life easy, as the grass grows on the weirs;
But I was young and foolish, and now am full of tears.

经那些柳园往下去

经那些柳园往下去,爱人和我曾会面;
用一双雪白的小脚,她走过那些柳园。
她教我从容看爱情,一如枝头生绿叶,
可是我年少又愚蠢,不同意她的见解。

在河边一片野地里,爱人和我曾驻足;

在我斜倚的肩头上,她搭着雪白小手。

她教我从容看人生,一如堰上长青草,

可是我年少又愚蠢,如今满眼泪滔滔。

【解】

  此诗原题《老歌重唱》("An Old Song Re-sung"),作于1888年,最初发表于《乌辛漫游记及其它》(1889)。叶芝当时加注云:"这是根据斯来沟郡巴利索代尔村的一个经常自哼自唱的老农妇记不完全的三行老歌词重写的尝试。"① 1888年9月下旬,他在致凯瑟琳·泰南的信中附有此诗和《去水中一小岛》,并称:"一首是根据我在斯来沟采集的三行歌词——爱尔兰老歌词——所作。"② 他晚年(1932年)在英国广播电台朗诵时则解释说:"巴利索代尔村的一位老妇人给我唱过一首歌,我现在全忘了,除了这副歌:她教我把生活看轻易,/一如枝头生叶。这启发我写了下面这首诗,我称之为《经那些柳园往下去》。"看来,他的记忆力衰退了,所记只剩了两行,或一行(因排印方式而异)。他还说:"它很有名,因为有一位姓休斯的爱尔兰音乐家给它谱了好听的曲子。"③ 1934年3月17日,叶芝在英国广播公司贝尔法斯特电台朗诵时再次提及此诗的成因:

  我年轻时,诗已经变得流利而富丽。史文明的影响一统天下,他非常流利。新一代到来,想要简单;我想我比别人都更想要。我去农村挨家挨户听故事,听歌;有时候歌是英语的,有时

---

① W. B. Yeats, *The Variorum Edition of the Poems of W. B. Yeats*, p. 90.
② W. B. Yeats, *The Collected Letters of W. B. Yeats*, Vol. I: 1865 – 1895, p. 97.
③ W. B. Yeats, "Poems About Woman", op. cit., p. 236.

候是盖尔语的——我就得找人翻译。我的一些最有名的诗就是这样作出来的。例如,《经那些柳园往下去》就是从人家在斯来沟郡巴利索代尔村用英语唱给我听的两行歌词演绎出来的。我尽量在我的诗里保持非常简单的情感,写自然的词语,用自然的语序。①

1935年9月25日,他致信惠灵顿公爵夫人多萝西·韦尔斯利(Dorothy Wellesley, 1889—1956)称,爱尔兰诗人的作品一旦配以传统民谣乐曲就会迅速传遍全国,并举例说:"自由邦军队行军时配一种曲子,名叫'经那些柳园往下去',却不知道那进行曲最初是配了我的歌词一起发表的,那歌词现在已经成了民谣经典了。"②

至于此诗所本的那首老歌,不同研究者找出了不同版本,其中当以现藏爱尔兰国家图书馆的一份署名P. J. 麦考尔的谣曲辑录手稿中的版本与此诗文辞最相近似,只不过多出了一节。原文和汉译如下:

> *Down by the Salley Gardens my own true love and I did meet;*
> *She passed the Salley Gardens, a tripping with her snow white feet.*
> *She bid me take life easy just as leaves fall from each tree;*
> *But I being young and foolish with my true love would not agree.*
>
> *In a field by the river my lovely girl and I did stand,*
> *And leaning on her shoulder I pressed her burning hand.*

---

① W. B. Yeats, "Poems About Woman", op. cit., p. 249.
② W. B. Yeats, *Letters on Poetry from W. B. Yeats to Dorothy Wellesley*, London: Oxford University Press, 1940, p. 32.

图 2：斯来沟郡加拉沃格河沿岸的黄柳
（出自 *W. B. Yeats: Images of Ireland*）

She bid me take life easy, just as the stream flows o'er the weirs;
But I being young and foolish I parted her that day in tears.

I wish I was in Banagher and my fine girl on my knee
And I with money plenty to keep her in good company.
I'd call for a liquor of the best with flowing bowls on every side
Kind fortune ne'er daunt me, I am young and the world's wide.[1]

经那些柳园往下去,我的真爱和我曾会面;
用她那雪白的小脚,她款款走过那些柳园。
她教我从容看人生,一如每棵树都会落叶,
可是我年少又愚蠢,不同意我真爱的见解。

在河边一片野地里,我的美妞和我曾驻足;
我倚在她的肩头上,把她滚烫的手紧握住。
她教我从容看人生,一如堰坝上都有水流,
可是我年少又愚蠢,那天竟与她含泪分手。

我希望我在巴那赫,我的俏妞在我膝上坐;
我拥有大把的金钱,养活她好好做伴陪我。
我要叫最好的烈酒,周遭都有流淌的酒碗。
好心的命运从不吓我,我年轻而世界很宽。

---

[1] A. Norman Jeffares, *A New Commentary on the Poems of W. B. Yeats*, p. 14.

最后一节可能由于内容庸俗而被叶芝选择性遗忘或者故意弃用了。他每每会对所本的改写对象作如此剪裁，类似的例子还有《在你年老时》（"When You are Old"，1891）等。

有人把"take ... easy"云云理解成"别着急，慢慢来"，说是女孩劝男孩不要猴急冲动，而应守礼自持，等待时机自然成熟。但与此背道而驰的另一种理解也许意味更深长些，"easy"也有"随便"的意思，即女孩其实是劝男孩不要把爱情和人生看得过于严肃拘谨，而应顺应自然，该出手时就出手，一如我国唐代诗人杜秋娘所谓"花开堪折直须折，莫待无花空折枝"。而男孩却恰恰因为懵懂或拘谨而错过了时机。其实，无论中外，古人的人生观都远比现代人纯朴自然、诚实豁达！这首诗所表现的不外乎是"Carpe Diem"（及时行乐）这一中外文学中几成陈腔滥调而又亘古常新的主题。叶芝年轻时坚持理想之爱，因痴恋茉德·冈不得回报而迟迟不肯结婚，老年时终因"浪费掉了的夜晚"而后悔不已，可以说正应了此诗之谶吧。

形式上，此诗采用的是谣曲体式，即奇数行四个音步，偶数行三个音步交错排列的诗节。只不过排印采取了把奇偶两行连排成一行的形式。劳伦斯·佩林和托马斯·R·阿珀分析其格律如下：

  — ◡   ◡ —   ◡ —   ◡ —   ◡ —   ◡ —   ◡ —

  Down by | the sal | ley gar | dens ˣ | my love | and I | did meet. |①

这是谣曲诗节的两行连排。第一行末"-dens"是轻读音节，后面实际有一空拍（用"x"表示），而空拍通常被视为不发声的重读音节。所以前半段（一行）是四个音步，后半段（一行）是三个音步，一律是规整的轻重格，除

---

① Laurence Perrine & Thomas R. Arp, *Sound and Sense: An Introduction to Poetry*, 8ᵗʰ edn. Orlando, Fla.: Harcourt Brace, 1992, p. 193.

第一个音步是常见的拗格——重轻格——之外。有人不明轻读音节后的空拍等于重读音节之理,曾以为笔者将与此类似的行末单独一个轻读音节错误地划分为一个音步而感到诧异,可谓少见多怪①。

正如此诗的词句是诗人叶芝重写的,其现在最流行的一种曲调是由爱尔兰作曲家赫伯特·休斯(Herbert Hughes,1882—1937)根据另一首古老民歌《穆尔纳河滩的少女》的旋律重新编配的。词曲最初一同发表于《爱尔兰乡村歌曲》(*Irish Country Songs*,1909)一书中。

---

① 黄杲炘批评笔者把"行末一个轻音节 gar 划成了音步"是"违背了音步划分的基本常识",并质问"有这样分析音步的诗律学吗?"(见《也谈怎样译诗——兼答傅浩先生》,载《东方翻译》2011 年第 5 期)。

To the Rose upon the Rood of Time

Red Rose, proud Rose, sad Rose of all my days!
Come near me, while I sing the ancient ways:
Cuchulain battling with the bitter tide;
The Druid, grey, wood-nurtured, quiet-eyed,
Who cast round Fergus dreams, and ruin untold;
And thine own sadness, whereof stars, grown old
In dancing silver-sandalled on the sea,
Sing in their high and lonely melody.
Come near, that no more blinded by man's fate,
10 *I find under the boughs of love and hate,*
In all poor foolish things that live a day,
Eternal beauty wandering on her way.

Come near, come near, come near — Ah, leave me still
A little space for the rose-breath to fill!
Lest I no more hear common things that crave;
The weak worm hiding down in its small cave,
The field-mouse running by me in the grass,
And heavy mortal hopes that toil and pass;
But seek alone to hear the strange things said
20 *By God to the bright hearts of those long dead,*
And learn to chaunt a tongue men do not know.
Come near; I would, before my time to go,

Sing of old Eire and the ancient ways:
Red Rose, proud Rose, sad Rose of all my days.

致时光十字架上的玫瑰

红玫瑰,骄玫瑰,我毕生的悲哀玫瑰!
请靠我近一些,听我唱古代的故事:
库胡林向凶恶的大海浪潮开战;
那祭司,鬓灰白,目光平静,栖林间,
在佛格斯周围撒下无数梦和祸根;
那脚跂银屐在海面上舞蹈、已经
衰老的群星用高远而寂寞的曲子
所歌唱述说的属于你自己的悲戚。
近前来,好让我不再被人类的命运
10 蒙蔽,而在爱与恨的枝柯下找寻,
在朝生暮死可怜而愚昧的万物里,
找到在路上漫游的永恒之美。

靠近些,靠近些,靠近些——啊,留一点
空间给我,让玫瑰的香气来充填!

免得我不再听寻常事物的恳求声：

　　在小小洞穴里深藏的弱小蠕虫，

　　草丛中从我脚边跑过的野耗子，

　　和辛劳后逝去的沉重的凡俗希冀；

　　而独自寻求去倾听上帝对久已

20　逝去者明亮的心所宣说的奇事，

　　并习诵一种人们所不懂的语言。

　　靠近些；在逝去的时刻到来前，我愿

　　歌唱古老的爱尔和古代的故事：

　　红玫瑰，骄玫瑰，我毕生的悲哀玫瑰。

【解】

　　此诗最初见于诗集《女伯爵凯瑟琳及各种传说和抒情诗》(*The Countess Kathleen and Various Legends and Lyrics*, 1892)中，后入《诗集》(*Poems*, 1895)，作为其中《玫瑰》(*The Rose*)辑的序诗。叶芝自注说："玫瑰是爱尔兰诗人们最喜欢的一个象征。以它为题的诗作不止一首，既有盖尔语的又有英语的；它不仅被用于情诗里，而且被用于称呼爱尔兰……当然，我不在后者的意义上使用它。"[①] 十字架上的玫瑰则是据说由中世纪日耳曼术士克里斯蒂安·罗森克劳茨(Christian Rosenkreuz, 1358?—1464?)始创的秘术修道团体"玫瑰十字架兄弟会"的标志，[②] 象征"一种神秘婚媾"——十字架象征男性元素，玫瑰象征女性元素，二者

[①] W. B. Yeats, *The Variorum Edition of the Poems of W. B. Yeats*, pp. 798–799.
[②] William Wynn Wescott, *The Magical Mason: Forgotten Hermetic Writings of William Wynn Wescott, Physician and Magus*, ed. R. A. Gibert, Wellingborough, Northamtonshire: The Aqurian Press, 1983, p. 16.

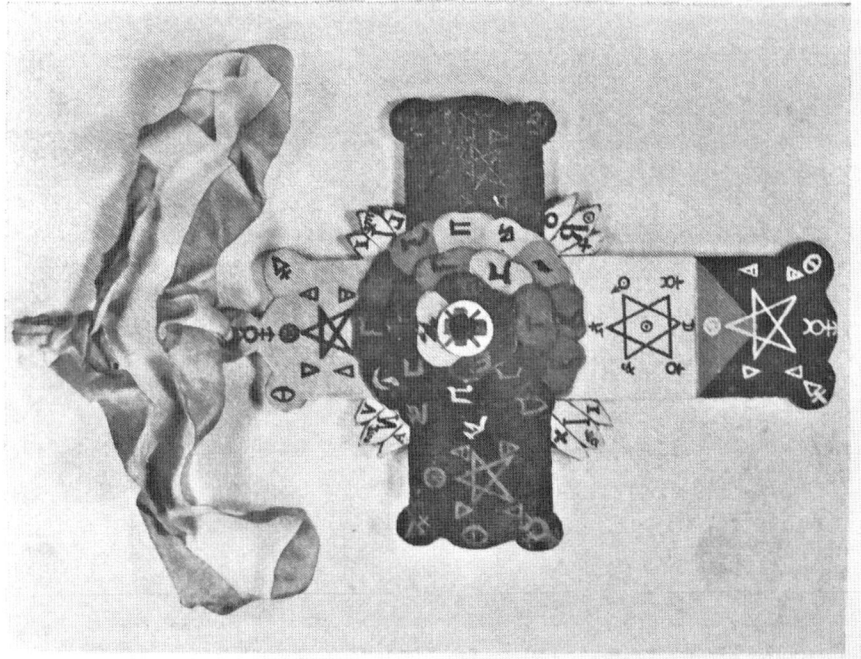

图 3：叶芝自制的玫瑰十字架徽章正反面
（出自 Yeats, the Tarot and the Golden Dawn）

相合构成第五大元素。① 叶芝于1890年3月7日在伦敦加入"金色黎明"秘术修会,翌年11月16日又介绍他所追求的女友茉德·冈入会。该会就是玫瑰十字架兄弟会的现代变体。入会后,每个会员都会遵照规定自制一枚玫瑰十字架徽章。

十字架的横竖支干犹如阴阳,四端代表地水火风四大元素,类似五行,可以具体化为许多相应的对立关系。叶芝在《诗歌与传统》("Poetry and Tradition", 1907)一文中写道:"对立面——悲伤的极致、欢乐的极致、人格的完善、弃绝的完善、洋溢泛滥的精力、大理石般的静止——的混合,其红玫瑰开放在十字架的两根木头的交会处,在必朽与不朽、时光与永恒的幽会处。"② 在诗剧《荫翳的水域》(The Shadowy Waters, 1911)中,则借剧作人之口如是说:"红玫瑰,十字架的两根杆子——/肉与灵、醒与睡、死与生,/无论古代寓言作者决定的/什么意思——在此处合成一股欢乐。"③ 由此可知,玫瑰是对立面融汇、阴阳平衡的产物,是完美极乐的象征。

在叶芝手稿中,有一文件夹,封面题写"威·巴·叶芝/'玫瑰十字'抒情诗"字样,其中包括六首诗,创作日期为1891年8月至11月22日间。六首诗的标题分别为:《玫瑰十字歌》("A Song of the Rosy Cross")、《他谈论绝色美人》("He Tells of the Perfect Beauty")、《致玫瑰十字会一姐妹》("To a Sister of the Cross and the Rose")、《路径》("The Pathway")、《祂,命令极地的雪原》("He who bids the white plains of the pole")、《梦死》("A Dream of Death")。这些诗无疑都是写给或关于茉德·冈的,因为除第一、二、六首后来发表了之外,其余未发表的三首均亦见于10月20日作为爱情信物赠给冈的一本题为《精神的火焰》

---

① A. Norman Jeffares, *A New Commentary on the Poems of W. B. Yeats*, p. 21.
② W. B. Yeats, *Essays and Introductions*, p. 255.
③ W. B. Yeats, *The Collected Plays of W. B. Yeats*, London: Macmillan, 1934, p. 152.

(*The Flame of the Spirit*)的诗抄本。^①"玫瑰十字会一姐妹"即冈,因为"金色黎明"秘术修会会员彼此互称兄弟姐妹。我们目前所讨论的这首诗与以上六诗的主题性质相同,应为同一时期所作(准确地说,作于 11 月 16 日之后),也是写给冈的。《玫瑰十字歌》原文如下:

> He who measures gain and loss,
>   When he gave to thee the Rose,
> Gave to me alone the Cross;
>   Where the blood-red blossom blows
> In a wood of dew and moss,
>   There thy wandering pathway goes,
> Mine where waters brood and toss;
>   Yet one joy have I, hid close,
> He who measures gain and loss,
>   When he gave to thee the Rose,
> Gave to me alone the Cross.

汉译如下:

> 度量得与失者,
>   赐你玫瑰之时,
> 独赐我十字架;
>   露水青苔林地
> 盛开血红之花,

---

① W. B. Yeats, *Under the Moon*, pp. 122 – 123, n. 31.

> 你的曲径逶迤，
>
> 我的临近水涯，
>
>   却有欢乐同一；
>
> 度量得与失者，
>
>   赐你玫瑰之时，
>
> 独赐我十字架。

  可见，十字架的传统受难象征意义并未丢失，它与玫瑰叠加的种种象征意义是后来神秘主义者赋予的，不免令人联想到古印度的莲花与摩尼。此外，玫瑰也是茉德·冈的象征，因为叶芝视她为美的化身。此诗首行和末行的呼语"红玫瑰，骄玫瑰，我毕生的悲哀玫瑰！"可以说就是对冈而发的。1889年1月30日，叶芝初遇冈，一见之下惊为天人，随即意识到"我毕生的烦恼开始了"。[①] 为了追求冈，他可以说竭尽所能，试图用自己的兴趣爱好和能力吸引她的注意，给她以深刻印象，先是组织文学社团，继而是创作剧本《女伯爵凯瑟琳》(*The Countess Kathleen*, 1892)，后来则是创办神秘修会。

  1895年4月，叶芝赴爱尔兰西部罗斯考蒙郡访诗友道格拉斯·海德(Douglas Hyde, 1860—1949)时，在美丽的客伊湖中发现了岩岛堡垒。他在生前未发表的回忆录(作于1916—1917)中如是记述：

> 有这么个小岛，完全被一座过去还可以住人但空空如也的堡垒所覆盖。最后一个在那儿住过的人是海德博士的父亲，他年轻时曾在那里住过几个星期。四周山林为岸，是一个大美之地。我相信那堡垒花不了多少钱就能租下来，一直梦想着要把它打造成爱尔兰的艾留西斯或萨莫色雷斯岛。除了恋爱之外，

[①] W. B. Yeats, *Memoirs*, ed. Denis Donoghue, London: Macmillan, 1972, p. 40.

比任何事情都更经常缠绕我的是神秘仪式——一种召魂和冥想的仪式体系——以重新把对精神、神圣的感受与自然美统一起来。我相信,我们应该把我们自己的国土而非犹太地视为圣地,而且最美之处最神圣。商业和工业把世界变得丑陋了;异教的自然崇拜的消亡剥夺了可见之美的不可侵犯的圣洁。我相信,所有寂寞、美好的地方都聚集有不可见的精灵;且有可能与它们交通。我打算接引少男少女加入这崇拜——它将把基督教与更古老的世界的根本真理结合起来,用岩岛古堡做他们偶尔远离尘嚣的静修之所。

多年来,一如在我许多作品中,我心里一直想着也要把古老的圣地——史利夫纳蒙、科堉克纳瑞——再度纳入富有想象的生活——那凌驾于一切之上——垂悬在突出的山丘四周的所有古老的崇敬。但是,通过我的以及我希望创立的流派的写作,我祈愿与这些神秘事物有一种秘密的象征关系,因为那样一来,我想,就会有更大的富足,对灵魂之爱——无须劝告和说辞的教条——有更大的要求。难道宗教不应当隐藏在艺术作品之中,一如上帝隐藏在祂的世界之中?诠释者除了低语还能做些什么?我不愿意设计仪式就好像是为剧院设计似的。它们的大体草稿必须是不可见之手的作品。

我自己的灵视能力,我想,是不足的;那将是茉德·冈和我合作的工作。也许这就是我们被抛在一起的原因。……我无法影响她的行动,但可以主宰她的内心。因此我能够利用她的天眼通力生产出萌发自两人心中的形象,尽管主要只是一人看见,从而摆脱仅仅是个人性的东西。从一个男人和一个女人的灵魂中似乎会有一种精神诞生。我知道,那不可思议的生命会从我们的记忆中拣选,而且,我相信,从民族自身的记忆中拣选,会超乎个人的偏好,在我们之中实现它对于象征和神话所要求的一切。我相信我们即将获得天启。

茉德·冈完全赞同这些想法。我不怀疑,在实现它们的过程中,我将会赢得她。政治仅仅是会面的手段,而这才是完美的联系,即便在争吵之后,也会立刻修复亲近感。①

叶芝把堡垒租了下来,取名"英雄堡",供他和茉德·冈做神秘仪式之用。据他俩说,堡垒中充满了肉眼看不见的幽灵,他们能够与之感应交通;幽灵会给他们讲解宇宙和密典经文的奥秘。他们做法召请古代爱尔兰的诸神和英雄,如库胡林、黛尔德、康纳哈、卢赫、安格斯等,祈求解放爱尔兰的力量。他们还服用用龙舌兰提炼的致幻剂"墨斯卡灵"和用大麻制成的毒品"哈吸息",以增强幻觉;并把每次体验都做了记录。他们还邀请一些密友("金色黎明"会员)参与他们的仪式实验,甚至做远距离遥控灵视实验。据说,他们通过灵视得到的信息"至少也是来自较深层自我的信息"。② 叶芝承认,自己的灵视能力不足,需要冈的合作。通过她的灵视,他获得了一系列异象,进而加以破译、诠释和整理,使之在其象征体系中就位。例如,在其1898年的"灵视异象笔记"中记有:"在我的体系和诗作中,苹果花是黎明、空气、东方、复活等等的象征。"③(参见《箭》"The Arrow"一诗解)他认为,这些象征是他俩相互融合的灵魂的显现,因此不具个人性,而代表着民族的"大记忆"。他俩作为一个民族的精英——一个是智慧、一个是美的化身,必将荷担大任,获得某种天启。

在正式发表的自传(1922)中,叶芝则如是回顾:

---

① W. B. Yeats, *Memoirs*, ed. Denis Donoghue, London: Macmillan, 1972, pp. 123 - 124.
② R. F. Foster, *W. B. Yeats: A Life, Vol. I: The Apprentice Mage, 1865 - 1914*, Oxford: Oxford University Press, 1997, p. 196.
③ Ibid., p. 219.

在罗斯考蒙海德处小住之时,我曾开车去客伊湖……不久,我们在"堡岩"——一座整个是堡垒的岛——停下来吃三明治。那不是一座古堡,只是七八十年前某个浪漫之人的杜撰而已。在那里住过的最后一个人是海德博士的父亲,他只待了两周。当地说盖尔语的人们习惯……称之为"岩石上的堡垒"。……我计划创办一个神秘修会,将买下或租下那堡垒,把它作为会员能够暂时退隐静修之处,在那里我们可以建立像艾留西斯和萨莫色雷斯那样的神秘。在未来的十年里,我最富激情的想法是为那个修会寻找哲学和创造仪式的徒劳尝试。我有个不可动摇的信念,我说不出是如何或从何处生起的,即:不可见的大门将要敞开,如同对布雷克敞开,对斯韦登堡敞开,对伯梅敞开一样;这种哲学将要在一切想象性文学中找到其信仰手册,给爱尔兰人面前摆放一种爱尔兰文学作为特别手册,它尽管由众多头脑造就,却像是一个头脑的作品;将要把我们的风景名胜或相关传说变成神圣的象征。我不认为这种哲学全然是异教的,因为显然其象征必须选自许多主要是基督教世纪里最感动人的所有那些事物。

我想,我一度能写爱情诗,名之为《玫瑰》,由于玫瑰的双重含义;写一个渔夫心上"没有一丝裂痕";写一个老妇抱怨年轻人的游手好闲;或写某个快活的提琴手,所有那些"流行诗人"所写的东西,但是有朝一日——在大门开始敞开的那一天——我必须变得艰难晦涩。用一种仍有模仿莫瑞斯痕迹的节奏,我向那红玫瑰,向理性之美祈祷:

靠近些,靠近些,靠近些——啊,留一点
空间给我,让玫瑰的香气来充填!

免得我不再听寻常事物的恳求声:

在小小洞穴里深藏的弱小蠕虫,

草丛中从我脚边跑过的野耗子,

和辛劳后逝去的沉重的凡俗希冀;

而独自寻求去倾听上帝对久已

逝去者明亮的心所宣说的奇事,

并习诵一种人们所不懂的语言。

我不记得我所说的"明亮的心"是什么意思了,但稍后我写到了"心里有镜子"的幽灵。①

公开发表的自传是经过再度考虑的,回忆录中更私人性的细节被省略或遮蔽了。他所提及的《玫瑰》是指诗集《女伯爵凯瑟琳及各种传说和抒情诗》中除去诗剧《女伯爵凯瑟琳》之外的传说叙事诗和抒情诗部分,辑入《诗集》时,名为《玫瑰》。其中包括《尘世的玫瑰》("The Rose of the World")、《和平的玫瑰》("The Rose of Peace")、《战斗的玫瑰》("The Rose of Battle")等相关诗作。接着例举的《老渔夫的幽思》("The Meditation of the Old Fisherman")、《老母亲之歌》("The Song of the Old Mother")、《都尼的提琴手》("The Fiddler of Dooney")等篇什却分别属于另外两部诗集《十字路口》(*Crossways*, 1889)和《苇间风》(*The Wind Among the Reeds*, 1899)。叶芝在1925年为收入《诗汇集》(*The Collected Poems of W. B. Yeats*)中的《玫瑰》(*The Rose*)辑所作的总注中写道:

> 《玫瑰》是我的第二本书《女伯爵凯瑟琳及各种传说和抒情诗》(1892)的一部分。几年后我第一次读这些诗的时候注

---

① W. B. Yeats, *Autobiographies*, pp. 253–255.

意到,那被象征为玫瑰的品质与雪莱和斯宾塞的理性之美的不同之处在于,我把它想象成与人类一同受难,而不是从远处追求和望见的某种东西。这必定曾经是我这一代人的一种思想……①

此时,他显然更加非私人化了,只强调"玫瑰的双重含义"中更具普遍性的一面,即在十字架上受难的玫瑰所象征的品质(在自传中,他似乎并未将之与"雪莱和斯宾塞的理性之美"加以区分),而忽略了在早期注释中所点明的"用于情诗里"的私人性质。

综上所述,可以肯定,在此诗中,玫瑰代表精神和永恒之美,盛开在时光的十字架上作为牺牲遭受磨难,同时,可能也更重要的,是对茉德·冈的一种秘密称呼。十字架上的玫瑰象征一种爱与牺牲的神秘结合或一种灵魂的完善境界。其隐秘含义只有对"金色黎明"秘术修会会员来说才韵味深长。冈与叶芝曾经同是"金色黎明"会员,曾经共同"习诵一种人们所不懂的语言"——秘密仪式用语,甚至于1898年缔结了"灵婚"。那么,此诗内外不为人知的音韵,怕只有他俩心里明白。

第3行中的库胡林是古爱尔兰红枝英雄传奇中最伟大的武士,因误杀亲生儿子而发疯与大海战斗。《玫瑰》辑中有《库胡林与大海之战》("Cuchulain's Fight with the Sea", 1892)一诗重述这段传说。

第4行中的祭司(Druid)音译为"竺伊德",特指古凯尔特人原始信仰竺伊德教的祭司亦即巫师,他们精通占卜、魔法、医术等,在古爱尔兰等地享有崇高地位。《玫瑰》辑中《佛格斯与祭司》("Fergus and the Druid", 1892)一诗再现了红枝英雄首领、北爱尔兰王佛格斯向他的祭司寻求梦的智慧的情节。

第23行中的"爱尔"是爱尔兰的盖尔语名称,源自爱尔兰神话中"姐

---

① W. B. Yeats, *The Collected Poems of W. B. Yeats*, New York: Macmillan, 1933, p. 442.

奴部族"中一女王的名字。据十一世纪成书的爱尔兰"史书"《入侵之书》(Lebor Gabála Érenn)记载,妲奴部族是爱尔兰第五波征服者(异教众神),被第六波征服者盖尔人(即英雄时代的凯尔特人)击败而遁入地下的另一世界(仙境)。

总的来说,此诗并未超出文艺复兴以来西欧爱情诗传统,通篇只是对所追求的对象的恳求;诗人采用的手段主要是文学活动,他并不想"独自寻求"虚无缥缈的神秘事物,而是想在"寻常事物"中找到实实在在的"永恒之美"。叶芝觉得神秘活动还不足以让茉德·冈充分发挥魅力,就想再给她找点事做。于是在1891年12月,叶芝与《都柏林大学评论》编辑托玛斯·威廉·罗尔斯顿(Thomas William Rolleston,1857—1920)在伦敦共同创建了"爱尔兰文学社";翌年5月,又在都柏林创建了其分支机构"民族文学社",延请约翰·欧李尔瑞(John O'Leary,1830—1907)出任社长(一说是道格拉斯·海德)。他们开始有计划地编辑出版当代爱尔兰作家的著作以及爱尔兰古代史诗和民间传说的英译或改写本。这标志着爱尔兰文学复兴运动(在英国称为"凯尔特复兴")的开端。为了使各阶层的人都能读到爱尔兰出版物,更广泛地传播爱尔兰文化,叶芝还倡议创办"爱尔兰图书馆"和一个巡回剧团。为了支持他们的工作,冈捐出了她在巴黎的房子,开办了一所公共图书馆。这一时期她与叶芝合作相处得很好。他再度向她求婚,但再度被拒绝了。叶芝所做的这一切主要是为了博取美人一顾,但他的心机又白费了:"我正在实施这些计划——其中有许多爱国情怀,更多的是对一个美女的欲望,而眼看它们出乎我预料之外地兴旺起来,茉德·冈却找到了更刺激的工作。"① 这是指土地联盟领导人查尔斯·斯图亚特·帕内尔(Charles Stuart Parnell,1846—1891)私生活丑闻发生后,土改运动中止,抗租的佃农群龙无首,地主趁机反攻倒算,把他们逐出家园,以至有人饿死于沟壑之中,冈于是

---

① W. B. Yeats, *Memoirs*, p. 59.

开始积极从事访贫问苦,救助被逐佃农和慰问在押政治犯等慈善活动。社会政治才是她真正的兴趣所在。在与叶芝相识后不久,她就曾对叶芝说起过,她想在都柏林演戏,需要一个剧本。叶芝当时正在编辑爱尔兰民间传说故事,便主动提出要为她用其中一个故事为素材创作诗剧《女伯爵凯瑟琳》。在这部经过多次改写的剧本中,他表面上赞颂女主人公为救助饥民而勇于牺牲的精神,实际上暗讽茉德·冈因热衷政治活动而有损于其天生丽质:"在伦敦会见她之后,我告诉她,我渐渐理解了一个女人为给饥饿的人民买粮食而出卖自己的灵魂的故事,认为它象征为了政治工作而失去平静、优雅或任何精神之美的所有灵魂,但主要是她那似乎从不会休息的灵魂。"① 可见,《女伯爵凯瑟琳及各种传说和抒情诗》这整本诗集都是为茉德·冈所作的。冈是英国人,叶芝为了给她以深刻印象,赢得她的青睐,"主宰她的内心",或者仅仅是为了让她"靠近些",特意以他擅长的押韵手段给她"歌唱古老的爱尔和古代的故事"——他引以为自豪的民族文化遗产,可谓费尽了心机。

---

① W. B. Yeats, *Memoirs*, p. 47.

The Rose of the World

Who dreamed that beauty passes like a dream?
For these red lips, with all their mournful pride,
Mournful that no new wonder may betide,
Troy passed away in one high funeral gleam,
And Usna's children died.

We and the labouring world are passing by:
Amid men's souls, that waver and give place
Like the pale waters in their wintry race,
Under the passing stars, foam of the sky,
10   Lives on this lonely face.

Bow down, archangels, in your dim abode:
Before you were, or any hearts to beat,
Weary and kind one lingered by His seat;
He made the world to be a grassy road
Before her wandering feet.

尘世的玫瑰

谁曾梦见美像梦一般飘逝?
为了这红唇——满含哀怨的骄傲,
哀怨没有新的奇迹会来到——
特洛伊在一场冲天的葬火中消逝,
乌什纳的孩子死掉。

我们同辛劳的尘世一道流逝:
在飞逝的群星,天空的浪沫下头,
在仿佛冬季里奔腾的苍白河流
那样蜿蜒迂回的人们的灵魂里,
10 这孤独的容颜不朽。

鞠躬,大天使,在你们幽暗的住处:
在你们存在,或任何心脏跳动前,
疲惫而温和者已在神座前盘桓;
神把这尘世造成一条青草路,
在她漫游的双脚前。

【解】

此诗作于1891年,是赠给茉德·冈的,最初发表于1892年1月2日的《国民观察家报》(The National Observer),原题为拉丁文"Rosa Mundi"。叶芝在1925年为收入《诗汇集》(The Collected Poems of W. B. Yeats)中的《玫瑰》辑所作的总注中写道:

> 《玫瑰》是我的第二本书《女伯爵凯瑟琳及各种传说和抒情诗》(1892)的一部分。几年后我第一次读这些诗的时候注意到,那被象征为玫瑰的品质与雪莱和斯宾塞的理性之美的不同之处在于,我把它想象成与人类一同受难,而不是从远处追求和望见的某种东西。这必定曾经是我这一代人的一种思想……①

据希腊神话,特洛伊王子帕里斯诱走斯巴达王后海伦而引起十年特洛伊战争。特洛伊城最终被希腊人攻陷焚毁。据叶芝在此诗收入《诗集》(Poems, 1895)时所加注释说,乌什纳是"黛尔德的恋人奈希及朋友阿尔丹和安利的父亲"。② 据爱尔兰传说,北爱尔兰"红枝"武士奈希在兄弟阿尔丹和安利的陪伴下,与相爱的美女黛尔德私奔到苏格兰,而此前黛尔德已被北爱尔兰王康纳哈选中作王后。后来他们被康纳哈设计诱回爱尔兰,三兄弟遂被康纳哈的军队所杀。塞缪尔·佛哥森爵士(Sir Samuel Ferguson, 1810—1886)根据盖尔语传说作有英语叙事诗《黛尔德悼乌什纳之子的哀歌》("Deirdra's Lament for the Sons of Usnach", 1864)。叶芝说:"黛尔德伏在他们尸身上唱的哀歌被塞缪尔·佛哥森爵士翻译得很精美。"③ 特洛伊的海伦在西方传统中被公认为第一绝色美女;黛尔德则有"爱尔兰的海伦"④之称。二者可谓人间至美的代表,犹

---

① W. B. Yeats, *The Collected Poems of W. B. Yeats*, New York: Macmillan, 1933, p. 442.
② W. B. Yeats, *The Variorum Edition of the Poems of W. B. Yeats*, p. 799.
③ Ibid.
④ W. B. Yeats, *The Variorum Edition of the Plays of W. B. Yeats*, ed. Russell K. Alspach, London: Macmillan, 1966, p. 389.

如玫瑰是永恒的理想美的象征一样。不同的是,她们是后者在尘世中的化身,注定要在尘世中"与人类一同受难"。

第2行中的"红唇"犹如我们习惯说的"红颜",是个提喻,指以海伦和黛尔德为代表的倾国倾城之美。这种美通常会制造"奇迹",而这奇迹往往是祸端。我国历史上的美女褒姒不也制造过烽火戏诸侯这样的"奇迹"吗?诗人意谓:尽管至美是致命的,然而,美从来不会像梦一样逝去,世人照样会不要命地追求美。

次节回答首节的提问:我们辛苦追求美的诗人和世人在不断逝去,但无与伦比的理想美——那"孤独的容颜"却会在流水般奔腾不息的人类灵魂中永生。

此诗原本到此为止。据说,叶芝偕茉德·冈登山(也许就是8月4日的厚斯之游——见《白鸟》一诗解)归来,给一些朋友朗诵了原有的前两节。他看到冈因身体疲惫已极而显得态度温和异常,顿觉受宠若惊,也许为了褒奖或讨好她,于是增添了第三节。同为诗人的老同学乔治·拉塞尔(George Russell,1867—1935)极力反对,认为此节感情泛滥,尤其"疲惫而温和"二词颇不相干,把尘世叫做"青草路"也很可笑,一首好诗就这样被偶然事件和一时兴起给毁了。① 除这些之外,笔者认为最大的败笔在于此节诉诸的是犹太-基督教传说,与前两节的"异教"传说的浪漫格调格格不入。据生于公元前二世纪的古埃及希腊裔天文学家托勒密的地心说,天有九重,环绕地球。后世增加至十一重,据日耳曼人彼得·阿皮安(Peter Apian,1495—1552)著《宇宙志》(Cosmography,1584)所载天体图所示,依次为太阴天、水星天、金星天、太阳天、火星天、木星天、土星天、穹窿天、水晶天、原动天、火精天。② 犹太-基督教认为,地狱位于地球中心,为魔鬼和堕落的灵魂所居;天堂位于火精天,为上

---

① A. Norman Jeffares, *A New Commentary on the Poems of W. B. Yeats*, pp. 27-28.
② Annonymous, "The Universe according to Ptolemy", *The Norton Anthology of English Literature*, Vol. I, 7th edn., ed. M. H. Abrams et al., New York: W. W. Norton, 2000, pp. 2960-2961.

帝、天使和有福的灵魂所居。诗人说绝对的美(他在别处又称之为"非人格的美"①)在上帝创世之前,甚至在创造天使之前就已存在,意在极力尊崇其地位,但眼前这位下凡的人格却显得太平凡了吧。

---

① W. B. Yeats, "The Tree of Life", in *Essays and Introductions*, London: Macmillan, 1961, p. 271.

A Faery Song

Sung by the people of Faery over Diarmuid and Grania, in their bridal sleep under a Cromlech.

We who are old, old and gay,
O so old!
Thousands of years, thousands of years,
If all were told:

Give to these children, new from the world,
Silence and love;
And the long dew-dropping hours of the night,
And the stars above:

Give to these children, new from the world,
10 Rest far from men.
Is anything better, anything better?
Tell us it then:

Us who are old, old and gay,
O so old!
Thousands of years, thousands of years,
If all were told.

仙　谣

在一石栅栏下面,狄阿米德和格拉妮娅新婚同眠时,环绕他俩的群
　　仙所唱。

　　我们,老而又老又快活,
　　啊,这么老!
　　成千上万岁,成千上万岁,
　　如果全算到:

　　给这俩从尘世新来的孩子
　　宁静和爱情;
　　还有滴露的长夜良辰
　　和头上的星星:

　　给这俩从尘世新来的孩子
10　出世的安歇。
　　可有更好的,更好的礼物?
　　就跟我们说:

　　我们,老而又老又快活,
　　啊,这么老!
　　成千上万岁,成千上万岁,
　　如果全算到。

叶芝诗解

【解】

  此诗最初发表于1891年9月12日的《国民观察家报》上,收入《诗集》(1895)时,叶芝加注说,格拉妮娅是"一个美女,为逃避年迈的芬的爱情而与狄阿米德私奔。她从一地逃到另一地,跑遍了爱尔兰,但是最终狄阿米德被杀于斯来沟布尔本山朝海的一角。芬赢得了她的爱情,把倚靠在他颈上的她带回到芬尼亚勇士集会之处,大伙儿爆发出经久不息的欢笑声。"[1]凯尔特英雄芬·迈克·库姆阿尔是公元八至十二世纪成型的盖尔语芬尼亚系列传说中的主角,他手下的勇士统称芬尼亚勇士。狄阿米德是他的外甥,是其中的美男子。他们为爱尔兰至高王廓尔马克·迈克·阿尔特(大约公元三世纪在位)效命。国王有意把女儿格拉妮娅嫁给芬为妻,但她嫌他年老。在订婚宴会上,格拉妮娅下药迷倒众人后,主动要求跟年轻的狄阿米德或乌辛(芬的儿子,武士兼诗人)私奔,但遭二人拒绝。于是她巧立誓约迫使并不十分情愿的狄阿米德带她于当晚私奔。他俩一起在逃亡中生活了多年并生儿育女,消灭了芬派来的一批批追兵。后来,芬在西部海边找到了他俩,假意与之讲和,却设计让受过诅咒的野猪在布尔本山坡上把不可战胜的狄阿米德触死了。这是芬尼亚系列传说之一《追捕狄阿米德和格拉妮娅》的情节概况,英语译述不一,不知叶芝听说或看到的是哪个版本。

  据说,此诗较早稿本的副题称,此歌谣是"好人们"为逃到山中的作者迈克尔·迪耶(Michael Dwyer,1772—1825)和他的新娘所唱。迪耶是1798年抗英起义的领导人之一,曾在韦克娄山区打游击。[2]这表明叶芝当时尚未摆脱芬尼亚运动领导人约翰·欧李尔瑞的影响,还在试图像其所推荐的"青年爱尔兰人"成员那样写作具有爱国情调的诗歌。后来之所以改用狄阿米德和格拉妮娅的故事,也许是有意淡化政治色彩吧。

---

[1] W. B. Yeats, *The Variorum Edition of the Poems of W. B. Yeats*, p. 795.
[2] A. Norman Jeffares, *A New Commentary on the Poems of W. B. Yeats*, p. 28.

无疑,神话传说具有更恒久和更普遍的象征意义,而且不失民族主义意味,这种古为今用的策略在叶芝的创作中始终是一以贯之的,在早期尤为明显。

1934年3月17日,叶芝在英国广播公司贝尔法斯特电台的"圣帕垂克之夜"节目朗诵时,如是介绍此诗:"一首叫做《仙谣》的诗是那个时期的典型。狄阿米德和格拉妮娅是爱尔兰的帕里斯和海伦。有乡下人告诉我他们睡在石栅栏下面。因此我称我的诗是'在一石栅栏下面,狄阿米德和格拉妮娅新婚同眠时,环绕他俩的群仙所唱的一首歌'。我称仙人'又老又快活',不是像有时印错的'又老头又白'。时光触及不到他们。"① 所谓石栅栏其实是多见于爱尔兰西部蛮荒地区的一种史前墓葬形制,属于公元前四至三千年的新石器时代,墓坑上矗立几根石柱,上面覆盖一块石板,形似栅栏,故名。杰法瑞斯(A. Norman Jeffares)注解说,石栅栏在爱尔兰又俗称"狄阿米德和格拉妮娅的床",他们在逃亡中用过。② 这种说法不尽合理,尽管传说芬尼亚勇士都是巨人,不如像叶芝所说,他们是睡在石栅栏下面,即用它来遮风挡雨较为妥当。笔者曾在爱尔兰西部最荒凉的康呐马拉地区亲眼看见过一座石栅栏,确信如果把它当床睡,肯定是极不舒适的。

此诗是基于神话传说的合理想象的产物,但措辞和造境都非常简单,符合诗人当时所追求的新风格,即用自然的词语和自然的语序写简单的情感。其内容不是间接叙述众仙人在私奔者熟睡之际为其唱歌祈福,而是直接呈现仙人所唱的歌词,有如戏剧中截取的一个唱段。

---

① W. B. Yeats, "The Growth of a Poet", *Later Articles and Reviews*, p. 250.
② A. Norman Jeffares, *A New Commentary on the Poems of W. B. Yeats*, p. 29.

图 4：戈尔韦郡康呐马拉地区的石棚栏
（傅浩摄影）

The Lake Isle of Innisfree

I will arise and go now, and go to Innisfree,
And a small cabin build there, of clay and wattles made:
Nine bean-rows will I have there, a hive for the honey-bee,
And live alone in the bee-loud glade.

And I shall have some peace there, for peace comes dropping slow,
Dropping from the veils of the morning to where the cricket sings;
There midnight's all a glimmer, and noon a purple glow,
And evening full of the linnet's wings.

I will arise and go now, for always night and day
10 I hear lake water lapping with low sounds by the shore;
While I stand on the roadway, or on the pavements grey,
I hear it in the deep heart's core.

湖岛因尼斯弗里

我要起身前去,前去因尼斯弗里,

用树枝和着泥土,在那里筑起小屋:
我要种九垄菜豆,养一箱蜜蜂在那里,
在蜂鸣的林间空地独居。

我将享有些平和,平和缓缓滴落,
从清晨的面纱滴落到蟋蟀鸣唱的地方;
那里夜半幽幽,正午紫光灼灼,
黄昏织满了红雀的翅膀。

我要起身前去,因为每夜每日
10　我总是听见湖水轻舐湖岸的低音;
站在马路上,或灰色的人行道上之时,
我都在心底里听见那声音。

【解】

　　此诗于1890年完成于伦敦郊区倍得福苑,最初发表于当年12月13日的《国民观察家报》。后重印于《韵人俱乐部之书》(*The Book of the Rhymers' Club*, 1892)、《女伯爵凯瑟琳及各种传说和抒情诗》(1892)、《诗集》(1895)等。

　　由于入选各种诗选集的次数较多,此诗成了叶芝最广为人知的一首诗。1922年,英格兰东部伊普斯威奇市一所学校的一些女学生致信诗人,问:"因尼斯弗里是个真实的岛吗?"叶芝于11月30日回信给她们说:

图 5：斯来沟郡吉尔湖中的因尼斯弗里岛
（傅浩摄影）

是的，有一个岛叫做因尼斯弗里，在斯来沟郡吉尔湖中。我小时候住在斯来沟，像你们这么大的时候，渴望在这个岛上给自己造一间茅屋，永远住在那儿。后来我住在伦敦，非常想念故乡，就作了这首诗《湖岛因尼斯弗里》。①

因尼斯弗里是盖尔语（Inis Fraoigh），义为"石楠岛"，是爱尔兰西部斯来沟郡吉尔湖（盖尔语 Loch Gile：义为"明湖"）中一小岛名。我国某些评论者不明其义，对英语音译（Innisfree）望文生义，想当然地将其臆解为"inner's free"（内在的自由），并据以胡乱发挥，②可谓大谬。

　　斯来沟郡被爱尔兰官方命名为"叶芝之乡"。自1959年以来，那里的叶芝学会每年都要举办国际叶芝暑期学校活动，游览吉尔湖、参观因尼斯弗里岛是其中必备节目，英国评论家兼小说家戴维·洛奇（David Lodge）在其长篇小说《小世界》（*Small World*，1984）中对此有逼真而诙谐的叙写。一本斯来沟导游手册甚至印有一幅照片，附加文字说明："因尼斯弗里，叶芝的床在近景中"，③尽管叶芝可能从未在岛上实际生活过，只是在自传中提到过他曾在岛对岸上的斯利什森林中以岩石当床露宿过一晚。④

　　在写于1916—1917年间、生前未发表的回忆录稿中，叶芝记述了此诗的缘起，说他在父亲的建议下开始尝试写小说，完成了中篇小说《托亚》（*Dhoya*，1887），"一个英雄时代的奇幻故事"，但他父亲并不满意，说他的意思是想让叶芝写真人真事。

---

① Joseph Hone, *W. B. Yeats 1865-1939*, rev. edn., London: Macmillan, 1962, p. 39.
② "'茵纳斯'英文的含义是'内在'，'弗利'的含义是'自由'。由此可见，诗人借此抒发他所追求的自然理想主义"（方汉泉：《略论叶芝其人其诗》，载《华南师范大学学报》1992年第4期，页75）。"叶芝的'Innisfree'无论是发音上，还是在构词上，都与'Inner's free'（内在的自由）的词组有关联。有了这个有趣的发现，我们或许就更可以体味他的心境与追求"（汪剑钊：关于《湖心岛茵尼斯弗利》的解读文字，载赵又廷、"为你读诗"出品《在所有声音中，我倾听你》，北京：中信出版集团，2017年，页35）。实际上，"inner's free"根本就不合语法，"内在的自由"译成英语也应该是"inner freedom"。
③ Joseph Hone, op. cit., p. 39.
④ W. B. Yeats, *Autobiographies*, p. 72.

> 于是我开始写《约翰·舍曼》，把我对斯来沟的记忆和向往置入其中。在写作这部小说期间，我在斯特兰德街上漫步。经过一个商店橱窗时，看见其中有一颗小球被一股喷泉托着跳舞，我就想起了斯来沟各地的河水湖水，有感而忽然动情，情自成诗《湖岛因尼斯弗里》。①

在长篇小说《约翰·舍曼》(*John Sherman*, 1891)中，叶芝把自己的真实情感经验注入以远房表兄、离群索居的亨利·米德尔顿为原型虚构的主人公头脑中，当然有更多细节，容或有些许想象加工。

> 在斯特兰德街被拥挤的人群耽搁了，他听见附近一阵轻微的流水声响。那来自一个商店橱窗，其中一股小喷泉顶上托着一颗木球。这声音令人想起呼啸着跃入巴拉镇"风口"的有着盖尔语长名字的一条瀑布。……一个星期天上午，他步行到泰晤士河边——距离他的住处好几百码远——看着蒿柳覆盖的奇司威克岛，梦想终日。这令他想起一个旧日的白日梦。流经他老家花园的河流之源是一个森林环绕、中间有岛的湖泊，他小时候常去那里采黑莓。在较远的那一端，有一座名叫因尼斯弗里的小岛。石质的岛中心覆盖着许多灌木丛，高出湖面约四十呎。往往当他觉得生活及其艰难就好像年长的男孩给年幼者错教的课一样时，梦想离开去那小岛上，在那里造一间小木屋，消磨几年时光，往来荡舟，钓鱼，或清早外出去看岛边鸟爪的印迹，就显得很不错。②

---

① W. B. Yeats, *Memoirs*, p. 31.
② W. B. Yeats, *John Sherman and Dhoya* [*The Collected Works of W. B. Yeats*: Vol. XII], ed. Richard Finneran, New York: Macmillan, 1991, pp. 56-57.

1888年12月21日,叶芝致信凯瑟琳·泰南,附录了此诗前两节的最初稿,并说:"这儿有我前几天作的两节诗:在斯来沟郡吉尔湖中有一个名叫因尼斯弗里的美丽岛屿。一个拥有传奇过去的岩石小岛。在我的故事里,我让其中一个人物一有麻烦,就渴望逃离,去那岛上独居——我自己的一个旧日的白日梦。琢磨着他的感情,我就作了这些抒写他的感情的诗句——"① 可见,叶芝开始写《约翰·舍曼》是在1888年,作《湖岛因尼斯弗里》一诗是在当年最后一个月里,而且是拟其小说主人公约翰·舍曼的口吻写的。他的早期抒情诗有许多都是如此,假借一个虚构人物之口说话,以求戏剧效果。

在经过斟酌正式出版的自传第二部《帏幕的颤动》(*The Trembling of the Veil*, 1922)中,叶芝更加详细地记述了此诗的灵感来源:

> 有时候我给自己讲以自己为主角的极富历险情节的爱情故事;有时候我设想出一种孤寂的苦修生活;有时候我把这两种理想混合起来,设想出一种为不时的破戒所缓和的孤寂苦修生活。我仍然怀有少年时在斯来沟形成的志向,想模仿梭罗到吉尔湖中一座叫因尼斯弗里的小岛上隐居。怀着浓重的乡愁走在弗利特街上时,我听见一阵水声丁冬轻响,看见一家商店的橱窗里有一股喷泉,凭借冲力托举着一颗小球,于是想起了湖水。这忽然的回忆催生了我的诗《因尼斯弗里》,第一次在节奏里有些自己的音乐元素的抒情诗。我开始放松节奏,以避免雕饰和雕饰所带来的那种俗众情感,但我仅仅偶尔而模糊地理解到我必须只用普通句法为我的特殊目的服务。倘若晚两三年,我就不会用"起身前去"这种老套子写第一行了,也不会在

---

① W. B. Yeats, *The Letters of W. B. Yeats*, pp. 99–100.

最后一节用倒装句式了。①

由此可知,1888 年末某一天在伦敦弗利特街(回忆录和小说中都说是斯特兰德街)上的见闻与诗人的乡愁偶然遇合,赋予了他以创作灵感,尽管诗的终稿据说完成于 1890 年。这是他"想要简单",追求个人风格的第一次成功尝试——在节奏上有所放松,但在措辞和句法上尚未完全做到"写自然的词语,用自然的语序"。虽然此诗非常流行,叶芝本人后来对它却不甚满意了。之所以说"起身前去"是老套子,是因为这一短语系仿自英王詹姆士一世钦订本"圣经"(1611)《新约·路加福音》第十五章第十八节句:"我要起身,前去我父亲那里。"(I will arise and goe to my father),这在英语基督教国家当然是几乎尽人皆知的熟语了。还有,叶芝之所以有志于避世隐居,是因为少年时受了美国作家亨利·大卫·梭罗(Henry David Thoreau,1817—1862)的影响。他在自传中另一处写道:

> 我父亲曾给我读过《瓦尔登湖》的某些段落,我就盘算哪天要去一个叫做因尼斯弗里的小岛上住茅屋。因尼斯弗里就在我想在那里过夜的斯利什森林对面。我想,克服了肉体欲望和对女人与情爱的心灵倾向之后,我就应当像梭罗那样生活,探寻智慧。……我直到二十二三岁才放弃了那梦想。②

1931 年 9 月 8 日晚九点十分,叶芝在英国广播公司贝尔法斯特电台"爱尔兰节目"中第一次朗读自己的诗作。他在朗诵前解说如下:

> 我要以一首题为《湖岛因尼斯弗里》的拙作开头,因为假如

---

① W. B. Yeats, *Autobiographies*, p. 153.
② Ibid., pp. 71 – 72.

你们对我有所了解的话,你们就会期待我以此诗开头。这是我惟一广为人知的诗作。我年少时在斯来沟镇,读过梭罗的散文,想去吉尔湖中一个岛上住在小棚屋里。那岛名叫因尼斯弗里,意思是"石楠岛"。我写此诗时在伦敦,年约二十三岁。有一天在斯特兰德街,我听见轻微的水声丁冬,看到一个商店橱窗里一股小喷泉顶上托着一颗球。那是一个广告,我想是冷饮广告,但它却令我想起了斯来沟和湖水。我想诗中只有一处晦涩;我把中午说成"紫光灼灼";我想必原本是意指石楠在水中的倒影。①

的确,诗人若不解说,恐怕无人知道"紫光灼灼"(a purple glow)是指石楠丛在水中的倒影。除此之外,此诗并无什么令人费解之处。诗中的声音和光影效果的运用相当成功。首节以"蜂鸣"(bee-loud)反衬寂静,与"蝉噪林愈静,鸟鸣山更幽"异曲同工。次节"滴落"(dropping)一词是暗喻用法,将"宁静"(peace)具象化为朝露,使人如闻其声,如见其形。末节"灰色"(grey)一词倒置在行尾,本来是为了凑韵,但无意间也具有强调用意的副作用,可视为诗人对丑陋现实着力表示的厌恶之情。倒装句多见于钦定本"圣经",是经翻译从古典语言(古希伯来语、古希腊语和拉丁语)引进英语的,属于外来的古雅风格,难怪后来被探求新的简单风格的诗人视为不自然了。

叶芝在1937年10月29日十点四十五分至十一点零五分作的最后一次广播节目中说得更清楚:

> 我小时候在斯来沟郡外公婆家度过了许多时光。我记得在吉尔湖中某个岛上或湖边一块叫做都尼岩的林中岩石上的

---

① W. B. Yeats, "Reading of Poems", *Later Articles and Reviews*, p. 224.

多次野餐。后来,我读到美国小品文作家梭罗的时候,就想有朝一日我要到那些岛中之一去隐居。

不久后我去了伦敦,以写书评为生。有一天,我正沿斯特兰德大街步行,听见一阵丁冬的水声。那声音来自一个商店橱窗里的喷泉。那喷泉顶上平衡着一颗小球。那是一个冷饮广告。那水声引发我的思乡之情。我想回到斯来沟,到那湖中一座岛上隐居。我把那思乡之情写成了我最受欢迎的一首诗《湖岛因尼斯弗里》。我就要朗诵它了。我想其中没有什么难懂的,除了我把正午说成是"紫光灼灼"。那紫光是石楠的倒影。因尼斯弗里意思是"石楠岛"。①

由于此诗所写并非真实经验,而是浪漫"梦想",所以细节就经不起现实主义者的推敲。早年深受早期叶芝影响的英国诗人菲利浦·拉金的身为文学讲师的女友莫尼卡·琼斯(Monica Jones,1922—2001)就认为叶芝是"撒谎者"。她举此诗中的"我要种九垄菜豆、养一箱蜜蜂在那里"句为例,指斥诗人胡说八道,因为菜豆太多,吃不完会烂掉,而蜂蜜倒可以久藏,认为正确的说法应该是"一垄菜豆、九箱蜜蜂"才对。②

---

① W. B. Yeats, "My Own Poetry Again", *Later Articles and Reviews*, p. 290.
② Andrew Motion, *Philip Larkin: A Writer's Life*, London: Faber & Faber, 1993, p. 168.

When You are Old

When you are old and grey and full of sleep,
And nodding by the fire, take down this book,
And slowly read, and dream of the soft look
Your eyes had once, and of their shadows deep;

How many loved your moments of glad grace,
And loved your beauty with love false or true,
But one man loved the pilgrim soul in you,
And loved the sorrows of your changing face;

And bending down beside the glowing bars,
10   Murmur, a little sadly, how Love fled
And paced upon the mountains overhead
And hid his face amid a crowd of stars.

在你年老时

在你年老,头灰白,睡意沉沉,

挨着火炉打盹时,取下这书,
慢慢诵读,梦忆从前你双眸
神色柔和,眼波中倒影深深;

众人爱你欢快迷人的时光,
爱你美貌出自假意或真情,
惟有一人爱你灵魂的至诚,
爱你渐衰的脸上缕缕忧伤;

然后弓身凑在熊熊炉火边,
10　喃喃,有些凄然,说爱神溜走
到头顶之上群山之巅漫游,
把他的脸庞藏在繁星中间。

【解】

此诗作于1891年10月21日,最初发表于诗集《女伯爵凯瑟琳及各种传说和抒情诗》(1892)中。此诗系仿法国诗人彼埃尔·德·龙沙(Pierre de Ronsard,1524—1585)诗集《赠埃莲娜的十四行诗集》第2卷(*Sonnets pour Hélène*,II,1578)中第43首同题诗而作,赠给茉德·冈。

龙沙原诗如下:

Quand vous serez bien vieille, au soir à la chandelle,
Assise aupres du feu, devidant et filant,

图6：青年茉德·冈
（出自 *A Preface to Yeats*）

Direz chantant mes vers, en vous esmerveillant:
«Ronsard me celebroit du temps que j'estois belle.»

Lors vous n'aurez servante oyant telle nouvelle,
Desja sous le labeur à demy sommeillant,
Qui au bruit de mon nom ne s'aille resveillant,
Benissant vostre nom de louange immortelle.

Je seray sous la terre, et fantome sans os
Par les ombres myrteux je prendray mon repos;
Vous serez au fouyer une vieille accroupie,

Regrettant mon amour et vostre fier desdain.
Vivez, si m'en croyez, n'attendez à demain:
Cueilez des aujourdhuy les roses de la vie.

拙译如下：

当您年老时，在夜晚秉着烛光，
坐在炉火的旁边，一边纺着线，
一边吟诵着我的诗，且自惊叹：
"龙沙曾经赞颂我貌美的时光。"

您这话并非有意让女仆听见，
她劳累之下早已经半入梦境，
可一听我的名字就翻然清醒，

庆贺您的名字受到不朽礼赞。

我在地底下,作了无骨的幽灵,
在香桃树荫之下找到了安宁;
您却成了佝偻向火的老太婆,

后悔我的爱遭到了您的轻慢。
生活吧,倘若信我,就别等明天:
趁今天就把人生的玫瑰采撷。

  龙沙诗表现的是十六世纪欧洲文艺复兴时期一个非常流行的主题,"Carpe Diem"——始于古罗马诗人贺拉斯的拉丁语成语,意思是"抓住时日,及时行乐"。另外还包含一个当时流行的传统观念,即文学能使人不朽。诗人颇自负,说我的诗赞颂了你的美,你就因我的诗而得以不朽。我堂堂风流才子,向你求爱,你现在若不答应,老了肯定会后悔。听起来满是恫吓的语气,手段不怎么高尚。一如他惯常的做法,叶芝只是借用了龙沙诗的大体构思,以及开头的一个从句以起兴,内容则凭己意发挥,填充自己的细节。他抛弃了龙沙诗后半段中的俗套,以更富想象的奇幻意象作结,显然高明得多。

  从语法上来分析,全诗只是一个复合句。"When you are old and grey and full of sleep, / And nodding by the fire",这是一个时间状语从句,译成汉语应该是"当……的时候"或"当……时"。然而,时下流行的许多汉译文都将此从句译成了"当……",少了"时"或"的时候"来标志从句结束,从而成了病句。关于"当"字的用法,汉语语法学家有专门论述:

  "当"字表示两件事情的时间相当。在口语里,通常只用

"……的时候",例如"我来的时候,他的病还没好"……在文章里,除了"在"字,又常用"当"字,并且常常用在句子的头上;还有用"当着"的,比较少。这多半是因为这个短语相当长,所以在头上用"在"或"当"提起读者们的注意。这是好的。可是要留神:"当"字下面必得有"的时候"跟它配合,不能像底下这句光用"当"字了事。"当这些人在高谈'安全'、'和平',他们事实上正在准备发动侵略战争。"[1]

所以说,"当"字可省,而"时"字不可略。例如:可以说"当我小的时候",或"我小的时候"或"小时候",但不能说"当我小,妈妈给我讲过去的事情"。文言文亦然,"当其时也",可省作"其时",但不能说"当其"。

主句是祈使句,由四个动词"take"、"read"、"dream"、"murmur"为主干构成并列谓语。其中除了"read"不及物,另外三个动词分别涉及宾语"book"、"look"、"shadows"、"how many …"、"how Love …"。其余则是定语和状语了。句子结构并不复杂,由于是假设将来发生之事,故可视为将来时虚拟语态的祈使句,即设想在将来某个时刻,请受话人(addressee)做这几个动作。这四个动作是连续的,都是受话人(主语"you"省略)所为,这是无可置疑的。然而,有一位在美国任教的华人教授竟把"murmur"这个动作的发出者理解为第二节那个宾语从句中的主语之一"one man",而且说他周围的很多美国教授也这么理解,这可真令人大跌眼镜了。要知道,第二节末是一个分号,表示动词"dream"所及的与前面两个宾语("look"、"shadows")并列的宾语从句到此结束。而且,与"one man"搭配的两个动词"loved"都是过去时,不可能在同一句中毫无修饰地转换为现在时。另外,龙沙那首诗可以旁证:是受话人"您"变成了佝偻向火的老太婆,而不是"one

---

[1] 吕叔湘:《吕叔湘全集·语法修辞讲话》,沈阳:辽宁教育出版社,2002年,页98—99。

man"——"我"。

其次是词语的理解。第 2 行的"book"一词既可指书,亦可指本子(notebook 之略)。实际上,叶芝于 1891 年 10 月 20 日,即作此诗的前一天,曾赠给茉德·冈一本抄满情诗的硬皮笔记本,题为《精神的火焰》(*The Flame of the Spirit*),作为爱情的信物。[①] 当然,读者也不必拘泥于事实,把它理解为载有赠冈的情诗的叶芝作品集即可。

第 4 行的"shadows",有些汉译者不理解,译得五花八门的。这当然不是指现在女性化妆用的眼影,也不是熬夜累了产生的黑眼圈,而是指受话人眼睛里睫毛的倒影。面对着人看时,你自己的影子也会倒映到对方眼睛里面。"shadows deep"(又一个倒装,类似《湖岛因尼斯弗里》中的用法)是反衬眼睛的清澈。倒影越深,说明眼睛越明亮,像湖水一样清澈。如果一个人老了,眼光浑浊了,就不可能有这种感觉。

第 5 行开头的"how many",大多数汉译者译成"多少人",这是不对的。因为"how"是连接副词,而非疑问副词,是既引导状语从句,又说明整个从句的,是说明"many"(many men 或 ones 或 many a one 之略,意思是"许多人")和"one man"分别如何爱受话人的。这个"how"只是表示一种状态,它所含有的"如何"的意思是不必翻译出来的,而不是与"many"结合表示疑问"多少"。这是个句读问题。

第 7 行的"the pilgrim soul",很多汉译者译成"朝圣者的灵魂",是不准确的。"朝圣者的灵魂",回译成英文是"the pilgrim's soul"。而原文中"pilgrim"是名词当形容词用,意思是"像朝圣者那样的"。拙译为"灵魂的至诚",是变通的意译。

第 8 行的"changing face",有人理解成由于忧心忡忡而"阴晴变幻着

[①] W. B. Yeats, *Under the Moon*, p. 123, n. 31.

的脸"①,这是不对的。在叶芝的诗里,"changing"常见的是"衰老",即时光使人容颜改变的意思。

还有第10行的"Love",一般汉译者都译成"爱"或"爱情",也不对。注意,这是个大写的词。它不是普通的爱,而是个拟人化的概念。这种写法在埃德蒙·斯宾塞这样的近代英语作家的讽喻作品里面很常见,即把抽象的概念拟人化,从而使之成为作品中的一个"人物"。"爱"的拟人化其实自古有之,其化身即爱神。这个爱神不是维纳斯,而是特指她的儿子丘比特。因此最后一行的阳性所属代词"his"才有着落。有的汉译者把此词译成中性的"它的",是由于没有看懂前面"Love"的拟人化意义,无法与之保持性的一致而做的变通;而有的虽译成阳性的"他的",但似乎另有所指,因为同时又增加一个原文没有的"它"来重复指代"爱情",特意以示区别。②"他的"是指受话人的情郎(即诗人)之所属吗?可是没有相应的前置名词,怎么会凭空出现代词呢?所以这是不可能的。

古罗马神话中的小爱神丘比特据说可以进入恋人的体内。一旦被他附了体,恋人就会疯狂地恋爱;他一旦离去,恋爱也就结束了。古罗马诗人奥维德的长诗《岁时记》卷6第5行云:"我们体内住着一个神;他一动,我们就被点燃。"③叶芝此诗最后三行所写就是诗人代受话人想象的爱神弃恋人而去的情景。在作此诗之前,叶芝还写过另一首诗,题为《有关前世的梦》("A Dream of a Life Before This One")。这首诗在他生前没有发表过,其中最后一行就是"因爱神头戴繁星冠,掠过了,没注意我们"(For Love had gone by us unheeding, a crown of stars on his head)。④诗人写作,往往一个得意的词句或意象会在不同的作品里重现。原来,

---

① 区鉷、蒲度戎:《〈当你年老〉:译文比较研究》,《外语与教学研究》2005年第6期。
② 参见同上。
③ Ovid, *Fasti*, p. 318.
④ 傅浩(译):《叶芝诗集》,页61;W. B. Yeats, *Under the Moon*, p. 97.

"hid his face amid a crowd of stars"是从"a crown of stars on his head"改写而来的。二者相参,意思就显豁了。丘比特是神,会飞,头戴星星做的花冠也好,把脸藏在星星后面也好,都是不成问题的。而作为凡人的情郎如果这样就不好理解了。

图 7：老年茉德·冈
（出自 *Maud Gonne*）

The White Birds

I would that we were, my beloved, white birds on the foam of the sea!
We tire of the flame of the meteor, before it can fade and flee;
And the flame of the blue star of twilight, hung low on the rim of the sky,
Has awaked in our hearts, my beloved, a sadness that may not die.

A weariness comes from those dreamers, dew-dabbled, the lily and rose;
Ah, dream not of them, my beloved, the flame of the meteor that goes,
Or the flame of the blue star that lingers hung low in the fall of the dew:
For I would we were changed to white birds on the wandering foam: I and you!

I am haunted by numberless islands, and many a Danaan shore,
10 Where Time would surely forget us, and Sorrow come near us no more;
Soon far from the rose and the lily and fret of the flames would we be,
Were we only white birds, my beloved, buoyed out on the foam of the sea!

白 鸟

我情愿我们是,亲爱的,浪花之上一双白鸟!
流星暗淡陨坠之前,我们已厌倦了那闪耀;
低悬在天空边缘,暮色里那颗蓝星的幽光
唤醒了我们心中,亲爱的,一缕不死的忧伤。

倦意来自那些露湿的梦想者:玫瑰和百合;
啊,别梦,亲爱的,飞逝而去的流星的闪烁,
或那低悬在露滴中滞留不去的蓝星的光辉:
因为我情愿我们化作浪花上的白鸟:我和你!

我心头萦绕无数海岛,妲娜族涉足的海滨,
10 在那里,时光会遗忘我们,悲伤也不再来临;
很快我们会远离玫瑰、百合和不祥的星相,
只要我们是双白鸟,亲爱的,出没在浪花上!

【解】

　　此诗最初发表于 1892 年 5 月 7 日的《国民观察家报》,标题下有注云:"仙境的鸟据说像雪一样白。妲娜族的海岛即仙岛。"① 旋即收入诗集《女伯爵凯瑟琳及各种传说和抒情诗》(1892)中,注云:"仙境的鸟像雪

---

① A. Norman Jeffares, *A New Commentary on the Poems of W. B. Yeats*, p. 32.

一样白。'妲娜族涉足的海滨'当然是'青年之乡',或曰仙境。"收入《诗集》修订版(1899)中时又改成:"我在某处读到过,仙境的鸟像雪一样白。"① 妲娜,或妲奴,是古爱尔兰传说中的诸神之母。妲娜部族(Tuatha Dé Danaan)是凯尔特传说中的神族。他们先于盖尔人(凯尔特人的古称)定居于爱尔兰岛,被盖尔人击败而遁入不为凡人所见的另一世界。"青年之乡"(Tír-na-n-Óg)即妲娜部族的居住地之一,凯尔特人传说的仙境或乐园,爱神安格斯的领地,凡人若有幸进入,即可如神仙一般不老。叶芝在其编选的《爱尔兰农民仙话和民间故事》(1888)中注云:"道格拉斯·海德先生写道:'"青年之乡"是个地方,爱尔兰农民会告诉你,在那里……"你可以花一分钱买到幸福,"竟会那么便宜。有时候,但不经常,它也被叫做……"青春之地"。'"②

1891年7月,叶芝与茉德·冈在都柏林会见之后,冈写信给叶芝说,她梦见他俩前世是居住在阿拉伯沙漠边缘的一对兄妹,一同被鬻卖为奴。叶芝得信后,误解了其中信息,兴冲冲赶去向她求婚,不料她拒绝了他,说她不能结婚,但希望保持两人之间的友谊。翌日(应该是1891年8月4日下午),他俩同游都柏林远郊的厚斯崖。据冈亲口所述:她与叶芝在厚斯崖上休息时,看见一对海鸥掠过头顶,飞向海面。冈不经意地随口说道,假如能转世再生为鸟,她会选择海鸥。可是"三天后,他寄给了我这首诗,有着温柔的主题:'我情愿我们是,亲爱的,浪花之上一双白鸟'。"③笔者于1998年游厚斯崖时,曾亲见荒凉的高崖下别无他物,只有大群的海鸥在海面上盘旋觅食,顿悟此即《白鸟》这首诗的灵感来源。由此可证,叶芝与茉德·冈当年所见亦必为海鸥无疑。但为什么寻常海鸥在诗中就变成了"仙境的鸟"了呢?这大概就是想象的加工或艺术的升

---

① W. B. Yeats, *The Variorum Edition of the Poems of W. B. Yeats*, p. 799.
② W. B. Yeats, *Fairy and Folk Tales of the Irish Peasantry*, London: The Walter Scott Publishing Co., Ltd., 1906, p. 323.
③ A. Norman Jeffares, *A New Commentary on the Poems of W. B. Yeats*, p. 32.

华作用吧。或许,我们也可以因此说,作者的解说也未必可靠。然而,叶芝也并未明说仙境的鸟不是海鸥。

第3行中的蓝星指金星,西方以爱与美之神维纳斯之名称之。蓝色是忧伤之色。

第11行的玫瑰是女性的象征;百合是男性的象征。"fret"在爱尔兰英语中有"不祥之兆"的意思。

A Dream of Death

    I dreamed that one had died in a strange place

    Near no accustomed hand;

    And they had nailed the boards above her face,

    The peasants of that land,

    Wondering to lay her in that solitude,

    And raised above her mound

    A cross they had made out of two bits of wood,

    And planted cypress round;

    And left her to the indifferent stars above

10   Until I carved these words:

She was more beautiful than thy first love,

But now lies under boards.

梦　死

我梦见一人死在一个陌生地方，

身边无故又无亲；

他们钉起木板遮盖了她的面庞，

那些当地的农民

好奇地把她安葬在那荒郊野地,

又在她的坟头上

把那两根木头做的十字架竖起,

四周种柏树成行;

从此把她留给天上冷漠的星辉,

10　直到我刻下此话:

从前她比你初恋爱人长得更美,

如今却睡在地下。

【解】

　　此诗作于 1891 年 8—11 月间,最初发表于 1891 年 12 月 12 日的《国民观察家报》,题为《墓志铭》("An Epitaph"),收入《诗集》(1895)时改为今题。

　　1886 年,查尔斯·斯图亚特·帕内尔创建的爱尔兰政党国民联盟发起"作战计划"运动,号召西部和南部佃农集体要求地主减租,结果有些地主与佃户达成协议,有些地主则与佃户发生冲突。1889—1890 年,多尼戈尔郡上百家付不起地租的佃户遭地主起诉,被警察暴力驱赶出门,生活无着。1891 年 6 月帕内尔倒台后,土改运动中止,地主乘机反攻倒算,把更多佃户驱逐出家园。茉德·冈积极投身运动,为救助难民奔走呼号,以至于疲劳过度而病倒,据说有感染肺结核的危险。因此,她于 8 月再度回到法国南部圣拉斐尔市——"一个陌生地方"——去休养。实际上,真正令她身心憔悴的是她私人生活的不幸。她不满两岁的私生子

(她对叶芝谎称是养子)乔治于8月31日死于脑膜炎,使她受到很大的精神打击。与叶芝一家相熟的一位名叫莎拉·珀塞的画家曾经给茉德·冈画过肖像。她在都柏林遇见叶芝时说:"冈小姐在法国南方快死了,她的肖像就可以卖钱了。"还说她曾在巴黎与冈共进午餐,同桌一位医生说她"半年之后就会死的"。① 也许是因为听了这些话受到刺激,不胜担忧的叶芝在随后的某一天梦见自己的心上人果然死了。于是就有了此诗。或者此诗仅仅是出于诗人惯常的幻想(白日梦)。冈在自传《女王的仆人》(*A Servant of the Queen*, 1938)中回忆:"我正在持续康复,忽然威利·叶芝寄给我一首诗——他饱含深情地为我写作的墓志铭,令我十分开心。"②

第8行:在西方传统中,柏树是哀悼和复活之象征,常用于葬礼。我国传统在陵园亦种植松柏,取其延年不朽之义。

第11行:杰法瑞斯认为"你初恋爱人"可能是指叶芝第一个单恋对象劳拉·阿姆斯特朗,③恐怕不对。墓志铭一般是面向世人的泛泛之言,不是作者的自言自语,而且这样说对阿姆斯特朗女士也不尊重,何况她对叶芝的单相思毫不知情。阿尔布莱特(Daniel Albright)则认为是诗人对读者而言,意谓茉德·冈是诗人的"初恋爱人",她比任何人的初恋爱人都美。④ 这样理解才是合理的,因为叶芝认为冈是"世上最美的女人"⑤。按理说读者应是墓志铭的读者,但也可以是全诗的读者,或二者兼而有之。

叶芝并不止一次梦见茉德·冈死了。他在1910年1月6日的日志中写道:"星期天或星期一夜里,我梦见我看见了PIAL的墓碑,可是很老,覆盖着苔藓。我无法识读上面的日期或年纪。我想,有一个3;前面

---

① W. B. Yeats, *Memoirs*, p. 44.
② Maud Gonne MacBride, *A Servant of the Queen*, London: Victor Gollancz Ltd., 1938, p. 147.
③ A. Norman Jeffares, *A New Commentary on the Poems of W. B. Yeats*, p. 33.
④ W. B. Yeats, *The Poems*, ed. Daniel Albright, London: J. M. Dent, 1990, p. 441.
⑤ W. B. Yeats, *Memoirs*, p. 72.

是一个 6 或者 4,我想;但当我正试着往下读时,我就要醒了。"① PIAL 是拉丁文"Per Ignem ad Lucemde"的缩写,义为"由火至光",是冈在叶芝引介下于 1891 年 11 月 16 日加入"金色黎明"秘术修会时领受的法名。②

---

① W. B. Yeats, *Memoirs*, p. 238.
② Ibid., p. 141.

The Countess Cathleen in Paradise

All the heavy days are over;

Leave the body's coloured pride

Underneath the grass and clover,

With the feet laid side by side.

Bathed in flaming founts of duty

She'll not ask a haughty dress;

Carry all that mournful beauty

To the scented oaken press.

Did the kiss of Mother Mary

10   Put that music in her face?

Yet she goes with footstep wary,

Full of earth's old timid grace.

'Mong the feet of angels seven

What a dancer, glimmering!

All the heavens bow down to Heaven,

Flame to flame and wing to wing.

女伯爵凯瑟琳在天堂

所有沉重的日子已过完；
留下那遗体的斑斓装饰
在杂芜丛生的蒿草下面，
还有那双脚并放在一起。

浸在炽燃的责任之泉里，
她并不要求高贵的服装；
搬走那一切悼亡的美丽
塞进那馥郁的橡木衣箱。

圣母马利亚的亲吻曾否
10 使她的脸上荡漾起音乐？
她依然小心地款款移步，
优雅中透着尘世的羞怯。

在七大天使的脚步中间，
有一位领舞者神采奕奕！
重重的诸天朝天堂礼赞，
光环罩光环，羽翼连羽翼。

【解】

此诗最初发表于1891年10月31日的《国民观察家报》,题为《凯瑟琳》("Kathleen"),收入诗集《女伯爵凯瑟琳及各种传说和抒情诗》(1892)中时改题为《歌》("Song"),在《诗集》(1895)中重印时改题为《梦见一个有福魂灵》("A Dream of a Blessed Spirit"),最后在修订版《诗集》(1927)中改题为今题,连内容也大加修改了,以至于"几乎成了一首新的诗"。[1]

此诗原为诗剧《女伯爵凯瑟琳》1892年版第五幕中的一首歌,但后来因剧本改写而删除了。1890年,查尔斯·帕内尔的私生活丑闻曝光后,他领导的土改运动中止,抗租的佃农群龙无首,地主趁机反攻倒算,把他们逐出家园,以至有人饿死于沟壑之中。茉德·冈开始积极从事访贫问苦,救助被逐佃农和慰问在押政治犯等活动。在1889年与叶芝相识后不久,她曾对叶芝说起,她想在都柏林演戏,需要一个剧本。叶芝当时编有《爱尔兰农村民间传说故事集》(*Fairy and Folk Tales of the Irish Peasantry*, 1888)一书,便主动提出要为她用其中一个故事为素材写作剧本《女伯爵凯瑟琳》,以证明他也能为人民大众写戏。原始故事《女伯爵凯瑟琳·欧什阿》的情节很简单:女伯爵在大饥荒之年为了救助饥民而把自己的灵魂出卖给了魔鬼,最终被上帝拯救,但据叶芝说,改编的戏剧则是"象征性的":两个到处收购灵魂的魔鬼是邪恶的尘世;女伯爵本人就是一个灵魂,为拯救"上帝的子民",出卖了自己而找到了安宁。[2] 在这部经过多次改写的剧本中,他表面上赞颂女主人公为救助饥民而勇于牺牲的精神,实际上暗中批评冈因热衷政治活动而有损其天生丽质和高贵精神:"在伦敦会见她之后,我告诉她,我渐渐理解了一个女人为给饥饿的人民买粮食而出卖自己的灵魂的故事,认为它象征为了政治工作而

---

[1] A. Norman Jeffares, *A New Commentary on the Poems of W. B. Yeats*, p. 33.
[2] W. B. Yeats, *The Letters of W. B. Yeats*, p. 319.

失去平静、优雅或任何精神之美的所有灵魂,但主要是她那似乎从不会休息的灵魂。"① 剧中人诗人艾利尔屡次向女伯爵求婚,竭力劝说她放弃政治,不要出卖灵魂,正是叶芝自己的代言者。他在晚期诗作《驯兽的逃逸》("The Circus Animals' Desertion", 1937?)中再度回顾:

> 其次一个反真理充斥在戏剧中,
>
> 《女伯爵凯瑟琳》是我给它取的名;
>
> 她,醉心于怜悯,放弃了灵魂,
>
> 可专横的上天却插手把它救拯。
>
> 我想我爱人必毁掉自己的灵魂,
>
> 狂热和仇恨也同样把它操纵;
>
> 这就生出了一个梦想,很快
>
> 这梦想占据了我全部思想和爱。②

在最早版本的《女伯爵凯瑟琳》最后一幕,女伯爵死去,天使与魔鬼在空中为争夺她的灵魂而战,最终天使战胜。此诗被叶芝称为"安魂曲",③是众天使列队抬着女主人公的遗体时所唱。1899 年 5 月 8 日,这部诗剧在都柏林上演,受到观众的欢迎,却被某天主教士斥为异端。叶芝却认为该剧融合了个人思想感情和公众信仰习俗,从基督教和异教传统汲取了灵感,有利于为爱尔兰创造"一种伟大的与众不同的诗歌文学"。④ 他在 1927 年 10 月 27 日致信奥莉维娅·莎士比亚说,他前一天刚刚改写了"年轻时一首破烂不堪的诗,叫做《梦见一个有福魂灵》,改名为《女伯爵凯瑟琳在天堂》。现在它像这样,几乎就是一首儿童诗……我喜

---

① W. B. Yeats, *Memoirs*, p. 47.
② 傅浩(译):《叶芝诗集》,页 685—686。
③ W. B. Yeats, "My Own Poetry Again", *Later Articles and Reviews*, p. 294.
④ W. B. Yeats, *The Variorum Edition of the Poems of W. B. Yeats*, p. 845.

欢最后一句,跳舞者凯瑟琳变成了天堂本身。"① 跳舞的当然是被天使夺回且拱卫的女伯爵的灵魂。说她变成了天堂本身,有些不可思议。笔者倒宁愿把此句理解为一个比喻,即众天使拱卫着女伯爵犹如重重天界向至高的天堂顶礼一般。因为,据生于公元前二世纪的古埃及希腊裔天文学家托勒密的地心说,天有九重,环绕地球。后世增加至十一重,据日耳曼人彼得·阿皮安(Peter Apian, 1495—1552)著《宇宙志》(Cosmography, 1584)所载天体图所示,从低到高依次为太阴天、水星天、金星天、太阳天、火星天、木星天、土星天、穹窿天、水晶天、原动天、火精天。基督教认为,地狱位于地球中心,为魔鬼和堕落的灵魂所居;天堂位于火精天,为上帝、天使和有福的灵魂所居。②

---

① W. B. Yeats, *The Letters of W. B. Yeats*, p. 731.
② M. H. Abrams et al, eds., *The Norton Anthology of English Literature*, 7th edn., Vol. 1, pp. 2960 - 2961.

Into the Twilight

Out-worn heart, in a time out-worn,
Come clear of the nets of wrong and right;
Laugh, heart, again in the grey twilight,
Sigh, heart, again in the dew of the morn.

Your mother Eire is always young,
Dew ever shining and twilight grey;
Though hope fall from you and love decay,
Burning in fires of a slanderous tongue.

Come, heart, where hill is heaped upon hill:
10 For there the mystical brotherhood
Of sun and moon and hollow and wood
And river and stream work out their will;

And God stands winding His lonely horn,
And time and the world are ever in flight;
And love is less kind than the grey twilight,
And hope is less dear than the dew of the morn.

到曙光里来

　　破败的心,在一个破败的时代,
　　来呀,摆脱那是是非非的罗网;
　　大笑吧,心,又见灰白的曙光,
　　叹息吧,心,又见清晨的露滴。

　　你的母亲爱尔,她永远也不老,
　　露滴永远闪亮,曙光总是灰白;
　　虽然希望离弃你,爱情又朽坏,
　　在一条毁谤之舌的烈焰中焚烧。

　　来吧,心,到这层峦叠嶂之地:
10　因为太阳和月亮,山谷和森林,
　　大川和小溪那神秘的兄弟之情
　　在这里通力实现着它们的意志;

　　上帝伫立着吹响祂孤独的号角,
　　时光和世界永远在匆匆地飞逝;
　　爱情并不比灰白的曙光更和蔼,
　　希望并不比清晨的露滴更亲切。

叶芝诗解

【解】

  此诗作于1893年6月30日,最初发表于1893年7月29日的《国民观察家报》时题为《凯尔特的曙光》("The Celtic Twilight"),收入小品文集《凯尔特的曙光》(*The Celtic Twilight*, 1893)一书中时改为今题。

  1937年10月29日,叶芝在自己所做的最后一次电台广播节目中介绍此诗,称之为"一首渴想爱尔兰西部的诗",并说之所以创作此诗,是因为"恋爱出了问题,而且我总是厌恶城市。"① 1893年2月,叶芝正与国民文学学会的同仁一起策划出版一套爱尔兰文学文库,他当时所追求的对象茉德·冈从巴黎来都柏林协助他工作。但叶芝与主事者意见不一,而冈又与之交好。据叶芝生前未发表的回忆录所述,出于妒忌,他与茉德·冈大吵了一架;后来又听到一些传言,说冈在法国有两个男友,要为她决斗,甚至说叶芝也是她的情人之一,曾使她怀孕并陪她非法堕胎云云。在他俩之间传闲话造谣言的是冈做慈善活动时救济过的一个女人,应即第8行"毁谤之舌"所指。崩溃之余,叶芝从首府都柏林回到西部斯来沟乡间疗伤:"我去了斯来沟,写下《到曙光里来》,以求再度召回勇气:尽管爱情朽坏,'在一条毁谤之舌的烈焰中焚烧',难道露滴就不闪亮了吗?"②

  第5行中的"爱尔"(Eire)是盖尔语,即爱尔兰。叶芝在剧作《凯瑟琳·尼·胡里汉》(*Cathleen ni Houlihan*, 1902)中就把爱尔兰人格化为一位貌似衰老实则年轻美丽的女人,该剧首演时这个角色就是由茉德·冈扮演的。叶芝童年和少年时期许多时光是在斯来沟外祖父母家度过的。他常常独自到山间溪畔钓鱼或闲游,敏感的心灵与大自然的神秘感而遂通。与丑陋的人类社会相比,自然界是多么纯净而值得信赖啊。尤其是在他心灵受伤的时候,能给他安慰的就只有那些熟悉的自然景物了。

---

① W. B. Yeats, "My Own Poetry Again", *Later Articles and Reviews*, p. 293.
② W. B. Yeats, *Memoirs*, pp. 66 - 68.

The Song of Wandering Aengus

I went out to the hazel wood,

Because a fire was in my head,

And cut and peeled a hazel wand,

And hooked a berry to a thread;

And when white moths were on the wing,

And moth-like stars were flickering out,

I dropped the berry in a stream

And caught a little silver trout.

When I had laid it on the floor

10   I went to blow the fire aflame,

But something rustled on the floor,

And some one called me by my name:

It had become a glimmering girl

With apple blossom in her hair

Who called me by my name and ran

And faded through the brightening air.

Though I am old with wandering

Through hollow lands and hilly lands,

I will find out where she has gone,

20   And kiss her lips and take her hands;

And walk among long dappled grass,

And pluck till time and times are done

The silver apples of the moon,

The golden apples of the sun.

漫游的安格斯之歌

我出门来到榛树林里，
因为头中燃着一团火，
砍下一段榛枝削成杆，
在一根线端钩挂浆果；
在粉白蛾子展翅飞舞，
蛾子似的星星闪现时，
我把浆果投到溪水里，
钓起一条小小银鳟鱼。

我把它放在地面之上，
10　然后去把火苗儿吹起，
可是地面上沙沙作响，
有谁在呼唤我的名字；
它变成一个晶莹少女，

鬓边簪插着苹果花枝；
她喊我名字然后跑开，
穿过渐亮的空气消失。

虽然走遍了深谷高山，
我已经变得衰弱老朽，
但是我定要把她找到，
20　吻她的嘴唇牵她的手；
走在斑驳的深草丛中，
采撷月亮的银色苹果，
采撷太阳的金色苹果，
直到时光都不再流过。

【解】

此诗大约作于 1893 年 1 月 31 日，最初发表于 1897 年 8 月 4 日的《速写》(*The Sketch*)周刊，题为《疯歌》("A Mad Song")，后作为一首无题歌用于故事《红毛罕拉汉的灵视》("Red Hanrahan's Vision")中，发表于《麦克吕尔杂志》(*McClure's Magazine*)1905 年 3 月号。

叶芝在此诗收入诗集《苇间风》(1899)中时加注说：

> 妲奴女神的部族能够随意变化，那些居住在水里的常常化身为鱼。……在别的时候它们则是美丽的女人；……
>
> 此诗是受一首希腊民歌所启发的；但是希腊的民间信仰与

爱尔兰的非常相似;在写作此诗时,我当然想到的是爱尔兰以及爱尔兰的那些精灵。就在前天,在戈尔韦郡郭特村附近,一位老人一边修剪着树篱一边说:"有一回,我在安希那边伐木。一天早晨,大约八点钟左右,我到那里时,看见一个女孩在捡坚果,长发披肩,棕色头发,脸蛋儿好鲜嫩,个子高高的,头上什么也没戴,衣着一点儿也不华丽,而是朴朴素素的。她觉得我走近时,就收拾起来,离开了,就好像大地把她吞下去了似的。我跟踪她,寻找她,可是从那天到今天,我再也没见过她,再也没有。"[1]

姐奴是凯尔特传说中的诸神之母。安格斯属于姐奴部族,叶芝说他是"青春、美和诗歌之神。他统治着提尔纳诺格——青春之乡。"[2] 在给另一首诗《他伤叹他和爱人所遭遇的变故并渴望世界末日来临》("He mourns for the Change that has come upon him and his Beloved, and longs for the End of the World")所作的注中又说:"我诗中的持榛木杖的人原本是爱神安格斯。"[3] 榛树在爱尔兰被视为神圣的生命之树,常被用来制作魔杖。相传安格斯也是个神通广大的魔法师。从诗的标题可知,诗中的出场人物或曰发言者即安格斯,其行径却与普通凡人无异,本事则显然源于上述老人的谈话。在《红毛罕拉汉的灵视》中,此诗是出自乡村教师罕拉汉之口的一首无题歌。在长篇小说《尤利西斯》(*Ulysses*, 1918)"斯库拉与卡律布狄斯篇"中,詹姆斯·乔伊斯(James Joyce, 1882—1941)给奥利弗·果加蒂取的外号是"鸟中漫游的安格斯"。可见,爱神安格斯之名也不妨是痴情恋人的代称。鲍勒(C. M. Bowra)则认为,诗

---

[1] W. B. Yeats, *The Variorum Edition of the Poems of W. B. Yeats*, p. 806.
[2] Ibid., p. 794.
[3] Ibid., p. 807.

中发言者是一位吟游诗人,可代表叶芝本人,亦可代表任何人。①

据欧萨利文(Sheila O'Sullivan)考证,第一节的叙述取材于《莪相学会会刊》第三卷(*Transactions of the Ossianic Society*, III, 1857)所载斯坦迪什·海耶斯·欧格拉迪(Standish Hayes O'Grady, 1846—1928)编写的狄阿米德与格拉妮娅的故事。这对恋人在逃亡途中遇见一位后生——实际上是狄阿米德的义父、爱神安格斯所变化——来帮助他们,为他们提供食物:"他自己走进邻近的树林里,撅来一根又直又长的杆子,给钓钩挂上一颗冬青果,去站在溪流上,一甩就钓到了一条鱼。"② 显然,诗中细节与此几乎无异。由此看来,诗中发言者也可能是安格斯本尊,只不过是以凡人的面目出现的。"小小银鳟鱼"当然是妲奴部族的水中女神所化,但在象征层面或许隐有所指,可参见写给茉德·冈的《鱼》("The Fish", 1898)一诗。③

第二节中,"鬓边簪插着苹果花枝"的"晶莹少女"则无疑与茉德·冈有关。叶芝在生前未发表的回忆录中记述了1889年他与冈的初遇:

> 我从未想到会在一个活生生的女人身上看到如此之美。它属于名画、诗歌、传说的往昔。像苹果花似的外貌,脸蛋和身材却具有布雷克所谓至美的轮廓美,因为从青年到老年那种轮廓变化得极少,身量高得仿佛出自神族。她的举止与外形相配,我终于明白了为什么在我们只会讲脸蛋和体型之处,爱恋着某位淑女的古代诗人会唱:她走起路来像女神。……今天,对于我,一切都淡然了,除了那一刻,她走过一扇窗前,身穿一袭白衣,整理着花瓶里的一丛花。十二年后,我把这印象写进了诗里("她摘下白色的花朵")……④

---

① C. M. Bowra, *The Heritage of Symbolism*, London: Macmillan, 1943, p. 189.
② Sheila O'Sullivan, "W. B. Yeats's Use of Irish Oral and Literary Tradition", *Béaloideas* 39-41, 1971-1973, p. 268.
③ 傅浩(译):《叶芝诗集》,页157。
④ W. B. Yeats, *Memoirs*, pp. 40-42.

在公开出版的第二部自传《帷幕的颤动》(*The Trembling of the Veil*, 1922) 中,他所写的初遇茉德·冈时的印象则是这样的:"那时,她就像春天女神的古典式化身,维吉尔的赞美'她走起路来像女神'只是为她一人而写的。她容光焕发,好像阳光透照的苹果花。我记得那天她就站在窗内一大簇苹果花旁。"① 后来,这来自现实生活的意象在他的诗作中一再重现,例如在《箭》("The Arrow", 1901) 一诗中,苹果花就成了冈的专属象征:

> 她青春少女初长成的时候,
> 颀长而高贵,胸脯和面颊
> 却像苹果花一样色泽淡雅。

最后一节中,发言者自称"变得衰弱老朽",显然这不是神仙的口吻,因为青春之神是不会衰老的。"月亮的银色苹果"和"太阳的金色苹果"指月光和日光透过树荫洒在地面上的圆形光斑,采撷它们喻指不可能的事情,具体而言,或许即暗示对冈的苦恋。月亮(太阴)和太阳之力的结合在炼金术中是圆满的象征。叶芝于 1890 年 3 月加入玫瑰十字架宗秘术组织"金色黎明"秘术修会,并于翌年秋劝说冈入会。其后叶芝常用在修会中学到的种种秘术象征入诗,用"一种人们所不懂的语言"(参见《致时光十字架上的玫瑰》一诗及解)向冈隐秘地示爱。他认为冈是美的化身,自己是智慧的化身,两人天性互补,作为民族精英,必将荷担大任,获得某种天启。而只有二者的灵魂结合,一切才得圆满。② 这是他毕生苦苦追求的目标。此诗恰如谶语,预示他终将徒劳无功。

---

① W. B. Yeats, *Autobiographies*, p. 123.
② W. B. Yeats, *Memoirs*, pp. 124 – 125.

The Song of the Old Mother

I rise in the dawn, and I kneel and blow

Till the seed of the fire flicker and glow;

And then I must scrub and bake and sweep

Till stars are beginning to blink and peep;

And the young lie long and dream in their bed

Of the matching of ribbons for bosom and head,

And their day goes over in idleness,

And they sigh if the wind but lift a tress:

While I must work because I am old,

10   And the seed of the fire gets feeble and cold.

老母亲之歌

我黎明即起,跪地吹火,

直到火种忽闪变炽热;

然后得擦地做饭清扫,

直到星星眨眼来偷瞧;

年轻人赖在床上梦想

胸饰头饰怎样配停当；
她们的日子过得安逸，
连风撩发梢也要叹息。
我得干活因为我老了，
10　火种变得又冷又弱了。

【解】

　　此诗最初发表于《书人》(*The Bookman*)月刊1894年4月号,同年入选同人诗选集《韵人俱乐部二集》(*The Second Book of the Rhymers' Club*)。叶芝在自传第二部《帷幕的颤动》(1922)中回顾自己的创作,称他当时已开始企图寻找一种哲学,可以体现在一种爱尔兰文学之中,会把地方美景和相关传说变成"神圣象征",但在找到这种哲学之前,他可以照旧暂且写写"一个抱怨年轻人游手好闲的老妇人"之类的"流行诗人"所写的题材。① 1934年3月17日,叶芝参加英国广播公司贝尔法斯特电台直播的"圣帕垂克之夜"节目,在其中介绍了这首"老农妇抱怨年轻人"的"小诗",并称有人用爱尔兰五声调式音乐为它谱了曲。②

　　叶芝在最初发表的文本后加注说:"'火种'是爱尔兰词组,指壁炉膛内残留的燃烧的泥炭碎块和热灰。"③ 在英语中,这一比喻性词组的搭配显得有些不同寻常,但汉语中也有"火种"的说法,而且早已用滥而成了"死比喻",不过,此处彼此对译倒是蛮贴切的。原诗分别在第二行和第十行两次重复这个词组,第一次纯是写实,第二次据说就兼有了象征意味,亦喻指人的血气。

---

①　W. B. Yeats, *Autobiographies*, p. 254.
② 　W. B. Yeats, "The Growth of a Poet", *Later Articles and Reviews*, p. 249.
③ 　W. B. Yeats, *The Variorum Edition of the Poems of W. B. Yeats*, p. 151.

The Lover mourns for the Loss of Love

Pale brows, still hands and dim hair,
I had a beautiful friend
And dreamed that the old despair
Would end in love in the end:
She looked in my heart one day
And saw your image was there;
She has gone weeping away.

恋人伤悼失恋

额白、发浓、手安详,
我有个美丽的朋友,
并梦想旧日的绝望
终将在爱情中结束:
一天她窥入我心底,
见那里有你的影像,
于是就哭泣着离去。

叶芝诗解

【解】

　　此诗最初发表于《穹顶》(*The Dome*)杂志1898年5月号,是《伊夫致黛克托拉:三首歌》("Aodh to Dectora. Three Songs")中的第二首,收入《苇间风》时另加今题。伊夫是叶芝早期短篇小说《束发》("The Binding of the Hair", 1896)中的一个虚构人物,身份是吟游诗人。叶芝在此诗中用以自况,似乎意在以第三人称面具示人,造成戏剧独白似的间离效果。最后连虚构的人名也省略了,直接以类称代之,似乎就更有普遍性了。

　　"美丽的朋友"指奥莉维娅·莎士比亚(Olivia Shakespear, 1863—1938)。1894年,正当叶芝被茉德·冈一次次拒绝,陷入无望的单相思旋涡中之时,韵人俱乐部的诗友莱奥内尔·约翰生(Lionel Johnson, 1867—1902)把他身为有夫之妇的表姐莎士比亚太太介绍给了他。从1896年3月开始,叶芝与她私通了不足一年。他在生前未发表的回忆录稿中有如是记述:

　　　　我的私通只持续了一年,中间还被她去意大利的一次旅行和我去巴黎的一次旅行打断过。我得努力谋生,那使我谋生更加艰难了,她来的时候我常常忙得脱不开身。当时,茉德·冈写信给我,说她到伦敦来了,问我要不要来一起吃饭。我跟她吃了饭,我的麻烦就增添了——她当然想不到是她干的坏事。终于,有一天早上,不像平时那样以大读情诗的方式来培养适当的情绪,我反而写起信来。我的女友发现我的情绪与她的不相应,就大哭起来,说:"你心里有别人。"我们就这样分手了,已经有好多年了。①

---

① W. B. Yeats, *Memoirs*, p. 89.

A Commentary on the Selected Poems of W. B. Yeats with Chinese Translation

图 8：奥莉维娅·莎士比亚
（出自 *W. B. Yeats: A Life*, Vol. I）

"旧日的绝望"指叶芝自1889年结识茉德·冈以来,屡次向她求婚,但均遭拒绝的事实。他企图在奥莉维娅·莎士比亚身上寻求安慰,用新的"爱情"终结旧的"绝望",但终究旧情难忘,事与愿违。

　　"你的影像"指诗人心中珍藏的"旧爱"茉德·冈的情影,这当然是诉诸想象的形象说法。由此可知,此诗是写给或对冈说话的。

　　若忽略以上背景情况,仅仅将此诗内容作一般理解,即一个男人用情不专,对旧爱不能忘怀,对新欢不够投入,终于两头落空,亦无不可,因为这种情况在两性恋爱活动中并非不常见。叶芝数易诗题,想必也是为了避免显得有太重的私人性质吧。

　　埃兹拉·庞德大赞此诗,称全诗"只一个句子,没有一个词不合自然语序"[1]。

---

[1] James Lonenbach, *Stone Cottage: Pound, Yeats, and Modernism*, p. 84.

The Secret Rose

Far-off, most secret, and inviolate Rose,
Enfold me in my hour of hours; where those
Who sought thee in the Holy Sepulchre,
Or in the wine-vat, dwell beyond the stir
And tumult of defeated dreams; and deep
Among pale eyelids, heavy with the sleep
Men have named beauty. Thy great leaves enfold
The ancient beards, the helms of ruby and gold
Of the crowned Magi; and the king whose eyes
10 Saw the Pierced Hands and Rood of elder rise
In Druid vapour and make the torches dim;
Till vain frenzy awoke and he died; and him
Who met Fand walking among flaming dew
By a grey shore where the wind never blew,
And lost the world and Emer for a kiss;
And him who drove the gods out of their liss,
And till a hundred morns had flowered red
Feasted, and wept the barrows of his dead;
And the proud dreaming king who flung the crown
20 And sorrow away, and calling bard and clown
Dwelt among wine-stained wanderers in deep woods;
And him who sold tillage, and house, and goods,
And sought through lands and islands numberless years,

Until he found, with laughter and with tears,

A woman of so shining loveliness

That men threshed corn at midnight by a tress,

A little stolen tress. I, too, await

The hour of thy great wind of love and hate.

When shall the stars be blown about the sky,

30　Like the sparks blown out of a smithy, and die?

Surely thine hour has come, thy great wind blows,

Far-off, most secret, and inviolate Rose?

隐秘的玫瑰

遥远、极隐秘、不可侵犯的玫瑰，

把我裹在我最好的时刻里；裹在

那些曾经在圣墓或者酒桶里

寻找你的人们安居而远离

失败梦想的骚乱之处；深坠

在白皙眼皮中间，带着名为

美的沉重睡意。你硕大的花瓣

裹着戴王冠的三贤苍老的须髯，

盛满宝石黄金的头盔；那目睹

10 钉穿的双手和接骨木十字架在巫术

烟雾中升起，使火把变得昏黄，

待徒然的狂乱觉醒而死去的国王；

那在永无风吹的灰色海岸边

遇见芳德漫步在耀眼的露珠间，

为一吻而失去人世和埃玛的壮士；

那把众神驱逐出他们的堡垒，

宴饮到一百个黎明盛开鲜红，

然后为死难战友哭坟的英雄；

那傲然抛却王冠和烦恼，招引

20 诗人和弄臣，居住在深林，与满身

酒污的流浪汉为伍的多梦国王；

那把耕地、房子和动产都卖光，

年年岁岁在陆地和海岛寻找，

终于带着大笑和泪水，找到

一个女人的人——她如此明艳，

借一绺偷来的头发发出的光线，

人们在半夜打谷。我，也期待

你那爱与恨的大风吹起之时。

何时群星被吹得在天空四射，

30 像锻炉中迸出的火花，然后熄灭？

你的时刻已到来，你的风可吹起？

遥远、极隐秘、不可侵犯的玫瑰！

【解】

此诗最初发表于《萨沃伊》(*The Savoy*)1896年9月号,题为《欧萨利文·鲁阿致隐秘的玫瑰》("O'Sullivan Rua to the Secret Rose");用于短篇小说集《隐秘的玫瑰》(1897)作为卷首诗时题为《致隐秘的玫瑰》("To the Secret Rose");收入诗集《苇间风》(1899)时改用今题并加注云:

> 我觉得我无意识地改动了关于康纳哈之死的古老故事。他不是在灵视中看见,而是听说基督受难的。他被投石器投出的一颗用死亡的敌人晒干的大脑做成的弹击中;那颗弹留在了他脑袋中,《伦斯特之书》说,他的脑袋被用金线缝合,因为他的头发像金丝。伊丽莎白时代作家基廷说:"在那种状态下他又活了七年,直到据某些历史学家所说的基督受难的那个星期五,他看见造化的不寻常变化和日、月全蚀,遂问随侍在身边的一位伦斯特祭司布克拉赫,是什么使天地的行星发生那不寻常变化。那祭司说:'上帝之子耶稣基督此时正被犹太人钉上十字架。'康纳哈说:'可惜,要是我在场,我就杀死那些迫害他的人。'说着就拔出剑来,冲向就近的一丛灌木林,开始砍斫;他说的意思是,假如他在那些犹太人当中,那就是他会给他们的待遇;由于不可遏制的愤怒,那颗弹从他的脑袋中迸出,并带出一些脑浆来,他就那样死了。在费拉罗埃斯,兰施利赫林就是那片灌木林的名称。"

我想象了库胡林遇见芳德"漫步在耀眼的露珠间。"他们的爱情故事是我们古老传说中最美丽者之一。两只被一根金链锁在一起的鸟儿飞到库胡林和尤拉大军宿营的湖边,婉转鸣唱,致使全军都中魔而沉睡。它们随即化作两个美女,施魔法使库胡林变得病弱,卧床一年。在一年将尽之时,安格斯——很可能是爱神安格斯,妲奴女神的最伟大的孩子之一——来坐到他的床前,吟唱着述说芳德——海洋和逝者之岛之神曼南南之妻——多么爱他;如果他愿意来到富有美酒和金银的众神之国,芳德和她的妹妹拉班就会为他驱魔治病。库胡林去了众神之国,与芳德相爱了一个月,约定在一个叫"海岸尽头的紫杉"的地方与她相会,然后回到了地上。他的凡间的妻子埃玛重又赢得了他的爱,而曼南南来到"海岸尽头的紫杉"带走了芳德。当库胡林看见她被带走时,他对她的爱情复苏了,于是他疯狂了,不吃不喝,流浪在群山之间,直到最终被一个巫师的遗忘之饮治愈。

我写"那把众神驱逐出他们的堡垒"的人是根据所读过的关于奎尔塔在伽夫拉战役之后的故事。那时几乎他所有的伙伴都战死了,要么是在莪斯利赫——如今的莪索利,要么是在埃斯瑞夫——如今的阿瑟若伊,巴里香农的一道瀑布,妲奴女神的子孙之一伊尔布雷克在那里有一座堡垒——他怒而把众神都逐出了他们的堡垒。

我写"骄傲的多梦国王"是根据《夺牛战记》的传说作者、罗埃之子佛格斯的事迹,一如有关黛尔德的古代故事和佛哥森的现代诗作所述。他娶了耐丝。佛哥森让他讲述她是如何"只用一个眼神就俘获"了他的:

"我不过是个空虚的魂灵,
被置于远离生命和激情;
甜蜜的回忆却依然刺激
我全部幻影一般的存在。"

不久,由于他那伟大的爱情,他把王位禅让给了她与别人生的儿子康纳哈,以宴飨、打仗、狩猎度过余生。他从不拒绝某个同伴宴请的承诺、因那承诺而来的祸害以及他后来的复仇行动是诗人们的一大主题。我已经在《佛格斯与祭司》和《女伯爵凯瑟琳》第二幕中解释过我有关他的想象了。

  我根据拉米尼先生的《爱尔兰西部民间故事》中的一个故事《红马驹》的一些情节写"那卖掉收成、房子和杂物"的人。一个年轻人"在大路上看见一束光。他走近前去,见路上有一个敞开的盒子,里面透出一束光亮。他捡起盒子,里面盛着一束卷发。此时他为生计正不得不去做国王的奴仆。共有十一个小伙子。他们在晚上十点外出去马厩的时候,除他之外每个人都拿着一盏灯。他们分别到各自的马厩去。他到了他的马厩里之后便打开那盒子,把它放在墙上的一个洞孔里。那光非常亮,比其它马厩里的光亮一倍。"国王听说了,命他拿出那盒子给他看。国王说:"你必须去给我把这头发所属的女人找来。"最终,是那年轻人,而不是国王,娶了那女人。①

  康纳哈是爱尔兰传说中北爱尔兰厄尔斯特国王,其父"巨人"法赫纳是厄尔斯特国王,其母耐丝是厄尔斯特国王后。法赫纳死时,康纳哈尚年幼,遂由其叔父、"红枝英雄"首领佛格斯继位。佛格斯迷恋耐丝,想要娶她。她乘机提出条件说:"使吾子享位一年,以令其后裔为王者种"。佛格斯同意了。但是,一年期满,由于康纳哈统治圣明,人民要求他继续在位,而佛格斯又耽于宴饮射猎,于是他就到林中去隐居,以静修和梦术等方法获取诗人和哲人的痛苦智慧。叶芝在为叙事诗《乌辛漫游记》(1889)所加的注中解释说,佛格斯"是红枝英雄传说的诗作者,一如乌辛是芬尼亚传说的诗作者。他曾经是全爱尔兰的王,但放弃了王位,以便

---

① W. B. Yeats, *The Variorum Edition of the Poems of W. B. Yeats*, pp. 812–814.

在森林里过平静的狩猎生活"。① 其实,佛格斯并不是诗人,也从未做过全爱尔兰的王。叶芝在《诗集》(1895)中给这段注文补充了一句插入语:"据佛哥森所整理的传说",说明他的说法源自塞缪尔·佛哥森爵士所作叙事诗《罗埃之子佛格斯的退位》("The Abdication of Fergus Mac Roy",1864),但是这篇作品在很大程度上是佛哥森自己想象的产物。康纳哈与佛格斯的事迹见于《伦斯特之书》(*The Book of Leinster*),该作品是爱尔兰古史传说集《入侵之书》的一部分。乔弗瑞·基廷(Geoffrey Keating,1570—1650)是《爱尔兰史》(*History of Ireland*,1634)的作者。

库胡林是康纳哈的外甥,北爱尔兰红枝英雄传说中最伟大的勇士。他短暂的一生充满战斗与性爱传奇,艳遇神女芳德即其中插曲之一。

奎尔塔·麦克罗南是芬尼亚传说中的勇士,是芬·迈库阿尔的外甥。据古史传说《伽夫拉之战》(*Cath Gabhra*)记载,以芬为首的芬尼亚勇士团在抗击爱尔兰最高国王凯尔勃雷·利弗海尔所率大军的战斗中几乎全部阵亡,只有奎尔塔与表兄乌辛幸存下来;由于与诸神打过交道,他俩都得享高寿,以至于竟能在两百多年后给来爱尔兰传播基督教的圣帕垂克讲述芬尼亚的故事。叶芝在诗集《苇间风》(1899)中给《希神的集结》("The Hosting of the Sidhe",1893)一诗所加的注云:"远古的伟大人物都出自妲奴部族,是他们中间的王和后。奎尔塔是芬的战友;死去多年之后,他在一片森林里现身于一位国王面前,浑身燃着火焰,在黑暗中为他引路。那国王问他是谁,他说:'我是你的蜡烛。'我不记得在哪儿读过这故事了,也许,我已忘记了一半儿了。"②据欧萨利文推测,叶芝很可能是在斯坦迪士·詹姆斯·欧格莱蒂(Standish James O'Grady,1846—1928)所著《爱尔兰史》(*History of Ireland: Critical and Philosophical*,1881)中读到

---

① W. B. Yeats, *The Variorum Edition of the Poems of W. B. Yeats*, p. 795.
② Ibid., p. 801.

那个故事的。① 妲奴部族是神族,被人类打败后被迫遁入地下世界,爱尔兰人认为有些小山丘是他们藏身的堡垒。

《爱尔兰西部民间故事和传奇》(*West Irish Folk-tales and Romances*, 1893)是威廉·拉米尼(William Larminie, 1849—1900)采集整理的一部故事集。

此诗可以说是《致时光十字架上的玫瑰》(1893)一诗的姊妹篇或续篇。这两首诗的写法甚至都有些雷同,都罗列了一些"古代的故事",只不过这次更多更具体些而已。而"隐秘的玫瑰"与"时光十字架上的玫瑰"同样,除了具有叶芝所知晓的秘术含义之外,也是他对茉德·冈的秘密称谓。玫瑰是神秘的永恒之美的象征,冈在叶芝心目中则是美即玫瑰的化身。何况冈是英国人,英国人从来就有用国花玫瑰称呼美女的悠久传统。

除了叶芝在注文中解说过的爱尔兰传说人物事迹之外,第3行提及的"圣墓"(Holy Sepulchre)特指位于耶路撒冷的基督墓,与之对立的"酒桶"是来自爱尔兰民间文化的元素。叶芝在《有福者》("The Blessed", 1897)一诗中写道:

> *And one has seen in the redness of wine*
> *The Incorruptible Rose*,
>
> '*That drowsily drops faint leaves on him*
> *And the sweetness of desire*,
> *While time and the world are ebbing away*
> *In twilights of dew and of fire.*' ②

---

① Sheila O'Sullivan, "W. B. Yeats's Use of Irish Oral and Literary Tradition", op. cit., p. 271.
② W. B. Yeats, *The Poems of W. B. Yeats*, p. 69.

> 有人在美酒的红色中看见
> 那不可败坏的玫瑰,
>
> "慵懒地朝他抛撒褪色的
> 花瓣和欲望的甜蜜,
> 当时光和世界正渐渐隐退
> 在露水和霞光中时。"①

第5—7行的描写涉及某种神秘体验。在与此诗相关的短篇小说《炼金术玫瑰》("Rosa Alchemica",1896)中,叙述者在麦克尔·罗巴蒂斯的诱导下进入恍惚状态,觉得自己沉入了幻象之海深处,漂流途经许多"眼神朦胧眼皮半闭做着梦的"绝美形象,最终被卷入"那就是美本身的死亡之中"。② 罗巴蒂斯的原型是叶芝在玫瑰十字架宗"金色黎明"秘术修会的导师麦克格莱戈·梅瑟斯(S. L. MacGregor Mathers,1854—1918)。叶芝在自传中有关于自己在导师诱导下看见异象的经验实录,只不过所见不同而已。小说和诗作中的叙事和描写容或有想象的加工。

第8—9行中的"三贤"(Magi)是指基督教传说中来自东方朝觐新生耶稣基督的三位智者,汉语"圣经"中又译"三博士"。此词波斯语原义为术士,特指祆教法师,故有论者认为其人即来自波斯的魔法师。此词在英语里通常又被译为"国王"(kings),故他们在艺术作品中的形象往往是"戴王冠的"。据《新约·马太福音》第2章第11节,他们给耶稣带来黄金、乳香和没药作礼物,并没有叶芝此处所说的"(红)宝石"(ruby)。对于东方三贤的描写不免令人想到叶芝的秘密身份:"金色黎明"秘术修会的法师;他后来发表的《异象》(A Vision,1925;1937)一书即伪托祆教

---

① 傅浩(译):《叶芝诗集》,页185。
② W. B. Yeats, *The Secret Rose*, *Stories by W. B. Yeats: A Variorum Edition*, 2nd edn., pp. 135–136.

遗书而作。如"金色黎明"秘术修会的玫瑰十字架徽章所示（见图3），玫瑰花瓣并包兼容了基督教和异教元素。

第29—30行的意象可能来自梅瑟斯翻译的克诺尔·冯·罗森洛特所著《喀巴拉揭秘》（*Kabbala Denudata*, 1887）一书，其中述及在此世界之前曾有过若干世界，由于构造不平衡而被毁灭，而这些世界"被叫做震动的火焰和火花，犹如石匠用锤子从燧石中砸出的火花，或铁匠打铁时迸出的四处飞溅的火花。这些火花光焰四射，但不久就熄灭了。"① 在诗人看来，不平衡的世界就是不美的。叶芝在《恋人讲述他心中的玫瑰》("The Lover tells of the Rose in his Heart", 1892）一诗中就表示渴望重造丑陋的天地万物，因为它们对永恒的理性之美——"我心底绽放的玫瑰"——是一种伤害。② 而在十九世纪九十年代，整个欧洲笼罩着"世纪末"情绪，人人都期待着"新时代"即基督徒所谓"千年盛世"的到来，痴迷神秘主义的叶芝当然更不例外。在此诗中，他不正是热切期盼着丑陋的旧世界被阴阳平衡的至美的伟力——玫瑰的"爱与恨的大风"——所摧毁吗？

叶芝不仅尝试用文学手段复兴爱尔兰传统文化，而且还企图通过秘密法术实验召唤上古众神和英雄，好让他们的精神重归现代人中间。他在1898年1月23日致曾经同学秘术的老同学乔治·拉塞尔的信中写道：

> 我沉浸在"凯尔特神秘主义"之中，这整个东西正在形成一个精妙繁复的异象。茉德·冈和我也许要去爱尔兰某个乡下地方一两个星期，去像你那样召致诸神众灵的形相，获取一些用以召灵的圣土。也许我们可以安排去你所在的某处，我们就

---

① Knorr von Rosenroth, *Kabbala Denudata: The Kabbalah Unveiled*, trans. S. L. MacGregor Mathers, New York: The Theosophical Publishing Company, 3rd impression, 1912, p. 301.
② 傅浩（译）：《叶芝诗集》，页153。

可以一同合作了。茉德·冈曾经看见过一个小小的英雄圣殿的异象,她提议98年过后在爱尔兰某地把它建造起来,使之成为我们的神秘运动和文学运动的中心。①

那么,此诗把术士(以及诗人)的智慧、英雄的力量和女性的美包裹在一起就不足为奇了。这三者结合想必会发生什么不可思议的神秘作用吧。总之,与《致时光十字架上的玫瑰》一样,此诗也不妨被视为某种仪式所应用的祈请词。在前者中,诗人还只是请求玫瑰"靠近些",而在此诗中,则已经是进一步要求她"裹"起亦即接受他所奉献的一切了。在短篇小说《炼金术玫瑰》中,叶芝虚实参半地再现了基于"金色黎明"秘术修会中经验的一种神秘仪式:进入出神状态的仪式参与者目睹会堂天花板上巨大的镶嵌画玫瑰落下了真实的花瓣,每片花瓣又幻化成貌美绝世的异教神灵,来与信众共舞。②

---

① W. B. Yeats, *The Letters of W. B. Yeats*, p. 295.
② W. B. Yeats, *The Secret Rose*, *Stories by W. B. Yeats: A Variorum Edition*, 2nd edn., p. 146.

He wishes for the Cloths of Heaven

Had I the heavens' embroidered cloths,
Enwrought with golden and silver light,
The blue and the dim and the dark cloths
Of night and light and the half-light,
I would spread the cloths under your feet:
But I, being poor, have only my dreams;
I have spread my dreams under your feet;
Tread softly because you tread on my dreams.

他冀求天国的锦缎

假如我有天国的锦缎,
那用金银的光线织就,
黑夜、白天、黎明和傍晚,
湛蓝、暗灰、漆黑的锦绣,
我愿铺展在你的脚下。
可我,一贫如洗,只有梦,

我已铺展在你的脚下；

轻踏，因你踏着我的梦。

【解】

此诗最初见于《苇间风》(1899)，原题《伊夫冀求天国的锦缎》("Aedh wishes for the Cloths of Heaven")。

叶芝在为英国广播公司 1932 年 4 月 10 日的诗朗诵节目准备的广播稿中介绍此诗说：

> 我们年轻时不懂得自己所感到的东西；我们无法站在自己身外看自己；我们活在梦里，用一种神话表现自己，或者说无论如何，我都是如此生活，如此表现自己的。我想，我作为诗人走红始于史蒂文森称赞我的《因尼斯弗里》一诗，以及一位不随流俗的大编辑称赞我的情诗《他冀求天国的锦缎》。①

1894 年，罗伯特·路易斯·史蒂文森 (Robert Louis Stevenson, 1850—1894) 称赞《湖岛因尼斯弗里》说："它那么别致、轻灵、简单、艺术、畅达于心——我简直找不到词语来形容。" W. E. 亨利 (W. E. Henley, 1849—1903) 是《国民观察家报》的主编，《湖岛因尼斯弗里》最初就是于 1890 年 12 月发表在该报上的。亨利也是叶芝所在的韵人俱乐部成员，喜欢改动别人的稿子。他曾把叶芝的《梦想仙境的人》一诗寄给一位朋友，并夸耀说："瞧我的一个小伙儿写的多精美的东西。"他很可能就是叶

---

① W. B. Yeats, "Poems About Women", op. cit., p. 239.

芝所说的那位"大编辑",尽管找不到他称赞《他冀求天国的锦缎》一诗的文字记录。①

此诗承继浪漫主义余绪,仿前拉菲尔派风格,唯美而虚矫。叶芝说它表现的是"失恋之道。"②1896年以前,他尚无性爱经验,长期耽于柏拉图式完美理想爱情,以至于年老时为年轻时"浪费了的夜晚"深感后悔。他后来向痴恋多年的茉德·冈表示:"你美丽动人,我也尽心竭力／用古老的崇高方式把你热爱:／那似曾幸福,然而我们已经／像那空洞的残月般心灰意冷"(《亚当所受的诅咒》,"Adam's Curse", 1902);对曾经有过一年私通欢情的奥莉维娅·莎士比亚表示:"肉体衰老即智慧;年轻之时／我们彼此相爱却懵懂无知"(《长久沉默之后》,"After Long Silence", 1929)。而他当时颇在意的是自己的一无所有:"我堕入情网了,但还没有表白,也从未想到要表白。几个月过去,我重新恢复了自持。我心想:'她会成为什么样的妻子?她能在一个学生的生活中占有什么份额呢?'"③

手稿上标明作于1891年8月5日、叶芝生前未曾发表的一首诗的结尾两行与此诗的最后两行不无相似之处,甚至二诗的整体构思、立意、形式、结构、措辞等亦属雷同,后者极可能是基于前者的改作或重作,而且写作时间不会相隔太久。这首题为《道路》("Pathway")的诗作原文及汉译如下:

> Archangels were I God should go
>
> Unhook the stars out of the sky
>
> And in a sudden hurry fly
>
> And spread them in a shining row —

---

① W. B. Yeats, "Poems About Women", op. cit., p. 395.
② Joseph Hone, *W. B. Yeats 1865 – 1939*, p. 152.
③ W. B. Yeats, *Memoirs*, pp. 42 – 43.

叶芝诗解

>   *A shining pathway as were meet.*
>   *I had alone my life for thee;*
>   *Tread gently tread most tenderly*
>   *My life is under thy sad feet.*①

>   我若是上帝，大天使就应当
>   　去把星星从天空摘下来，
>   　忽然又都急匆匆飞起来，
>   把它们散布成闪亮的一行——
>   　一条闪亮的道路正合适。
>   　我可以给你的只有生命；
>   　轻轻地踏吧，踏得最轻轻，
>   我生命在你悲伤的脚底。②

与这首诗抄在同一稿本上的还有其它作于1891年8—11月间的五首诗，一共六首一组，共题为《玫瑰十字》（"The Rosy Cross"）。其中三首后来发表了，即《玫瑰十字歌》（"A Song of the Rosy Cross", 1895）、《他谈论绝色美人》（"He Tells of the Perfect Beauty", 1896）、《梦死》（"A Dream of Death", 1891）。这些诗都是写或写给茉德·冈的。叶芝于1890年3月加入玫瑰十字宗秘术组织"金色黎明"秘术修会，并于翌年秋劝诱冈入会，以此作为追求她的一种方便。他以为从此既能够以知识权威的姿态凌驾于她之上，又能与她共享各自生活中的隐秘了："她逐渐需要我了；我深信需要会变成爱情，而且已经在变了。我甚至在看着她的时候有一种残忍感，仿佛我是个猎人，正在捕获什么美丽的野生动物似

---
① W. B. Yeats, *Under the Moon*, p. 95.
② 傅浩（译）：《叶芝诗集》，页59。此处引用时文字有所改动。

的。我们去了伦敦,被吸纳入秘术学生会。我开始拟订我们致力于神秘真理的生活计划……"① 该会会员以兄弟姐妹相称。这组诗中另一首未发表的作品即题为《致玫瑰十字会一姐妹》("To a Sister of the Cross and the Rose")。

---

① W. B. Yeats, *Memoirs*, p. 49.

The Fiddler of Dooney

When I play on my fiddle in Dooney,
Folk dance like a wave of the sea;
My cousin is priest in Kilvarnet,
My brother in Mocharabuiee.

I passed my brother and cousin:
They read in their books of prayer;
I read in my book of songs
I bought at the Sligo fair.

When we come at the end of time
10 To Peter sitting in state,
He will smile on the three old spirits,
But call me first through the gate;

For the good are always the merry,
Save by an evil chance,
And the merry love the fiddle,
And the merry love to dance:

And when the folk there spy me,
They will all come up to me,
With 'Here is the fiddler of Dooney!'
20 And dance like a wave of the sea.

都尼的提琴手

在都尼我把琴弦一拉响，
乡亲们起舞像海浪；
表兄在基尔瓦内当神甫，
在莫卡拉比是兄长。

我顺路去拜访两位老兄：
他们都念诵祈祷书；
我从斯来沟集市上买来
我的歌本儿用心读。

在寿命终结时我们来到
10　圣彼得庄严的座前，
他会对三个老鬼微微笑，
却叫我头一个过关；

因为好人们总是快活的，
要不是碰上坏运道，
快活的人们爱听提琴声，
快活的人们爱舞蹈：

那里的人们一旦看见我，
他们都会到我身旁，
欢呼"都尼的提琴手来啦！"
20　就一同起舞像海浪。

叶芝诗解

【解】

此诗作于1892年11月,最初发表于伦敦《书人》月刊1892年12月号。叶芝晚年在英国广播公司贝尔法斯特电台做节目时不止一次选读过此诗,并介绍说:"可是我的这些非常简单的早期诗中最有名的是《都尼的提琴手》。诗中提到的地方全都在斯来沟郡。都尼岩是吉尔湖边的一块巨岩。我曾多次到那里野餐,出于感谢,就用这地名称呼我的提琴手。"①

爱尔兰的地名大多是沿用凯尔特人所用的盖尔语(现在叫爱尔兰语)古称。都尼的意思是"休〔人名〕的要塞"。类似地名在爱尔兰沿海有不少,有些地方还确有古代碉堡的遗迹。基尔瓦内,意思是"裂谷中的教堂",是斯来沟郡巴里那卡罗村附近的一个小镇。莫卡拉比,意思是"黄色平原",是斯来沟县西南郊马格拉波依乡的镇子。斯来沟(意思是"富有贝类")郡斯来沟县位于爱尔兰西北部,是叶芝外祖父母家所在地,叶芝在那里度过了童年的大部分时光。他对斯来沟县周围一带很熟悉,常常走家串户听当地农人讲故事,自称"我大量的散文和诗都是那些故事的重述。"② 不过,这首诗不是,不像《经那些柳园往下去》之类,而是出自诗人的想象虚构,当然是基于现实经验的。在虚构的情境中使用真实的本土地名增强了地方性和写实感。后来的诗人谢默斯·希内(Saemus Heaney,1939—2013)就有意识地借鉴了这种创作手法。由于懂爱尔兰语,他更注重挖掘爱尔兰地名背后的历史和文化内涵。

据叶芝说,斯来沟的农人多少仍保持着凯尔特传统的鬼神信仰,这从他编写的民间故事中也可以看出。此诗立意类似叙事诗《乌辛漫游记》(1889),即以"异教"精神的活泼自然对照基督教文化的刻板做作。不难看出诗人的价值取向,孰褒孰贬,孰扬孰抑,尽在简单

---

① W. B. Yeats, "The Growth of a Poet", *Later Articles and Reviews*, p. 250.
② W. B. Yeats, "Reading of Poems", op. cit., p. 226.

明了轻松诙谐的叙述之中。最妙的是,他借诗中人之口表达了善者快乐,快乐即善的信念,相信这符合相传为天国守门人的圣彼得所做的评判(当然代表着上帝的评判),不动声色地揶揄了某些基督教徒的虚伪功利。

The Arrow

I thought of your beauty, and this arrow,
Made out of a wild thought, is in my marrow.
There's no man may look upon her, no man,
As when newly grown to be a woman,
Tall and noble but with face and bosom
Delicate in colour as apple blossom.
This beauty's kinder, yet for a reason
I could weep that the old is out of season.

箭

从前我想起你的美,这枚箭镞——
由狂想铸就——就钉入我的髓骨。
如今已没有男人会看她,没有,
不像青春少女初长成的时候,
颀长而高贵,可是胸房和面颊
却好像苹果花一样色泽淡雅。

现在这美更温和,但有个缘故

让我痛哭:旧日的美已迟暮。

【解】

  此诗作于1901年,诗中所写的对象茉德·冈时年35岁,似乎还没有到"没有男人会看"的年龄吧。1889年1月30日,叶芝初识22岁的茉德·冈。在公开出版的第二部自传《帷幕的颤动》(1922)中,他如是描写当时的印象:"那时,她就像春天女神的古典式化身,维吉尔的赞美'她走起路来好像女神'只是为她一人而写的。她容光焕发,好像阳光透照的苹果花。我记得那天她就站在窗内一大簇苹果花旁。"[①] 此前,在生前未发表的回忆录(1916—1917)中,他的记述则更详细:

  我从未想到会在一个活生生的女人身上看到如此之美。它属于名画、诗歌、传说的往昔。像苹果花似的肤色,脸蛋和身材却具有布雷克所谓至美的轮廓美,因为从青年到老年那种轮廓变化得极少,身量高得仿佛出自神族。她的举止与外形相配,我终于明白了为什么在我们只会讲脸蛋和体型之处,爱恋着某位淑女的古代诗人会唱:她走起路来像女神。……现在,我一切都记不清了,除了那一刻,她走过一扇窗前,身穿一袭白衣,整理着花瓶里的一丛花。十二年后,我把这印象写进了诗里(《她摘下白色的花朵》):

---

① W.B. Yeats, *Autobiographies*, p. 123.

叶芝诗解

> 花一样白,她摘下白色的花瓣
>
> 在蛾子出现的时刻藏在她胸前①

这两行诗即第5—6行的较早版本,②直到1909年才改为现在版本。③ 可见如花美人给诗人印象之深刻,以至于从此他就把苹果花当做了她的象征:"我发现我能够用我的象征召梦,尽管我认为最深刻的是不求自来的;我会在睡觉时,比如说,撒一把苹果花在枕头上。有时候,我入睡时用某种象征,努力要把我的灵魂送往茉德·冈的灵魂那里……"④ 而诗题最初就叫《她摘下白色的花朵》。

叶芝曾与父亲的朋友埃德文·艾利斯(Edwin Ellis, 1848—1916)合编了三卷本《威廉·布雷克作品集》(*The Works of William Blake*, 1893)。其中长诗《弥尔顿》(*Milton*, 1804)的序诗有如下一节:

> *Bring me my bow of burning gold!*
>
> *Bring me my arrow of desire!*
>
> *Bring me my spear: O clouds, unfold!*
>
> *Bring me my chariot of fire!*

汉译如下:

> 把我的烁金之弓拿来!
>
> 把我的欲望之箭拿来!
>
> 把我的矛抬来:云啊,展开!

---

① W. B. Yeats, *Memoirs*, pp. 40–43.
② W. B. Yeats, *The Variorum Edition of the Poems of W. B. Yeats*, p. 199.
③ W. B. Yeats, *Memoirs*, p. 236.
④ Ibid., 128.

> 把我的烈火战车驾来!

他们为这四行诗所做的注解云:"他将再度回归,得助于弓,性爱的象征;箭,欲望的象征;矛,男性性能力的象征;战车,欢乐的象征。"① 由此可知,那深入骨髓的箭象征着叶芝对茉德·冈欲而不得的渴望。

茉德·冈貌美而性格倔强,由于政见不同而常与叶芝争执,偶尔稍示柔顺,叶芝即受宠若惊(参见《尘世的玫瑰》一诗解)。随着年岁增长,她似乎性情变得温和些,但容貌却有所衰减了。二者相权,诗人却好像更看重后者。

---

① William Blake, *The Poems of William Blake*, ed. W. B. Yeats, London: Routledge & Kegan Paul, 1905, p. 233; A. Norman Jeffares, *A New Commentary on the Poems of W. B. Yeats*, p. 75.

The Folly of Being Comforted

One that is ever kind said yesterday:
'Your well-belovèd's hair has threads of grey,
And little shadows come about her eyes;
Time can but make it easier to be wise
Though now it seems impossible, and so
All that you need is patience.'

                                      Heart cries, 'No,
I have not a crumb of comfort, not a grain.
Time can but make her beauty over again:
Because of that great nobleness of hers
10   The fire that stirs about her, when she stirs,
Burns but more clearly. O she had not these ways
When all the wild summer was in her gaze.'

O heart! O heart! if she'd but turn her head,
You'd know the folly of being comforted.

感到安慰的愚蠢

一个永远温和的人儿昨天说：
"你的爱人头发有了灰色，
她眼睛周围出现了小小阴影；
时光只能使人更容易变聪明，
尽管现在似乎不可能，故
你所需只是耐心。"

心叫道："不，
我没有一丝安慰，没有一毫。
时光只能把她的美翻新重造：
由于她那杰出的高贵风范，
10 她稍有举动，周围跳动的火焰
就燃烧得更旺。呵，她尚无这风姿，
当整个狂野夏季都向她注目时。"

心啊！心啊！只要她愿转回身，
你就会知道感到安慰多愚蠢。

【解】

此诗最初发表于 1902 年 1 月 11 日的《发言者》(*The Speaker*)周刊。

叶芝诗解

叶芝 1932 年 4 月 10 在英国广播公司全国节目中读诗时如是介绍说：

> 下一首诗更戏剧性、更私人性，一个确定无疑的男人在发言。像上一首诗一样，它写成的时候，我年龄已够大，足以懂得我所感到的东西，可以说足以站到自己身外看自己了。它题为《感到安慰的愚蠢》。①

也许正是因为诗的内容太私人性了，诗人才说得这么简短，这么语焉不详。尽管叶芝曾对妻子说："我不想让他们知道所有一切"，②但经过一代代研究者不懈地挖掘考证，他的私生活已大白于天下，几乎无隐私可言了。在 1903 年 2 月茉德·冈与约翰·麦克布莱德结婚之前，叶芝对她一直没有死心；即便是在 1898 年 12 月初，冈向他坦白了自己自十九岁起就与人同居，且育有一子一女的事实之后，他虽然深感震惊，痛苦异常，但仍未就此停止向她求婚。从此诗所吐露的心里话，读者就应该能够看出，他有多痴情。

第 1 行中"永远温和的人儿"可能是指格雷戈里夫人。1903 年，在得知冈结婚的消息之后，叶芝受到极大的打击，随即去到库勒庄园寻求安慰。在格雷戈里夫人两个月的精心照拂下，他的健康才慢慢恢复。格雷戈里夫人说她把他当自己的儿子一般看待，甚至还跑到都柏林去见冈，单刀直入地问她到底对叶芝有什么意图。茉德·冈回答说，她和叶芝都不适合结婚，因为他们都太忙了，各自有更重要的事情要操心。她认为这不关格雷戈里夫人的事，还反唇相讥，说格雷戈里夫人自己对叶芝有意思。③ 格雷戈里夫人则认为冈只是出于自私和虚荣在玩弄叶芝，并诅

---

① W. B. Yeats, "Poems About Women", op. cit., p. 238.
② A. Norman Jeffares, *A New Commentary on the Poems of W. B. Yeats*, p. vi.
③ Joseph Hone, op. cit., p. 165.

咒她"不得好死"。①

诗以诗人给自己的心转述友人的一番劝慰的话开始。大意是：时光能使人丧失美貌，也能使人增长智慧（参见《智慧与时俱来》"The Coming of Wisdom with Time"、②《人随年岁长进》"Men Improve with the Years"等诗作）。你的爱人开始变老了，你也应该变聪明了，不再那么容易为她的美貌所惑了。不过，这也不是一下子就做得到的，所以，你需要有耐心。

诗人的心回答：我并不因此而感到安慰而平静，因为时光不但不会让她失去美貌，反而会使她因更成熟而变得更美。最后诗人与自己的心达成了共识：无论何时，只要她一回头，诗人的心即刻就会一如既往地失去平静。

杰法瑞斯认为此诗标志着叶芝诗中新出现的现实主义音调。③ 笔者则觉得，也许前五行半是纪实的，接下来六行半也算是诗人的真实心声，但最后两行是否仍未脱前拉斐尔派的滥情主义情调呢？而且，与自己的心对话这种戏剧性写法也不那么现实主义吧。

1913年，正在开发意象主义的埃兹拉·庞德称赞第10行具有"充满激情的单纯，这超乎智力所能及的精确"。④ 叶芝认为茉德·冈的美对于公众具有煽惑性的影响力，曾有意利用她举行神秘仪式、戏剧表演，甚至政治集会。他在自传中如是写道：

> 她对群众的影响力达到了巅峰。她之所以有此影响力，部分是因为即使在把一个抽象原则推到在我看来荒唐的地步时，

---

① Mary Lou Kohfeldt, *Lady Gregory: The Woman behind the Irish Renaissance*, London: Deutsch, 1985, p. 130.
② 此诗汉译文见傅浩（译）：《叶芝诗集》，页236。
③ A. Norman Jeffares, *A New Commentary on the Poems of W. B. Yeats*, p. 75.
④ Ezra Pound, "The Serious Artist", *Literary Essays of Ezra Pound*, ed. T. S. Eliot, New York: New Directions, 1968, p. 53.

她依然能够使自己的头脑保持自由。就这样，当男人和女人听从她的吩咐时，他们这样做不仅因为她长得美，而且因为那美暗示着快乐和自由。此外，她的美里面有一种元素，可以感动装满盖尔语故事和诗歌的头脑，因为她长得好像生活在一种古代文明之中，其中无论心灵还是肉体，所有优长都属于公共仪式的一部分，都是群众以某种方式的创造，犹如教皇入圣彼得大教堂仪式是群众的创造一样。她的美被她高大的身材所加强，能够瞬间影响一群人，不是因为显而易见和面色红润——我们的舞台美人往往如此，因为它令人难以置信地出众；假如说——想必它可能就像那群人的自我，熔合、统一、孤独——她的脸像古希腊雕像的脸，很少显示思想，那么她的整个身体就好像一件经过深思熟虑的大师杰作，仿佛一位斯科帕斯在古埃及贤哲和来自古巴比伦的数学家协助下测量和计算过，以期凭借一个活人的度量标准超越阿耳忒弥西娅的雕像。①

1904 年，曾受叶芝慷慨帮助的后辈同胞詹姆斯·乔伊斯（James Joyce，1882—1941）写传单诗刻薄地讽刺他：

> *But I must not accounted be*
> *One of that mumming company —*
> *With him who hies him to appease*
> *His giddy dames' frivolities*
> *While they console him when he whinges*
> *With gold-embroidered Celtic fringes —* ②

---
① W. B. Yeats, *Autobiographies*, pp. 364–365.
② James Joyce, "The Holy Office", *Poems and Shorter Writings*, London: Faber & Faber, 1991, p. 97.

但是我绝不能算

那哑剧团里的一员——

其中有他,忙于迁就缓和

他那些轻浮贵妇们的轻薄,

而当他抱着金绣的凯尔特缘饰

呜咽的时候,她们又把他安慰——①

此处,"那哑剧团"是对叶芝和格雷戈里夫人等创建的阿贝剧院的蔑称。"他"指叶芝。"贵妇们"指格雷戈里夫人、茉德·冈以及阿贝剧院的赞助人安妮·霍尼曼。"金绣的凯尔特缘饰"指叶芝于1895年出版的书页边缘镀金的《诗集》。

---

① 傅浩(编译):《乔伊斯诗歌·剧作·随笔集》,昆明:云南人民出版社,2011年,页94。此处引用略有改动。

Adam's Curse

We sat together at one summer's end,
That beautiful mild woman, your close friend,
And you and I, and talked of poetry.
I said, 'A line will take us hours maybe;
Yet if it does not seem a moment's thought,
Our stitching and unstitching has been naught.
Better go down upon your marrow-bones
And scrub a kitchen pavement, or break stones
Like an old pauper, in all kinds of weather;
10 For to articulate sweet sounds together
Is to work harder than all these, and yet
Be thought an idler by the noisy set
Of bankers, schoolmasters, and clergymen
The martyrs call the world.'

                        And thereupon
That beautiful mild woman for whose sake
There's many a one shall find out all heartache
On finding that her voice is sweet and low
Replied, 'To be born woman is to know —
Although they do not talk of it at school —
20 That we must labour to be beautiful.'
I said, 'It's certain there is no fine thing

Since Adam's fall but needs much labouring.

There have been lovers who thought love should be

So much compounded of high courtesy

That they would sigh and quote with learned looks

Precedents out of beautiful old books;

Yet now it seems an idle trade enough.'

We sat grown quiet at the name of love;

We saw the last embers of daylight die,

30   And in the trembling blue-green of the sky

A moon, worn as if it had been a shell

Washed by time's waters as they rose and fell

About the stars and broke in days and years.

I had a thought for no one's but your ears:

That you were beautiful, and that I strove

To love you in the old high way of love;

That it had all seemed happy, and yet we'd grown

As weary-hearted as that hollow moon.

亚当所受的诅咒

有一年夏末我们聚坐在一起，
你的密友，那美丽温柔的女子，
还有你和我，共同把诗艺谈论。
我说："一行诗也许花几个时辰，
但假如看来不像瞬间的灵感，
我们缀缀拆拆也都属枉然。
那你还不如屈膝跪倒在地，
把厨房地板擦洗，或像个老丐
去敲砸石块，无论天气好与坏；
10　因为要连缀妙音绝响，就要比
这些都更费工夫，可是还要被
聒噪的钱商、教员和牧师之辈——
殉道之士所谓的尘俗世界——
认作游手好闲。"

　　　　　接着下来
答言的是那美丽温柔的女子；
一听见她的嗓音低沉甜美，
许多人都会感到心中作痛：
"虽说学校里没有这门课程，
但是生为女人就理应知晓：
20　为求美好我们必须辛劳。"

我说:"无疑,亚当堕落以来,
没有美好的东西不需费力气。
有不少恋人认为,爱情应该
配合有足够隆重高尚的礼仪——
他们叹息着摆出博学的面孔,
从美丽的古代典籍中博引旁征——
但如今就像是随随便便的交易。"

一提到爱情我们便沉默不语;
看夕阳最后一缕金辉燃尽;
30 在苍穹瑟瑟抖颤的碧色之中,
一瓣残月,日复一日年复年,
好似空贝壳浮沉在群星之间,
任时光的潮水冲刷磨损而破裂。

我有一个念头,只能对你说:
你美丽动人,我也尽心竭力
用古老的崇高方式把你热爱:
那似曾幸福,然而我们已经
像那空洞的残月般心灰意冷。

【解】

此诗作于 1902 年 11 月 20 日,最初发表于《每月评论》(Monthly

Review)1902年第12期。标题典出基督教"圣经"《旧约·创世记》第3章第17—19节：上帝因亚当偷吃禁果而把他逐出伊甸园并诅咒他说："你既听从妻子的话，吃了我所吩咐你不可吃的那树上的果子，地必为你的缘故受咒诅。你必终身劳苦，才能从地里得吃的。……你必汗流满面才得糊口，直到你归了土，因为你是从土而出的。"① 意谓人必须付出劳苦才有所得。

茉德·冈在其自传中讲述了有关此诗创作背景的故事：

> 我们还在吃饭的时候，威利·叶芝来看我。我们都到客厅去喝咖啡。凯瑟琳和我共坐在一张大沙发上成堆的软垫当中。我仍然穿着总是在旅行时穿的深色衣服和代替帽子的黑色面纱，我们俩想必形成了奇怪的反差。我看见威利·叶芝用挑剔的眼光盯着我看；他告诉凯瑟琳他喜欢她的衣着，说她显得格外年轻。就是在那种场合，凯瑟琳说了要美就得劳苦，威利把她的话写进了他的诗《亚当所受的诅咒》。
>
> ……
>
> 第二天，他来带我去像往常一样拜谒"命运之石"时说："你不像凯瑟琳那样在意你自己，所以她看起来比你年轻。你的脸又老又瘦，可是你会永远美丽，比我认识的任何人都美。对此你无能为力。哦，茉德，你为什么不嫁给我，放弃这悲剧的斗争，过一种平静的生活呢？我可以为你在懂你的艺术家和作家中间营造那样一种美丽的生活。"
>
> "威利，你老是问这个问题，不累吗？我跟你说过多少遍了，我不嫁给你，你得感谢诸神。你跟我在一起不会幸福的。"
>
> "不跟你在一起我才不会幸福。"

---

① 和合本《新旧约全书·旧约全书》，中国基督教协会印发，页3—4。

"哦,不,你会的,因为你把你所谓的不幸都写成了美丽的诗,你乐在其中。婚姻是件乏味透顶的事情。诗人应该永不结婚。世人应该因我不嫁给你而感谢我。我要告诉你一件事:我们的友谊对我来说意义重大,常常在我需要帮助时帮助到我,我需要它比你或任何人知道得都要多,因为我从不谈论甚至从不考虑这些事情。"

"你幸福还是不幸呢?"他问。

"我比大多数人都更幸福,也更不幸,但我不想这个。你和我在这方面见解十分不同。知道自己不再会像从前那样受苦了,这很棒;这给人以极大的平静和极大的力量,令人无所畏惧。我对我从事的工作感兴趣;那是我的生活;我生活——而那么多人只是生存而已。那些人是可怜之人,那些过着乏味平淡生活的人,他们无异于地下死人。现在,威利,咱们来谈论'命运之石'吧。你知道,我不喜欢谈论自己;我不会听你摆布的。"①

茉德·冈的回忆并没有涉及当天他们谈话的太多细节,倒是叶芝在诗里以直接引语的方式记录了有关诗歌、美和爱情的话题和内容。这些内容有可能是实录,也有可能经过了想象和艺术的加工,以求措辞的精炼和诗意的一贯。与谈者"你"亦即诗的受赠者是冈;"你的密友"指冈的妹妹凯瑟琳·皮尔彻太太。这种平实的谈话风格才标志着叶芝诗风向现实主义的转变,也许影响到了后来的奥登(W. H. Auden,1907—1973)。

---

① Maud Gonne MacBride, *A Servant of the Queen*, pp. 328–330.

The Happy Townland

There's many a strong farmer
Whose heart would break in two,
If he could see the townland
That we are riding to;
Boughs have their fruit and blossom
At all times of the year;
Rivers are running over
With red beer and brown beer.
An old man plays the bagpipes
10   In a golden and silver wood;
Queens, their eyes blue like the ice,
Are dancing in a crowd.

The little fox he murmured,
'O what of the world's bane?'
The sun was laughing sweetly,
The moon plucked at my rein;
But the little red fox murmured,
'O do not pluck at his rein,
He is riding to the townland
20   *That is the world's bane.'*

When their hearts are so high

That they would come to blows,

They unhook their heavy swords

From golden and silver boughs;

But all that are killed in battle

Awaken to life again.

It is lucky that their story

Is not known among men,

For O, the strong farmers

30　That would let the spade lie,

Their hearts would be like a cup

That somebody had drunk dry.

The little fox he murmured,

' O what of the world's bane?'

The sun was laughing sweetly,

The moon plucked at my rein;

But the little red fox murmured,

' O do not pluck at his rein,

He is riding to the townland

40　*That is the world's bane.'*

Michael will unhook his trumpet

From a bough overhead,

And blow a little noise

When the supper has been spread.

Gabriel will come from the water

With a fish-tail, and talk

Of wonders that have happened

On wet roads where men walk,

And lift up an old horn

50   Of hammered silver, and drink

Till he has fallen asleep

Upon the starry brink.

The little fox he murmured,

'O what of the world's bane?'

The sun was laughing sweetly,

The moon plucked at my rein;

But the little red fox murmured,

'O do not pluck at his rein,

He is riding to the townland

60   *That is the world's bane.'*

快乐的镇区

有许多健壮农夫，

如果能看见我们

骑马前去的镇区，
　　心就会裂成两分；
　　那里的一年四季
　　花果都挂满枝头；
　　河流之中充溢着
　　红色褐色的醇酒；
　　一老人演奏风笛
10　在金色银色林中；
　　女神们成群起舞，
　　她们的眼碧如冰。

　　那小狐狸他低声说：
　　"世界的祸根如何？"
　　太阳在甜蜜地大笑，
　　月亮拉着我的马索；
　　但那小红狐低声说：
　　"哦，别拉他缰绳，
　　他骑马要去那镇区，
20　那就是世界的祸根。"

　　当情绪如此高涨
　　竟至动手的时候，
　　他们就摘下重剑，
　　从金色银色枝头；
　　可是所有阵亡者

又重新复活苏醒。
幸亏他们的故事
不为人们所知情，
因为呵，健壮农夫
30　就会让铁锹赋闲，
他们的心像杯子，
会早已被人饮干。

那小狐狸他低声说：
"世界的祸根如何？"
太阳在甜蜜地大笑，
月亮拉着我的马索；
但那小红狐低声说：
"哦，别拉他缰绳，
他骑马要去那镇区，
40　那就是世界的祸根。"

晚餐摆好的时候，
从头顶上的枝头
米迦勒摘下喇叭，
把一些噪音吹奏。
加百列摆着鱼尾
从水里出来，谈起
人们所走的潮湿
路上发生的奇事，

并举起一只古老

50　镶银的角觥,痛饮,

　　直到他酣然睡倒

　　在星光灿烂的河滨。

　　那小狐狸他低声说:

　　"世界的祸根如何?"

　　太阳在甜蜜地大笑,

　　月亮拉着我的马索;

　　但那小红狐低声说:

　　"哦,别拉他缰绳,

　　他骑马要去那镇区,

60　那就是世界的祸根。"

【解】

　　此诗最初发表于1903年6月4日的《每周评论》(*The Weekly Critical Review*),收入诗集《在那七片树林里》(*In the Seven Woods*, 1903)时题为《来自北方的骑者》("The Rider from the North"),收入《诗集1899—1905》(1906)中时恢复今题。叶芝于1905年修改早期短篇小说《拧绳子》("The Twisting of the Rope", 1892)和《罕拉汉的灵视》(1896),把此诗略加删改,用作主人公罕拉汉所唱的一首歌。

　　爱尔兰民间传说,在可见的人类世界背后,还隐藏着另一个不可见的世界——神仙和逝者居住的乐园;有些人痴迷于寻找这个乐园,就变得心不在焉,异于常人了。① 叶芝与格雷戈里夫人合写的剧作《来自星星的独角兽》(*The Unicorn from the Stars*, 1907)第二幕中,一个被认为喝醉了的人物如是说:

> 我去过大地之外的地方。在乐园,在那快乐的镇区,我见过闪光的人们。他们都在做着什么事情,但没有一个人在工作。他们所做的一切不过是悠闲的流溢;他们的日子是从心底的秘密癫狂中生出的一场舞蹈,或者是一场战斗,刀剑相击作响,仿佛大笑声。②

叶芝晚年在英国广播公司伦敦电台的读诗节目(1937年10月29日)中介绍此诗说:

> 小时候和年轻的时候,我走进乡村农舍,听精灵鬼怪故事。一个女人对我讲,她在礼拜堂的时候,一个高个子灰头发的男人坐在她身旁。她问:"你从哪里来?"他说:"从提尔纳诺格来。"那意思是"青年之乡",是仙境的名称之一。据说许多人去了那里,再也没回来。我在即将朗读的这首诗里描写了这样一次旅行。我把仙境叫做"世界的祸根",因为我视之为理想的完美,是一切无望渴求和公开动乱的源头。我把这首诗叫做《快乐的镇区》。③

此诗原本是为一部未完成的名为《青年之乡》的剧本而作的,据说是

---

① C. M. Bowra, *The Heritage of Symbolism*, p. 190.
② W. B. Yeats, *The Collected Plays of W. B. Yeats*, p. 362.
③ W. B. Yeats, "My Own Poetry Again", *Later Articles and Reviews*, pp. 291-292.

其中的一首"骑马歌"。伴随的剧情是：一个穷人家的小孩，与一个神秘的陌生人同骑在一个厨房"幽灵"身上，被想象的魔力载往那传说中的快乐的镇区。① 这情节颇类另一部早期剧本《心愿之乡》（1894）。诗的主体部分描写的是仙境中的快乐生活，除了细节更具体一些，与《来自星星的独角兽》中人物的讲述并无二致。只是把基督教传说中的两位大天使置于异教的"青年之乡"中，似乎颇有些怪异。然而这正是任何外来宗教本地化的必然结果，许多信奉天主教的爱尔兰人对于以竺伊德教为根基的民间信仰并没有完全免疫，想必在他们看来，这丝毫不足为奇。圣米迦勒是犹太教和基督教传说中的天使军团统帅。叶芝在别处称他"拿着召唤死尸复活的喇叭"，②令人想到西方绘画中常见的大天使吹喇叭召唤死者复活以接受末日审判的庄严形象。他在此诗中却让米迦勒用喇叭召唤乐园里的人们前来用晚餐，真可谓人尽其才，物尽其用了。据叶芝说，圣加百列是犹太教内学喀巴拉体系中的月亮天使，主水。他曾教发高烧的舅舅乔治·波莱克斯芬（George Pollexfen，1839—1910）以天使加百列之名祛除谵妄病魔。③ 有意思的是，他让人首鱼尾的加百列（这形象不免令人想到古希腊神话中的海神特里同）从水里出来，讲述他在那里遇见的种种奇事，但话未讲完就已醉倒在河滩上了。爱尔兰异教诸神妲奴部族被人类击败，被迫遁入地下世界，与地上世界的人类划界而治，因此加百列实际上是来自异教诸神居住的水下乐园——"浪下国"，盖尔语传说中在远古时代因受魔咒而沉降到海底的美丽国度。

副歌部分也源自凯尔特民俗文化。小狐狸可能出自一首盖尔语民歌《小红狐狸》（"An Maidrín Rua"），犹如早期诗作《被拐的孩子》（"The Stolen Child"，1886）中偷小孩的精灵，象征诱人逃离物质世界的助力者。

---

① Sheila O'Sullivan, "W. B. Yeats's Use of Irish Oral and Literary Tradition", op. cit., pp. 275–276.
② W. B. Yeats, "J. M. Synge and the Ireland of his Time", in *Essays and Introductions*, p. 316.
③ W. B. Yeats, *Autobiographies*, London: Macmillan, 1955, p. 269.

太阳和月亮象征自然力,企图阻止诗中发言者前往超自然世界。据说叶芝还曾在 1932 年的一次广播节目中谈到此诗,说它象征对不可能之理想的努力追求。[①]

[①] A. Norman Jeffares, *A New Commentary on the Poems of W. B. Yeats*, p. 83.

Words

I had this thought a while ago,
' My darling cannot understand
What I have done, or what would do
In this blind bitter land.'

And I grew weary of the sun
Until my thoughts cleared up again,
Remembering that the best I have done
Was done to make it plain;

That every year I have cried, ' At length
10 My darling understands it all,
Because I have come into my strength,
And words obey my call';

That had she done so who can say
What would have shaken from the sieve?
I might have thrown poor words away
And been content to live.

文　字

不久前我曾经这样想：
"我爱人怕不能理解
这盲目苦难的土地上
我做过或要做什么。"

对太阳我渐生厌倦心
到思绪重新变清晰，
忆想起最优良的行径
是曾经表达得明白；

我每年都大喊："到头来
10　我爱人会理解一切，
因为我已攒足了力气，
文字也听从我驱策"；

假如她理解了谁能说
筛子中会漏下什么？
我也许把破文字抛却，
心满意足地去生活。

【解】

此诗初稿见于叶芝生前未发表的回忆录中附录的私密日志第12则，所署日期为〔1909年〕1月22日；第2和第3节在翌日有所修改，见于日志第15则；而诗的最初构思则见于第10则：

> 今天我忽然想到，PIAL从未真正理解我的计划、天性或思想。然后又想，有什么要紧呢？
>
> 我所做过的和仍然在做的最好的事有多少都只是试图向她解释自己？假如她理解，我就缺乏一种写作的理由。从事如此费力之事从不会嫌理由太多。①

PIAL是拉丁文"Per Ignem ad Lucemde"的缩写，义为"由火至光"，是茉德·冈在"金色黎明"秘术修会领受的法名。叶芝的这段感悟与六年前冈所谓"你把你所谓的不幸都写成了美丽的诗，你乐在其中"，"世人应该因我不嫁给你而感谢我"之类的话异曲同工，只不过他觉悟得较晚罢了。茉德·冈的不理解还有一个副作用，即迫使叶芝注重文字的精确，尽力清晰地表达自己，从而有利于形成明白晓畅的诗风。

从此，叶芝对茉德·冈的不理解的理解一直保持至终。1934年夏，他在家里给一些朋友朗读自己的新作《瑞夫驳斥帕垂克》("Ribh denounces Patrick", 1934)，读毕，问他们懂不懂，冈（一说是弗兰克·欧康纳）回答："不，我一个字也不懂。"② 在随后作的《瑞夫在出神状态》("Ribh in Ecstasy", 1934)一诗中，叶芝写道："即使你一字也不懂又有什么关系！"(What matter that you understood no word!)③

此诗原题《慰藉》("The Consolation")，最初发表于诗集《绿盔及其它》(*The Green Helmet and Other Poems*, 1910)。

---

① W. B. Yeats, *Memoirs*, pp. 141–142.
② A. Norman Jeffares, *A New Commentary on the Poems of W. B. Yeats*, p. 354.
③ 傅浩（译）：《叶芝诗集》，页566。W. B. Yeats, "Ribh in Ecstasy", *The Poems of W. B. Yeats*, p. 285.

Upon a House shaken by the Land Agitation

How should the world be luckier if this house,
Where passion and precision have been one
Time out of mind, became too ruinous
To breed the lidless eye that loves the sun?
And the sweet laughing eagle thoughts that grow
Where wings have memory of wings, and all
That comes of the best knit to the best? Although
Mean roof-trees were the sturdier for its fall,
How should their luck run high enough to reach
10　The gifts that govern men, and after these
To gradual Time's last gift, a written speech
Wrought of high laughter, loveliness and ease?

关于一幢被土改运动动摇的房子

假如这房子——在这里很久以往，
激情与规矩曾是一体——已过度
颓败，而无法孕育那热爱太阳

而不眨的眼睛、在翅膀记着翅膀处

成长的朗声大笑的鹰隼的意念

和来自与最好的结合的最好的一切,

这世界又怎会更加幸运?虽然

它倒了,低劣的栋梁会过得更好些,

它们的运气又怎会高到够得着

10 　那守土治人的天赋,然后竟至于

渐逝的时光最后的赋予——用大笑、

和蔼和从容炼成的书面口语?

【解】

叶芝在1910年8月7日的日记中写道:

> 诗的题材。"一幢被动摇的房子"。如果这房子倒了,这世界怎么会得利?即便会有一百座小房子替代它。在这里,权力曾经走出或盘桓,赋予精力、精确性,给予一个遥远的民族以有益的规则;在它的屋顶下,现在的智力仍然受到它来自远方的家世的古老记忆的熏陶。如果鹪鹩的窠巢兴旺起来而鹰隼的房屋破败下去,这世界怎么会更好?

随后是此诗的草稿,除了一些备选的措辞外,与定本几无差别。然后又加了一段解释:

叶芝诗解

> 我一听说法院做出减租判决的结果就写了这首诗。人总是觉得,在所有人都必须谋生的地方,他们不是为生活而生活,而是为工作而生活,于是所有人就会更穷。我的工作与生活本身非常接近,我父亲的工作与生活本身也非常接近,但是我总是觉得,在我的思想后面缺乏生活自身的价值。在开始变紧张之前,在有必要让工作创造其价值之前,它们本应当在那里。这座房子无法估量地丰富了我的灵魂,因为在这里,生活不受限制地穿行在种种宽敞的形式之中。这里不曾有被迫的劳动,不曾有因贫困而受挫的冲动。[1]

1879—1923 年间,爱尔兰佃农与地主之间有关土地使用权和所有权的争端时有爆发,史称"土地战争"。查尔斯·帕内尔领导的国民土地联盟等政治组织发动各种土地改革运动,为贫苦佃农争取减租,最终获得土地产权而斗争。结果,有些地主与佃户达成协议,有些地主则与佃户发生冲突,引发诉讼。作为拥有上千英亩土地的大地主,格雷戈里夫人没少与佃户发生矛盾,例如她在 1922 年 4 月 11 日的日记中就记述了她的一个佃户威胁说要诉诸暴力低价获取库勒庄园部分土地的事件:"我……让他看,假如他想用暴力的话,从那扇敞开的窗户射击我有多容易。"[2] 此诗则是叶芝在 1910 年 8 月听说了法院判令格雷戈里夫人予以佃户减租的消息之后所作的。

"房子"指库勒庄园中的库勒大宅。库勒是盖尔语,义为"角落",是庄园中一湖名。库勒庄园是格雷戈里家族在爱尔兰西部戈尔韦郡的地产。大宅由在东印度公司任职的罗伯特·格雷戈里(Robert Gregory, 1727—1810)建于十八世纪下半叶,是一座三层楼房。1880 年罗伯特的

---

[1] W. B. Yeats, *Memoirs*, pp. 225 – 226.
[2] Isabella Augusta, Lady Gregory, *Lady Gregory's Journals*, Vol. I, ed. Daniel J. Murphy, Gerrards Cross: C. Smythe, 1987, p. 337.

曾孙威廉娶伊莎贝拉·奥古斯塔·珀斯（Isabella Augusta Persse）为妻，后者从此成为格雷戈里夫人。1896年8月颇有文学抱负的格雷戈里夫人结识叶芝后，表示想参加爱尔兰文学复兴运动，受到叶芝的热情鼓励和提携。从翌年起，库勒庄园就成了作家名流们聚会和写作的基地；叶芝更是受欢迎的常客，在那里度过许多平静而丰获的夏天。

他认为贵族是优秀文化的保存者和扶持者，而艺术家是不应为生活操心的文化创造者。二者的理想关系应该像文艺复兴时期意大利贵族对待艺术家那样（如《人民》"People"一诗①所写）：只提供丰足的赞助而不干涉创作的自由。所幸的是，他在库勒庄园享受到了这般待遇。因此，他觉得这座老房子无比珍贵，比之为"鹰隼的房屋"。作为贵族文化传统的一个实在载体，这房子如果因资金短缺而维持不下去了，而代之以一百座平民住房或曰"鹩鹩的窠巢"，世界就会更好吗？此问即此诗的主题。

他用鹰隼象征贵族的高贵品质——激情与规矩合一。激情是行动之人共有的，动则合度才能高人一等，鹰隼二者兼具。此外，据说只有鹰隼能够直视太阳而不瞬。在叶芝编辑的《威廉·布雷克诗选》（*The Poems of William Blake*，1905）中，布雷克有诗云："那凝视太阳的鹰隼"（"The eagle, that doth gaze upon the sun"）；"如展翅的鹰隼鄙视它那高高／窠巢四周高耸的峰峦篱笆"（"As the wing'd eagle scorns the towery fense / Of Alpine hills round his high aëry"）。② 鹰隼也是叶芝的反自我或面具，即他想要成为的人格的象征。庞德与其妻朵若茜·莎士比亚（Dorothy Shakespear，1886—1973）在通信中即以"老鹰"代指叶芝。③ 朵若茜的密友、叶芝的妻子乔芝（George Yeats，1892—1968）从事"自动书

---

① 汉译文见傅浩（译）：《叶芝诗集》，页339—340。
② William Blake, *The Poems of William Blake*, pp. 29；14.
③ Humphrey Carpenter, *A Serious Character: The Life of Ezra Pound*, Boston: Houghton Mifflin, 1988, p. 192.

写"（类似我国的扶乩）时下降的"亡灵"（我国习称乩仙）也以鹰象征叶芝。① 所以，如果说库勒庄园是"鹰隼的房屋"的话，叶芝就是其中"孕育"的鹰隼之一，当然也是"与最好的结合的最好的"——艺术家与贵族的结合——一分子。

至于那些"低劣的栋梁"——库勒庄园的佃户们，他们大字不识几个，又怎能够得着鹰隼的高度呢？格雷戈里夫人的丈夫威廉·格雷戈里爵士从这"鹰隼的房屋"走出，由于受到最好的教养而具有非凡的"守土治人的天赋"。他曾任大英帝国驻锡兰（今斯里兰卡）总督，"给予一个遥远的民族以有益的规则"。格雷戈里夫人的天赋则在于语言方面。她懂盖尔语，翻译了许多凯尔特神话和民间传说，而且善用英语的爱尔兰方言——叶芝所谓"书面口语"——写作剧本。这样受"古老记忆的熏陶"，具有悠久传统的文化岂是大多数为生活而生活的穷人所能企及的。尽管削减地租会些许改善他们的生活，但对于库勒庄园这样的贵族文化载体却是一种致命威胁。若任其衰颓消亡，损失将不可估量。诗人的叹惋之情溢于字里行间。

如诗人所预见的，库勒庄园在爱尔兰内战期间（1922—1923）也许遭到些许损坏，但主要是由于年久失修，渐渐破败了。1927年，格雷戈里夫人把它卖给了国家，她在那里一直借住到1932年去世。其后，其中家具被拍卖，房子基本上就荒废了，直到1941年被完全拆除。现在，那里只剩一片空地。即便从旅游角度看，库勒大宅的消失也是一笔文化遗产的巨大损失。

此诗最初发表于《麦克吕尔杂志》（1910年12月），题为《致一座变革时代的房子》（"To a Certain House in Time of Change"），收入《绿盔及其它》（1910）中时题为《关于一幢受威胁的房子》（"Upon a Threatened House"）；1912年再版时改为今题。

---

① George Mills Harper, *The Making of Yeats's* A Vision: *A Study of the Automatic Script*, Vol. II, London: Macmillan, 1987, pp. 49 – 51.

图 9: 库勒庄园大宅
(出自 W. B. Yeats: A Life, Vol. I)

Running to Paradise

As I came over Windy Gap
They threw a halfpenny into my cap,
For I am running to Paradise;
And all that I need do is to wish
And somebody puts his hand in the dish
To throw me a bit of salted fish:
And there the king is but as the beggar.

My brother Mourteen is worn out
With skelping his big brawling lout,
10 And I am running to Paradise;
A poor life, do what he can,
And though he keep a dog and a gun,
A serving-maid and a serving-man:
And there the king is but as the beggar.

Poor men have grown to be rich men,
And rich men grown to be poor again,
And I am running to Paradise;
And many a darling wit's grown dull
That tossed a bare heel when at school,
20 Now it has filled an old sock full:
And there the king is but as the beggar.

The wind is old and still at play

While I must hurry upon my way,

For I am running to Paradise;

Yet never have I lit on a friend

To take my fancy like the wind

That nobody can buy or bind:

And there the king is but as the beggar.

奔向乐园

我越过风口裂谷而来,

他们丢半分钱到我帽子里,

因为我正在奔向乐园;

我需要做的只是希冀,

有人就把手伸进碟子,

给我扔来了一块咸鱼:

在那里国王不过像乞丐。

我哥哥穆尔廷疲惫不堪,

因责打他那吵闹的大蠢汉,

10　而我正在奔向乐园；
　　可怜的生活，随他所欲，
　　尽管他有一支枪一条狗，
　　一个女佣和一个男仆：
　　在那里国王不过像乞丐。

　　贫穷之人变成了富人，
　　富裕之人又变成穷人，
　　而我正在奔向乐园；
　　在校时还晃荡光脚丫子，
　　许多受宠的才子已变呆，
20　如今用金钱填满了旧袜子：
　　在那里国王不过像乞丐。

　　风已衰老但仍在嬉逐，
　　而我必须兼程赶路，
　　因为我正在奔向乐园；
　　可是我从未遇见一个伴
　　把我的幻想当做风一般，
　　没有人能够购买或捆卷：
　　在那里国王不过像乞丐。

叶芝诗解

【解】

　　此诗作于1913年9月20日,最初发表于美国芝加哥《诗刊》(*Poetry*)1914年5月号。

　　1899—1910年间,叶芝忙于剧院事务和创作剧本,很少写诗。其间,茉德·冈结婚(1903)、约翰·辛格(John Millington Synge,1871—1909)的《西部浪子》(*The Playboy of the Western World*)演出风波(1907)以及其后的休·雷恩(Hugh Lane,1875—1915)赠画风波(1912)等重大事件都极大地刺激了叶芝,以至于他的心情常常很坏,诗风也随之大变。诗人逐渐抛弃了"上下缀满了来自／古老神话的刺绣"的"大衣"而开始"赤身行走"了(《一件大衣》"A Coat")。① 然而,早期植根于爱尔兰民俗文化的简单诗风毕竟是其赖以成名的利器,岂能轻易断然抛弃。这不,"多年以后,我试图在《奔向乐园》中回到这种早期风格。某一本盖尔语书讲到一个人在全速奔跑。有人问他要跑到哪儿去,他回答说'去乐园'。我想,你们会注意到风格的不同。这首诗更有思想,有更多小画面。"② 这种富有画面感的写法也许与时任叶芝秘书的埃兹拉·庞德的影响不无关系。可见,在此诗中,诗人并非简单重复早期风格,而是有所发展。相似的只是,此诗是从一个民间传说的片段发展而来的。

　　据欧萨利文考证,这个传说可能出自格雷戈里夫人(Augusta, Lady Gregory,1852—1932)编写的《圣人与奇迹之书》(*A Book of Saints and Wonders*,1906)中的一则故事,系根据惠特利·斯透克译自盖尔语古籍《伦斯特书》(*The Book of Leinster*)中的内容所作的改写。传说爱尔兰的主保圣女布里吉特(St. Brigid,451—525,其地位相当于我国的天后妈祖)有一天在基尔代尔郡沼野放羊,看见学者宁弟从面前飞奔而过。她问:"读书郎哟,何事令你不安? 你这般寻找何事?"学者答:"嬷嬷哟,我

---

① 参见傅浩(译):《叶芝诗集》,页299。
② W. B. Yeats, "The Growth of a Poet", *Later Articles and Reviews*, p. 251.

正去往天堂。"① 以上故事文本中所用"天堂"(Heaven)一词与"乐园"一词同义互通。一般而言,在基督教传统中,乐园(paradise)有二义:一指地上乐园,即人类始祖犯罪前所居的伊甸园和最后审判之后恢复的永恒乐园;一指天国或曰天堂,是上帝及其眷属以及德行完美之人死后所居之处。然而,叶芝此诗中所谓乐园既不是指基督教的天堂而言,又不是指伊甸园,而是另有所指,因为在民间信仰与基督教杂糅的爱尔兰,乐园还有别的意思,即特指异教诸神所居的仙境(参见《快乐的镇区》一诗及解),而这样的乐园才有可能让人在活着的时候跑步前去。

  过去在爱尔兰,识文断字的人不多,一般小学生都有可能被尊称为"学者"(也有调侃的意味,略似我们所说的"书呆子"),而学者往往是穷愁潦倒的。此诗中的发言者无疑是个虚构的迹近乞丐的书呆子,其"风一般"的高远幻想非世俗之人所能理解。他似乎拥有远古吟游诗人或竺伊德(Druid)学者所具有的那般法力,无须像一般乞丐那样张口乞讨,只需用意念许愿希冀而已。他哥哥穆尔廷(显然又是一个虚构人物)应有尽有的富裕生活在他眼里却只当得"可怜"二字。从"他有一支枪"看来,场景应该是近代甚至当代而非古代的。果然,作为当年在校"受宠的才子"(现在行话叫"受追捧"、"吸粉无数"者)之一,诗人接下来给虚构的场景中羼入了一点儿真实的个人经验成分。叶芝年轻时在英国,由于生活拮据,曾把裸露的脚后跟用墨水涂黑,以使黑袜子上的破洞不易被人注意(一说是把浅色袜子涂黑,以免暴露鞋子上的破洞)。②

  爱尔兰人迷信,认为疯傻之人通灵,乞丐中常有如此异人。叶芝对此类人物颇着迷,认为他们拥有常人所不及的智慧,并屡屡在各类作品中写到他们。傻子代表智慧,乞丐代表快乐,这两种品质此诗中的发言

---

① Sheila O'Sullivan, "W. B. Yeats's Use of Irish Oral and Literary Tradition", op. cit., p. 277.
② A. Norman Jeffares, *A New Commentary on the Poems of W. B. Yeats*, p. 118; W. B. Yeats, *Autobiographies*, p. 154.

者兼而有之,可谓非常之人。

欧萨利文还认为,此诗开头两行系化自一则爱尔兰乡下流行的谜语的头两句:

> As I was going through Slippery Gap
> I met a little man with a red cap.

> 我正穿越滑溜裂谷,
> 碰见一个戴红帽小人儿。

无疑,这是不折不扣的黄段子。据说叶芝 1896 年曾在国民文学社听人作题为《爱尔兰语和爱尔兰英语民间谜语》("Folk-lore Riddles — Irish and Anglo-Irish")的演讲,其中引用了这则谜语。①

---

① Sheila O'Sullivan, "W. B. Yeats's Use of Irish Oral and Literary Tradition", op. cit., p. 276.

An Irish Airman Foresees his Death

I know that I shall meet my fate

Somewhere among the clouds above;

Those that I fight I do not hate,

Those that I guard I do not love;

My country is Kiltartan Cross,

My countrymen Kiltartan's poor,

No likely end could bring them loss

Or leave them happier than before.

Nor law, nor duty bade me fight,

10   Nor public men, nor cheering crowds,

A lonely impulse of delight

Drove to this tumult in the clouds;

I balanced all, brought all to mind,

The years to come seemed waste of breath,

A waste of breath the years behind

In balance with this life, this death.

一位爱尔兰飞行员预见死亡

  我知道我将要遭逢厄运
  在天上浓云密布的某处；
  对所抗击者我并不仇恨，
  对所保卫者我也不爱慕；
  我的故乡是齐勒塔尔坦，
  那里的穷人是我的同胞，
  结局既不会使他们损减，
  也不会使他们过得更好。
  不是闻人或欢呼的群众，
10 或法律或义务使我参战，
  是一股寂寞的狂喜冲动
  长驱直入这云中的骚乱；
  我回想一切，权衡一切，
  未来的岁月似毫无意义，
  毫无意义的是以往岁月，
  二者平衡在这生死之际。

【解】

  此诗作于1918年，最初发表于诗集《库勒的野天鹅》(*The Wild Swans at Coole*, 1919)中。

叶芝好友奥古斯塔·格雷戈里夫人的独生子罗伯特·格雷戈里（Robert Gregory, 1881—1918）在英国皇家空军服役,于1918年1月23日第一次世界大战期间在意大利前线阵亡。失去爱子之后,格雷戈里夫人请求叶芝写诗纪念,意在借艺术使其不朽。叶芝一共写了四首诗,即《绵羊牧人和山羊牧人》("Shepherd and Goatherd", 1918年2—3月)、《纪念罗伯特·格雷戈里少校》("In Memory of Major Robert Gregory", 1918年6月)、此诗以及生前未发表的《复仇》("Reprisals", 1921)。在第一首诗中,叶芝塞入了自己相信的灵魂转世说,企图安慰丧子的母亲,但格雷戈里夫人颇不满意。第二首诗把阵亡的军人描写成多才多艺的文艺复兴式完人,恐怕也是意在讨好未亡之人,而非发自肺腑的由衷之言,因为据说在实际生活中叶芝与罗伯特的私人关系并不算很融洽。[①] 这两首应景的力作都给人以吃力不讨好之感。只有此诗,以第一人称表出所揣度的发言者的心理活动,似乎才是叶芝自发的真实表达,艺术效果自然也就好得多。

  与叶芝一样,格雷戈里家族也是信奉新教的英裔移民。他们多少都有些同情民族主义的倾向,即认爱尔兰这片土地上的居民为同一国民,而视政治上的统治者宗主国英国为异国压迫者。所以,罗伯特虽然身为英国皇家空军飞行员,但是心里并不仇恨自己"所抗击者",即与英国人交战的德国人,而对自己"所保卫者"也没有什么爱意。他虽然出身贵族,是锡兰总督之子,生长在库勒庄园,但是平易近人,与庄园附近齐勒塔尔坦乡间的贫困佃农打成一片,视他们为同胞乡亲。虽然这些发言是由诗人代拟,但以叶芝对罗伯特的了解程度而言,应该去实情不远。至于飞行员参战的动机,恐怕没有那么简单,但也许就那么简单;诗人的揣度是否与当事者的想法完全符合,似乎无法证实,也无需证实。重要的是,诗人以浪漫的想象和智慧的洞识赋予了诗中人物的行动以类似艺术

[①] R. F. Foster, *W. B. Yeats: A Life*, Vol. I, pp. 398; 503.

活动的无功利目的性，这无疑符合他的高贵身份和精神。

何况，叶芝的揣度也并非毫无根据。在去世前不到两年所做的一次广播节目中，他谈到了有关此诗的一些背景情况，证实他所写的大抵是依据罗伯特本人的言谈：

> 那位爱尔兰飞行员是罗伯特·格雷戈里——格雷戈里夫人的儿子。他是个天才画家，在大战爆发后立即加入了皇家空军。就像许多新教徒爱尔兰人一样，他站在两个国族之间。他对我说："我想，我是出于友情才出去的。"我猜，意思是说，他的那么多朋友都去了。"英国人不是我的人民。我的人民是齐勒塔尔坦人。"齐勒塔尔坦是一个乡镇的名字，他在那里拥有地产。不久，他母亲问："罗伯特为什么参军？"我回答说："我猜，他认为那是他的责任。"她说："他的责任是待在这儿。他参军的原因与我的一样，假如我是个青年男子的话。他无法置身事外。"她是对的。他是个天生的战士。他死前不久曾对萧伯纳说，直到参战他才感到从未有过的快乐。他的飞机在意大利坠毁时，他已经是一位著名的飞行员了。据官方记录，他已经击落了十九架德国飞机。[①]

寂寞的天才终于找到了用武之地，并因此而狂喜。能够用诗句如此深刻而凝练地艺术再现这些片言只语所蕴含的想法，叶芝可谓罗伯特的知己。此诗则可谓他所谓的"浪漫主义与现实主义性质的结合"的好例。

[①] W. B. Yeats, "My Own Poetry", *Later Articles and Reviews*, p. 283.

图 10：罗伯特·格雷戈里
（出自 *W. B. Yeats: A Life*, Vol. I）

Men Improve with the Years

I am worn out with dreams;

A weather-worn, marble triton

Among the streams;

And all day long I look

Upon this lady's beauty

As though I had found in a book

A pictured beauty,

Pleased to have filled the eyes

Or the discerning ears,

10   Delighted to be but wise,

For men improve with the years;

And yet, and yet,

Is this my dream, or the truth?

O would that we had met

When I had my burning youth!

But I grow old among dreams,

A weather-worn, marble triton

Among the streams.

人随年岁长进

　　我因多梦而衰残：
　　风雨剥蚀的石雕海神，
　　在泉水中间；
　　一整天我都在痴看
　　这位女士的美，
　　就好像在书里发现
　　一个画中美人儿，
　　因眼睛或灵敏的耳朵
　　得到充实而欢欣，
10　因只是变睿智而喜悦，
　　因为人随年岁长进；
　　可是，可是，
　　这是我的梦，还是真实？
　　呵，但愿我们相识
　　在我青春如火时！
　　可我衰老在梦中间：
　　风雨剥蚀的石雕海神，
　　在泉水中间。

【解】

此诗作于 1916 年 7 月 19 日,最初发表于《小评论》(*The Little Review*) 1917 年 6 月号。

诗人目睹妙龄女子之美而有感于岁月之不饶人。第 5 行中的"这位女士"指的是茉德·冈的女儿伊秀尔特·冈(Iseult Gonne,1895—1954)。

1898 年 12 月 7 日在都柏林,叶芝凌晨醒来,依稀记得梦中茉德·冈的面影低俯在他的面孔上方,似乎刚刚吻过他。他用天宫图占了一课,知道当天他们俩的生辰命宫金星和火星"处于相近的三分一对座",彼此反映,有合婚之吉相。早饭后他去看冈,她问他昨夜是否做过奇怪的梦。他回答说,他梦见她今生第一次吻了他。她听了默然不语,但到了夜晚临别时说,她梦见一个硕大的幽灵站在床边,"他领我到一大群幽灵中间,你也在其中。他把我的手放在你的手里,告诉我说咱们结婚了。那以后我什么也不记得了。"说完,她"用肉体的嘴"第一次亲吻了他,印可了他俩的"灵婚"。① 然后,她恳求他不要再见她。但是翌日,叶芝照旧去看她,发现她心情抑郁。冈对叶芝说,她不该那样做,因为她永远不可能做他真正的妻子。终于,她吞吞吐吐地向他透露了她的隐秘故事。她十九岁时,在法国爱上了一位比她年长许多且有家室的法国政客吕西安·米洛瓦。她成年后定居巴黎,便做了米洛瓦的情妇。他们曾生有一子,不到两岁就夭折了(即她此前对叶芝谎称的养子乔治)。为了让儿子转世再生为他们的下一个孩子,她与米洛瓦在其墓地交合,遂又生一女,这时已三岁多了。此女即伊秀尔特·冈。

叶芝作此诗时年五十一岁,伊秀尔特·冈二十一岁。风华正茂的美女对于年过半百的男人的吸引力可想而知。叶芝在 1923 年获得诺贝尔文学奖时,看着奖章上一位青年聆听一位文艺女神缪斯弹琴的图案,心

---

① W. B. Yeats, *Memoirs*, p. 132.

想:"我曾经像那青年一样好看,但我的不熟练的诗充斥着缺点,好像我的缪斯是衰老的;现在我老了且患有风湿病,没什么看头了,但我的缪斯却是年轻的。"① 意思是说,年轻时他追求智慧,年老时却又羡慕青春。智慧与青春的不可兼得,亦即灵与肉的对立乃是叶芝在《长久沉默之后》("After Long Silence", 1929)一诗中所谓"艺术与诗歌那个至高主题:／肉体衰老即智慧;年轻之时／我们彼此相爱却懵懂无知"。其实,青春美才是浪漫主义者的永恒追求。诗人年轻时的缪斯一直是茉德·冈。现在,美人既已迟暮,他的兴趣自然开始转向年轻一代。

在此诗中,诗人在想入非非之余企图安慰自己:随着年岁增长,自己的智慧也增长了,然而,他终究不满足于只是观赏美色,而是充满遗憾地喟叹:"呵,但愿我们相识／在我青春如火时!"这种想法在后来的《政治》("Politics", 1938)一诗中又有回响:"可是啊,但愿我再度年轻,／把她搂在怀抱"。然而,残酷的现实是:诗人体貌衰减,正好比喷泉流水中间的风雨剥蚀的石雕海神像。这里所写的是古希腊神话中海王波塞冬之子、小海神特里同。他的形象是人身鱼尾,在西方园林和城市雕塑群中常被用作露天喷泉的出水口。

在作此诗一年之后,叶芝向伊秀尔特·冈求婚,遭到拒绝。

---

① W. B. Yeats, *Autobiographies*, p. 541.

A Commentary on the Selected Poems of W. B. Yeats with Chinese Translation

图 11：伊秀尔特·冈
（出自 *W. B. Yeats and the Muses*）

The Fisherman

Although I can see him still,
The freckled man who goes
To a grey place on a hill
In grey Connemara clothes
At dawn to cast his flies,
It's long since I began
To call up to the eyes
This wise and simple man.
All day I'd looked in the face
10 What I had hoped 'twould be
To write for my own race
And the reality;
The living men that I hate,
The dead man that I loved,
The craven man in his seat,
The insolent unreproved,
And no knave brought to book
Who has won a drunken cheer,
The witty man and his joke
20 Aimed at the commonest ear,
The clever man who cries
The catch-cries of the clown,
The beating down of the wise

And great Art beaten down.

Maybe a twelvemonth since
Suddenly I began,
In scorn of this audience,
Imagining a man,
And his sun-freckled face,
30 And grey Connemara cloth,
Climbing up to a place
Where stone is dark under froth,
And the down-turn of his wrist
When the flies drop in the stream;
A man who does not exist,
A man who is but a dream;
And cried, 'Before I am old
I shall have written him one
Poem maybe as cold
40 And passionate as the dawn.'

钓　者

　　虽然我还能看见他，
　　那有雀斑的男人，
　　穿灰暗的康呐马拉
　　衣装，在黎明时分
　　去山上灰暗处下钓，
　　但距今已久，自从
　　我开始用心目观照
　　这睿智单纯之人。
　　我整天凝视那脸庞，
10　那也许是我一直
　　所希望描写的形象——
　　为我的民族和现实：
　　我所恨的苟活之众；
　　所爱的已死之人；
　　在其位的怯懦孬种，
　　未受责罚的妄人；
　　赢得了醉醺醺喝彩，
　　从不读书的坏蛋；
　　巧舌者和他那说给
20　平庸耳朵的笑谈；
　　像小丑一样喊口号，
　　自作聪明的人物；

睿智的哲人被打倒，

打倒的伟大艺术。

也许已历经十二月，

自从我突然开始，

心怀对观众的轻蔑，

想象一个人，及其

被太阳晒出斑的脸、

30　灰色的康呐马拉装，

爬上一水花四溅

岩石灰暗的地方；

当钓饵落入溪流时

他手腕向下低沉；

一个不存在的男子，

一个只是梦的人；

并大喊："我衰老之前，

将为他写出一段

寒冷而热情的诗篇，

40　也许像黎明一般。"

【解】

此诗作于 1914 年 6 月 4 日，最初发表于芝加哥《诗刊》1916 年 2 月号。

叶芝晚年谈及自己的诗歌创作，在介绍并朗读过几首早期诗作之后如是说：

> 后来，我不满意这些简单的情感了——尽管我努力，现在仍旧努力，把自然的词语纳入自然的语序。我创建了一些爱尔兰文学社团、一个爱尔兰剧院；我与他人的项目有了联系；我遇到了许多不可思议的反对。为了战而胜之，我必须使我的思想现代化。现代思想就不简单了；我变得好辩、激动、苦闷；我非常苦闷的时候，常常对自己说："我不为这些攻击我所珍视的一切的人写作，也不为那些只是点头之交的人写作，我要为我从未见过的一个人写作。"我在头脑中构建了一个人的画像，他住在我住过的乡下，在我钓过鱼的山溪中钓鱼；我对自己说："我不知道他出生了没有，但无论出没出生，我都是为他写作的。"我作了这首关于他的诗，题为《钓者》。①

可见，此诗是关于理想读者的，或用我们习惯的说法来说，是关于知音的。然而诗人心目中的知音只是一个虚构的人物，他对他的内心并不了解，或者说无需了解，甚至他存在不存在都不重要。他的外貌就是诗人所希望描写的形象，代表着他所珍视的价值——智慧与单纯。从青年时代起，叶芝就有了用"伟大艺术"统一爱尔兰的思想。他想创造为爱尔兰分裂的两半儿——主张民族独立的天主教徒和主张与英国合并的新教徒——都认可的形象。然而，现实却令他极度失望，尤其是从事剧院事务，直接面对观众以来。据他说，新教徒只读低俗的英国小说；天主教徒如果读书的话，除了读低俗的英国小说之外，还读一本内容主要是拙劣的政治诗的诗选集，以及选边儿站的党派史之类的小册子。所以，他那

---

① W. B. Yeats, "The Growth of a Poet", *Later Articles and Reviews*, p. 252.

一代青年人想要一种以爱尔兰为主题但不含党派意见的文学。他认为，爱尔兰人不善于阅读，而善于聆听和歌唱。于是，就先是写歌谣，然后是写剧本。① 他在剧作中塑造了以爱尔兰传说英雄库胡林为代表的"行动的人"，作为他这个"思想的人"心理投射的面具或渴望成为的反自我形象。原本他是为自己的民族和现实写作的，但那样的观众终于让他失望了，以至于转而为自己虚构的艺术形象写作，可以说从"为现实而艺术"走向了"为艺术而艺术"。而他未来的理想杰作是像黎明一般"寒冷而热情的"，也就是说，是智慧与激情结合的产物。他后来的创作证明他实现了自己的愿望。此诗可以说是叶芝诗风从中期向中晚期过渡的一个标志。

康呐马拉是爱尔兰西部戈尔韦郡的一个地区，贫瘠多石，人烟稀少。在那里生活的人以渔牧为生，身披灰色羊毛粗呢大氅，古风犹存。他们是现代版的"行动的人"，被叶芝视为理想的爱尔兰人原型。

与理想人物相对的是现实之人。大约自 1897 年开始筹建民族剧院时起，叶芝就忙于具体事务，不得不与赞助人、合作者、员工、观众各色人等打交道，遇到了很多烦心事儿。其间，还遇到过几次大风波。第 14 行提到的"所爱的已死之人"据说可能是指约翰·米灵顿·辛格（John Millington Synge，1871—1909），叶芝所欣赏和提携的后辈剧作家。他听从叶芝的建议，去西部说爱尔兰语人口居住的近乎与世隔绝的阿伦群岛体验生活，写出了十分贴近生活的剧作《西部浪子》。1907 年在艾贝剧院公演时，由于剧中台词有一处涉及女性内衣而遭到大多数为天主教徒的观众的抗议，从而引发骚乱。叶芝当即冲上舞台为该剧辩护。辛格却因经不起打击而在两年后去世。第 18—19 行据说可能隐指茉德·冈的丈夫约翰·麦克布莱德（John MacBride，1878—1916）。冈打破终身不结婚的誓言，于 1903 年嫁给了退役军官麦克布莱德，并因此皈依了天主教。

---

① W. B. Yeats, "The Irish Literary Movement", op. cit., pp. 254-255.

然而,好景不长,婚后不久麦克布莱德就常常酗酒,酒后屡次骚扰茉德·冈的妹妹和女儿,以至于冈不得不于1905年与之分居。在另一首诗《一九一六年复活节》("Easter, 1916", 1916)里则是指名道姓的明指了:"我所想到的这另一人／是个虚荣粗鄙的醉鬼。／他曾经对我贴心人儿／做过极端刻薄的事情。"其余种种人物,或许在叶芝心目中也都有原型,但无法确认,也无需确认,总之都是他"所恨的苟活之众",他们代表着令他极度失望的活生生的现实。

His Phoenix

There is a queen in China, or maybe it's in Spain,
And birthdays and holidays such praises can be heard
Of her unblemished lineaments, a whiteness with no stain,
That she might be that sprightly girl trodden by a bird;
And there's a score of duchesses, surpassing womankind,
Or who have found a painter to make them so for pay
And smooth out stain and blemish with the elegance of his mind:
I knew a phoenix in my youth, so let them have their day.

The young men every night applaud their Gaby's laughing eye,
10   And Ruth St. Denis had more charm although she had poor luck;
From nineteen hundred nine or ten, Pavlova's had the cry,
And there's a player in the States who gathers up her cloak
And flings herself out of the room when Juliet would be bride
With all a woman's passion, a child's imperious way,
And there are — but no matter if there are scores beside:
I knew a phoenix in my youth, so let them have their day.

There's Margaret and Marjorie and Dorothy and Nan,
A Daphne and a Mary who live in privacy;
One's had her fill of lovers, another's had but one,
20   Another boasts, 'I pick and choose and have but two or three.'
If head and limb have beauty and the instep's high and light

They can spread out what sail they please for all I have to say,

Be but the breakers of men's hearts or engines of delight:

I knew a phoenix in my youth, so let them have their day.

There'll be that crowd, that barbarous crowd, through all the centuries,

And who can say but some young belle may walk and talk men wild

Who is my beauty's equal, though that my heart denies,

But not the exact likeness, the simplicity of a child,

And that proud look as though she had gazed into the burning sun,

30   And all the shapely body no tittle gone astray.

I mourn for that most lonely thing; and yet God's will be done:

I knew a phoenix in my youth, so let them have their day.

他的不死鸟

在中国有一位王后,或者也许是在西班牙,

每逢寿诞和节庆日都能听见对她那洁白

无瑕,那无可挑剔的如玉容颜的大肆赞夸:

就好像她是那被一只鸟儿踩踏的活泼女孩;

还有一大群公爵夫人,风头出众的女人们,

或者说她们曾找来一位画师，让他为酬金
把她们如此美化，以匠心巧思把瑕疵弄平：
我年轻时认识一只不死鸟，那就让她们走运。

小伙子们每夜都为他们的嘉碧的笑眼喝彩；
10　露丝·圣德尼斯更有魅力尽管时乖命苦；
从一九零九或一零起，帕夫洛娃获得青睐；
当朱丽叶即将带着一个女人的全部情欲，
带着一个孩子的蛮横举止，成为新嫁娘时，
在美国有个演员拢起斗篷，飞出了房门，
还有——但此外是否还有一大群也没关系：
我年轻时认识一只不死鸟，那就让她们走运。

还有玛格瑞特、玛荠蕊、朵若茜、楠等等，
过着隐居生活的一位黛芙妮和一位玛瑞；
这位有过尽量多的，那位只有过一个情人，
20　另一位自吹："我挑来拣去也只选中两三位。"
假如头脸和四肢长得美，脚面又高又轻盈，
她们会不顾我说的一切，任意张开帆篷，
一味去做男人之心的伤害者或快乐的引擎：
我年轻时认识一只不死鸟，那就让她们走运。

世世代代都会有那样一群，那野蛮的人群，
谁能说只有某个年轻妞会惹得男人发昏，
堪与我的美人儿相比——尽管我的心不承认——

却不完全相似,没有那种孩子般的单纯

和仿佛凝神注视过燃烧的太阳的骄傲目光,

30　以及那没有一丝一毫走样的体形和风韵。

我为那最孤寂的尤物伤心;但天意难以违抗:

我年轻时认识一只不死鸟,那就让她们走运。

【解】

　　此诗作于1915年1月,最初发表于芝加哥《诗刊》1916年2月号,题为《在中国有一位王后》("There is a Queen in China"),翌年收入诗集《库勒的野天鹅》,改为今题。不死鸟原本是古埃及神话中的神鸟,相传世上仅有一只,每隔五百年在埃及古城海利波里斯太阳神神殿的祭坛上自焚一回,然后从灰烬中再生而实现自我繁殖。据说不死鸟在"死"时自行生火,发大光焰。茉德·冈在"金色黎明"秘术修会所受的法名是PIAL,这是拉丁文"Per Ignem ad Lucemde"的缩写,义为"由火至光"。叶芝此处用不死鸟来象征冈,也许这是依据之一吧。"他"是叶芝惯用的自我陌生化手段,让戴面具的他我以戏剧人物身份出场。

　　第4行中"那被一只鸟儿踩踏的活泼女孩"典出古希腊神话:斯巴达王廷达瑞俄斯的王后勒达因貌美而被主神宙斯变化成天鹅强奸。"踩踏"俗谓"踩蛋"或"踏蛋",指禽类交媾;英语"tread"同样亦有此含义。参看《勒达与天鹅》("Leda and the Swan",1923)一诗。

　　第6—7行不免让中国读者想起传说中的西汉宫廷画家毛延寿。[①]

　　第9行中的"嘉碧"指法国女演员、舞蹈家嘉碧·戴吕斯(Gaby

---

① 有关考证见傅浩:《叶芝心/眼里的中国》,《外国文学》2019年第4期,页122—123。

Deslys，1884—1920）。她以美艳著称，更因与葡萄牙末代国王玛钮埃尔二世恋爱而名噪一时。

第10行中的露丝·圣德尼斯（Ruth St. Denis，1879—1968）是美国舞蹈演员、现代舞开拓者之一，善于在其舞蹈中融入东方神秘主义元素。叶芝称"她在伦敦的成功不像她的美貌和技巧所应得的那么大"。①

第11行中的"帕夫洛娃"指俄国芭蕾舞演员安娜·马特维耶夫娜·帕夫洛娃（Anna Matveyevna Pavlova，1885—1931）。她曾数度在世界各国巡回演出，获得盛誉，并组建有自己的芭蕾舞团。

第12—14行："朱丽叶"指威廉·莎士比亚（William Shakespeare，1564—1616）的悲剧《罗密欧与朱丽叶》（*The Tragedy of Romeo and Juliet*，1597）中的女主角。扮演者是生于英国、长于美国的莎剧演员朱丽娅·马娄（Julia Marlowe，1866—1950）。叶芝于1903至1904年访问美国期间见过她，非常欣赏她的表演，曾考虑邀请她扮演自己的剧作《黛尔德》（1904）中的女主角。他在此诗中没有提她的名字，多年后公开谈及时似乎又记错了。②

第17—18行提到几个女子据说都是埃兹拉·庞德交过的女友。这是拿朋友的私人生活开玩笑。庞德于1914年4月娶了其中的朵若茜——叶芝的旧情人奥莉维娅·莎士比亚的女儿——为妻。而叶芝于1917年10月娶了朵若茜的表妹伯莎·乔吉娜·海德-利斯为妻。庞德认为叶芝此诗"小坏"。③

第28—29行：叶芝在1909年1月21日的日志中如是写到茉德·冈："她是我的纯真，我是她的智慧。过去，她是一只不死鸟，我怕她；可

---

① W. B. Yeats, "Poems About Women", op. cit., p. 237.
② Ibid.
③ Richard Ellmann, *Eminent Domain: Yeats among Wilde, Joyce, Pound, Eliot and Auden*, New York: Oxford University Press, p. 73.

是现在,与其说她是我的情人,不如说她是我的孩子。"[1] 可见,不死鸟在诗人眼里是骄傲的、威严的、可怕的。而随着时间的推移,两人的关系发生了微妙的变化。

此诗节奏轻快,情调欢快,像轻歌剧里的幽默快歌。在主体部分,诗人不惜笔墨浓墨重彩列举了古今中外在各方面各擅胜场的种种美人,尤其是"一战前欧洲著名的舞蹈家",[2] 都只是为了每节末尾那一句叠句做铺垫,意谓与我的美人相比,她们都不过是凡鸟而已。这种先扬后抑的对比写法不免令人想到英国玄学诗鼻祖约翰·但恩(John Donne,1572—1631)的诗作。不过,英国文学之父杰弗瑞·乔叟(Jeoffrey Chaucer,1343—1400)正好有一首诗《巴拉德》("Balade")与叶芝此诗极为相似。原文及汉译如下:

> *Hyd, Absolon, thy gilt tresses clere;*
> *Ester, ley thou thy meknesse al adoun;*
> *Hyd, Jonathas, al thy frendly manere;*
> *Penalopee, and Marcia Catoun,*
> *Make of your wyfhod no comparisoun;*
>   *Hyde ye your beautes, Isoude and Eleyne.*
>   *My lady cometh, that al this may disteyne.*
>
> *Thy faire body, lat hit nat appere,*
> *Lavyne; and thou, Lucresse of Rome toun,*
> *And Polixene, that boghten love so dere,*

---

[1] A. Norman Jeffares, "Introduction" to *The Gonne-Yeats Letters 1893 - 1938*, ed. Anna MacBride White & A. Norman Jeffares, New York: W. W. Norton & Co., 1992, p. 35.
[2] W. B. Yeats, "Poems About Women", op. cit., p. 237.

叶芝诗解

> And Cleopatre, with al thy passioun,
>   Hyde ye your trouthe of love and your renoun;
>   And thou, Tisbe, that hast of love swich peyne.
>   My lady cometh, that al this may disteyne.
>
> Hero, Dido, Laudomia, alle yfere,
>   And Phyllis, hanging for thy Demophoun,
> And Canace, espyed by thy chere,
>   Ysiphile, betrayed with Jasoun,
> Maketh of your trouthe neyther boost ne soun;
>   Nor Ypermistre or Adriane, ye tweyne.
>   My lady cometh, that al this may disteyne.①

押沙龙,遮起你闪亮的金色发丝;
  以斯帖,放下你满含的脉脉柔情;
约拿单,收起你洋溢的友好情义;
  珀涅罗珀和玛尔西娅·卡托翁,
  不要拿你们女人的魅力来竞争;
    伊索德和艾莲娜,藏起你们的美色:
    我的女神来了,会盖过这一切。

别让你漂亮的身段显露,拉文;
  还有你,来自罗马城的鲁克丽丝,
  为爱情付高昂代价的波里克辛,

---

① Geoffrey Chaucer, *The Complete Poetry and Prose of Geoffrey Chaucer*, 3rd edn, ed. Mark Allen & John H. Fisher, Boston: Wadsworth, pp. 624 – 625.

还有那受苦受难的克娄巴特立,

藏起你们的贞操和你们的名誉;

　　还有你,为爱情如此痛苦的提斯别:

　　我的女神来了,会盖过这一切。

海若、狄多、拉俄达弥亚之辈,

　　还有为你的德莫丰自缢的菲丽丝,

还有因你的行为而出名的卡娜塞,

那被伊阿宋引诱的许珀希皮里,

别夸耀,也别张扬你们的韵事;

许珀弥斯特和阿里阿涅也别价:

我的女神来了,会盖过这一切。①

　　可以说,从结构到手法,叶芝诗都仿佛是乔叟诗的现代翻版。尤其是,前者是诗人写给他的不死鸟的,后者是诗人献给爱神丘比特之妻阿尔刻提斯的,二者都非凡庸之辈。可见,无论题材如何从中期开始逐渐现代化,叶芝的创作始终是深深植根于传统之中的。他不仅善于从托·斯·艾略特所谓"整个欧洲的文学",而且乐于从东方文学和文化传统中汲取精神营养。

---

① 傅浩(译著):《英诗华章:汉译·注释·评析》,北京:中央编译出版社,2015年,页3。

On being asked for a War Poem

I think it better that in times like these

A poet's mouth be silent, for in truth

We have no gift to set a statesman right;

He has had enough of meddling who can please

A young girl in the indolence of her youth,

Or an old man upon a winter's night.

有人求作战争诗感赋

我想在这样的时代最好

让诗人缄默,因为事实上

我们没天赋可纠正政客;

他管够了闲事,只会讨好

一个青春慵懒的小姑娘,

或一个寒冬夜里的老爹。

【解】

此诗作于1915年2月6日,正值第一次世界大战(时称大战)期间,原题《致一位朋友,他请求我在他的致诸中立国的宣言上签名》("To a friend who has asked me to sign his manifesto to the neutral nations"),最初发表于伊迪丝·沃顿(Edith Wharton, 1862—1937)选编的《无家可归者之书》(*The Book of the Homeless*, 1916)时改题为《保持缄默的理由》("A Reason for Keeping Silent"),收入诗集《库勒的野天鹅》时改为今题。

继交稿给沃顿之后,叶芝又于1915年8月20日随信抄送了一份给中间人亨利·詹姆斯(Henry James, 1843—1916),并说:"这是我写过的或愿意写的关于这场战争的惟一的东西,所以我希望它不会显得格格不入。我将与以弗所的七睡仙为邻,希望听到他们舒服的鼾声,直到血腥的无谓胡闹结束。"① 基督教传说,在罗马皇帝德西乌斯(201—251)迫害基督徒时期,七个信奉基督教的青年逃入小亚细亚古城以弗所附近的一个山洞里避难。追杀者把洞口封死,企图饿死他们。于是奇迹降临,他们在洞中沉睡了一百八十七年。他们醒来后,被带到狄奥多西乌斯二世(401—450)面前。他们的故事坚定了这位皇帝一度动摇的对基督教的信仰。这颇类陶渊明笔下的"不知有汉,无论魏晋"的桃花源中人呢!叶芝以此为喻,表示不愿以诗歌艺术干预血腥战争和肮脏政治。此前,他在6月24日致他父亲的赞助人、美国爱尔兰裔律师兼收藏家约翰·奎恩(John Quinn, 1870—1924)的信中就曾表达过他对这场战争的看法:"那不过是这世界所曾见过的傲慢和愚蠢的最昂贵的爆发而已;我尽量不理会它。我今天下午去俱乐部看战争新闻,却读起济慈的《拉米亚》来了。"② 奎恩显然对叶芝的姿态深不以为然,在此诗问世两年多之后,终于忍不住于1918年10月22日写信给叶芝说:

---

① W. B. Yeats, *The Letters of W. B. Yeats*, p. 600.
② Quoted in R. F. Foster, *W. B. Yeats: A Life*, Vol. II: *The Arch-Poet*, 1915–1939, Oxford: Oxford University Press, 2003, p. 5.

叶芝诗解

我以前从来没有对你说过我经常对你父亲说的话,那就是我多么遗憾,你不曾站在我总是觉得在这场战争中是正义和正确的一方起点儿作用,或者至少为法国或为正义和正确者说些话。……我的意思不是说要让你把自己变成宣传家或记者或诸如此类,也不是说要你重新塑造你的思想或风格。我的意思只是,作为艺术家以你的天才所擅长的散文或诗歌的形式有所表现——在这也许是古往今来最伟大的斗争中,你感觉你曾经站在正义和正确的一边的某种征象。

……我不曾忽视你给那本书供的小稿子,但那五六行诗与你和这个时机都很不相称。

我知道,你不会介意我坦率直言的。

我不相信文学与生活或艺术与战争可以彼此脱离。[①]

据英国战地记者亨利·内文森(Henry Woodd Nevinson,1856—1941)说,叶芝认为战争对他的创作毫无影响;男子汉必须只管走自己的路;身为爱尔兰人让他很受益。[②] 沃顿编的作品选的主调是反德国的,叶芝此诗在其他人斗志昂扬的作品衬托下愈发显得"格格不入"。

在古爱尔兰,诗人曾经享有崇高的地位,属于相当于印度婆罗门的知识阶层,掌管历史、法律、宗教、族谱等事务;后来异族入侵,沦为王侯宫廷的俳优,专事歌诗、演乐、讲史,甚至诙谐、杂耍之类;再后来英格兰新教徒占了上风,凯尔特裔贵族星散,失业诗人又沦为家庭教师、流浪艺人,甚至乞丐。但是,无论何时,诗人都不忘自己的本业,那就是用音乐和诗歌的形式抒情和讲故事,而参政议政绝非他们所擅长,政治也不是

[①] John Quinn, *The Letters of John Quinn to William Butler Yeats*, ed. Alan Himber, Epping: Bowker, 1983, p. 192.

[②] Ronald Schuchard, "An Attendant Lord: H. W. Nevinson's Friendship with W. B. Yeats", *Yeats Annual*, No. 7 (1990), p. 117.

他们创作的主题。他们所作的"不过是爱情失意的年轻人／为奉承美人儿无知的耳朵／在床上辗转反侧时的杰作"①(《学究》"The Scholars",1915)或者"拥火而坐／讲给一个伙伴来开心"的"讽刺故事或趣闻"(参见《一九一六年复活节》一诗)。叶芝继承传统,坚持艺术的独立性,追求诗歌的纯粹品格,认为诗歌不应掺杂对政治的好奇等"杂质"。② 他的这一信念直到最后也没有改变,晚年所作《政治》("Politics", 1938)一诗就以不这么直接的方式表达了类似的观点。

---

① 傅浩(译):《叶芝诗集》,页322。
② W. B. Yeats, *Autobiographies*, p. 167.

Upon a Dying Lady

关于一位濒死的女士

【解】

　　这组诗由七首诗组成,作于1913年1月至1914年7月间,最初发表于《小评论》1917年8月号,总题为《七首诗》("Seven Poems"),随后收入诗集《库勒的野天鹅》(1917)时改为今题。

　　梅波尔·比尔兹利(Mabel Beardsley,1871—1916)是小有名气的英国演员。她的弟弟是大名鼎鼎的插画家兼诗人奥勃雷·比尔兹利(Aubrey Beardsley,1872—1898)。由于奥勃雷与叶芝及其创建的韵人俱乐部过从甚密,叶芝从十九世纪九十年代起就与梅波尔相识。后来梅波尔常参加叶芝在伦敦沃本小区住处主持的星期一晚沙龙聚会,并据说与叶芝有过性关系。她天性豁达,韵人俱乐部同人及相关的艺术家朋友可以与她无话不谈,百无禁忌。1912年夏,她被确诊罹患癌症。为了使她最后的日子过得充实,老朋友们轮流到病床边陪她,尽心竭力逗她开心,她则表现出非凡的勇气。叶芝曾一度与她疏远,但从1913年初起也开始定期去看她。她特意把星期日下午单独留给他。他在1月8日写给格雷戈里夫人的信中细述了当时的印象:

　　　　奇怪,刚刚写下关于"韵人"们"无悔地面对他们的结局"这些诗句之后,我竟然到了比尔兹利濒死的姐姐的床边。她实际上是我们中的一员。她经受了一个星期的剧痛,但在星期天,我想,摆脱了痛苦。她靠在枕头上半躺着,我想,脸颊上搽了点儿胭脂,看起来非常美。她身边有一棵圣诞树,上面挂着里面装着糖果的玩具,她一一分发给我们。戴维斯先生——里基茨的赞助人——买来的——我敢说,那是里基茨的主意。我将保存她给我的小玩具,我敢说她对此心知肚明。近旁的桌子上摆着四个玩偶,打扮得像她弟弟的线描画里的人物。穿着宽松裤子的女人和长得像女人的男孩。里基茨做的,塑造脸形兼缝制服装。这肯定花了他不少日子。她摆出十足的贵妇神气,询问我的工作,和健康,好像在她看来这些是世上最重要的事情。她说:"一位看手相的告诉我,我四十二岁时命运将会好转,而现在我将要在天堂度过四十二岁了。"然后加重语气说:"对呀,我将要上天堂去了。天主教徒会上天堂的。"当我告诉她埃默瑞太太的下落时,她说:"她多好啊,只是,一个女子学校!嗨,她过去常常让我都脸红!"然后她开始讲不合适的故事,并鼓动我们(除我之外还有两个男人)也讲。她时不时笑得直打颤。就在我要离开之前,她母亲来了,并送我到门口。我们在门口止步,她说:"我想,她不想活了——经受这么大的痛苦之后,她怎么能够?她是我现在所有剩余的一切。"我大半夜都没睡着,头脑中酝酿着一首诗。我怎么也不会夸大她那奇特的魅力——令人怜悯的欢快。那是她弟弟,可是我认为她弟弟不可爱,只是惊世骇俗和大胆无畏。她从去年六月起就病了……①

其中提到的埃默瑞太太即弗洛伦丝·法尔(Florence Farr, 1860—1917),同样也是个多才多艺的演员,也是个萧伯纳所谓的"新女性",也与叶芝有过性关系。她后来去了锡兰(今斯里兰卡)任一女子学校校长,也死于乳腺癌。"不合适的故事"可能指某类触犯禁忌的话题,例如荤段子。

---

① W. B. Yeats, *The Letters of W. B. Yeats*, pp. 574–575.

画家威廉·罗森斯坦(William Rothenstein, 1872—1945)说:"作为奥勃雷的姐姐,对大多数女孩隐瞒的事情梅波尔几乎没有不知道的,没有什么不可以谈论的。"①

叶芝在1932年4月10日在英国广播公司全国节目读诗时选读了这组诗。他介绍说:

> 我接下来读一些不是爱情诗的诗。虽然它们不是爱情诗,我也会觉得难以毫不动情地朗读其中一些篇什。战前不久,一位美丽、杰出、富有魅力、充满机智的女士去世了。尽管我跟她不太熟,但有人还是邀我去她的病床边看望她。我跟她家的一个成员很熟,而她知道我的诗。多月来每天都有一位朋友坐在她床边聊天。我想,每一个星期轮到我一次。在那期间,虽然即将死于一种极其痛苦的疾病,她都一直保持快乐,一直富有魅力。如果访客中有人偶染微恙,她从来不会忘记问候,显得她仿佛是在场的唯一完全健康的人。她真是幸福。她对我说:"我开始死去的时候,才觉得这么幸福。以前我从不知道朋友们这么爱我。"巴尔扎克是她和我这一代人的道学家,她死得就像他笔下的伟大女士之一。②

叶芝曾对人说,这些诗"在我最好的作品之列,与我以前写的任何作品都大不一样"。据说其融合简单与奇异的风格继承了英国宫廷情诗传统。他自称其中某些诗的韵式是伊丽莎白时代风格,但被埃兹拉·庞德讥为陈腐,于是乎有所修改。③ 阿尔布莱特径称之为挽诗,说作者在赞颂一个即将为鬼的活人——她仿佛新死之人的鬼魂一样,按倒序整理着自

---

① R. F. Foster, *W. B. Yeats: A Life*, Vol. I, p. 485.
② W. B. Yeats, "Poems About Women", op. cit., pp. 239-240.
③ R. F. Foster, *W. B. Yeats: A Life*, Vol. I, p. 486.

图 12：梅波尔·比尔兹利
（出自 Wikipedia）

己的记忆,越活越年轻,仿佛回到了童年时代。这些诗预示了叶芝在晚期诗(例如《天青石雕》〔1936〕)中有进一步发展的"悲剧的欢乐"信念。所涉及的主题——玩偶、风格化的性感、演员的面具等——都是比尔兹利家族中常见的主题。① 其实,按照类型划分,不如说这些诗应归入即事诗(occassional verse)一类,风格则以现实主义为基调,辅以淡淡的浪漫主义泛音。

---

① W. B. Yeats, *The Poems*, p. 581.

I. Her Courtesy

With the old kindness, the old distinguished grace,
She lies, her lovely piteous head amid dull red hair
Propped upon pillows, rouge on the pallor of her face.
She would not have us sad because she is lying there,
And when she meets our gaze her eyes are laughter-lit,
Her speech a wicked tale that we may vie with her,
Matching our broken-hearted wit against her wit,
Thinking of saints and of Petronius Arbiter.

一、她的温文尔雅

带着那旧有的和气,旧有的高雅魅力,
她躺着,可爱又可怜的头倚靠在枕上,
暗红的头发中间,脸苍白搽涂着胭脂。
她不愿因为她躺卧在那里让我们悲伤,
与我们目光相遇时她两眼被大笑点亮,
她善讲邪恶的故事,我们会与她竞赛,
拿我们心碎的才智与她的才智相较量,
想起圣人,又想起仲裁者佩特罗纽斯。

【解】

此诗作于 1913 年 1 月。

盖尤斯·佩特罗纽斯(Gaius Petronius, 27—66):古罗马皇帝尼禄的朝臣,职司宫廷娱乐,高雅趣味的权威,故号"仲裁者";又被认为是讽刺小说《登徒子传》(*Satyricon*)的作者。此书"讽刺,或应该说赞美,古罗马的颓废"[①],内容颇涉颓废淫猥,但语言机智诙谐,故叶芝以之比拟梅波尔的谈吐。也许在叶芝看来,天主教圣人的高洁与古罗马讽刺作家的机敏代表了梅波尔人格的两极,而她作为蔑视维多利亚时代道德清规的"新女性",就是这么一个矛盾综合体。此诗基本上是一次探望病人的纪实。参见上文所引的叶芝致格雷戈里夫人信中的有关记述。

---

① W. B. Yeats, "Samhain: 1905", *Explorations*, London: Macmillan, 1962, p. 195.

II. Certain Artists bring her Dolls and Drawings

Bring where our Beauty lies
A new modelled doll, or drawing,
With a friend's or an enemy's
Features, or maybe showing
Her features when a tress
Of dull red hair was flowing
Over some silken dress
Cut in the Turkish fashion,
Or, it may be, like a boy's.
10   We have given the world our passion,
We have naught for death but toys.

二、某些艺术家给她带来玩偶和线描画

给我们卧床的美人带来
一个新式玩偶,或线描画,
以朋友或敌人的形象作为
原型,或者也许是表现她,
一绺暗红色的头发流淌

在裁剪缝制成土耳其风格

式样的某件丝绸衣裳上,

或者,也许是,乔装扮作

一个男孩模样的形象。

10 我们把热情已献给这世界,

除玩具已经没什么给死亡。

【解】

此诗作于1913年1月。

叶芝在上述广播节目中介绍说:"有一天,一位著名的艺术家给她带来了一些线描和一套他为她做的玩偶——朋友或敌人的漫画形象。有两只玩偶表现的是她本人身着化装舞会的服饰。"① 艺术家查尔斯·里基茨(Charles Ricketts, 1866—1931)和埃德蒙·杜拉克(Edmund Dulac, 1882—1953)特意为梅波尔设计制作了一些玩偶,服饰装扮仿照她弟弟奥勃雷的线描画中的人物形象。参见上文所引的叶芝致格雷戈里夫人信中的有关记述。

---

① W. B. Yeats, "Poems About Women", op. cit., p. 240.

III. She turns the Dolls' Faces to the Wall

Because to-day is some religious festival
They had a priest say Mass, and even the Japanese,
Heel up and weight on toe, must face the wall
— Pedant in passion, learned in old courtesies,
Vehement and witty she had seemed —; the Venetian lady
Who had seemed to glide to some intrigue in her red shoes,
Her domino, her panniered skirt copied from Longhi;
The meditative critic; all are on their toes,
Even our Beauty with her Turkish trousers on.
10 Because the priest must have like every dog his day
Or keep us all awake with baying at the moon,
We and our dolls being but the world were best away.

三、她把玩偶的脸转向墙壁

因为今天是某个宗教庆典节日,
所以他们请教士做弥撒,那日本女人
也必须面壁,脚跟踮起脚尖点地——
拘泥于情热,博学于旧的缛节繁文,

她一直显得热烈而机智；那威尼斯女士，
　　她脚蹬红鞋似乎已滑向秘密通奸、
　　多米诺骨牌、模仿隆吉的骨撑裙子；
　　那沉思默想的评论家；全都踮起了脚尖，
　　我们的美人都穿上了她的土耳其裤子。
10　因为教士得像狗一样有得意之日，
　　或者吠月以保持我们都清醒，所以
　　只是俗人的我们和玩偶都最好离开。

【解】

　　比尔兹利家族信奉罗马天主教。弥撒是天主教徒为纪念耶稣基督的最后晚餐所举行的仪式。把玩偶转向面朝墙壁是为了表示郑重其事。日本女人、威尼斯女士、评论家都是玩偶角色。佩特罗·隆吉（Pietro Longhi, 1702—1762）是意大利威尼斯风俗画家。威尼斯女士玩偶的鲸鱼骨撑裙是模仿其绘画中人物所穿裙子的样式。以示隆重，"我们的美人"梅波尔则穿上了"她的土耳其裤子"——在那个时代的英国，穿裤子是"新女性"甚至女同性恋的标志，土耳其灯笼裤则更显另类。"每只狗都有得意之日"（Every dog has his day）是一句英语谚语。这一天的主角是主持仪式的教士，他受到如此礼遇，能不得意得像狗一样吗？参见上文所引的叶芝致格雷戈里夫人信中的有关记述。

IV. The End of Day

She is playing like a child
And penance is the play,
Fantastical and wild
Because the end of day
Shows her that some one soon
Will come from the house, and say —
Though play is but half done —
'Come in and leave the play.'

四、白天的结束

她像个孩子在游戏,
那游戏就是补赎,
既狂野又异想天开,
因为白天的结束
明示她,不久会有人
从屋里出来,叫道——
游戏虽只到半程——
"进屋来,别再玩了。"

【解】

　　此诗整首是一个扩展了的暗喻（extended metaphor），颇有玄学诗的意味。补赎是罗马天主教的一种通行做法，是有罪信徒在公开忏悔之后实行的某种形式的自我惩罚行为。从屋里出来的人喻指死神。因为自知将不久于人世，所以纵情撒野般地玩儿，在诗人看来，这也是一种补赎吧。

V. Her Race

She has not grown uncivil

As narrow natures would

And called the pleasures evil

Happier days thought good;

She knows herself a woman,

No red and white of a face,

Or rank, raised from a common

Unreckonable race;

And how should her heart fail her

10　Or sickness break her will

With her dead brother's valour

For an example still?

五、她的家族

她不曾变野蛮粗鄙

像天性狭隘者那样,

称那些快乐的时日

赞许的乐趣为不祥;

她知道自己是女人，
　　不是脸色的红与素，
　　或阶级，出身于普通
　　而无足轻重的家族；
　　有已故弟弟的勇气
10　永远地作一个样子，
　　她的心怎将她抛弃？
　　疾病怎击垮她意志？

【解】

此诗未发表的初稿如下：

> Although she has turned away
>
> The pretty waxen faces
>
> And hid their silk and laces
>
> For Mass was said to-day
>
> She has not begun denying
>
> Now that she is but dying
>
> The pleasures she loved well
>
> The strong milk of her mother
>
> The valour of her brother
>
> Are in her body still
>
> She will not die weeping

叶芝诗解

> *May God be with her sleeping.*①

汉译如下:

> 今天因举行弥撒
>
> 她虽把漂亮的蜡塑
>
> 脸蛋转到一边去
>
> 藏起丝绸衣和绣花
>
> 现在却没有开始
>
> 否认她即将去世
>
> 她所热爱的乐趣
>
> 她母亲浓烈的乳汁
>
> 她弟弟的英勇气质
>
> 都还在她的体内
>
> 她不会哭着死去
>
> 愿上帝与她同睡。

  由于押韵烂熟,迹近打油,时任叶芝秘书的埃兹拉·庞德对此稿嗤之以鼻。他在1913年1月21日致未婚妻朵若茜·莎士比亚(Dorothy Shakespear, 1886—1973)的信中说:"老鹰〔庞德给叶芝起的绰号〕又给梅波尔·比尔兹利写了两首诗。我反对他用'brother'紧跟着'mother'押韵。我希望除了我们单独在一起时,他不会要我评论。其中一首诗相当棒,但他不能指望我喜欢陈腐的押韵,即便他说那是模仿伊丽莎白时代的一种诗体而作的。……那只是掉毛的鹰……。"② 两相比照看来,此

---

① A. Norman Jeffares, *A New Commentary on the Poems of W. B. Yeats*, p. 178.
② Omar Pound & A. Walton Litz, eds., *Ezra Pound and Dorothy Shakespear, Their Letters 1909–1914*, New York: New Directions, 1984, p. 183.

稿与发表的定本简直就是两首诗,后者完全是推翻了前者的重作。由此可窥见,叶芝是在何种程度上和如何接受庞德的批评和影响的。庞德认为"相当棒"的是第四首。

据阿尔布莱特注释说,此诗定本第 5 行"woman"后面原无逗号,逗号是从 1933 年版《诗集》(*Collected Poems*)起才加上的。而他认为不加逗号的早期版本较佳。① 果真如此的话,那么两种读法的意思就有所不同,甚至相反。若按无逗号读,相应的 5—8 行汉译就应为"她知道自己是女人,/ 不是脸色的红与素,/ 或阶级,于普通而无足 / 轻重的家族中所养成"。笔者倒觉得,还是加逗号的最后定本意思更通更长,也更符合实际情况。

梅波尔·比尔兹利长相像洋娃娃,脸色白里透红,故第 6 行有"脸色的红与素"之说,但她的出众绝非仅仅靠长相。

她的弟弟奥勃雷·比尔兹利为文学季刊《黄书》(*The Yellow Book*, 1894—1897)的首任美术编辑,所画插图风格颓废,惊世骇俗,个人生活放浪不羁,英年早逝,其艺术和私生活均颇受时人诟病。叶芝晚年在上述广播节目中介绍说:"她弟弟,一个英年早逝的天才之人,曾经以极大的勇气面对不公的舆论谴责。"② 而他在早年的回忆录中写道:"在比尔兹利身上,我发现有那种高贵的勇气,我总觉得,无论在男人或女人身上,那都是人类最伟大的品质。我在他所说所做的一切之中,在他说话的清晰逻辑之中和他的艺术的干净流利的线条之中看到了这点。……我自己无法想象有什么行业他不会在其中出类拔萃的。"③ 叶芝称韵人俱乐部某些因颓废放纵而夭亡的同人为"悲剧的一代",惋惜他们未及完成灵魂的历程,这也应该包括与他们关系密切的比尔兹利、王尔德等同代人吧。他们若不早逝,成就当更可观。

---

① W. B. Yeats, *The Poems*, p. 582.
② W. B. Yeats, "Poems About Women", op. cit., p. 241.
③ W. B. Yeats, *Memoirs*, p. 92.

VI. Her Courage

When her soul flies to the predestined dancing-place

(I have no speech but symbol, the pagan speech I made

Amid the dreams of youth) let her come face to face,

Amid that first astonishment, with Grania's shade,

All but the terrors of the woodland flight forgot

That made her Diarmuid dear, and some old cardinal

Pacing with half-closed eyelids in a sunny spot

Who had murmured of Giorgione at his latest breath —

Aye, and Achilles, Timor, Babar, Barhaim, all

10   Who have lived in joy and laughed into the face of Death.

六、她的勇敢

当她的灵魂飞往那注定的舞场的时候

（我没有言语只有象征，在青春梦想中

造就的异教言语），让她来，在那最初

惊骇中，与格拉妮娅的幽魂对面相逢——

一切都忘了，除了那林中逃亡的恐怖，

令她的狄阿米德可贵——还有位老红衣主教

眼帘半阖,在阳光明亮的地方踱着步——

他奄奄一息时还低声谈论吉奥尔吉奥,

对,还有阿喀琉斯、帖木尔、巴卑尔、巴拉姆——

10　都曾生活在欢乐中,且当面把死神嘲笑。

【解】

第1行:"那注定的舞场"喻指天堂。

第4—6行:关于格拉妮娅和狄阿米德的事迹,参见《仙谣》一诗解。

第8行:吉奥尔吉奥(1478—1510):又译乔尔乔纳,意大利威尼斯画家。叶芝在库勒庄园寄住的房间里挂有包括他在内的若干意大利文艺复兴时期绘画大师画作的复制品。他如是评论说:"这里处处是欲望的表现……都展示着令多情女人或伟大国王悦目的肉体。连殉道者和圣徒都必须显示有能力从事他们所弃绝的一切。"①

第9行:阿喀琉斯是古希腊传说中的大英雄,在特洛伊战争中因与希腊联军主帅阿伽门争一女俘不得而拒绝出战,又因自己的男伴帕特洛克罗斯被特洛伊第一勇士赫克托尔杀死,愤而出战毙之,后被其弟帕里斯射中脚后跟而死。帖木尔(1336—1405)是蒙古可汗,曾横扫土耳其、俄罗斯、印度等地区,创立帖木尔帝国。巴卑尔(1480—1530),突厥语义为"狮子",是帖木尔的后裔萨哈尔·乌德-丁·穆罕默德的称号,1526年侵入印度,建立莫卧尔伊斯兰帝国,以豪奢和残忍著称。巴拉姆(Barhaim 显然是 Bahram 之误)是420—430年在位的波斯萨珊王朝的一

---

① W. B. Yeats, *Autobiographies*, p. 502.

位国王。英国诗人爱德华·菲茨杰拉德(Edward FitzGerald,1809—1883)翻译的《莪默·伽亚姆鲁拜集》(*Rubáiyát of Omar Khayyám*, 1859)中第 17 首称之为"伟大的猎手",注称其耽于追猎野驴,故号"野驴巴拉姆";他有七座城堡,颜色都不一样。①

  此诗设想女主人公死后,灵魂初入天堂,惊讶地发现,自己遇见的竟然大都不是圣洁无瑕的天主教圣人,而是享乐无度的异教徒。只有一位老红衣主教,居然还痴迷意大利文艺复兴时期绘画大师张扬肉欲的艺术。这些人的共同之处在于"都曾生活在欢乐中,且当面把死神嘲笑"。叶芝在早期诗《都尼的提琴手》(1892)中就已表达过类似的思想,即勇敢无畏、真诚无伪地追求快乐的人才最有资格升入天堂。在他看来,梅波尔上天堂的决定因素不是她的虔诚恭谨,而是她的真诚勇敢。与那些古代的英雄和强者一样,她也无畏而乐观地面对死亡。

---

① Edward FitzGerald, *Rubáiyát of Omar Khayyám*, ed. George F. Maine, London: Collins, rev. edn. 1954, pp. 61; 214.

VII. Her Friends bring her a Christmas Tree

Pardon, great enemy,

Without an angry thought

We've carried in our tree,

And here and there have bought

Till all the boughs are gay,

And she may look from the bed

On pretty things that may

Please a fantastic head.

Give her a little grace,

10   What if a laughing eye

Have looked into your face?

It is about to die.

七、她的朋友们给她带来一棵圣诞树

请原谅,伟大的敌人,

不带愤怒的思绪,

我们把树抬进门;

这里那里买礼物,

直到树枝都美好；

　　　她可以从床上凝视

　　　会让好幻想的头脑

　　　愉悦的漂亮玩意。

　　　请赐她一点恩泽，

10　假如说大笑的目光

　　　直视你面目又如何？

　　　它就要熄灭消亡。

【解】

　　此诗可能作于1914年7月。

　　叶芝在广播节目中介绍说："圣诞节时，她的朋友给她带来一棵圣诞树，上面挂满了新奇的小艺术品。在我以此为主题的那首诗里，我说到了伟大的敌人，那伟大的敌人当然是死神。"[1] 在此诗中，诗人直接为女主人公向死神求情，请求那"伟大的敌人"稍假宽贷，不至于因她的放肆不恭而为难她，让她有个好的结局，因为她的时间不多了。语调哀婉，令人动容。

---

[1] W. B. Yeats, "Poems About Women", op. cit., p. 240.

Easter, 1916

I have met them at close of day
Coming with vivid faces
From counter or desk among grey
Eighteenth-century houses.
I have passed with a nod of the head
Or polite meaningless words,
Or have lingered awhile and said
Polite meaningless words,
And thought before I had done
10   Of a mocking tale or a gibe
To please a companion
Around the fire at the club,
Being certain that they and I
But lived where motley is worn:
All changed, changed utterly:
A terrible beauty is born.

That woman's days were spent
In ignorant good-will,
Her nights in argument
20   Until her voice grew shrill.
What voice more sweet than hers
When, young and beautiful,

She rode to harriers?

This man had kept a school

And rode our wingèd horse;

This other his helper and friend

Was coming into his force;

He might have won fame in the end,

So sensitive his nature seemed,

30 So daring and sweet his thought.

This other man I had dreamed

A drunken, vainglorious lout.

He had done most bitter wrong

To some who are near my heart,

Yet I number him in the song;

He, too, has resigned his part

In the casual comedy;

He, too, has been changed in his turn,

Transformed utterly:

40 A terrible beauty is born.

Hearts with one purpose alone

Through summer and winter seem

Enchanted to a stone

To trouble the living stream.

The horse that comes from the road,

The rider, the birds that range

From cloud to tumbling cloud,

Minute by minute they change;

A shadow of cloud on the stream

50 Changes minute by minute;

A horse-hoof slides on the brim,

And a horse plashes within it;

The long-legged moor-hens dive,

And hens to moor-cocks call;

Minute by minute they live:

The stone's in the midst of all.

Too long a sacrifice

Can make a stone of the heart.

O when may it suffice?

60 That is Heaven's part, our part

To murmur name upon name,

As a mother names her child

When sleep at last has come

On limbs that had run wild.

What is it but nightfall?

No, no, not night but death;

Was it needless death after all?

For England may keep faith

For all that is done and said.

70 We know their dream; enough

To know they dreamed and are dead;

And what if excess of love

Bewildered them till they died?
I write it out in a verse —
MacDonagh and MacBride
And Connolly and Pearse
Now and in time to be,
Wherever green is worn,
Are changed, changed utterly:
80　A terrible beauty is born.

September 25, 1916

一九一六年复活节

日暮时分我遇见他们,
一张张生动活泼的脸
来自十八世纪灰楼中
柜台或者书桌的后面。
擦肩而过时,我点点头
或说些无意义的闲话,
或者稍事盘桓说几句

礼貌而无意义的闲话，
话未说完我就想出了
10　一个讽刺故事或趣闻，
好去俱乐部拥火而坐
讲给一个伙伴来开心，
因为，我确信他们和我
不过像丑角一样生活：
一切都变了，彻底变了：
一个可怕的美诞生了。

那个女人的白天耗费
在无知的良好意愿里，
夜晚则与人辩论争执
20　直到她嗓音变得尖厉。
当年她曾年轻又美丽，
在她骑马打猎的时光，
那甜美嗓音谁能相比？
这个男人曾开办学堂，
而且也骑我们的飞马；
这另一位是他的友人，
将与他联合帮他谋划；
他的天性如此地锐敏，
他的思想大胆又清新，
30　最终他也许赢得名气。
我所想到的这另一人

是个虚荣粗鄙的醉鬼。
他曾经对我贴心人儿
做过极端刻薄的事情,
我在歌里仍把他提起;
他也辞去了在那即兴
喜剧中所扮演的角色;
在轮到他时也改变了,
已经彻底地改弦易辙:
40 一个可怕的美诞生了。

众多心只有一个目的,
经过盛夏和严冬好像
中了魔法被变成顽石,
要把活泼的溪流阻挡。
路上奔驰而来的马匹、
骑马人、滚滚层云之间
往来翻飞穿梭的鸟儿,
每分每秒它们都在变;
溪水上倒映云影一片
50 也在变动,每分每秒钟;
一只马蹄打滑在水边,
一匹马泼剌落在水中;
长腿水鸡下潜而隐没,
雌鸡把雄鸡声声呼唤;
每分每秒它们在生活:

那顽石在这一切中间。

　　一场牺牲坚持得太久
　　能够把心灵变成顽石。
　　啊,到什么时候才算够?
60　那是天命;我们分内事
　　是低唤一个一个名姓,
　　像母亲呼唤她的孩子,
　　当睡意终于降临已经
　　跑野了的肢体之上时。
　　不是夜色那又是什么?
　　不不,不是黑夜而是死;
　　毕竟那是否死得其所?
　　因为英国可能守信义,
　　对于所做所说的一切。
70　我们知道他们的梦寐;
　　知道他们梦过,已死了,
　　足矣;而即便过度的爱
　　迷惑他们至死又如何?
　　我把一切用诗写出来——
　　麦克多纳、麦克布莱德、
　　康诺利和皮尔斯之辈,
　　无论是现在还是将来,
　　只要有地方穿戴绿色,
　　他们都会变,变得彻底:

80　一个可怕的美诞生了。

1916 年 9 月 25 日

【解】

  此诗完成于1916年9月25日,叶芝当时在法国诺曼底大区卡尔瓦多斯省海滨,与茉德·冈在一起。据冈说,叶芝写了一整夜,翌日就读给她听。[①] 然而从下文引用的叶芝致格雷戈里夫人的信可知,他早在5月上旬就已开始酝酿此诗了。所谓写了一整夜应该是最后的修改润色而已。此诗最初于1916年由叶芝自费私印了二十五份在朋友中间散发,随后公开发表于1920年10月23日的《新政治家》(*New Statesman*)周刊。

  1916年4月24日星期一,即复活节翌日,正当英国政府忙于欧战之际,爱尔兰激进派政治团体爱尔兰共和兄弟会觉得"英格兰的困难即爱尔兰的机会",在首府都柏林发动了武装起义。总数约七千爱尔兰志愿军和市民军战士占领了都柏林市中心主要建筑物,宣布爱尔兰共和国成立。由于准备和力量的不足,起义仅仅维持了六天,就被从欧陆战场上调来的英军镇压了。起义军最终无条件投降。十五位领导人于5月3日至12日陆续经军事法庭审判而遭枪决。本来被认为打断了地方自治进程而不受爱尔兰公众同情的起义者顿时变成了英雄烈士,长期以来渐渐被淡忘的对英国人的仇恨又复苏了。起义为后来爱尔兰的独立和北爱尔兰共和派的反英斗争播下了种子。英国的有识之士也认为处决起义领袖是错误的:英国人数百年来"近乎成功"地同化爱尔兰的努力因此毁于一旦。

[①] Maud Gonne, "Yeats and Ireland", *Scattering Branches: Tribute to the Memory of W. B. Yeats*, ed. Stephen Gwynn, New York: Macmillan, 1940, pp. 31 – 32.

图 13：1916 年复活节起义之后的都柏林市中心
（出自 *Yeats and his Circle*）

叶芝的反应与普通公众无异，先是震惊和对起义的不赞成，后来则是因起义者牺牲而感动。他于 1916 年 5 月 11 日致信格雷戈里夫人，对起义所产生的后果表达出深深的忧虑：

> 都柏林悲剧给人以巨大的悲伤和忧虑。……我正在尝试写一首关于被处决的人们的诗——"可怕的美又诞生了。"假如英国保守党发表声明说他们无意撤销自治法案，就不会有起义。我从前不知道有什么公共事件能如此深切地感动我——我对未来非常绝望。此刻我觉得，多年来的所有工作，所有团结各阶层的努力，所有使爱尔兰文学和评论摆脱政治的努力都被推翻了。茉德·冈提醒我，在大战的头几年里，她曾看见欧康奈尔大街周围毁坏的房屋和街道上到处躺着的伤者和濒死者。我十分清楚地记得这个异象，以及我调侃说，假如那是个真的异象的话，它也只能具有一种象征意义。这是她得知起义的消息以来我收到的她的唯一来信。我还不知道她对她丈夫的死有何感想。她的来信是在她听说此事之前写的。她的主要想法似乎是"悲剧的尊严回到了爱尔兰"。她曾听两位爱尔兰党员说"自治遭到了背叛"。她现在认为这场牺牲使之安全了。①

然而，在像普通公众一样同情起义者之余，叶芝更凭借艺术家的眼光，看到了悲剧之美。他想不到从他平素看不起的小市民当中竟产生了他理想中的库胡林式的悲剧英雄；他在他们身上看到了一种古老的崇高精神的回归。在这一点上，茉德·冈与叶芝的看法难得地接近。叶芝在诗里似乎也融入了冈的意见。尽管如此，分歧还是显而易见的。冈认为

---

① W. B. Yeats, *The Letters of W. B. Yeats*, pp. 612–613.

牺牲是好事，可以保证自治的实现。叶芝则认为起义打断了他赞成的以文化统一爱尔兰的努力，怀疑此举是否必要。

第1节泛泛回顾诗人与就义者生前的日常交往。虽彼此相识，但不算太熟络，而且有些彼此相轻，都"像丑角一样"过着庸碌乏味的生活。然而，就是这些不起眼的小人物（职员和教师之类）、自己（艺术俱乐部成员）平日里嘲弄的对象却在一夜之间成了万众瞩目的殉道烈士和民族英雄，这不能不说是一场颇具戏剧性的大变。即兴喜剧变成了庄严悲剧。大变产生的大美是可怕的。诗人被震撼了。

第2节具体提及一些起义领导人，以速写的笔法勾勒出诗人对他们的印象。西方传统观念相信，诗可以令人不朽，诗人的褒贬胜似王者的生杀予夺，这与我国史官的春秋笔法异曲同工。虽然沾恩似的提到几个不得不提的人，叶芝在此段仍是如前采取先抑后扬的写法，强调事件带来的变化。

第17行中"那个女人"指康斯坦丝·郭尔-布斯·马尔凯维奇（Constance Gore-Booth Markiewicz，1868—1927），她出身于斯来沟郡名门望族，1900年嫁给波兰"伯爵"卡西米尔·约瑟夫·杜宁-马尔凯维奇（1874—1932），起义期间任爱尔兰共和兄弟会志愿军军官。叶芝认为她热衷政治是美的丧失。起义失败后她被英国政府判处死刑，后改判无期徒刑，1917年6月遇大赦出狱。有关她的事迹的更多介绍，参见《关于一名政治犯》（"On a Political Prisoner"，1919）和《纪念伊娃·郭尔-布斯和康·马尔凯维奇》（"In Memory of Eva Gore-Booth and Con Markiewicz"，1927）二诗的解说。

第24行中"这个男人"指帕垂克·皮尔斯（Patrick Pearse，1879—1916），律师兼诗人，都柏林郡圣恩达学校创建者，曾任共和兄弟会主席，起义期间任总指挥和临时政府总统，起义失败后遇害。下一行中"我们的飞马"指古希腊神话中的飞马珀伽索斯，其蹄踏之处有泉水涌出，诗人

图 14：康斯坦丝·郭尔-布斯·马尔凯维奇
（出自 *The Rising: Ireland: Easter 1916*）

从中可获取灵感。叶芝以骑飞马喻皮尔斯的诗人身份。有关其人的更多情况,参见《玫瑰树》("The Rose Tree", 1917)一诗解。

第26行中"这另一位"指托马斯·麦克多纳(Thomas MacDonagh, 1878—1916),诗人、剧作家兼评论家,都柏林大学学院教授,起义失败后遇害。叶芝在1909年的日记《疏远》(Estrangement, 1926)中如是写到他:

> 昨天遇见了麦克多纳——一个有些文学能力的人,但很可能由于缺乏培养和鼓励而一事无成。他刚刚为《领导者》写了一篇文章,像我一样说了许多新闻写作在爱尔兰的破坏作用之类的话,却为他的文章辩护。他正在依照爱尔兰语和盖尔语联盟原则经营一个学校,但又说他就要对联盟失去信心了。其旗下的作者们不仅正在用英语习语,而且正在用当下流行的爱尔兰新闻写作的思维习惯——一种最不凯尔特的东西——传染着爱尔兰语。他说:"联盟正在杀死凯尔特文明。"我告诉他说,辛格大约十年前在《学院》上的一篇文章里就预言这种情况。他认为国民运动实际上已经死了,爱尔兰语会复兴起来,但不再具有他喜爱的一切因素。在英格兰,这人也许在某个方面早就有所成就了,在这里他却正在遭受赋予最空虚的头脑以力量的机械逻辑和平庸流利的碾压,因为,作为"不食人间烟火之物",它们无助于非凡的感情或独特的思想。我是说,在他自己的头脑中,这种机械思维就仿佛正在用一根铁滚子碾压着有机的一切。①

看来,叶芝对他实际评价并不高,但在诗里似乎客气多了。

---

① W. B. Yeats, *Autobiographies*, p. 488.

第 31 行中"这另一人"指约翰·麦克布莱德(John MacBride, 1865—1916)少校,职业军人,起义军军官,茉德·冈的丈夫,起义失败后遇害。至于他如何"对我贴心人儿／做过极端刻薄的事情",参见《钓者》("The Fisherman", 1914)一诗解。尽管如此,叶芝"在歌里仍把他提起",可谓"举贤不避仇"了。

第 3 节以象征手法表达诗人对起义者思想行为的看法。叶芝认为起义领导人是一群天真、爱国的理论家,他们坚信必须为抽象的理想牺牲而执迷不悟;他们的行动是"英雄的、悲剧的疯狂举动"。[①] 他们像茉德·冈一样,心中充满仇恨,热衷于政治而忽视了生活和爱。叶芝在 1909 年 3 月 20 日的日志中曾这样评论冈:

> 我害怕新的对政治观点的沉迷。因为女人生活中的主要事件一直是奉献自己和奉献生产,所以她们把一切都奉献给一个观点,就好像那是个可怕的石头娃娃。……对于女人来说,观点就仿佛变成了她们的孩子或情人,而且她们的感情容量越大,她们就越会忘记其它一切。她们变得冷酷无情,仿佛在保护情人或孩子,这一切都是为"并非人生的某种东西"而做的。最终,观点与她们的天性合一,以至于她们的部分肉体都仿佛变成了石头而出离了生命。[②]

这段话也许可以为此节中的"顽石"意象做注脚。固执于某种意念的心灵会变得像顽石一般凝然不动,而生命的快乐则在于时刻不停的变动或运动。叶芝于 1885 年在都柏林听过孟加拉婆罗门摩希尼·莫罕·查特尔吉(Mohini Mohan Chatterjee, 1858—1936)讲印度宗教哲学,从此

---

① Joseph Hone, op. cit., p. 299.
② W. B. Yeats, *Autobiographies*, p. 504.

图 15：帕垂克·皮尔斯
(出自 The Rising: Ireland: Easter 1916)

图 16：托马斯·麦克多纳
(出自 The Easter Rising: A Day That Made History)

树立了他对轮回转世学说的终生信仰。他相信灵魂不死,可以在不同生命形态中流转不息,他这种思想在《佛格斯与祭司》("Fergus and the Druid",1892)、《摩希尼·查特尔吉》("Mohini Chatterjee",1929)等诗中都有所表现。有情众生不仅在现世生活变动,而且世世再生,生生不息,有如溪流;活生生的心变成了无生命的石头,就不再参与生命的轮回,也不可能阻挠生命的流动。

第4节接着发表微词。1916年复活节起义可以说是与1798年沃尔夫·透纳(Wolfe Tone,1763—1798)和爱德华·菲茨杰拉德勋爵(Lord Edward FitzGerald,1763—1798)起义、1803年罗伯特·埃梅特(Robert Emmet,1778—1803)起义以及1867年芬尼亚党人起义一脉相承的,都是以暴力抗英,最终归于失败者。他们有着共同的梦想,就是要驱逐英国殖民者,谋求解放,争取独立,这一爱国主义传统不可谓不悠久。然而,这种无望的反抗何时才算到头?只有天知道。我们诗人的本分只能是用诗歌来赞颂英雄,为他们传扬美名。

第67—69行表达了诗人对这场牺牲的必要性的怀疑。经主张以和平方式谋求自治的爱尔兰国民党的不懈努力,英国议会下院于1913年通过了爱尔兰自治法案,1914年获国王批准成为法令,但由于第一次世界大战爆发而暂缓实施。这是导致起义发生的直接原因之一,因为有人谣传英国政府打算撤销该法案了。如前引致格雷戈里夫人的信中所言,"假如英国保守党发表声明说他们无意撤销自治法案,就不会有起义",叶芝像爱尔兰普通公众一样,认为起义不仅没有必要,而且还会危害自治进程。如其所料,英国政府确实"守信义",法案于战后得以实施,结果是1922年爱尔兰自由邦建立,随即共和派与自由派发生内战。

尽管不赞成起义者的"疯狂举动",不理解他们的爱国热情,诗人退一步又想:"即便过度的爱/迷惑他们至死又如何?"我们知道他们有过什么样的梦想,而且为那梦想牺牲了生命,这就够了。他们已经变了,被这场牺牲变成了英雄,他们的死产生了悲剧之美,这已足以使他们的名字永垂不朽了。

第76行提到的康诺利全名詹姆斯·康诺利(James Connolly, 1870—1916),时任爱尔兰工会领袖,市民军组建者和总指挥,起义失败后遇害。据说他在战斗中负伤,被用轮椅推上刑场处决,临死说:"你们尽管开枪吧,我就要为祖国而死了。"①

第78行中所说的绿色是爱尔兰的国色。每逢爱尔兰主保圣人圣帕垂克(St. Patrick,约385—461)的生日(现为爱尔兰国庆节)或任何重大场合,爱尔兰人都要穿戴绿色服饰以为纪念(盖因圣帕垂克以绿色三叶草说明三位一体之奥义,从此把天主教传入爱尔兰),因此绿色也就成了爱尔兰的象征。十九世纪爱尔兰流行歌曲就有《我的披风上的绿色》("Green on my Cape")、《穿戴绿色》("The Wearing of the Green")、《绿色套装》("The Suit of Green")等。②

作为第一读者,茉德·冈并不喜欢此诗,尤其是第41—44和57—58行,认为作为民族英雄的赞歌,此诗并不够格。她于1916年11月8日致信叶芝说:

> 我亲爱的威利:
>
> 不,我不喜欢你的诗。它与你不相称,尤其与所写的对象不相称——虽然它也许反映了你目前的心理状态。它不够十分真诚,因为你研究过哲学,知道些历史,深知牺牲从来不曾把一颗心变成过石头,尽管牺牲曾使许多人变得不朽,只有通过牺牲人类才能上升到天主那里——你在你的诗的最初灵感,即"一个可怕的美诞生了"这一行中认识到这一点,但是你让你目

---

① A. Norman Jeffares, *A New Commentary on the Poems of W. B. Yeats*, p. 193.
② George-Denis Zimmermann, *Irish Political Street Ballads and Rebel Songs*, Genève: La Sirène, 1966, pp. 167–172.

图 17：约翰·麦克布莱德　　　　　　　图 18：詹姆斯·康诺利
（出自 *Yeats and his Circle*）　　　（出自 *A Short History of Ireland's Rebels*）

前的心态弄坏弄混了它,以至于有些诗句变得让许多人都看不懂。就连伊秀尔特读的时候都不懂你的想法,得等我解释了你的万物之流变化不息的理论之后才懂——

但是你绝不能说麦克多纳、皮尔斯、康诺利的心灵是枯燥乏味顽固不化的。他们每一位都为爱尔兰服务,那是他们在世上占有的份额,是他们与之接触的部分,以不同的能力和活力!这三位是天才之人,有着强大理解力、思考力、行动力的大脑。我们不太认识的其他人很可能是不太杰出的人,但我仍然认为他们必定是对现实比我们遇到的大多数人都有更强把握,有更强的精神生活的人。至于我丈夫,他已经通过救世主打开的牺牲的大门进入了永生,因此也就赎了所有的罪,那么在为他祈祷的同时,我也能要他为我祈祷,"一个可怕的美诞生了"。

就像你写的所有作品一样,你的这首诗里有些很美的句子,但不是一个通篇完美的杰作,不是像你这样的诗人本来可以给予你的国民的、一个我们的民族将会珍视和传唱、可以用它的精神之美为我们的物质失败复仇的活的东西——

我这么坦率地写我的感受,你也许会生气,但我对朋友总是坦率的。虽然我们的理想大相径庭,我们依然是朋友。

……

你永远的朋友

茉德·冈[①]

尽管叶芝时常抱怨茉德·冈不懂他和他的诗,冈有时也承认自己不懂,但从此信看来,她不仅懂,而且懂得透彻,所论可谓一针见血。她不仅与叶芝是"金色黎明"秘术修会的同修,而且是与他耳鬓厮磨无话不谈

[①] Maud Gonne & W. B. Yeats, *The Gonne-Yeats Letters 1893–1938*, pp. 384–385.

的多年密友,对他的神秘主义理论乃至性情和心态了如指掌,甚至能戳中他自我认识的盲点,能见其所不能或不愿见,不足为奇。诚如冈所说,"他恨群众,我爱他们",①二人的分歧在于:冈想要的是代表大众情绪的政治宣传诗;叶芝所作的则是抒发个人情思的生活纪事诗。站在各自的立场上,他们都不可谓不真诚。叶芝的态度之所以不冷不热,也许与他对起义领导人的看法有所保留有关。他早年曾"在党",与茉德·冈同为共和兄弟会的老资格会员,而起义者多为他不太熟悉的新生代激进分子。据说,他因起义领导人事先未征询他的意见而颇感怨愤。② 叶芝逝世后,冈在翌年发表的纪念文章中肯定了他早期以文学手段唤醒爱尔兰大众的努力,批评的语气似乎有所缓和,说他因为长期脱离为爱尔兰的自由而工作的人民,"所以在1916年,面对他以虔诚的颂扬播下的、却留给他人去浇水的种子开出的绚烂花朵,他感到惊讶而难堪"。③

---

① Maud Gonne, "Yeats and Ireland", op. cit, p. 27.
② Joseph Hone, op. cit., pp. 299 – 300.
③ Maud Gonne, "Yeats and Ireland", op. cit, p. 31.

The Rose Tree

'O words are lightly spoken,'

Said Pearse to Connolly,

'Maybe a breath of politic words

Has withered our Rose Tree;

Or maybe but a wind that blows

Across the bitter sea.'

'It needs to be but watered,'

James Connolly replied,

'To make the green come out again

10   And spread on every side,

And shake the blossom from the bud

To be the garden's pride.'

'But where can we draw water,'

Said Pearse to Connolly,

'When all the wells are parched away?

O plain as plain can be

There's nothing but our own red blood

Can make a right Rose Tree.'

玫瑰树

"哦,说话毫不费力,"
皮尔斯对康诺利述说,
"也许一句轻言巧语,
我们的玫瑰已凋落;
或也许只是一阵风儿
从苦海的那边吹过。"

"只需要用水把它浇灌,"
詹姆斯·康诺利回答,
"就可使绿色重新出现,
10 向四面蔓延而开发,
并从花蕾中摇出花瓣,
成为花园中的奇葩。"

"可是水井都已干涸,"
皮尔斯对康诺利述说,
"我们在哪儿能打到水?
哦,再明显也不过,
要想造就真正的玫瑰树,
只能用自己的鲜血。"

【解】

此诗作于1917年4月7日,最初发表于《日晷》(*The Dial*)杂志1920年11月号。

诗的内容全由两个人的对话构成。帕垂克·皮尔斯和詹姆斯·康诺利都是1916年复活节起义的主要领导人。前者是理论家,他宣扬的血祭论就是此诗的主题。叶芝在1932—1933间对美国听众所作的题为《现代爱尔兰》的演讲中回忆:"有一年度夏之后,我从戈尔韦回伦敦,途经都柏林时,有人说:'即将发生动乱——皮尔斯正在全爱尔兰巡回宣讲血祭——他说每一代人都必须流血。'那以后不久,就发生了1916年起义。"[1] 自从十二世纪沦为英国殖民地以来,爱尔兰爆发过多次抗英起义。皮尔斯认为爱尔兰长期处在被英国人奴役的地位,这比"流血"还糟糕。他继承了至少自十八世纪起就流传于爱尔兰的血祭信条,并发扬光大之:"救赎爱尔兰须用爱尔兰之子的鲜血";"血祭是一桩净化和圣化之事"。[2]

1937年7月3日,叶芝在英国广播公司伦敦台播出"我自己的诗"节目,介绍的第一首诗即此诗。他如是说:"1916年,诗人兼小学校长皮尔斯、工人领袖康诺利以及其他人,包括那两个尚未出名的人,德维列拉和考斯格瑞夫,占据了都柏林的一些公共建筑,抵抗英国军队,固守了一些日子。皮尔斯和康诺利都没有指望取胜。他们挺身而出去赴死,是因为如皮尔斯在一次著名的演说中所说的,除非每一代都有人流血,否则一国之民的活力将无法保持。将要朗诵的第一首就是包含有这种思想的一首诗。"[3] 当然,诗中的对话并非实录,而是由诗人代拟的,尽管所传达的是诗中发言者的真实思想。

---

[1] W. B. Yeats, "Modern Ireland: An Address to American Audiences 1932–1933", *Massachusetts Review*, Vol. 5, No. 2 (Winter 1964), p. 265.
[2] George-Denis Zimmermann, *Irish Political Street Ballads and Rebel Songs*, p. 71.
[3] W. B. Yeats, "My Own Poetry", *Later Articles and Reviews*, p. 283.

叶芝诗解

　　诗人的语言是具体感性的，其中含有象征意义。玫瑰常被十九世纪爱尔兰爱国诗人用来象征爱尔兰，或者作为指代爱尔兰的隐语，因为英国殖民当局禁止爱尔兰人称爱尔兰为国家。叶芝在早期诗中所使用的玫瑰象征意义则要复杂得多，不仅受到爱尔兰诗人的影响，而且受到英国诗人如雪莱的影响，更重要的是，还受到玫瑰十字架秘术象征体系的影响。他在给《致时光十字架上的玫瑰》(1893)一诗所作的注释中说："玫瑰是爱尔兰诗人们最喜欢的一个象征。以它为题的诗作不止一首，既有盖尔语的又有英语的；它不仅被用于情诗里，而且被用于称呼爱尔兰，如在德维尔的诗句'那小黑玫瑰最终将变红'中，在曼根的《黑罗莎琳》中。当然，我不在后者的意义上使用它。"① 然而，在复活节起义的震撼之下，他也变了，抛弃了以往的不屑，竟开始用玫瑰直接称呼爱尔兰了。有论者说叶芝此诗就是仿英裔贵族诗人奥勃雷·德维尔(Aubrey De Vere, 1788—1846)的《那小黑玫瑰最终将变红》("The Little Black Rose shall be red at last")一诗而作的。② 不过，在笔者看来，除了其中同样蕴含血祭观念之外，二诗的措辞和风格并无多少相似之处。

　　除了玫瑰，绿色也象征爱尔兰。爱尔兰岛气候湿润，植被茂密，四季葱翠。自从另一位英裔诗人威廉·德伦南(William Drennan, 1754—1820)首次在《当爱琳初次升起时》("When Erin first rose", 1795)一诗中称爱尔兰为"绿宝石岛"以来，这一称呼就沿用至今。而被爱尔兰人奉为国花的三叶草主体也是绿色的，其作为爱尔兰象征的历史更为悠久：把天主教传入爱尔兰的圣帕垂克曾利用三叶草的形象创造性地阐明圣父、圣子、圣灵三位一体的"道理"。

　　诗中还有一些别的双关和暗示。例如，第三行词组"politic words"，本义是花言巧语，但也不妨理解成"政治言论"。联系下一行"我们的玫

---

① W. B. Yeats, *The Variorum Edition of the Poems of W. B. Yeats*, pp. 798–799.
② George-Denis Zimmermann, op. cit., p. 85.

瑰",意思就更显豁了,即在英国议会中只要有人轻轻巧巧随便发表些什么有关爱尔兰的言论,爱尔兰这朵娇弱的玫瑰就不堪承受其造成的压力。第六行"从苦海的那边"则无疑指向与爱尔兰隔海相望的不列颠,对前面的理解是有力的支持。"苦海"也具有明显的象征意味。利用象征和双关等暗示手法是所有政治诗的共有特点,虽然叶芝此诗的政治意味并不十分明显直接。

On a Political Prisoner

She that but little patience knew,
From childhood on, had now so much
A grey gull lost its fear and flew
Down to her cell and there alit,
And there endured her fingers' touch
And from her fingers ate its bit.

Did she in touching that lone wing
Recall the years before her mind
Became a bitter, an abstract thing,
10 Her thought some popular enmity:
Blind and leader of the blind
Drinking the foul ditch where they lie?

When long ago I saw her ride
Under Ben Bulben to the meet,
The beauty of her country-side
With all youth's lonely wildness stirred,
She seemed to have grown clean and sweet
Like any rock-bred, sea-borne bird:

Sea-borne, or balanced on the air
20 When first it sprang out of the nest

Upon some lofty rock to stare

Upon the cloudy canopy,

While under its storm-beaten breast

Cried out the hollows of the sea.

关于一名政治犯

她从小不大有耐心，

如今，竟使一灰鸥

丢掉了恐惧，飞进

她那间囚室内栖止，

在那里接受她爱抚，

从她的指尖上啄食。

抚摸着那孤独翅膀，

她可忆往昔的岁月，

在心灵变毒苦抽象，

10　思想变敌忾同仇前：

盲人与盲人引导者

躺在臭水沟痛饮前？

>   多年前我见她骑马，
>   布尔本山下去会猎，
>   乡野的美人引得那
>   青年寂寞的心狂跳，
>   她已出落得颇皎洁
>   像栖岩凌波的鸥鸟：
>
>   初次从高高山岩上
> 20 窠巢中一跃而出发，
>   把云遮的天幕凝望，
>   凌波，或悬停半空；
>   风暴击打的胸脯下，
>   大海的波谷吼汹汹。

【解】

  此诗作于1919年1月10至29日间，最初发表于《日晷》1920年11月号。"政治犯"指康斯坦丝·郭尔-布斯·马尔凯维奇。1916年复活节起义失败后，她被英军逮捕，关押在伦敦霍洛威女监。1918年，她因作为新芬党领导人之一发表反对英政府征兵的煽动性讲话而再度入狱。1923年，她又因激进的共和派异见而第三次入狱。在狱中，她发动狱友绝食抗议，旋即获释。此诗开头所写应为她前两次监狱生活之一的轶事。

  这是叶芝在1932年4月10日在英国广播公司全国节目中选读的最后一首关于女人的诗。他介绍说：

图 19：康斯坦丝·郭尔-布斯·马尔凯维奇
（出自 A Preface to Yeats）

我读的最后一首诗是关于一个非常不同的女人的。我小时候常待在斯来沟外祖父母家。从屋子前面的窗户,我能够看到布尔本山坡下亨利·郭尔-布斯爵士的灰色大宅隐现在树丛中。他的女儿康斯坦丝住在那儿,她是个大胆的骑手和乡间美人。我记得有一天站在窗前望着那灰色的老宅,反复念诵着弥尔顿的诗句:

在丛丛树木环抱的高处,
也许横陈着某位美人儿,
邻人的目光关注的尤物。

一个古怪的故事进入我的记忆。斯来沟一位老店主骑马外出。他碰到了"斯来沟猎犬"。康斯坦丝·郭尔-布斯在领头追猎,但是另一个骑手正极力想赶在她之前到达围栏的一处缺口。那位老店主故意止住坐骑,挡在那位骑手前面,结果断了一条腿或胳膊被抬回家去了。另一段记忆是回想她多年以后成了马尔凯维奇夫人,一位波兰伯爵的妻子。有人曾请艾贝剧院的演员吃晚饭,她是陪客之一。另一位陪客,一家晚报的编辑,作了一首颂赞她美貌的十四行诗,写在桌布上,裁下来隔着桌子递给了她。第二天,身为艾贝剧院的董事之一,我不得不面对愤怒的饭店业主,答应赔他一张新桌布。十年后马尔凯维奇夫人参加了1916年起义。她指挥的义军占领并驻守在外科医学院。她作战英勇,被判处了死刑,最后一刻得到了豁免。英爱条约签订后,她参加了反自由邦暴动,再度入狱。我听说在监狱里,她驯养了一只海鸥,教它进入她的牢房,从她的手中啄食。我的记忆回到了她在斯来沟的青春时光。我写了一首诗,叫做《关于一名政治犯》。在谴责她的政见的诗句中，我想到的不是她在两次暴动中的角色，而是别的意见分歧。我们从未同时站在同一边。①

这不由得令人想起戈尔韦郡的盖尔语诗人安东尼·拉夫特瑞（Anthony Raftery，1784—1835）在《玛丽·海呐斯或鲜艳的花束》（"Mary Hynes, or the Posy Bright"）一诗中赞颂的当地农家美女。据说玛丽·海呐斯是"有史以来最美的尤物"，追求者甚夥，但她一个也看不上。有一天晚上，众人聚在一起喝酒谈论她，其中一人乘兴起身离席，声称要去看她，结果第二天早晨发现他掉到沼泽里淹死了。② 作为中国读者，我们还不免会想到《陌上桑》里的秦罗敷。这些都是西方人所谓的"致命的女人"（femme fatale），只不过中国人性格较含蓄，一般不至于拼了命去追求吧。叶芝在《回忆录》（*Memoirs*，1916—1917）中则记述了他对康斯坦丝·郭尔-布斯的最初印象：

在我少年时代后期，康斯坦丝·郭尔-布斯一直都让我觉得很浪漫，我不止一次眺望着那灰色屋墙和屋顶，心里重复着弥尔顿的诗句：

在丛丛树木环抱的深处，

也许横陈着某位美人儿，

邻人的目光关注的尤物。

她常常骑着马从我身旁经过，正在去或打猎归来，是这乡间公

---

① W. B. Yeats, "Poems About Women", *Later Articles and Reviews*, pp. 241 - 242.
② W. B. Yeats, "Dust Hath Closed Helen's Eye", *Mythologies*, London: Macmillan, 1959, pp. 24 - 26.

认的美人儿。我不时听说她的假小子行径或鲁莽的驰骋,但总的印象一直是她受人尊敬和爱慕。……我们初次会面时,她令我吃惊了,因为她长得有点儿像茉德·冈,尽管身材短小得多,嗓音则完全相似。后来,她的嗓音变得又尖又高,但在我写它的时候还是又低又柔的。也许我是第一个给她详细描述过那一位的人,也许她就是因效仿她而赢得了她正在服受的终身监禁刑罚。①

此处所说的"给她详细描述过"的那个人指的是茉德·冈,1908年,康斯坦丝·郭尔-布斯加入了冈发动的妇女革命运动"爱尔兰之女",与之惺惺相惜,同台演出,并肩战斗。在叶芝看来,美人儿热衷政治,在大庭广众之中奔走呼号,声嘶力竭地煽动仇恨,不啻美的沦丧。然而,他曾对茉德·冈一往情深,虽常常与她争吵,却不忍心公开谴责她,何况在1918年冈也被英国政府收监了。于是相貌和行径都相似的康斯坦丝·郭尔-布斯就成了他的出气筒,冈的替罪羊。他在1919年1月16日把此诗连同其它几首近作寄给庞德,并在信中说:"冈女士与我争吵时,我就觉得有必要谴责马尔凯维奇女士。"②而早在1918年末致妻子的一封信中,他谈及此诗的创作构思时就曾说:"我正要写一首关于康的,以避免写一首关于茉德的。她们都在监狱里……"③然而,他承认,此诗背后甚至里面确有茉德·冈的影子,不仅在于对其政治观念和行为的同样谴责,而且在于海鸥意象的影射(参见《白鸟》一诗解)。④

此诗结构颇简单。首节以一桩传闻的事实起兴。次节抚今追昔,有感而问。再次节回忆早年所见,引发想象。末节进一步发挥想象,绘成

---

① W. B. Yeats, *Memoirs*, p. 78.
② George Mills Harper, *The Making of Yeats's* A Vision, p. 202.
③ A. Norman Jeffares, *A New Commentary on the Poems of W. B. Yeats*, p. 195.
④ R. F. Foster, *W. B. Yeats: A Life*, Vol. II, p. 139.

生动的意象。鸥鸟意象无疑象征着女主人公的精神品质,她曾经美好、单纯、独立、无畏,如今却孤独、驯顺、依人、隐忍,怎不令人惊诧,煽动仇恨的政治活动竟使天然的美沦丧若斯,怎不令人感慨!

赫恩(T. R. Henn)认为,第11—12行可能典出古印度哲学经典《伽陀奥义书》(*Katha-Upanishad*)第1卷第2品第5颂:"Fools brag of their knowledge, proud, ignorant, dissolving; / staggering to and fro, blind and led by the blind"(始终生活在无知之中,/ 却自认为是智者和学者,/ 愚人们徘徊在歧路,/ 犹如盲人引导盲人),①但笔者认为更可能典出基督教的钦定本英语"圣经"《新约·马太福音》第15章第14节:"they be blinde leaders of the blinde. And if the blinde lead the blinde, both shall fall into the ditch"(他们是瞎眼领路的。若是瞎子领瞎子,两个人都要掉在坑里),②因为此诗的意象和措辞与后者都有更多相似之处。尽管叶芝对印度文化素有兴趣,可能早就读到过那首印度哲理诗的某一英译本,他自己晚年(1935—1936)还协助印度婆罗门普罗希大师(Shree Purohit Swami, 1882—1946)翻译了《十大奥义书》(*The Ten Principal Upanishads*, 1937),其中就包括该诗,但他对钦定本"圣经"应该更熟悉些。诗人借此古老比喻暗讽女主人公追随茉德·冈等人从事激进政治活动是出于无知的盲从。

---

① T. R. Henn, *The Lonely Tower: Studies in the Poetry of W. B. Yeats*, 2nd edn., London: Methuen & Co., 1965, p. 97, fn. 1. 汉译文出自《奥义书》,黄宝生译,北京:商务印书馆,2010年,页266。
② Matthew 15: 14, King James Bible (1611). 汉译文出自和合本《新旧约全书·新约全书》(1919)。

The Second Coming

Turning and turning in the widening gyre

The falcon cannot hear the falconer;

Things fall apart; the centre cannot hold;

Mere anarchy is loosed upon the world,

The blood-dimmed tide is loosed, and everywhere

The ceremony of innocence is drowned;

The best lack all conviction, while the worst

Are full of passionate intensity.

Surely some revelation is at hand;

10   Surely the Second Coming is at hand.

The Second Coming! Hardly are those words out

When a vast image out of *Spiritus Mundi*

Troubles my sight: somewhere in sands of the desert

A shape with lion body and the head of a man,

A gaze blank and pitiless as the sun,

Is moving its slow thighs, while all about it

Reel shadows of the indignant desert birds.

The darkness drops again; but now I know

That twenty centuries of stony sleep

20   Were vexed to nightmare by a rocking cradle,

And what rough beast, its hour come round at last,

Slouches towards Bethlehem to be born?

再度降临

盘旋盘旋在越来越宽的螺旋中,
猎鹰不再能听见驯鹰人的呼声;
万物都崩散;中心难以维系;
满世界泛滥的全是一派狼藉,
被血水污染的潮水泛滥,到处
把纯真无邪的典礼仪式淹没;
优秀的人士缺乏起码的信心,
卑劣之徒却充满高涨的热情。

确实有某种启示就近在眼前;
10 确实那再度降临就近在眼前。
"再度降临"!这几字尚未及出口,
出自"世界灵魂"的一个大形象
就闯入我的眼界:大漠尘沙里,
一个生长着狮身人面的形体,
目光好似太阳般茫然而冷酷,
挪动着迟缓的大腿;周围处处
飞旋愤怒的沙漠野鸟的影子。
黑暗再次降临;但现在我知道
两千年之久僵卧如石的沉睡
20 早已被一只摇篮搅扰成噩梦;
而何等恶兽——其时辰终于到来——
正懒懒走向伯利恒投胎托生?

【解】

此诗作于1919年1月,最初发表于《日晷》1920年11月号。

基督教"圣经"《新约·马太福音》第24章载:耶稣基督向门徒预言,他将在世界末日再度降临人间,但又警告他们,在此之前将会有好些假基督冒名前来,那时必有空前绝后的大灾难。[①]《新约·启示录》第20章载:圣约翰预言,基督将再度降临,那时魔鬼撒旦被捆绑,有福的灵魂复活,与基督一同为王一千年。其后撒旦被释放,迷惑地上四方列国,聚众围攻圣城。最后他们被天火烧灭,魔鬼被扔在烧着硫磺的火湖里,与此前被擒拿的兽和假先知在那里永远受苦。[②] 据此,正统基督教传说,耶稣基督将在升天一千年后再度降临,在地上建立至福圣洁的千年王国,即所谓千年盛世或千禧年。然而,公元1000年过后,千年盛世并未来临。于是虔诚的基督徒们又热切地期盼起下一个千年。十九世纪末,欧洲笼罩着浓重的"世纪末"情绪,各种神秘主义大行其道,可以说都与对千年盛世的期盼有关。从少年时代起就失去了对基督教信仰的叶芝在1926年写道:"我不信这个——至少不信基督教形式的"。[③] 他更愿意相信自己通过阅读新柏拉图主义等神秘哲学而"发现"的历史循环说,认为人类文明两千年一循环,已历近两千年的基督教文明将在剧烈的暴力冲击下终结,随之将开始一种新的文明。他在此诗收入诗集《麦克尔·罗巴蒂斯与舞者》(*Michael Robartes and the Dancer*, 1921)时加了一条颇长的注释,假借其早期短篇小说中的人物麦克尔·罗巴蒂斯的虚构经历来阐述其"象数"理论:

  罗巴蒂斯从《镜鉴》一书中抄出几幅数学图形给阿赫恩,正

---

① 和合本《新旧约全书·新约全书》,页32—33。
② 同上书,页349—350。
③ W. B. Yeats, "The Need for Audacity of Thought", *Uncollected Prose*, Vol. II: *Reviews, Articles and Other Miscellaneous Prose 1897–1939*, ed. John P. Frayne & Colton Johnson, London: Macmillan, 1975, p. 464.

方体、球体、由以各种角度彼此渗透的螺旋构成的圆锥体,有时极复杂的图形。他对这些图形的解释基于一个基本思想,无一例外得自库斯塔·本·路卡的信徒。无论是表现在历史中还是在个人生活中,心灵都有着精密的运动;这运动可以被加快或放慢,但不能从根本上被改变;它可以用数学形式表现出来。一株植物或一只动物有其专属的生长指令,一棵竹子不会像一棵柳树一样顺溜生长,一棵柳树也不会一节一节生长;二者都有分枝,随着长高而越来越轻细;土壤的特性无法改变这些情况。的确,贫瘠的土壤可以抑止,肥沃的土壤则可以促进其运动。门德尔曾表明,他种的甜豌豆长得或长或短,或白或红,按某种数学比例呈现多样,说明有一种数学法则控制着父母特性的传递。如麦克尔·罗巴蒂斯所阐释的,在扎瓦里斯人看来,所有活着的心灵都同样具有一种基本的数学运动,无论是适应特定环境的植物、动物还是人类之中的;如果你发现了这种运动并计算出其种种关系,你就能够预言那心灵的整个未来。他们的信仰中有一种顶级的宗教行为是集中意念于这种运动的数学形式,直至全人类或某个人的全部过去和未来都呈现在心智之前,仿佛刹那间就完成了。那极乐幻景到来时,其强烈程度要依这种实修的强烈程度而定。以这种方式就有可能看到死亡本身被标记在数学图形之上,后者越过前者,跟随灵魂进入最高天界和最深地狱。他们声称,这种教义不是宿命论,因为数学图形是心灵欲望的一种表现;图形发展得越快,灵魂就越自由。灵魂寄居于肉体之中,或还在受前世的果报时,图形常常被画成双圆锥体,每个圆锥体的尖端位于另一个的底部中心。

A Commentary on the Selected Poems of W. B. Yeats with Chinese Translation

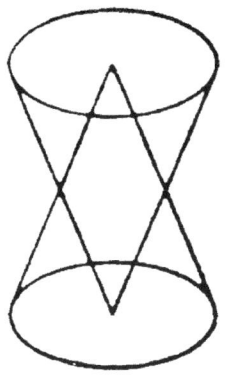

　　它源于一条直线——直线时而代表时间,时而代表情感,时而代表主观生活——和一个与之成直角相交的平面——平面时而代表空间,时而代表理智,时而代表客观生活;而它成形为两个螺旋圆锥体,它们似乎以两股围绕一个中心旋转的运动代表平面与直线的冲突,因为平面上一股向外的运动被直线上一股向上的运动所抑制,反过来又抑制直线上向上的运动;螺旋运动总是在收缩或扩展,因为一股运动总是比另一股更强些。换句话说,人类灵魂总是向外运动,进入客观世界,或向内运动,进入自我;这种运动是双重的,因为人类灵魂不会觉知,除非悬停于对立面之间;对比越强烈,觉知就越清楚。其体内向内运动强于向外运动之人,看一切都反映在自我内部之人,亦即主观之人,在死时会到达螺旋圆锥体的尖端,因为,他们声称,即便死亡好像是偶然的结果,也总是由主观生活的不断强化所引导的;在死后会立即得到刹那的启示——他们如是描述那启示:他被带到所有已故的亲人面前;这一刹那的客观性与死亡的主观性完全相等。在另一方面,其螺旋向外运动的客观之人在此刻得到的启示不是有关从内部观看的自我,因为这对于客观之人来说是不可能的,而是仿佛是在看别人那样看自

己。这个图形对于历史的解释也是真确的,因为一个时代的末了总是得到有关下一个时代的特征的启示,是由一个螺旋到达最大扩展而另一个到达最大收缩所代表的。现在,生活螺旋正向外旋转,不像基督诞生之前那样收缩,而且已经快到达最大扩展了。然而正在逼近的启示将从内在螺旋的反向运动获取其特征。我们所有的科学、民主、事实累积、兼容并包的文明属于外向的螺旋,不是在为自身的延续做准备,而是在为仿佛一道闪电般的启示做准备,虽然那必定缓慢发生的文明之闪电不会只击中一个地方,而且会在一段时间内不断重复。这是个太过简单的陈述,还可能有许多细节。在外部螺旋和内部螺旋上都有一些重点,每个螺旋又可时而分为十个,时而分为二十八个阶段或相位。然而,在对此类涉及未来的细节的诠释方面,罗巴蒂斯从扎瓦里斯人那里几乎毫无获益,要么是因为他们无法把握他经验之外的事件,要么是因为某些研究在他们看来是会导致不幸的。他们对我说(罗巴蒂斯写道):"'那种力量将会暂时与我们同在,我们彼此就像沙粒一样,但是启示降临时,并不降临到穷人头上,而是降临到伟人和有学问的人头上,再度建立两千年的王侯将相世袭制度。我们为什么要抗拒呢?难道我们的智者不曾在沙上将它画出来?正是因为一代又一代长者为幼者制作的这些图符,我们才被叫做扎瓦里斯人。'"

他们的族名意思是量度,或如我们所说的,图像的制作者。①

麦克尔·罗巴蒂斯和欧文·阿赫恩是叶芝三部曲短篇小说《炼金术玫瑰》(1896)、《律法书板》("The Tables of the Law", 1896)和《三博士的觐见》("The Adoration of the Magi", 1897)中的人物,前者部分以叶芝

---

① W. B. Yeats, *The Variorum Edition of the Poems of W. B. Yeats*, pp. 823–825.

图 20：叶芝夫妇
（出自 *W. B. Yeats: A Life*, Vol. I）

在"金色黎明"秘术修会的导师麦克格莱戈·梅瑟斯为原型,实为叶芝自我的一个方面,后者部分以叶芝在"韵人俱乐部"的诗友莱奥内尔·约翰生为原型,亦代表叶芝自我的一个方面。

1917年10月20日,叶芝与伯莎·乔吉娜·海德-李斯(Bertha Georgina Hyde-Lees,1892—1968)结婚。两口子都是秘密法术爱好者。他们相识于1911年。三年后,在叶芝引介下,乔吉娜加入了"金色黎明"秘术修会分会"晨星"会。婚后,眼看叶芝尚未从被伊秀尔特·冈拒绝的阴影中走出,细心且聪明的妻子为改善他当时的忧郁心境,分散他的注意,便投合他对神秘事物的爱好,尝试着玩起"自动书写"的把戏来。这一招果然奏效,立即引起了叶芝的极大兴趣。从此,叶芝夫妇几乎天天"开会",少有间断。他们的合作持续了六年多(1917年10月24日至1923年11月27日),其间举行了450次"会议",记录了3 627页笔记。下降而附于叶芝妻子之体的"亡灵"们的"启示"形成了"一个象征体系",①即一套由几何图形支持的精致分类法。经过对妻子"自动书写"的那些"不连贯的句子"加以整理、分析、诠释,叶芝终于1925年完成了一部奇书《异象》(*A Vision*)。这标志着叶芝神秘哲学体系的初步完成。由于妻子不愿意让人知道她的合作,而叶芝自己又不愿独享作者之名,他便"杜撰了一个关于一位在阿拉伯地区旅行者的不自然的故事",②亦即借麦克尔·罗巴蒂斯和欧文·阿赫恩之名续写的传奇,以伪托该书的来历。欧文·阿赫恩为《异象》作序,讲述了一个"天方夜谭"式的诡异故事:叶芝的故友麦克尔·罗巴蒂斯浪迹欧洲,追逐酒色,在奥匈帝国境内的克拉科夫市租住的一间旧屋里偶然发现一部垫床板的拉丁文古书,题为《天使与人类之镜鉴》(*Speculum Angelorum et Hominorum*),作者是吉拉尔都斯,1594年于克拉科夫出版。该书残缺不全,中间的书页都被撕

---

① W. B. Yeats, *A Vision and Related Writings*, ed. A. Norman Jeffares, London: Arrow Books, 1989, p. 84.
② Ibid., p. 82.

掉了。同居的女仆说是上一位房客——一位教士——丢下的，中间的书页被她用来生火了。与女仆吵架后，罗巴蒂斯决定去耶路撒冷和麦加朝圣。途中在沙漠中看见与书中一模一样的图形，听说是一个过路的阿拉伯部落留下的。于是他一路跟踪，打听图形的情况，但无人知道。后来遇到一个名叫扎瓦里斯的部落，其中一位长者在罗巴蒂斯的屋里看见该书，认定其中图形正属于他们部落所传教法。该部落曾拥有一部圣书，名为《日月之间的灵魂之道》，相传为部落始祖库斯塔·本·路卡——哈伦·阿尔-拉希德（763—809，巴格达阿拔斯王朝第五世哈里发，叶芝喜读的《天方夜谭》中人物）宫廷中的一位基督教徒哲学家——所著。尽管该书已在部落间的战争中亡失了，但其中教义仍在该部落中口口相传。经过一段时间的相处，罗巴蒂斯认定其教法并非始于库斯塔·本·路卡，而可能源于古叙利亚。部落长老则称库斯塔·本·路卡得之于沙漠神灵。回到欧洲后，罗巴蒂斯在伦敦偶遇旧友欧文·阿赫恩，表示希望找人整理出版吉拉尔都斯的残卷。阿赫恩用基督教观点所作的注解不能令罗巴蒂斯满意，于是他把残卷交给叶芝，任由他处理，随后自己又返回美索不达米亚，不知所终。叶芝殚精竭虑，对残卷做了详尽的注解阐释，终以《异象——根据吉拉尔都斯的著述及相传为库斯塔·本·路卡所传学说所作的对人生的诠释》为题出版。

早在1918年1月4日致格雷戈里夫人的信中，叶芝就首次提到了该书的写作，称之为"一种非常深奥、非常激动人心的神秘哲学——似乎是许多梦和预言的实现。"他还首次提到他在伦敦的朋友们的帮助下策划的那场文学骗局："我正把这一切写成一系列关于一部假定是中古时期的书——吉拉尔都斯所著《天使与人类之镜鉴》，以及一个名为扎瓦里斯（图像制作者）的阿拉伯教派的对话。罗斯〔笔者按：指爱德华·德尼森·罗斯（Sir Edward Denison Ross, 1871—1940），阿拉伯语学者〕帮我编造了这个阿拉伯语名词。"① 他在该书早期的草稿中称:"我拿出的不是形而上学体系,而是一种科学,犹如其它科学一样,被其预言所证明。"② 但他又希望该书能够被看作是一部神话而非历史或玄学,称它是一个"集体无意识",一个神话学的意象库。到了修订版(1937),他又视之为"经验的格式排列","它们帮助我在一念之间把握现实和正义"。③ 他告诉画家朋友埃德蒙·杜拉克说,修订版的《异象》是"对世界之混乱的最后防卫"。④

上引注释可以说就是该书部分内容的"太过简单的陈述",一种早期构思的概要草稿。历史循环说在新柏拉图主义哲学中不算稀奇,但多久一循环,说法不一。叶芝认为人类文明每两千年一循环,所据不过是经附于他妻子之体的某位"亡灵"导师确认的假设。在1917年11月21日的"自动书写"会上,他提问:"我能假定一个循环平均历经两千年吗?"导师答曰:"一至两千年之间,有时多一点儿。"又问:"在此体系中,基督代表什么?"答曰:"基督代表一位得道者的最后一次化身;这种情况约每两千年发生一次。"⑤ 基督教纪年已至二十世纪,它所代表的文明行将结束,因为其螺旋运动"已经快到达最大扩展了"。叶芝认为,基督教文明属于阳性,崇尚物质,而其后的新文明必属阴性,崇尚精神,富于创造,一如前一循环的代表古希腊文明。新旧文明交替之际必伴有暴力,昭告启示的破坏之兽和假先知会先行到来,如《新约·约翰一书》第2章第18节所载:圣约翰告诫信徒,如今已是末时了,因为已经有好些"敌基督的"出来了。⑥

现实中,《新约·启示录》所预言的末日大决战的战火似乎已经开始

---

① W. B. Yeats, *The Letters of W. B. Yeats*, p. 644.
② W. B. Yeats, *A Critical Edition of Yeats's* A Vision (1925), ed. George Mills Harper & Walter Kelly Hood, London: Macmillan, 1978, p. xii.
③ W. B. Yeats, *A Vision and Related Writings*, p. 86.
④ Ibid., p. xix.
⑤ George Mills Harper, *The Making of Yeats's* A Vision, Vol. II, p. 45.
⑥ 和合本《新旧约全书·新约全书》,页322。

在世界各地蔓延。第一次世界大战刚刚结束不久。其间,俄国也曾经发生十月革命。爱尔兰本土则刚刚以共和军袭击英国雇佣警察的方式(史称"黑褐战争")拉开独立战争的序幕。究竟是历史印证着叶芝的历史观,还是叶芝从对历史的观察中总结出了他的历史观? 至于此诗,初稿开头几行原作:"螺旋变得越来越宽越来越广／猎鹰不再能听见驯鹰人的呼唤／日耳曼人来到俄罗斯这个地方"(The gyres grow wider and more wide / The hawk can no more hear the falconer / The germans to Russia to the place)。① 可见,诗人无疑是从现实历史事件中直接获得的灵感,具体而言,即受到第一次世界大战等时事的触动而有所感兴。

开头两行以驯鹰人放猎鹰的形象比拟螺旋圆锥体象征起兴。猎鹰盘旋的幅度"越来越宽","不再能听见驯鹰人的呼声",局势已经失去控制。文明的发展是阴阳两股势力(主要势力和对立势力)从圆锥体的一端底部或尖端开始,相对呈螺旋形运动,渐渐开阔或收缩,到另一端尖端或底部,然后反向运动,一往一返为一个循环,共历时两千年。所谓物极必反,反者道之动,阴中有阳,阳中有阴,叶芝的双螺旋圆锥体象征与我国的双鱼太极图象征可谓异曲同工。笔者曾在叶芝遗留的藏书中亲眼看到过一本秘术书,其中就有太极图,说明叶芝对太极图有所了解。至于有论者说猎鹰象征人性,驯鹰人象征人类;或说猎鹰象征人类和现时的文明,驯鹰人象征耶稣基督等等,②都似嫌着相。要知道,叶芝不信基督教,任何用基督教观点所做的解说恐怕都不会令他满意吧。杰法瑞斯说此意象可能源自但丁的《神曲·地狱篇》第 17 章第 127—129 行,其中描写但丁与维吉尔骑乘怪兽革律翁盘旋下降到地狱第八圈,犹如猎鹰不顾驯鹰人的呼唤一般,③倒似有些理据。接下来一行是抽象概括的直接

---

① Jon Stallworthy, *Between the Lines: Yeats's Poetry in the Making*, Oxford: The Clarendon Press, 1963, p. 17.
② A. Norman Jeffares, *A New Commentary on the Poems of W. B. Yeats*, p. 203.
③ Ibid.

陈述:"万物都崩散;中心难以维系",是说"一个螺旋到达最大扩展而另一个到达最大收缩"而要反向运动时,就会发生剧烈的暴力转换,扩展骤然变收缩,收缩骤然变扩展,"灵魂和世界都崩散成碎片"。①

随后五行较具体地写暴力之象。叶芝无疑会记得不久前结束的俄国革命和第一次世界大战,但更可能表达的主要是对自己身边的爱尔兰时局和社会现状的观感。他在1919年4月致信老同学乔治·拉塞尔,提到此前他们在各自所得有关俄国新政权处决政治犯人数的消息上的分歧,并谈及自己对俄国革命的看法。② 他在自传第二部《帷幕的颤动》(1922)中引用了此诗第1节,并写道:"有一件事我不曾预见,也不敢表达自己的想法:这个世界不断增长的凶杀暴力。"③ 然而,在1936年4月18日致伊瑟尔·曼宁(Ethel Mannin,1900—1984)的信中,叶芝则如是说:"我不曾沉默;我用了我所拥有的唯一载体——诗歌。如果你手边有我的诗集,就查找一首叫做《再度降临》的诗。那是十六七年前写的,预言了现在正在发生的事情。……我并非麻木不仁,面对欧洲正在发生的事情,'纯真无邪的典礼仪式被淹没',每一根神经都因恐惧而颤抖。"④ 根据上引其理论,末世启示"会在一段时间内不断重复",因此他的这首诗尚未失效,可以说也预言着将要爆发的第二次世界大战以及其后的更多的战争灾难。

第2节写诗人在心目中所看到的一个异象。这很可能与叶芝早年在"金色黎明"秘术修会学习犹太教内学喀巴拉冥想术时的一次经历有关。据叶芝自传所述,导师麦克格莱戈·梅瑟斯给他看了一张画在卡片上的象征,他闭上眼睛:"景象慢慢出现……我眼前浮现出我无法控制的心意形象:一片沙漠和一个黑巨人正用手把自己从一堆古代废墟中间托出。梅瑟

---

① W. B. Yeats, *A Vision* (1937), p. 296.
② W. B. Yeats, *The Letters of W. B. Yeats*, pp. 655–656.
③ W. B. Yeats, *Autobiographies*, p. 192.
④ W. B. Yeats, *The Letters of W. B. Yeats*, p. 851.

斯解释说,我看见的是一个吐火怪,因为他给我看了它的象征……"① 这可能是他第一次看到异象。其后叶芝不止一次修习冥想,所见想必非止一端。他在为剧作《复活》(*The Resurrection*, 1927)所作的序言(1934)中写道:"那时我开始想象,总是在我左侧刚好看不见的地方,有一匹铜光闪闪长翅膀的野兽,我把它与伴随着大笑和狂喜的破坏相联系。"他给"野兽"加注,明确说"后来在我的诗《再度降临》中描写了"。② 人面狮身长翅膀,这分明就是古希腊神话中的斯芬克司嘛。的确,叶芝曾在1918年6月2日的"自动书写"会上问下降的"亡灵":"我们可否把它叫做斯芬克司?"③ 即意指接替基督教文明的下一循环文明的开启者。这是否暗示下一个文明将会像古希腊文明那样以精神创造为特点呢?破坏意味着灾难,但并不令人悲观,因为它也预示着新的开始。具有讽刺意味的是,"敌基督的"破坏之兽被安排到基督的降生地伯利恒去投生——一个文明始于斯亦终于斯,而彼终此始,终中有始,是之谓循环。

第12行中所谓"世界灵魂"(*Spiritus Mundi*,拉丁文,又作 *Anima Mundi*)是出自古罗马哲学家、新柏拉图主义鼻祖普罗提诺(Plotinus,205—270)的一个概念。据叶芝在1921年为《来自前世的一个形象》("An Image from a Past Life", 1919)一诗所作的注释,梦中的形象与个人具体记忆中的形象从不完全相同,因为其来源不同:"那些来到睡梦中的是(1)来自紧接我们出生之前的那个状态;(2)来自'世界灵魂'——也就是说,来自一个储藏着不再属于任何个人或魂灵的形象的总仓库。"④ 他在稍早的哲学论文《穿过月色的友好宁静》(*Per Amica Silentia Lunae*, 1917)中亦曾如是写道:

---

① W. B. Yeats, *Autobiographies*, pp. 185–186.
② W. B. Yeats, "Introduction to *The Resurrection*", *Explorations*, p. 393.
③ George Mills Harper, *The Making of Yeats's* A Vision, Vol. II, p. 39.
④ W. B. Yeats, *The Variorum Edition of the Poems of W. B. Yeats*, p. 822.

A Commentary on the Selected Poems of W. B. Yeats with Chinese Translation

图 21：叶芝通灵照
(出自 W. B. Yeats: A Life, Vol. I)

> 假如我们所有的心意形象并不稍逊于幽灵幻影（我觉得没有区分的理由），都是存在于"世界灵魂"这个普遍载体之中的形式，而且反映在我们个别的载体之中的话，许多扭曲的事物就都会被弄直了。我相信一个逻辑序列或一系列相关形象拥有实体和存活期；我把"世界灵魂"视为一个大池塘或花园，在其中它们会像硕大的水生植物一般蔓延生长，或把芬芳的枝条伸向空中。①

从他的自述可知，叶芝的这一信念是从他早年的秘密法术实验中逐渐发展出来的。他每每疑问：实验中看到或想到的许多异象和微细念头是从哪里来的？"我还没有清楚的答案，但我知道自己面对着柏拉图主义哲学家，尤其是近代的亨利·莫尔所描述的'世界灵魂'，它有一个记忆，独立于具体个人记忆之外，尽管后者以其形象和念头不断丰富着前者。"② 在更早的《魔法》("Magic"，1901)一文中，叶芝称这个记忆为"大记忆"：

> 我相信我们所通称的魔法的实践和哲学；相信我必须称之为招魂术的玩意儿——尽管我不知道魂灵是什么；相信造就魔法幻觉的力量；相信闭起眼睛在心灵深处看到的昭示真相的异象；我还相信三条我认为是自古相传的、几乎所有魔法实践之基础的教义。这些教条即：
> （1）我们的心灵的边界变幻不定；许多心灵似乎可以彼此交流，从而创造或揭示一个单独的心灵、一个单独的能源。
> （2）我们的记忆的边界同样变幻不定；我们的记忆是一个大记忆——造化本身的记忆——的一部分。

---

① W. B. Yeats, "Per Amica Silentia Lunae", Later Essays [The Collected Works of W. B. Yeats, Vol. V], ed. William H. O'Donnell, New York: Scribner, 1994, pp. 22–23.
② W. B. Yeats, Autobiographies, p. 262.

(3) 此大心灵和大记忆可以用象征召唤。①

他在还要早些的另一篇文章《雪莱诗歌的哲学》("The Philosophy of Shelley's Poetry", 1900)中也表达了类似的信念及其成因:

> 对灵魂的任何神秘状态有任何经验的任何人都知道,内心中是怎样浮现起富有深意的象征的,其含义——它们若不把人引入迷梦,以至于变得毫无意义的话——也许多年也弄不懂。我想,也不会有任何人常有那种经验,却在某一天在某一本古书或某一块石碑上找不到曾浮现在他眼前的奇异或精巧的形象,不会因顿悟而也许晕眩,意识到我们的小记忆不过是某个逐世逐代更新着世界和人们的思想的大"记忆"的一部分;我们的思想并不像我们认为的那样深刻,而是那大海上泛起的一小朵浪花而已。……大"记忆"也是象征、形象的居所,而象征、形象是活的灵魂……②

总之,叶芝所谓拥有大"记忆"的"世界灵魂"类似柏拉图所谓生命之源,或类似于印度人所谓大梵,或类似于荣格所谓"集体无意识",只不过他的信念是自己证悟得来的。

第17行中的"沙漠野鸟"(desert birds)一语亦见于稍后所作的诗剧《髑髅地》(*Calvary*, 1920),其中背着十字架的耶稣基督被围观的群众嘲笑:"'在你的骨头被沙漠野鸟 / 啄净之前,现在就呼唤你的父吧'"("'Call on your father now before your bones / Have been picked bare by the great desert birds'")。③ 看来,同样盘旋而飞的沙漠野鸟也是基督教

---

① W. B. Yeats, "Magic", *Early Essays*, p. 25.
② W. B. Yeats, "The Philosophy of Shelley's Poetry", ibid., p. 61.
③ W. B. Yeats, *The Collected Plays of W. B. Yeats* (1934), p. 450.

的送葬者。只不过它们盘旋的轨迹是向下向内收缩的,与猎鹰的飞行轨迹正相反,代表与之相对立的势力。

第19行中的"僵卧如石的沉睡"(stony sleep)语出威廉·布雷克(William Blake,1757—1827)的长诗《由利生之(一)书》(The [First] Book of Urizen,1794)第4章第b1节:"在僵卧如石的沉睡中,时代纷纷从他身上滚过!"("In stony sleep ages roll'd over him!")①

第20行中的"摇篮"(rocking cradle)有论者说指耶稣基督的摇篮,暗示基督教自诞生伊始就为自己准备了敌对者。其实摇篮在叶芝的象征体系中是月相的别称,因为缺月形似摇篮,各种月相又与不同人格相应。其《月相》("The Phases of the Moon",1918)一诗中即有句云:

Twenty-and-eight the phases of the moon,
The full and the moon's dark and all the crescents,
Twenty-and-eight, and yet but six-and-twenty
The cradles that a man must needs be rocked in;
*For there's no human life at the full or the dark.*②

二十又八,月之不同变相,
月望月晦及种种盈亏之相,
共计二十八,但只有二十六种
乃人必需育于其中的摇篮;
因为月望月晦时无人类生命。③

---

① William Blake, *The Poetry and Prose of William Blake*, ed. David V. Erdman, New York: Doubleday & Company, 1965, p. 73.
② W. B. Yeats, "The Phases of the Moon", *The Poems of W. B. Yeats*, p. 164.
③ 傅浩(译):《叶芝诗集》,页363—364。

叶芝诗解

"月相大轮"是"亡灵"授予叶芝的另一种象征图形,与螺旋圆锥体角度不同(也许可以视为圆锥体的横切面),似乎更细微,实则可能更机械。它可能源于凯尔特或阿拉伯星相学(阿拉伯星相学又源于中国或印度),也可能脱胎自通俗天文学(笔者曾在叶芝所遗留的藏书中发现有一册1922年版《20世纪通俗天文学图集》,其中所载月相图与所谓"大轮"几无二致),乃是借用太阴历循环周期的二十八种月相来把个人或社会的性质细分成相应的类型,即以月相中之阴阳比例象征个人秉性或社会性质中主客观成分的比例。这种比例并非一成不变的,而是变动不居的,而且是像月相一样,逐渐而循环地变动着的。也就是说,其中是有(科学或机械的)规律可循的。因此,根据螺旋圆锥体和月相大轮这种理论和图示,不仅可以确定某一特定个人或社会时代的性质品格,而且可以推算过去,预知未来。据"月相大轮"所示,第一相为晦月;第八相为上弦月;第十五相为望月;第廿二相为下弦月。第一相代表完全的客观,为纯阳,为被动,为根本;第十五相代表完全的主观,为纯阴,为存在的统一,为对立。但二者都是理想境界,非人类可居,因为没有纯阳或纯阴之人。人格或秉性愈远离第一相,接近第十五相,就愈具创造性(劳心),形貌愈美;反之,则愈具行动性(劳力),愈丑。耶稣基督是纯阳的、抽象的,其代表的根本文明是客观的、外向的、行动的,即将取而代之的斯芬克司是纯阴的、感性的,其代表的对立文明将是主观的、内向的、创造的。

乔芝去世后,埃尔曼(Richard Ellmann)在1968年8月25日的《纽约时报》上发表的讣文中表示,假若叶芝1917年没有结婚而是去世了的话,"他就会作为一位重要的小诗人为人所知";他的伟大源自他婚后"天才的大爆发",是他与乔芝共同取得的成就。[①] 乔芝曾借下降附体的"乩

---

① Joseph M. Hassett, *W. B. Yeats and the Muses*, Oxford: Oxford University Press, 2010, p. 156.

图 22：月相大轮
（出自 A Vision, 1937）

仙"之口明确表示,她从事"自动写作"活动"是来给你提供写诗用的暗喻的"。① 螺旋圆锥体就是其提供的最重要的暗喻形象之一。② 叶芝不大欣赏的后辈诗人奥登则对此嗤之以鼻,曾写打油诗《学术涂鸦》("Academic Graffiti", 1971)挖苦云:

>To get the Last Poems of Yeats,
>You need not mug up on dates;
>　All a reader requires
>　Is some knowledge of gyres
>And the sort of people he hates.③

汉译如下:

>要理解叶芝最后写的诗,
>你无需死记硬背些日期;
>　读者所需的只是
>　一些有关旋锥体
>以及他恨哪类人的知识。

另一位曾深受叶芝影响的后辈诗人菲利浦·拉金的女友莫尼卡·琼斯甚至斥之为"撒谎者",认为读者关心的是爱情(意谓切身的生活),而不是什么"该死的螺旋圆锥体"。④

---

① W. B. Yeats, *A Vision and Related Writings*, p. 75.
② Margaret Mills Harper, *Wisdom of Two: Spiritual and Literary Collaboration of George and W. B. Yeats*, Oxford: Oxford University Press, 2006, p. 189.
③ W. H. Auden, *Collected Poems*, ed. E. Mendelson, New York: Vintage, 1991, p. 686.
④ Andrew Motion, *Philip Larkin: A Writer's Life*, p. 168.

A Prayer for my Daughter

Once more the storm is howling, and half hid
Under this cradle-hood and coverlid
My child sleeps on. There is no obstacle
But Gregory's wood and one bare hill
Whereby the haystack-and roof-levelling wind,
Bred on the Atlantic, can be stayed;
And for an hour I have walked and prayed
Because of the great gloom that is in my mind.

I have walked and prayed for this young child an hour
And heard the sea-wind scream upon the tower,
And under the arches of the bridge, and scream
In the elms above the flooded stream;
Imagining in excited reverie
That the future years had come,
Dancing to a frenzied drum,
Out of the murderous innocence of the sea.

May she be granted beauty and yet not
Beauty to make a stranger's eye distraught,
Or hers before a looking-glass, for such,
Being made beautiful overmuch,
Consider beauty a sufficient end,

Lose natural kindness and maybe

The heart-revealing intimacy

That chooses right, and never find a friend.

Helen being chosen found life flat and dull

And later had much trouble from a fool,

While that great Queen, that rose out of the spray,

Being fatherless could have her way

Yet chose a bandy-leggèd smith for man.

30   It's certain that fine women eat

A crazy salad with their meat

Whereby the Horn of Plenty is undone.

In courtesy I'd have her chiefly learned;

Hearts are not had as a gift but hearts are earned

By those that are not entirely beautiful;

Yet many, that have played the fool

For beauty's very self, has charm made wise,

And many a poor man that has roved,

Loved and thought himself beloved,

40   From a glad kindness cannot take his eyes.

May she become a flourishing hidden tree

That all her thoughts may like the linnet be,

And have no business but dispensing round

Their magnanimities of sound,

Nor but in merriment begin a chase,

Nor but in merriment a quarrel.

O may she live like some green laurel

Rooted in one dear perpetual place.

My mind, because the minds that I have loved,

50   The sort of beauty that I have approved,

Prosper but little, has dried up of late,

Yet knows that to be choked with hate

May well be of all evil chances chief.

If there's no hatred in a mind

Assault and battery of the wind

Can never tear the linnet from the leaf.

An intellectual hatred is the worst,

So let her think opinions are accursed.

Have I not seen the loveliest woman born

60   Out of the mouth of Plenty's horn,

Because of her opinionated mind

Barter that horn and every good

By quiet natures understood

For an old bellows full of angry wind?

Considering that, all hatred driven hence,

The soul recovers radical innocence

And learns at last that it is self-delighting,

Self-appeasing, self-affrighting,

And that its own sweet will is Heaven's will;

70　She can, though every face should scowl

And every windy quarter howl

Or every bellows burst, be happy still.

And may her bridegroom bring her to a house

Where all's accustomed, ceremonious;

For arrogance and hatred are the wares

Peddled in the thoroughfares.

How but in custom and in ceremony

Are innocence and beauty born?

Ceremony's a name for the rich horn,

80　And custom for the spreading laurel tree.

June 1919

为女儿的祈祷

风暴再一次咆哮;半掩

在这摇篮罩和被子下面,

我的孩子还在睡。除去
格雷戈里的树林和荒丘,
再没有任何屏障可阻挡
起自大西洋的掀屋大风;
我踱步祈祷已一个时辰,
因为我心中那巨大忧伤。

为幼女我踱步祈祷一时辰,
10 耳听海风呼啸在碉楼顶,
桥拱之下,泛滥的溪水上,
在溪边的榆树林中回荡;
在兴奋的幻想之中想见:
未来的岁月已经来到,
正踩着狂乱的鼓点舞蹈——
大海那杀人的天真鼓点。

祝愿她天生美丽,但不至
美得使陌生人眼光痴迷,
或自己在镜前得意,因为
20 这种人由于过分地艳丽,
就把美看作完满的结局,
而丧失天性的和善,不能
推心置腹,择善而从,
永远也找不到一个伴侣。

海伦注定觉生活平淡，
后来因蠢汉惹来麻烦，
而那从浪花中升起的女神，
因没有生父可自主婚姻，
却选中瘸腿铁匠做男人。
30 无疑，娇贵的女人喜欢
吃肉时狂吃生菜冷盘，
丰饶角因此被糟蹋罄尽。

我要让她首先学礼节；
心不是天赐，而是由那些
并不十分美丽者所挣得；
而许多曾为美扮演小丑者
已经将魅力变成了智慧；
还有不少曾流浪的穷汉，
爱过并自以为曾被爱恋，
40 如今却痴迷和蔼的仪态。

祝愿她长成隐蔽的树丛，
她全部思绪可以像鸣禽，
没有劳形的事务，只是
四处播送着洪亮的鸣啼，
只是在欢乐中相互嘻逐，
只是在欢乐中你吵我争。
愿她啊像月桂那样长青，

植根在可爱的恒久之处。

由于我爱过的那些心地，
50　以及我赞赏的那种美丽
如昙花一现，我心已枯竭，
但知道若为仇恨所噎塞，
那才是最为可怕的祸灾。
如果心胸中毫无仇恨，
厉风的袭击再烈再猛，
也不能将鸣禽从树丛扯开。

理性的仇恨为害最甚，
就教她把意见视为可憎。
难道我不曾目睹那生自
60　丰饶角之口的绝色女子，
只因她固执己见的心肠，
就用那只角和种种美德——
生性安静的人们都认可——
换了只充满怒气的老风箱？

一想到，一切仇恨被驱尽，
灵魂就恢复根本的天真，
终于得知它自娱自乐，
自慰自安，自惊自吓，
它自己的美好愿望即天意；

70　尽管每张面孔都会恼,

　　每处风源都会啸,或每套

　　风箱都会爆,她也会欢喜。

　　还愿她新郎引她入宅第,

　　一切依习俗,典礼如仪;

　　因为傲慢和仇恨都不过

　　是沿街叫卖的日用杂货。

　　若非在风俗和仪礼之中,

　　纯真和美好又如何诞生?

　　仪礼是丰饶角的一个名称,

80　习俗是繁茂的月桂树之名。

1919 年 6 月

【解】

1919年2月26日上午10点叶芝的女儿在都柏林出生,取名安·巴特勒·叶芝(Anne Butler Yeats, 1919—2001)。叶芝于4月1日或更早些时候开始写作此诗,6月下旬完成,最初发表于《诗刊》1919年11月号。

1917年5月,叶芝在爱尔兰西部戈尔韦郡购置了一座几近荒废的古碉楼以及毗连的两个农舍。10月成婚后,他开始请人对碉楼加以修缮,并名之为巴利里碉楼。1919年6月18日偕家小首次在那里度夏。此诗

叶芝诗解

开头两节即实写诗人在巴利里碉楼上踱步作诗的情景。巴利里碉楼与格雷戈里夫人的库勒庄园中心大宅相距不算太近，大约有三英里远，但库勒现有领地总共还有一千英亩，所以从巴利里碉楼上一眼望去，所见无非是格雷戈里家的大片树林和荒丘，只有这些天然屏障可以多少阻遏来自大西洋的风势，因为库勒庄园位于巴利里碉楼的西边，更靠近大西洋。碉楼濒临一条河（名为巴利里河，或图拉河，或科隆河，现名溪镇河。叶芝认为它最终流入库勒湖，其实不然），河上有一座古老的四孔拱桥，后来在1922年内战期间被共和军炸毁了。在这样的环境中，一个大风天里，叶芝满怀忧虑为新生不久的女儿祈祷，在幻想中设想她的未来。据说，叶芝一家于6月18日才入住巴利里碉楼，① 而此诗早在4月1日甚至之前就已经动笔，可见此二节应该是后写的，因为叶芝写诗有时并不按正常顺序，并且常常反复修改。现存手稿证明，原有完全不同的开头两节，最终被这两节取代。②

以下所述则是诗人心中所想。首先，他祝愿爱女天生貌美，但不要美到倾国倾城，以至于找不到理想的终身伴侣。他举传说中的古希腊绝世美女海伦为例，说她注定不会满足于"生活平淡"，终因与特洛伊王子帕里斯这个"蠢汉"私奔而引起十年特洛伊战争这场大"麻烦"。又举希腊神话中爱与美之女神阿佛洛狄忒（即古罗马神话中的维纳斯）为例，说她因无父（传说阿佛洛狄忒是海浪所化生）而可以自由恋爱自主婚姻，却偏偏选中了又瘸又丑的火与锻冶之神赫淮斯托斯（即古罗马神话中的伏尔甘）为夫。而碰巧阿佛洛狄忒才是特洛伊战争的真正始作俑者。传说英雄珀琉斯与海中女神忒提斯结婚没有邀请不和女神厄里斯，她怒而自至，在婚宴上投下一枚金苹果，上刻"属于最美者"字样。出席宴会的天后赫拉、智慧女神雅典娜和阿佛洛狄忒争执不下，遂请特洛伊王子帕里

---

① John Kelly, *A W. B. Yeats Chronology*, Houndhill, Basingstoke, Hampshire: Palgrave Macmillan, 2003, p. 205.
② Jon Stallworthy, *Between the Lines: Yeats's Poetry in the Making*, pp. 29–32.

斯仲裁,而三女神分别以荣誉、富贵和美女贿赂他。帕里斯选择美女,而把金苹果判给了阿佛洛狄忒,最终如愿得到海伦,却因此引发了特洛伊战争。叶芝借这两位美人(神)说明绝色并不见得会给女性带来幸福,可谓用心良苦。在叶芝的诗作中,特洛伊的海伦可以说是叶芝心目中"世上最美的女人"茉德·冈的专属象征,而她早年失怙,形同"无父",出于自愿嫁给了"虚荣粗鄙的醉鬼"约翰·麦克布莱德少校而终于陷入极度不幸。叶芝自己也曾因冈的"背叛"而痛苦不堪,他当然不希望自己的女儿像她那样生活。他似乎认为,太漂亮的女人往往会恃宠而骄,任性胡为,以至于取之不尽用之不竭的丰饶角都经不起她们的糟蹋。据希腊神话,母山羊阿玛尔忒亚曾哺育主神宙斯,其双角充溢着琼浆仙酿,后一角脱落,充满果实,宙斯将之送给女神们,即为丰饶角。在西方文化传统中,丰饶角一向是富裕的象征。诗人用此典似乎仍是隐有所指,难道所有美女都喜欢吃"生菜冷盘"?

  其次,他特别强调要让女儿学习礼节,因为待人接物的得体举止才能使长相不出众者显得可爱,赢得人心。他以亲身经历说明,年轻时痴迷于美色本身(beauty's very self)是愚蠢的,随着年齿增长,有了智慧,才更欣赏令人愉悦的和蔼(glad kindness)态度之美。茉德·冈貌美而任性,常常与叶芝争执;叶芝妻乔芝相貌平平,却待人和蔼可亲。叶芝在婚后不久写信给格雷戈里夫人说:"我妻子是个完美的妻子,和蔼、聪慧且无私。我想,你也曾经是这样一个女孩。她使我的生活宁静而充满秩序。"① 随后,诗人以树为象征,祝愿女儿长成"隐蔽的树丛",她的心思是其中无忧无虑的鸣禽,到处传播着快乐的声音。所谓"隐蔽的树丛"令人想到利萨代尔庄园和库勒庄园的大片树林,应象征内在的天生气质,犹如诗人在《两棵树》("The Two Trees",1892)一诗中劝茉德·冈所注重的,因为相较于易逝的外在美,内心才是欢乐之源,"恒久之处"。相反,

---

① Joseph Hone, op. cit., p. 307.

叶芝诗解

那种曾使诗人目眩神迷的外在美只如"昙花一现",不久就枯萎凋谢了。此时正在伦敦狱中服刑的冈和康斯坦丝·郭尔-布斯·马尔凯维奇就是绝好的反面教材。叶芝认为,女人比男人更容易感情用事,一旦她们执着于某种观点,就会奋不顾身地投入,以至于变得不可理喻。他在1909年3月20日的日志中如是写下对心目中的"绝色女子"(the loveliest woman)茉德·冈的评论:

> F——①正在学盖尔语。我宁愿看到她参与盖尔语运动,也不愿看到她参与我能想到的任何爱尔兰运动。我害怕新的对政治观点的沉迷。因为女人生活中的主要事件一直是奉献自己和奉献生产,所以她们把一切都奉献给一个观点,就好像那是个可怕的石头娃娃。男人把意见看得轻,并容易背弃它,忠实的时候则保持着许多兴趣的习惯。如果我们身心强健,我们仍然以周详的眼光看世界,但是对于女人来说,观点就仿佛变成了她们的孩子或情人,而且她们的感情容量越大,她们就越会忘记其它一切。她们变得冷酷无情,仿佛在保护情人或孩子,这一切都是为"并非人生的某种东西"而做的。最终,观点与她们的天性合一,以至于她们的部分肉体都仿佛变成了石头而出离了生命。过去,那是F——的部分力量,尽管她使之服从于她的头脑,但她仍保留了嗓音的甜美和许多幽默感,而现在我很担心。女人应该在童年的快乐当中结束玩娃娃的行为,因为假如她们再度玩起娃娃的时候,那就是在仇恨和恶意当中了。②

---

① 指茉德·冈。W. B. Yeats, *Autobiographies* [*The Collected Works of W. B. Yeats*, Vol. III], ed. William H. O'Donnell & Douglas N. Archibald, New York: Scribner, 1999, p. 510, n. 8.
② W. B. Yeats, *Autobiographies*, p. 504.

在叶芝看来,沉迷于政治观点令茉德·冈和康斯坦丝·郭尔-布斯·马尔凯维奇这样的美女满怀仇恨,热衷于声嘶力竭的演讲和辩论,甚至于不惜诉诸暴力行动,结果忽视乃至丧失了女性天生的善良和柔美。1903年冈为了嫁给约翰·麦克布莱德而改宗天主教之后,叶芝常常与她意见相左而争吵,为她浪费了自己的天赋魅力而感到惋惜,尤其为她嫁错了人而感到愤愤不平。"充满怒气的老风箱"是个换喻,指锻冶之神赫淮斯托斯,他又老又丑,而且常常因为妻子阿佛洛狄忒不忠而怒气冲冲。这一形象也影射冈的丈夫,他不仅酗酒而且家暴,甚至曾企图非礼冈的妹妹和女儿。目睹心上人因政治原因而结婚,终于成了政治婚姻的受害者,诗人当然有理由说:"理性的仇恨为害最甚",因此要让女儿引以为戒,"把意见视为可憎"。一旦认识到驱除了执念带来的仇恨,灵魂就会恢复本真状态,随心所欲即合天意,那就无论在何种境遇中都不会失去快乐。

最后,叶芝祝愿女儿长大成人,嫁到富贵人家,一切按照习俗,起居如仪,从此过上幸福生活。第 73 行末的"a house"一语应是指格雷戈里夫人那样的贵族人家的大宅,因为诗的头一节委婉地提到过库勒庄园,此处以园中大宅加以呼应是常见的作诗手法。这一点亦可从原稿中被删除的末尾三节的内容(见下)得到印证。习俗是文化的积累,仪礼是秩序的体现。纯真和美好只能在悠久的习俗和高贵的礼仪中产生,傲慢和仇恨则是街巷中贩卖的常见贱货:如此对比自然令人想到叶芝素来羡慕的大宅贵族生活和他一向厌恶的街头政治活动。1926 年 7 月 22 日,叶芝在爱尔兰参议院动议废止法官戴假发的习俗,遭到某贵族议员反对。反对者引用此诗的最后四行作为反驳,并说:"如果我理解得对的话,丰饶角是我们都欲求的富裕之角,月桂树是我们向往的荣誉之树。"[①] 富贵荣誉是人之所欲,也是继美貌、礼貌、快乐之后,诗人为女儿最后祈求的东西。

[①] W. B. Yeats, *Senate Speeches*, ed. Donald R. Pearce, London: Faber & Faber, 1961, p. 129.

叶芝诗解

最后一节作结虽略显仓促，但紧扣主题。原稿结尾则有三节，有些跑题，写得像遗嘱，无怪乎最终被弃用了。原文如下：

Daughter [if you] be happy & yet grown —
Say when you are five & twenty — walk alone
Through Coole Domain & visit for my sake
The stony edges of the lake,
Where every year I have counted swans, & cry
That all is well till all that's there
Spring sounding on to the still air
And all is sound between the lake & sky

Then where what light beach foliage can let through
Falls green on ground the ivy has made blue
Cry out that all is well but cry it not
Too loud for that is a still spot
And after to the garden on that side
Where the Katalpa's growing & call
Until an echo in the wall
Above Maecenas' image has replied

What matters it if you be overheard
By gardener, labourer or herd
They must that have strong eye-sight meet my shade
When the evening light's begun to fade
Amid the scenery it has held most dear

图 23：安·巴特勒·叶芝
（出自 *W. B. Yeats: A Life*, Vol. II）

Till many a winter has gone by.

No common man will mock the cry

*Nor think that being dead I cannot hear.*①

汉译(大意,未整理形式)如下:

女儿,如果你快乐长大——

比如说你二十五岁时——独自走在

库勒领地中,因为我的缘故而来访

这湖泊的石岸边缘,

在这里我每年都数天鹅,叫喊

说一切都好,直到这里的一切

都跃入平静的空中回响着

一切都变成了湖天之间的音响,

那么,在湖边树荫漏下点点绿光

洒在被常春藤染蓝的地面上之处,

大声叫喊一切都好,但不要叫喊

得太大声,因为这是一个僻静地点,

然后到那边的花园里去——

那里生长着梓树——呼唤,

直到迈克纳斯雕像上方

墙壁的回声作出了应答。

哪怕你的喊声被园丁、工人

---

① Jon Stallworthy, op. cit., pp. 41–42.

叶芝诗解

> 或牛群听见又有什么要紧?
> 他们视力好的在天色开始变暗时
> 必定会遇见我的鬼魂
> 在它最珍爱的风景中游荡,
> 直到许多个冬天都已过去。
> 没有哪个普通人会嘲笑那喊声,
> 也没有哪个会认为我死了听不见。

叶芝在生前未发表的回忆录中记录了"我一生中最悲惨的时光"——茉德·冈结婚后他在库勒庄园疗伤的经历:"我被性欲和失望的爱情所折磨。每每当我在库勒庄园的树林中散步时,大声尖叫一阵才会好受些。"[1] 他在自传第 2 部第 5 卷《骨骸的扰动》(*The Stirring of the Bones*, 1922)中则写道:

> 我对斯来沟的有些树林、都尼岩上面的树林和布尔本山瀑布之上的那些树林怀有深情,尽管我也许永远不会再到那里去散步了,我在夜里也会梦见它们。而库勒的树林尽管不入我的梦,却更紧密地与我的思想相交织,以至于我相信,我死后,会在那里盘桓得最久。[2]

可见树木在叶芝诗中具有多么重要的情感分量,亦可见库勒庄园在叶芝生命中的重要地位和象征意义。在庄园花园的一条小径尽头有一尊"迈克纳斯的巨大的大理石半身雕像"[3]。迈克纳斯是古罗马诗人维吉尔和贺拉斯的赞助人,其雕像的布置与庄园主人的身份十分相称。

---

[1] W. B. Yeats, *Memoirs*, p. 125.
[2] W. B. Yeats, *Autobiographies*, pp. 377 - 378.
[3] Augusta Gregory, *Coole*, Dublin: Cuala Press, 1931, p. 39.

笔者于1998年8月在爱尔兰访学期间曾专门拜访过安·叶芝小姐。从她仍保留父姓可知,她终身未嫁,这令她父亲最后的祝愿落了空。她长得不算漂亮,这倒勉强符合她父亲的愿望。这都有赖天命,不在人为。我主要是去看她继承的她父亲的一半藏书(另一半由她弟弟继承)的。我在她的藏书室中独自翻阅了近三个小时,其间她一直在外面的客厅里悄无声息地等候着,以至于我到后来都感到不安起来,可见她有着多么良好的教养。这是后天培养的结果,她没有辜负父亲的期望。我在2000年4月应朋友之请写的回忆文章中如是记述:

> 我在藏书室独处了近三个小时,然后出来到对面的客厅向叶芝女士道谢,顺便请她谈谈她个人对她先考的记忆。她承认,她对父亲的了解并不比传记作者们了解得多,有好多事也是读了书才知道的。她说,她小时候与母亲相处的时间较多,对父亲很敬畏。他们在巴利里塔堡居住的时候,母亲和她住在塔下的农舍里,父亲则为了躲避她的哭闹,住在高塔里。天气好的时候,父亲常常站在塔顶朝下俯视她们。由于塔堡地处偏僻,远离尘嚣,母亲不得不常常骑自行车去数英里外的集镇买食品。母亲为她养了一些白鸭。有一回塔畔的河流泛滥,淹没了塔堡二层,他们全家只好躲在顶层。鸭子也全被冲得没了踪影。父亲曾给她买了一台留声机。隔了一段时间她怯生生地提醒父亲,她还没有唱片呢。于是父亲给她买了一张唱片,她就只好反复放那上面仅有的一支曲子,把隔壁的父亲烦得要死。难怪有的传记作者说叶芝对家人冷漠,缺乏亲情。他除了与大妹妹丽丽关系较好外,与父母、弟弟杰克、小妹妹洛丽等都不相得,对自己的儿女也不甚关心。也有人说他是唯我主义者(solipsist)。这可能与他毕生勤于写作和思索,而不遑顾及日常

生活琐事有关。他年轻时就受父亲影响,奉行"至于生计嘛,下人们会替我们关照的"这种以精英自许的信条。

叶芝女士以绘画为业,她曾为她父亲晚年的剧作《炼狱》设计舞台布景。可以说,她接续了其父未能成就的艺业,也多少继承了其祖父和叔父的艺术细胞吧。约翰·巴特勒·叶芝和杰克·巴特勒·叶芝现在都被公认为爱尔兰最优秀的画家。[①]

[①] 傅浩:《访叶芝女士》,《傅浩文集卷二:子时》,北京:作家出版社,2002年,页97—98。

To be Carved on a Stone at Thoor Ballylee

I, the poet William Yeats,
With old mill boards and sea-green slates,
And smithy work from the Gort forge,
Restored this tower for my wife George;
And may these characters remain
When all is ruin once again.

拟刻于巴利里碉楼一块石头上的铭文

我,诗人威廉·叶芝,
用老磨坊板材、海青色条石
和郭特铁匠铺打制的材料,
为我妻乔芝修复了这碉堡;
一切再度毁坏之后,
但愿这些文字存留。

【解】

　　此诗作于1918年7月，最初发表于诗集《麦克尔·罗巴蒂斯与舞女》(*Michael Robartes and the Dancers*, 1920)中。

　　巴利里是戈尔韦郡基尔塔坦镇区的一个村子，原属格雷戈里家族领地，其中有一座诺曼征服者于十四世纪首建的碉楼以及毗邻的一个建于十九世纪的农舍，叶芝心仪已久。他在小品文《尘土封闭了海伦的眼睛》("Dust Hath Closed Helen's Eye", 1899)中就曾经写道：

> 那里有一座古老的四方形塔堡，巴利里，住着一个农夫和他妻子，还有一个农舍，他们的女儿和女婿在那儿住，还有一间小磨坊和一位老磨工，一棵老梣树把绿色的阴影洒落在小河和巨大的踏脚石上。①

　　时至1915年，由于英国政府推行土地购买法案，鼓励佃农购买所租土地，又值第一次世界大战带来的经济危机，格雷戈里夫人决定出售巴利里碉楼及相邻的农舍和周围的土地。然而佃农只想要土地而不想要碉楼，于是格雷戈里夫人建议叶芝把它买下来。几经周折，他终于1917年3月与地区委员会谈妥，花35英镑把它连同农舍附带周围一英亩土地买了下来。为了避免太过浮夸，他把原名巴利里塔堡(Ballylee Castle)改成了盖尔语的巴利里碉楼(Thoor Ballylee)。由于年久失修，碉楼的屋顶塌陷，已不适宜居住，叶芝就聘请建筑师威廉·司各特设计，当地建筑工人迈克尔·拉夫特瑞施工，于同年7月开始全面修缮。重盖一个屋顶需要花费两三百英镑。1918年7月23日，叶芝给约翰·奎恩写信说：

> 今天早上那醉鬼天才司各特寄来了两张床的设计图。战

---

① W. B. Yeats, *Mythologies*, p. 22.

争在改进这项工作,因为,由于不能进口任何东西,我们买下了一间老磨坊里的全部内容——巨大的椽子和三英寸的板子,还有老的铺地石。当地的木匠、泥瓦匠和铁匠都在为我们干活。在正门旁边的大石头上将刻上这些诗句:

  我,诗人威廉·叶芝,
  用普通莎草、破损的条石
  和郭特铁匠铺打制的材料,
  为我妻乔芝修复了这碉堡;
  给我的继承人发下诅咒:
  假如他们凭时尚或空头脑
  竟然把拉夫特瑞建造
  和司各特设计的东西改糟。

拉夫特瑞是当地的建筑工人……①

可以看出,这是较早的一稿,就像一般建筑铭文一样,记载了建筑物的所有人、受益人、设计人和施工人的姓或名。然而,终稿直到1948年才镌刻上石,其时叶芝逝世已九年了。

郭特是戈尔韦郡内距离巴利里碉楼约五公里远的一个村子。乔芝是叶芝对妻子的昵称。他在1917年10月20日婚后不久写信给远在美国纽约的父亲说:"我叫她乔芝,是为了避讳乔吉;尽管她不喜欢,可一直被人那样叫。"② 叶芝太太的闺中全名是伯莎·乔吉娜·海德-李斯(Bertha Georgina Hyde-Lees),一般人按习惯称她乔吉(Georgie),叶芝则

---

① W. B. Yeats, *The Letters of W. B. Yeats*, p. 651.
② Joseph Hone, *W. B. Yeats 1865 – 1939*, p. 307.

称她乔芝（George）。在英语里，后者与男子名乔治的音形无异。曾有爱尔兰学者大惑不解地对笔者说，叶芝这人好怪，居然管他老婆叫"乔治"。

巴利里碉楼对于叶芝有着非同寻常的意义。他时年已过半百，亟需安定下来，而且他需要有人陪伴，结婚的前景促使他下决心购买。碉楼原属格雷戈里家族，现在归叶芝所有，不仅在地理距离上，而且在心理距离上，两家的联系更紧密了。叶芝的母系祖先巴特勒家族曾是贵族，现已后继无人，拥有碉楼和土地意味着贵族身份的重获。而且，给后人也留下了一份实实在在的遗产。在《我的后裔》（"My Descendants"，1922）一诗中，他如是写道：

> *And I, that count myself most prosperous,*
> *Seeing that love and friendship are enough,*
> *For an old neighbour's friendship chose the house*
> *And decked and altered it for a girl's love,*
> *And know whatever flourish and decline*
> *These stones remain their monument and mine.*[1]

> 而我呢，认为自己已富足至极，
> 眼见得爱情和友情都已经足够，
> 为了老邻居的友情选择这房子，
> 为了小女子的爱情而加以装修，
> 并知道无论有什么兴盛又衰败，
> 这些石头将留作她们和我的碑。[2]

---

[1] W. B. Yeats, *The Poems of W. B. Yeats*, pp. 203 – 204.
[2] 傅浩（译）：《叶芝诗集》，页431。

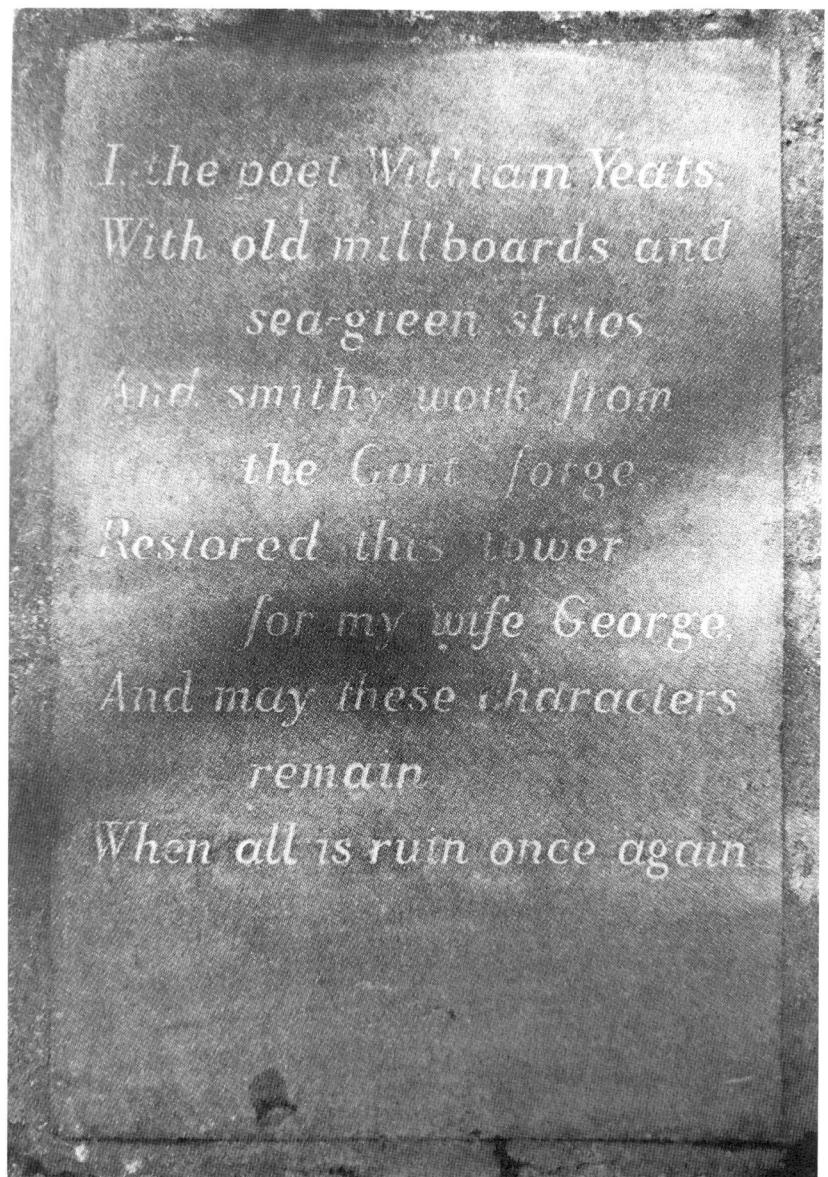

图 24：巴利里碉楼铭文
(出自 *W. B. Yeats: Images of Ireland*)

其中"老邻居"指格雷戈里夫人;"小女子"则指叶芝太太。从1919年起,叶芝携家眷在巴利里度夏,直到1929年,由于当地湿气重,对其风湿病不利,才不再去了。

巴利里碉楼也在某种程度上实现了诗人的浪漫梦想:"我可以保持思古之幽情"。叶芝的父亲则对人说:"也许没人能在那里居住。除了诗人。"① 从此,碉楼成了叶芝诗中常见的象征。他在《血与月》("Blood and the Moon", 1927)一诗中写道:"我宣布这碉楼是我的象征;我宣布／这盘绕、转圈、螺旋的踏车般的楼梯是我祖传的楼梯。"在《入宅祈祷》("A Prayer on going into my House", 1918)、《月相》(1918)、《为女儿的祈祷》("A Prayer for my Daughter", 1919)、《我的住宅》("My House", 1922)、《我看见仇恨、内心充实及未来空虚的幻影》("I see Phantoms of Hatred and of the Heart's Fullness and of the Coming Emptiness", 1922)、《勒达与天鹅》(1923)、《碉楼》("The Tower", 1925)、《自性与灵魂的对话》("A Dialogue of Self and Soul", 1927)、《象征》("Symbols", 1927)等诗中,碉楼的形象或仅仅写实,或象征影响人类文明进程和个人性格特征的阳性势力。埃兹拉·庞德在1920年6月1日致约翰·奎恩的信中提及叶芝的碉楼时,虽有失尊敬但不失准确地揭出了其实质含义:"他的沼泽上的阳物象征——巴利阳物或无论他叫它什么,一楼流淌着河水。"②

---

① R. F. Foster, *W. B. Yeats: A Life*, Vol. II, pp. 85; 86.
② Ezra Pound, *The Selected Letters of Ezra Pound to John Quinn, 1915 – 1924*, ed. Timothy Materer, Durham: Duke University Press, 1991, p. 188.

Sailing to Byzantium

I

That is no country for old men. The young

In one another's arms, birds in the trees,

— Those dying generations — at their song,

The salmon-falls, the mackerel-crowded seas,

Fish, flesh, or fowl, commend all summer long

Whatever is begotten, born, and dies.

Caught in that sensual music all neglect

Monuments of unageing intellect.

II

An aged man is but a paltry thing,

10   A tattered coat upon a stick, unless

Soul clap its hands and sing, and louder sing

For every tatter in its mortal dress,

Nor is there singing school but studying

Monuments of its own magnificence;

And therefore I have sailed the seas and come

To the holy city of Byzantium.

III

O sages standing in God's holy fire

As in the gold mosaic of a wall,

Come from the holy fire, perne in a gyre,
20 And be the singing-masters of my soul.
Consume my heart away; sick with desire
And fastened to a dying animal
It knows not what it is; and gather me
Into the artifice of eternity.

IV

Once out of nature I shall never take
My bodily form from any natural thing,
But such a form as Grecian goldsmiths make
Of hammered gold and gold enamelling
To keep a drowsy Emperor awake;
30 Or set upon a golden bough to sing
To lords and ladies of Byzantium
Of what is past, or passing, or to come.

1927

叶芝诗解

向拜占庭航行

一

那不是适宜老人的国度。互相
拥抱的青年人、林间种种鸟类——
那些必死的生物——各自在歌唱；
鲑鱼的瀑布、鲭鱼麇集的海水、
水族、走兽、飞禽，长夏里都颂扬
受胎、出生、死亡的一切存在。
沉湎于那感性音乐，全都忽视
不老的智力造就的座座丰碑。

二

年老之人不过是可怜的东西，
10   一根竿子撑着的破烂衣裳，
除非穿着凡胎的灵魂为每位
破衣裳都拍手歌唱，愈唱愈响，
所有歌咏学校也无不研习
独具自家辉煌的丰碑乐章；
因此我扬帆出海驾舟航行，
来到这神圣的都城拜占庭。

三

呵，伫立在上帝的圣火之中

如立在金镶壁画之中的圣人，

请走出圣火，循螺旋蜿蜒而行，

20 　来做我灵魂学习歌唱的师尊。

请耗尽我的心；它欲重成病，

系缚于一具垂死的动物肉身，

已经迷失了本性；请把我收入

那永恒不朽的艺术作品中去。

四

一旦超脱凡尘，我将不再用

任何天然物做我的身体躯壳，

而要那形体，一如古希腊匠工

运用贴金和鎏金方法所制作，

为了使瞌睡的皇帝保持清醒；

30 　或者置身于一根金枝上唱歌，

把过去、现在或者未来的事情

唱给拜占庭城里的公侯贵妇听。

1927 年

【解】

此诗大约作于 1926 年 9 月，最初发表于自印诗集《十月风暴》（*October Blast*, 1927）中。

叶芝诗解

拜占庭是始建于公元前658年、位于小亚细亚的古城,经罗马皇帝君士坦丁一世(Constantine I, 272?—337)重建,易名为君士坦丁堡,公元六世纪时为信奉基督教的东罗马帝国首都,今为土耳其的伊斯坦布尔市。叶芝并没有去过这座城市,他有关拜占庭的知识大部分来源于书本,另外就是在意大利旅游和疗养时所见的一些拜占庭风格的文物古迹。他把这座融会东西方文化、曾经繁荣一时的古城理想化为不朽的圣地、灵魂的乐园、艺术与世俗生活合一的象征,一个近似佛教的西方极乐世界的所在。他在他的神秘哲学专著《异象》(A Vision, 1937)中写道:

> 拜占庭……一座令人想起圣约翰《启示录》中的圣城的建筑。我想,假如天假我以一个月的古代生活,在我选择的地方度过,我会在查士丁尼开启圣索菲亚大教堂和关闭柏拉图学园之前一点的时代度过。……
>
> 我想,在早期的拜占庭,也许在有史以前或以来从未有过,宗教、审美和实际生活是合一的;建筑家和手工艺人——虽然,也许,不包括诗人,因为语言一直是争议的工具,想必已经变抽象了——对大众和少数人同样说话。画家、镶嵌画工、金银匠人、圣典装潢工等,都是近乎无个性的,近乎也许没有个人设计意识,沉浸在他们的题材之中,而那是全体人民的愿景。①

与这样的理想世界相对的是自然的物质世界,具体而言就是现实中的爱尔兰。"那不是适宜老人的国度。"起头这句诗常常被引用,有一部根据柯迈克·麦卡锡(Cormac McCarthy, 1933—)的同名小说改编的美国电影,就以此诗句为片名,叫"No Country for Old Men"(2007),汉语译为《老无所依》,并不符合叶芝此诗的原意。这个国度之所以不适合老

---

① W. B. Yeats, *A Vision* (1937), pp. 279-280.

人,是因为那是年轻人享受爱欲的地方。叶芝早期叙事诗《乌辛漫游记》(1889)中有关于武士诗人乌辛被仙女尼娅芙诱引到仙境"青春之乡"(the Country of the Young)的传说的重述。此仙乡是一座岛屿,虽非爱尔兰本岛,但也应相距不远,因为毕竟出自爱尔兰传说。叶芝在《向拜占庭航行》中应该是反其意而用,把世俗的爱尔兰当做类似"青春之乡"的地方了,这多少有些讽刺意味。作此诗时,他已年过六十,且患有高血压等慢性病,"第一次感到老年的衰弱"。① 更强烈或更直接的刺激恐怕在于,相对于青年,老年在性爱方面的力不从心的沮丧感。1937 年 7 月 3 日在英国广播公司做题为"我自己的诗"节目时,因有人提出第一行听起来意思不够清楚,叶芝就把这一行临时改成这样:"老人应该离开一个国度,在其中青年人"(Old men should quit a country where the young)②,这样一来,老年与青年的对比更显强烈,意思明白无误。第 1 部分接下来的几行主要就描写青年的专利——性爱和生殖。不仅人类"互相拥抱",水族、走兽、飞禽也都在嘤嘤求偶,发情繁殖。瀑布下逆流而上的鲑鱼和海洋里成群聚集的鲭鱼都是爱尔兰常有的景观,诗人以此象征强大的繁殖力。然而,自然的一切都是变化无常的,与之相对的是不会衰老的人类智力的创造,但是众生沉湎于感官享受,在生死轮回中沉浮,对此一无所知或毫无兴趣。

第 2 部分承上启下。先说人老体衰就一无是处,犹如一个吓鸟的稻草人。然而,也并非毫无希望,无法补救。以必死的肉体凡胎为外衣的灵魂是不会衰朽的,只要经过艺术的锻炼,就有可能获得智慧,达到完美。在此诗尚未成型的初稿中,叶芝更直接地写到自己年轻时的性爱经验:"为许多次爱我曾经脱衣:/ 为有的,我匆匆把衣服甩掉,为有的,缓慢而冷淡,/ 躺在床上…… / 可现在我要脱掉肉体……"(For

---

① W. B. Yeats, "My Own Poetry", *Later Articles and Reviews*, p. 286.
② Ibid., pp. 288; 322; 409.

many loves have I taken off my clothes / for some I threw them off in haste, for some slowly & indifferently / & laid on my bed … / but now I will take off my body …)①从此,灵魂与肉体的对立成了叶芝关注的"至高主题":"肉体衰老即智慧;年轻之时 / 我们彼此相爱却懵懂无知。"(《长久沉默之后》"After Long Silence",1929)。智慧与青春不可兼得,但最终胜出的必定是灵魂。所以,诗人决定远航到理想中的圣城拜占庭去"取经"。

第3部分镜头一转,神游已至拜占庭。诗人想象他在拜占庭,也许就是在著名的圣索菲亚大教堂内,瞻仰用黄金镶嵌的壁板画。实际上,他没有到过伊斯坦布尔,更不可能穿越到拜占庭,但这并不妨碍他调用记忆中的存储。他于1907年与格雷戈里夫人母子同游意大利,在拉文纳市的新圣阿波利纳尔大教堂内墙上看到过描绘殉道圣徒遭受火刑的拜占庭风格镶嵌壁板画。1925年,他偕妻再游意大利,在西西里岛的蒙雷阿莱镇等地的大教堂内也看到过描绘圣徒的拜占庭风格镶嵌壁板画。他把记忆中的画面搬运到了想象中的拜占庭,向心目中的圣徒发出祈请,请求他们走出上帝的圣火笼罩的净化之域,重入以锥形螺旋为象征的轮回,下降人间,来教导他的灵魂学习歌唱技艺,以此帮助它摆脱欲望深重却垂老将死的肉体囚笼,把它接引到那壁板画所象征的永恒的艺术境界中去。他在《碉楼》("The Tower",1925)一诗中也表达了类似的愿望:"我现在要整理灵魂—— / 强迫它去一所博学 / 学校研习学问, / 直到肉体的坏灭……"②

第4部分收合作结,具体表达借助艺术达到不朽的愿望。叶芝相信轮回转世说,年轻时希望此世未了的情缘还能在来世赓续:"昔日恋人还会有 / 时光褫夺的一切"③(《摩希尼·查特尔吉》,1928),但此时却不希

---

① Jon Stallworthy, *Between the Lines: Yeats's Poetry in the Making*, p. 89.
② 傅浩(译):《叶芝诗集》,页424。
③ 同上书,页509。

望灵魂转世再穿上天然的肉体凡胎,而止于永久寄居在一如古希腊金匠精工制作的那样一个工艺品形体——例如金鸟——之中。叶芝原注:"我曾在某处读到,在拜占庭的皇宫里,有一棵用金银制作的树和一些人造的会唱歌的鸟。"① 他在别处则解释说:"我说到一只由古希腊金匠制作的鸟。有记载说有一棵金子做的树,上面有人造的鸟在唱歌。那树在拜占庭皇宫内某处。我用它象征智力的永恒喜乐,与世俗生活的本能喜乐相对照。"② 关于这只或这些鸟的出处,学者们争讼不已,有说是出自爱德华·吉本的《罗马帝国兴亡史》的,有说是出自安徒生童话《皇帝的夜莺》的,不一而足,但这些都无关宏旨,重要的是其象征意义。鸟和诗人都是以歌唱见长的,所不同的是,前者出于先天本能,后者出于后天习得。那么,用经过锤炼的金鸟做诗人的不坏金身倒是蛮相宜的。叶芝的单恋对象茉德·冈曾说自己愿来世投胎做一只海鸥,叶芝将其理想化为"仙境之鸟",并愿与她比翼双飞。但此时,他似乎改变了想法,想当一只给皇帝唱歌的鸟,恐怕就再也飞不动了。后辈诗人奥登也不无揶揄地评说:"当叶芝在一节极壮丽的诗中向我郑重宣告,他死后想变成一只机械鸟的时候,我感觉他是在讲我的保姆会称之为'故事'的东西。"③ 显然,他觉得这种浪漫想法幼稚而不可信。

1926 年 9 月 5 日,也许是此诗刚完成不久,叶芝给奥莉维娅·莎士比亚写信说:"我写了一首关于拜占庭的诗,以恢复我的精神。"他在为 1931 年 9 月 8 日在英国广播公司贝尔法斯特电台播出的读诗节目准备的广播稿中如是解说:

> 现在我在试图写我的灵魂状态,因为一个老人就应该整理他的灵魂。我把有关这一题材的想法放进了一首题为《向拜占

---

① W. B. Yeats, *The Poems of W. B. Yeats*, p. 595.
② W. B. Yeats, "My Own Poetry", op. cit., p. 286.
③ W. H. Auden, *The Dyer's Hand and Other Essays*, London: Faber & Faber, 1962, p. 281.

庭航行》的诗里。当爱尔兰人正在装潢"凯尔斯之书"[八世纪]、制造国家博物馆藏的镶嵌宝石的牧杖之时,拜占庭是欧洲文明的中心和精神哲学的源头,所以我用去往那城市的航行象征精神生活。[1]

---

[1] A. Norman Jeffares, *A New Commentary on the Poems of W. B. Yeats*, p. 213.

Leda and the Swan

A sudden blow: the great wings beating still
Above the staggering girl, her thighs caressed
By the dark webs, her nape caught in his bill,
He holds her helpless breast upon his breast.

How can those terrified vague fingers push
The feathered glory from her loosening thighs?
And how can body, laid in that white rush,
But feel the strange heart beating where it lies?

A shudder in the loins engenders there
10   The broken wall, the burning roof and tower
And Agamemnon dead.
                      Being so caught up,
So mastered by the brute blood of the air,
Did she put on his knowledge with his power
Before the indifferent beak could let her drop?

1923

勒达与天鹅

突然一下猛击：那巨翼仍拍动
在踉跄的少女头顶，黝黑蹼掌
摸着她大腿，硬喙衔着她背颈，
他把她无助的胸脯贴在他胸上。

她惊恐不定的手指如何能推拒
渐渐松开的大腿上荣耀的羽绒？
被置于那白色灯芯草丛的身躯
怎能不感触那陌生心房的跳动？

腰股间一阵震颤便造成在那里
10　城墙被破坏，屋顶和碉楼烧燃，
阿伽门农惨死。
　　　　　　就如此遭劫持，
如此任空中那野蛮的生灵宰制，
趁那冷漠的巨喙能把她丢下前，
她可借他的力吸取了他的知识？

1923 年

【解】

此诗作于1923年9月18日前后,最初发表于《日晷》1924年6月号。叶芝加注说:

> 我写《勒达与天鹅》是因为一家政论刊物的编辑约我写一首诗。我想:"在由霍布斯创始、经百科全书派和法国大革命弘扬的个人主义、煽惑群氓的运动之后,我们的土壤已衰竭,数百年间无法再度生长那样的庄稼了。"然后我又想:"如今什么都不可能发生,除了某种暴力传报所预示的自上而来的某种运动〔或诞生〕。"我的想象力开始把勒达与天鹅当暗喻来玩弄,我就开始写此诗,但写着写着,鸟和女人占据了整个场景,政治完全退场。我的朋友对我说,他的"保守读者可能会误解此诗"。①

其中方括号中的"或诞生"一语是此诗收入小册子《猫与月及一些诗》(*The Cat and Moon and Certain Poems*, 1924)中时所加。所谓"自上而来的某种运动"是指来自超自然界的启示,具体而言,即某种特殊人物的降世诞生。

根据叶芝的历史循环理论(参看《再度降临》一诗解),螺旋椎体一往一复为一循环,往复各一千年。耶稣基督的诞生开创了两千年的基督教文明。据《新约·路加福音》第1章第26—38节载,天使加百列前来给童贞女马利亚传报喜讯:她将蒙神恩感圣灵而"清净受胎"。② 在基督教艺术中,象征圣灵的形象是一只闪光的鸽子。基督教文明之前的一个循环是古希腊文明,始于美女海伦的诞生:"我想象着勒达所受的那建立古希腊的传报,记得他们曾在一座斯巴达神庙中展示着一枚她的未孵化的

---

① W. B. Yeats, *The Variorum Edition of the Poems of W. B. Yeats*, p. 828.
② 和合本《新旧约全书·新约全书》,页69—70。

蛋,用绳子吊在屋顶,当做圣物;从她的一枚蛋里孵出了爱,从另一枚中孵出了战争。"① 有所不同的是,这前一次的"传报"不是和平的,而是暴力的,尽管传报之事的实施者也是一只鸟。据希腊神话传说,斯巴达王廷达瑞俄斯有一次忘记了向性爱女神阿佛洛狄特献祭,女神发誓要报复他。主神宙斯垂涎于斯巴达王后勒达的美貌,有一天变化成天鹅,佯装遭阿佛洛狄特所变的老鹰追逐,飞到正在河中洗澡的勒达身边。勒达为保护天鹅,就把它抱在怀里,于是就被宙斯乘机强奸了。后来勒达生蛋两枚(据叶芝说则是三枚,还有一枚未孵化),一枚孵出海伦和克吕泰涅斯特拉,另一枚孵出狄俄斯库里兄弟卡斯托耳和波吕丢刻斯。一般认为,海伦和波吕丢刻斯是神种,即宙斯的儿女;克吕泰涅斯特拉和卡斯托耳是凡种,即廷达瑞俄斯的儿女。海伦与特洛伊王子帕里斯的私奔导致十年特洛伊战争和特洛伊城邦的毁灭;希腊联军统帅阿伽门农王在凯旋归国后被其妻克吕泰涅斯特拉伙同奸夫谋杀。狄俄斯库里兄弟则英勇无畏,喜欢冒险,到处挑起争端。叶芝认为,这预示旧的文明(上古时代)行将终结,新的文明(英雄时代)即将到来,而变化的根本动力即在于性爱和战争这两股阴阳势力的交互作用。

托马斯·霍布斯(Thomas Hobbes,1588—1676)是英国功利主义哲学家,主张个人主义的社会契约论;百科全书派指法国《百科全书》(1751—1772)的撰稿人伏尔泰(Voltaire,1694—1778)、卢梭(Jean-Jacques Rousseau,1712—1778)、布封(Buffon,1707—1788)、杜尔哥(Anne Robert Jacques Turgot,1727—1781)等,这些人鼓吹个人自由、社会平等、政治民主,形成启蒙运动,为法国大革命(1789—1799)做好了思想准备。格雷戈里夫人在日志中记述了1923年9月17日叶芝谈论他的政治见解和创作《勒达与天鹅》的情况:

---

① W. B. Yeats, *A Critical Edition of Yeats's* A Vision (1925), p. 181.

叶芝谈了他长期的信念,即民主的统治到现在就结束了;反之会有自上而来的暴力政府,如现在俄国的情形,这里也即将开始。他在他的勒达诗里要表达的就是有关这种势力即将来到这世上的思想,还没有完全写好。他熬夜修改,直到凌晨三点,中午给我朗读了全稿,半个小时以后,我听见他又在改了。①

他在翌年某日接受《爱尔兰时报》采访时更清楚地表示,以解放个人为目的的民主运动最终会导致无政府状态;个人主义则会产生平庸。因此,他推崇"权威政府"或"专家政府,一个只要你愿意,可以花多年时间实现其计划的足够坚定、足够专制的政府"。而这样的政府即将到来:"一切似乎都表明,以百科全书派为始,产生了法国大革命的离心运动和诸如穆勒等人的民主观念已经走到尽头了。现在我们正处在一场新的向心运动的开端。已经更清楚地显示,这是由于大战,但不是由大战造成的。"②他甚至流露出对墨索里尼的赞赏之情。在旷日持久的第一次世界大战之后,欧洲弥漫着普遍的厌倦情绪,人心思治,尤其是知识分子,右倾也好,左倾也好,都对强力高效的权威政府自然而然有所期待。一向以精英自许、服膺尼采超人哲学、享受贵族格雷戈里夫人赞助的诗人叶芝当然也不例外。

由于是应政论刊物约稿,他本来打算如此这般对当前政治形势发表自己的见解,但其时他的神秘哲学体系(包括历史循环理论在内)已近成形,使他自觉拥有了全知之能,于是据之写成了类似《再度降临》的预言诗。继以行动为主的阳性的基督教文明之后,叶芝期待的是类似古希腊文明那样的以创造为主的新的阴性文明,尽管这一文明的更替运动不免

---

① Isabella Augusta, Lady Gregory, *Lady Gregory's Journals*, Vol. I, p. 477.
② W. B. Yeats, "From Demography to Authority", *Uncollected Prose*, Vol. II, pp. 433–434.

始于暴力。后来他在《异象》(1925;1937)一书中引用此诗,冠于"是鸽子还是天鹅"一章之首,以为序诗。

据说,叶芝有一幅意大利艺术家米开朗琪罗(Michelangelo Buonarroti, 1457—1564)画的《勒达与天鹅》(原作在威尼斯,已亡佚)临本的彩色照片(见下页上图),他创作此诗时就挂在他的书桌旁边。① 但有人认为,大英博物馆藏有一块古罗马时期的希腊浅浮雕(见下页下图),才更可能是叶芝的灵感来源,因为其照片见于叶芝拥有的一本《艺术史》。② 的确,此诗第一节简直就是该浮雕形象的准确逼真的文字描摹。

第2节是观者(诗人)出面以无需回答的反问句式发出感叹。但除个别词语具有主观色彩("荣耀"是暗喻)外,仍颇富客观的形象感和动感。既是对上一节所描写的景象的评论,又是描写的继续。第5行中"vague fingers"一语直译的意思是"模糊的手指",如此搭配不太常见。恩特勒克(John Unterecker)认为,由于手指埋在羽毛里或被翅膀击打而看上去模糊不清,或者是表示情感上的模糊不定,因为尽管惊恐,但大腿已经松开。③ 阿尔布莱特认为,勒达在文艺复兴时期是个流行的绘画题材,此语可能指表现手指快速运动的模糊形象,也可能指抗拒不可抗拒之力的犹豫不定。④ 笔者觉得,此语确有两可之意味,不过,视觉观感是对于旁观者而言的,情感心理则是对于描写对象(勒达)而言的。两相比较,似乎还是后者与上下文更具逻辑一致性,因为无论观者眼里的客观形象模糊与否,都与观看对象能否抗拒来犯之力没有必然联系吧。第6行中"the feathered glory"一语直译的意思是"有羽毛的荣耀",指化身为鸟的神性,若精减至五个字,且与第8行押韵,则为"有羽的光荣",听起来费解,且与前文连读易引起误解,故稍加变通,颠倒译为"荣耀的羽绒",

---

① W. B. Yeats, *The Poems*, p. 664.
② R. F. Foster, *W. B. Yeats: A Life*, Vol. II, pp. 710–711, n. 118.
③ John Unterecker, *A Reader's Guide to W. B. Yeats*, London: Thames & Hudson, 1959, p. 189.
④ W. B. Yeats, *The Poems*, p. 665, n. 5.

图 25：米开朗琪罗已佚画作《勒达与天鹅》临本（16 世纪）
（现藏英国国家美术馆）

图 26：希腊浮雕《勒达与天鹅》（约 50—100）
（现藏大英博物馆）

意思虽稍有偏差,但不失具象和喻义。第 7 行"that white rush"(那白色灯芯草丛)喻指天鹅的羽毛,如此用法一是为了避免直接陈述的重复,二是为了与第 5 行末尾一词押韵。就形象而言,灯芯草花柔软洁白,堪比羽毛,又生在水边,与事件发生所在环境也毫不违和。或诗人故作暧昧,此语亦兼指实物?最初发表的版本的开头一语是"A rush",与义为"灯芯草"的"rush"一词同形异义,意思是"猛冲"。在同一首诗里故意使用同形异义词或多义词,也是叶芝惯用的一种修辞手法(类似用法还有《天青石雕》一诗中的"gay"一词),其效果是同中见异,出读者不意而引其注意。

　　此诗是一首近乎完美的十四行诗。前两节一起一承,合称八行诗节(octave),为上半阕。以下为下半阕,一般分为两节,每节三行,一转一合,合称六行诗节(sestet)。只不过叶芝此诗的一转只用了两行半,极其精炼。作主语的"shudder"一词兼有"震颤"和"战栗"之义,亨恩解释为"有关性行为,高潮时刻,如所有做丈夫的男人所知;但也是恐惧中的预期"。① 看来这又是个具有两可意味的措辞,性高潮是着眼于男方,恐惧则是着眼于女方。动词"engender"也用得颇妙。据《牛津英语词典》(OED),此词可表示男性生殖、女性怀孕、两性生育、两性交媾、造成某种状况等诸多意思。接下来连用三个名词性短语作宾语,就把特洛伊沦陷、全城被焚毁、战争结束后希腊联军统帅阿伽门农王遇刺身亡这三大事件都交代了。一个句子即囊括因(主语)、果(宾语)和过程(动词),道尽了性爱导致战争这一人类历史发展动力的秘密。

　　最后三行半是合。身为窥视者的诗人再次出面(其实一直在场)做总结。依旧是站在同情女性的立场上,表示猜想和推测的不确定感,提出无法回答也不必回答的问题。重点在结尾两行:凡女勒达在身体遭受化身为野禽的大神强暴的短暂过程中,在智力上是否也多少得到了他的

---

① T. R. Henn, *The Lonely Tower: Studies in the Poetry of W. B. Yeats*, p. 257.

点化,对此中奥义有所领悟?因为神有前知之能,凡人则无,无法预知后果。"knowledge"一词也有多义,除一般的"知识"(此处指神的全知之能)的含义外,还有"性交"(本义"相知"应该是性交的一种委婉说法)的意思。那么,最后两行似乎也可以有如此意味:勒达在遭受暴力的过程中,是否由于那非凡的强力觉知那野禽伪装下的神性,抑或因获得了快感而变为主动接受("put on"一语有主动意味)?

此诗草稿见于叶芝 1923 年 9 月 18 日及稍后的日志,一共有四稿,前三稿题为《传告》("Annunciation")。① 第三、四稿都标为"终稿",但前者与最初发表的定稿,后者与最后用于《异象》中的修订稿都仍略有出入。由于涉及兽交题材和露骨的性暴力描写,此诗曾引起许多人不安,包括最初向叶芝约稿的"政论刊物的编辑"——《爱尔兰人政治家》(*The Irishman Statesman*)的编辑、老同学乔治·拉塞尔。他最终出尔反尔,拒绝刊发此诗。据说,叶芝的女秘书曾哭着拒绝为他打字誊抄手稿。《天主教通讯》发表文章斥之为"邪恶的天鹅之歌",② 使之成了叶芝最臭名昭著的诗作。但他自认为此诗是一大成就,是"对古典的一种阐述"。③

---

① W. B. Yeats, *Memoirs*, pp. 272-275.
② Ibid., p. 244.
③ John Unterecker, op. cit., p. 188.

A Man Young and Old

一个男人的青年和老年

V. The Empty Cup

A crazy man that found a cup,

When all but dead of thirst,

Hardly dared to wet his mouth

Imagining, moon-accursed,

That another mouthful

And his beating heart would burst.

October last I found it too

But found it dry as bone,

And for that reason am I crazed

10   And my sleep is gone.

五、空杯

  一疯子找到一杯子，
  在快要渴死的时刻，
  却几乎不敢润润嘴，
  精神错乱，想象着
  倘若是再多喝一口，
  他狂跳的心会爆裂。
  今年十月我也找到，
  但发现杯干如枯骨，
  为此原故，我疯了，
10 睡眠也随之而逝去。

【解】

  叶芝于1926年12月6日致信奥莉维娅·莎士比亚：

  昨天整理文件时，我发现了两张你早年的照片——一张是《文学年鉴》登过的那张。谁曾有过相似的侧面像？——有如西西里古币上的侧面像。回顾青年时代就好像看渴死的疯子留下的只品尝过一半的杯子。我想知道你是否也这样觉得。

图 27：奥莉维娅·莎士比亚
（出自 *The Letters of W. B. Yeats*）

信尾抄录有此诗的较早一稿,十二行,无题,后六行与发表的定稿完全不同,第一行作"一疯子找到一杯酒"(A crazy man found a cup of wine)。[1]由此可知,他找到的是酒,不是水,所以有品尝过一半之说。叶芝于同年2月21日在致学者格瑞厄森(H. J. C. Grierson,1866—1960)的信中就曾表达过类似的意思:"人绝不会厌倦生活,最终必会杯在唇边而渴死。"[2]可见这一主题酝酿已久,前六行即其形象化,表现人在年轻时,虽然对生活狂热渴望,却不敢尽情享受。空杯的意象则是发表的定稿才有的,主题也随之有所发展。后四行拿诗人自己的真实经验来做类比,但有意味深长的一转:年老之人虽然同样渴望生活,但发现的只是一只空杯而已。叶芝于当年10月曾与奥莉维娅·莎士比亚会过面,空杯的意象是否有感于女性年老色衰而得?他们年轻时只维持了一年的私通关系,回想起来必定遗恨无穷,犹如叶芝在另一首诗中所写:"年轻之时／我们彼此相爱却懵懂无知"(《长久沉默之后》"After Long Silence",1929)。

---

[1] W. B. Yeats, *The Letters of W. B. Yeats*, p. 721.
[2] Ibid., p. 711.

In Memory of Eva Gore-Booth and Con Markiewicz

The light of evening, Lissadell,
Great windows open to the south,
Two girls in silk kimonos, both
Beautiful, one a gazelle.
But a raving autumn shears
Blossom from the summer's wreath;
The older is condemned to death,
Pardoned, drags out lonely years
Conspiring among the ignorant.
10 I know not what the younger dreams —
Some vague Utopia — and she seems,
When withered old and skeleton-gaunt,
An image of such politics.
Many a time I think to seek
One or the other out and speak
Of that old Georgian mansion, mix
Pictures of the mind, recall
That table and the talk of youth,
Two girls in silk kimonos, both
20 Beautiful, one a gazelle.

Dear shadows, now you know it all,
All the folly of a fight

With a common wrong or right.

The innocent and the beautiful

Have no enemy but time;

Arise and bid me strike a match

And strike another till time catch;

Should the conflagration climb,

Run till all the sages know.

30   We the great gazebo built,

They convicted us of guilt;

Bid me strike a match and blow.

October 1927

纪念伊娃·郭尔-布斯和康·马尔凯维奇

利萨代尔,傍晚的灯光,

朝向南方的硕大窗户,

两个穿丝袍的少女,都

很美,一个好像羚羊。

可是一个肃杀的秋天

把鲜花从夏日的花环上剪除；
年长者遭了死刑的判处，
遇赦后，挨过寂寞的长年，
在愚氓中间从事着阴谋。
10 我不知年幼者梦想什么——
某种模糊的乌托邦——她仿佛，
到老得瘦骨嶙峋的时候，
这类政治的一个鬼影。
有好多次我打算去访寻
这位或者那位，谈论
那乔治时代的老宅，混同
心中的种种景象，回想
那桌子和青年时代的谈吐，
两个穿丝袍的少女，都
20 很美，一个好像羚羊。

亲爱的幽灵，现在你们
洞悉一切，一切与公共
是非斗争的愚蠢行径。
天真之人和美丽之人
除了时光没有仇敌；
起来，教我划一根火柴，
再划一根，到时光燃起来；
假如大火升腾而起，
就跑，到所有智者都知道。

30 　我们建造了伟大的楼台，

　　他们却宣判我们有罪；

　　教我划火柴，把火吹着。

1927 年 10 月

【解】

　　此诗手稿标明日期为 1927 年 9 月 21 日；《诗集》(*Poems*, 1933) 中所标日期为 1927 年 10 月；叶芝太太则记得叶芝是在 1927 年 11 月写的这首诗。笔者猜测，9 月 21 日应是此诗初稿完成之日；叶芝有反复修改作品的习惯，直到 11 月还在修改，不足为奇；至于标 10 月，可能是因为 10 月间已基本定稿，11 月只是小修小改。

　　1894 年冬，已经成名的叶芝回斯来沟时，第一次作为诗人而不是作为当地商人波莱克斯芬家族的亲戚受到欢迎。他成了当地富绅郭尔-布斯家的座上客，被邀请到利萨代尔庄园小住，结识了那家的两位小姐、当地名媛康斯坦丝和伊娃。他觉得前者长得像茉德·冈，但对后者更有好感，因为其性情更温柔。由于彼此经济和社会地位悬殊，他最终抑制了自己的非分之想。三十多年后，姐妹俩都已去世，而诗人用他的笔使她们的美得以不朽。他曾于 1916 年 7 月 23 日致信伊娃："你姐姐和你本人，利萨代尔的大树间的两个美人儿，存在于我青年时期珍贵的记忆当中。"[①]

　　康斯坦丝·郭尔-布斯·马尔凯维奇 (1868—1927) 曾在伦敦学画，

[①] Ian Fletcher, "Yeats and Lissadell", *W. B. Yeats 1865 – 1965: Centenary Essays on the Art of W. B. Yeats*, ed. D. E. S. Maxwell & S. B. Bushrui, Ibadan: Ibadan University Press, 1965, p. 69.

因嫁给一位自称"伯爵"的波兰艺术家而从夫姓。像茉德·冈一样,她热衷政治,崇尚暴力革命,因参与1916年复活节起义而被英国政府判处死刑,后改判无期徒刑,1917年6月遇大赦出狱,仍旧活跃于爱尔兰政坛。叶芝还专门为她作有《关于一名政治犯》(1919)一诗,在《一九一六年复活节》(1916)一诗中也写到了她。伊娃·郭尔-布斯(Eva Gore-Booth,1870—1926)工诗善画,但同样热衷政治,信仰社会主义,积极参与女权运动,并因而成为同性恋者,终身未婚。

郭尔-布斯家族在斯来沟郡拥有的庄园名为利萨代尔,盖尔语义为"盲人的庭院"。其中有一座建于1832年的大宅,主客厅有"朝向南方的硕大窗户"。叶芝称之为"那乔治时代的老宅",并没有错,因为乔治时代为1714—1830年英国汉诺威朝乔治一至四世王在位时期,但常常包含1837年去世的威廉四世(William IV,1765—1837)的短暂在位时期,而在建筑学上,"乔治时代"作为形容词特指盛行于这一时期的一种建筑风格。

叶芝在生前未发表的自传初稿,即死后问世的《回忆录》(1916—1917)中有如是曲尽人情的记述:

> 童年时,在天气晴好的日子,我从外祖父母家后面的山坡上,或从我们驶向布尔本山的马车上,或从罗西斯平滑的草冈上看得见树丛中间的利萨代尔庄园的灰色石墙。我们是城里的商人。无论我们变得多富有,无论我们的磨坊或船只一年收入多少万,我们都永远不会成为"乡下人",我们也丝毫没有想要如此。我们会在大陪审团遇见那些大宅中人——林间的利萨代尔、湖边的榛林庄园、重重森林环绕的马克里城堡——我们不会说些恶意的闲话,知道我们自己反过来也受人尊重,但是固定已久的爱尔兰生活习惯筑起了一道墙。的确,有一个人,

图 28：伊娃·郭尔-布斯和康斯坦丝·郭尔-布斯·马尔凯维奇
（出自 *W. B. Yeats: A Life*, Vol. I）

城镇另一头的一位商人,曾偶尔稍稍漂进那种社会,但我们因此鄙视他,一如鄙视他的房子那欢快怡然而不实在的样子——邻里间唯一被改造过的房子,一些欢快的阳台给面朝湖水的窗户以一副不般配的样子。但是,我去郭尔-布斯家是不同的。我已经写了几本书,写书是我的本行,希望跟你喜欢的书的作者谈谈话是自然的,而且我不再属于我外祖父母家了。我不再可以说"我们如此这般做,或我们如此这般想"了。

  我不记得我何时初次会见郭尔-布斯家的女孩儿,或我如何受到邀请的。在我少年时代后期,康斯坦丝·郭尔-布斯一直都让我觉得很浪漫,我不止一次眺望着那灰色屋墙和屋顶,心里重复着弥尔顿的诗句:

    在丛丛树木环抱的深处,

    也许横陈着某位美人儿,

    邻人的目光关注的尤物。

她常常骑着马从我身旁经过,正在去或打猎归来,是这乡间公认的美人儿。我不时听说她的假小子行径或鲁莽的驰骋,但总的印象一直是她受人尊敬和爱慕。对于乡民来说,她永远是郭尔小姐,因为他们从来不说布斯这个名字,我相信,它带有英格兰商人血统,而她们的祖先所服事和服从的一直是郭尔氏。我们初次会面时,她令我吃惊,因为她长得有点儿像茉德·冈,尽管身材短小得多,嗓音则完全相似。后来,她的嗓音变得又尖又高,但在我写它的时候还是又低又柔的。也许我是第一个给她详细描述过那一位的人,也许她就是因效仿她而赢得了她正在服受的终身监禁刑罚。

叶芝诗解

> 我一度与她妹妹伊娃比较投契,她那精致的、羚羊似的美反映着一个细腻而杰出得多的心灵。伊娃曾和我快乐地做了两个星期的密友,我对她讲了我恋爱中的所有不幸;的确,一度非常亲近,我几乎都要对她说了,如威廉·布雷克对凯瑟琳·布歇所说,"你怜悯我,所以我爱你。""可是,不,"我心想,"这座宅子绝不会接受如此一文不名的求婚者,"而且,我依然深爱着那另一位,还刚刚写下了"丑陋残破的万物"。我抛塔罗牌占卜,当"小丑"出现的时候,这意味着什么都不会发生,我就改变了主意。同时我也渴望清除正咬啮着我的心并且开始影响我的健康的萦绕不去的念头。①

此诗开头四行写的想必是叶芝刚到利萨代尔的最初印象,如此美好,如此深刻,以至于第 3—4 行在第 19—20 行又重复了一遍。随后概述姐妹俩后来的遭遇,显然颇有微词,犹如批评她们所仿效的茉德·冈一般的口吻。在《在学童中间》("Among School Children", 1926)一诗中,叶芝如是描写年老色衰的冈:"双颊凹陷,就好像它靠喝风/吃大堆杂乱的影子当饮食过活。"② 此处同样而且更直接地指出,她们为了政治而牺牲了美。然而美似乎只存在于记忆之中,连重温的机会都那么难得。

第二节转而用第二人称直接对已成为"幽灵"的两姐妹说话。叶芝相信人死后灵魂会重温生前所有经历,明了一切前因后果,故而设想她们对自己的行为应有所后悔。并以警句宣称:"天真之人和美丽之人/除了时光没有仇敌",意谓你们生前满怀仇恨,到处树敌,其实皆属虚妄,唯一真正的敌人乃是褫夺你们的美貌的时光啊。所以,那就请你们起来,教我划火柴,把时光点着烧掉吧。古印度神话和古希腊哲学都有世

---

① W. B. Yeats, *Memoirs*, pp. 77 – 79.
② 傅浩(译):《叶芝诗集》,页 452。

图 29：利萨代尔庄园大宅内景
（出自 *W. B. Yeats: Images of Ireland*）

界在末日将毁于大火之说,叶芝对此不应不知。而爱尔兰民间传说,"上帝将以一吻焚毁世界"。① 叶芝在《他谈论绝色美人》("He tells of the Perfect Beauty",1895)一诗中有句云:"直到上帝把时光燃尽。"② 把时光点燃,可谓摧毁美的敌人,也等于说与世界同归于尽,这是何等愤激之语啊,因为我们艺术家,美的创造者,"建造了伟大的楼台",世俗的庸人,同样是美的敌人,"他们却宣判我们有罪"。上帝能造物亦能毁物,艺术家能造美岂不能毁美?难道诗人最终反而皈信了两姐妹的暴力美学?尽管此诗属于即事诗一类,但言之有物,亦有真情实感,不失为其晚期所谓"浪漫主义与现实主义性质的结合"的优良产品。

叶芝于1931年9月8日在英国广播公司贝尔法斯特电台首次做读诗节目时选读了此诗。他介绍说:

> 近年来,我停止了写传说和乡村故事,主要写生活中正在发生的事件,因为那些事件影响了我。有时候,我写朋友和熟人之死,这类诗很可能是我近年来写得最好的作品。我还很年轻的时候,在斯来沟结识了两位非常可爱的女孩。她们年老去世的那天,我写了这首就要读给你们听的诗。题目叫《纪念伊娃·郭尔-布斯和康·马尔凯维奇》。两个名字可能你们都知道,一个肯定知道。③

康斯坦丝死于1927年7月15日,而伊娃已于一年前离世。如果叶芝所言如实,此诗就应始作于他听到前者的死讯那天。所以,此诗应作于1927年7月15日至9月21日之间。

---

① W. B. Yeats, "The Untiring Ones", *Mythologies*, p. 78.
② 傅浩(译):《叶芝诗集》,页81。
③ W. B. Yeats, "Reading of Poems", *Later Articles and Reviews*, p. 227.

The Nineteenth Century and After

Though the great song return no more
There's keen delight in what we have:
The rattle of pebbles on the shore
Under the receding wave.

十九世纪及以后

伟大的歌虽不复返,
我们仍有强烈所乐:
海滩上白石如卵
落潮下哗哗鸣和。

【解】

叶芝于 1929 年 3 月 2 日致信奥莉维娅·莎士比亚说:"我已经从布朗宁——对我来说是个危险的影响——转到了莫瑞斯,怀着极大的好奇心读完了他的《桂内维尔之辩》以及一些未完成的散文片段。我已经开始担心这世界最后的伟大诗歌时代已经结束了,"抄录此诗全文后又说,"年轻人不这么觉得——乔芝不,埃兹拉也不——但远方的人们觉得到——例如日本人。"①

犹如形而上的唯心主义在西方哲学史上,重想象的浪漫主义在英语诗歌史上一直占主流地位。在这一传统中,叶芝主要继承了斯宾塞、雪莱的英雄叙事诗风格,威廉·布雷克的神秘主义象征,罗伯特·布朗宁(Robert Browning, 1812—1889)、威廉·莫瑞斯(William Morris, 1834—1896)的戏剧独白手法。他的第一本诗集《乌辛漫游记及其它》(1889)出版后,叶芝寄了一本给莫瑞斯。后来莫瑞斯与他在街上偶遇,以赞赏的口气对他说:"那是我这一类的诗。"② 至于他之所以说布朗宁"是个危险的影响",原因之一是他早年就认为像其他维多利亚诗人的作品一样,布朗宁的诗不够纯粹:"我看到……史文朋以一种方式,布朗宁以另一种方式,谭尼生以第三种方式,在他们的作品中充满了我所谓的'杂质'——对政治、对科学、对历史、对宗教的好奇;而我们必须再度创造纯粹的作品。"具体而言,布朗宁尤其倾向于"对心理学的好奇",③而这正是主张表现阳刚外向的行动人格的叶芝所要极力躲避的。叶芝觉得,这些诗人所代表的浪漫主义传统到了十九世纪末就结束了,他们唱过的"伟大的歌"一去不复返了,以后则是"我们的时代"。"我们是最后的浪漫主义者"(《库勒和巴利里,1931》"Coole and Ballylee, 1931", 1931),只赶上了大潮退落,不再可能乘风破浪,扬帆远航。然而,我们所拥有的东西里还有足以令我们欣喜不已的成分在,就好比那落潮的余波冲刷海滩上卵石发出的悦耳的声音。叶芝的感觉没错,英语诗歌中的浪漫主义在十九世纪上半叶达到高潮之后,到世纪末已成强弩之末,其后现代主义虽承其余绪,但多有变形走样;又经半个世纪以后,则泯然于多元并存的后现代浪潮中,成为不时被冲上沙滩的稀罕的沙滩玻璃了。

---

① W. B. Yeats, *The Letters of W. B. Yeats*, p. 759.
② W. B. Yeats, *Memoirs*, p. 21.
③ W. B. Yeats, *Autobiographies*, pp. 167; 313.

Coole and Ballylee, 1931

    Under my window-ledge the waters race,
    Otters below and moor-hens on the top,
    Run for a mile undimmed in Heaven's face
    Then darkening through 'dark' Raftery's 'cellar' drop,
    Run underground, rise in a rocky place
    In Coole demesne, and there to finish up
    Spread to a lake and drop into a hole.
    What's water but the generated soul?

    Upon the border of that lake's a wood
10 Now all dry sticks under a wintry sun,
    And in a copse of beeches there I stood,
    For Nature's pulled her tragic buskin on
    And all the rant's a mirror of my mood:
    At sudden thunder of the mounting swan
    I turned about and looked where branches break
    The glittering reaches of the flooded lake.

    Another emblem there! That stormy white
    But seems a concentration of the sky;
    And, like the soul, it sails into the sight
20 And in the morning's gone, no man knows why;
    And is so lovely that it sets to right

What knowledge or its lack had set awry,

So arrogantly pure, a child might think

It can be murdered with a spot of ink.

Sound of a stick upon the floor, a sound

From somebody that toils from chair to chair;

Beloved books that famous hands have bound,

Old marble heads, old pictures everywhere;

Great rooms where travelled men and children found

30 Content or joy; a last inheritor

Where none has reigned that lacked a name and fame

Or out of folly into folly came.

A spot whereon the founders lived and died

Seemed once more dear than life; ancestral trees

Or gardens rich in memory glorified

Marriages, alliances and families,

And every bride's ambition satisfied.

Where fashion or mere fantasy decrees

Man shifts about — all that great glory spent —

40 Like some poor Arab tribesman and his tent.

We were the last romantics — chose for theme

Traditional sanctity and loveliness;

Whatever's written in what poets name

The book of the people; whatever most can bless

The mind of man or elevate a rhyme;
But all is changed, that high horse riderless,
Though mounted in that saddle Homer rode
Where the swan drifts upon a darkening flood.

库勒和巴利里,1931

在我的窗台下,河水竞相奔流——
水獭在水下游,水鸡在水面上跑——
在上天俯瞰下清亮亮流过一里路,
再变暗,坠入"黑暗的"拉夫特瑞的"地窖",
流经地下,在库勒庄园内多石处
冒出,在那里舒展到一个湖沼,
坠落到一个洞穴里才算终结。
水不是孪生的灵魂又是什么?

在那湖沼的岸上有一片树林子,
10　此时在冬阳下全是干枯的棍棒,
我曾站在那里的小榉树林里,
因为大自然穿上了悲剧戏装,

那所有怒吼都是我心境的镜子：
听见天鹅起飞的骤然雷响，
我转身去看树枝在何处击破
那泛滥湖沼粼粼闪耀的水波。

那里还有个标志！那风暴的白色
就好像只是天空的凝聚浓缩，
像灵魂一样，飘入人们的视野，
20　在清晨消逝了，没人知道为什么；
而且那么美好：它纠正改过了
知识或知识的匮乏所犯的过错，
那么傲然纯净，孩童会心想
它可以用一点墨迹毁坏弄脏。

手杖戳在地板上的声音，从椅子
到椅子辛劳的某人发出的声音；
到处是名手装订的可爱书籍，
古老的石雕头像，古老的画本；
旅人和孩童在其中觉得满意
30　快活的大房间；一位末代继承人——
历代庄园主无一缺乏名闻，
也无一生于愚蠢死于愚蠢。

一个创建者生于斯死于斯的地点
曾经显得比生命更贵重；有丰富

　　　　记忆的祖传林木或者花园

　　　　给婚礼、姻亲和家人增光添福，

　　　　每一位新娘都感到意足心满。

　　　　在时尚或只是幻想做主之处，

　　　　人到处迁徙——那伟大荣耀都耗空——

40　　像贫穷的阿拉伯游牧人和他的帐篷。

　　　　我们是最后的浪漫主义者——曾选用

　　　　传统的圣洁和美好、诗人名之为

　　　　人民之书中所写的一切内容、

　　　　最能祝福人类心灵或升级

　　　　诗作的一切作为主题正宗，

　　　　但如今都变了，那高大骏马无人骑，

　　　　虽说荷马曾坐在那鞍上驰驱

　　　　在变暗的洪水上天鹅浮游之处。

【解】

　　此诗作于1931年2月，最初发表于诗集《或许可谱曲的歌词及其它》(*Words for Music Perhaps and Other Poems*, 1932)。

　　库勒是盖尔语，义为"角落"。库勒庄园是格雷戈里夫人在爱尔兰西部戈尔韦郡的地产。1896年8月格雷戈里夫人结识叶芝后，表示想参加爱尔兰文学复兴运动，受到叶芝的热情鼓励和提携。从翌年起，库勒庄园就成了作家们聚会和写作的基地；叶芝更是受欢迎的常客，在那里度

图 30：巴利里碉楼
（傅浩摄影）

过许多平静而丰获的夏天。巴利里是戈尔韦郡的一个镇区,原属格雷戈里家的领地,距离库勒庄园不远。1917年5月,叶芝在那里花35英镑买下了一座十四世纪诺曼人建造的碉楼以及毗连的两个农舍。10月婚后,他开始对碉楼做整修,名之为巴利里碉楼,从1919年起偕家眷在那里度夏。

1937年10月29日,叶芝最后一次在英国广播公司伦敦电台做读诗节目。在朗读最后一首诗之前,他如是介绍说:

> 从二十七岁直到几年前,我的公共活动都与戈尔韦郡的一座著名乡间大宅相关。在那座大宅里,我亲爱的朋友,那位天才的女人,格雷戈里夫人不时聚集起现代爱尔兰知识界所有有才能的人,所有有深度的人。在离她家大门三四英里远处,我有一所住宅,一座中古碉楼,其中的盘旋楼梯我已经老得爬不动了。流经我窗下的那条河沉入地下一个圆潭——那位瞎眼的,或曰黑暗的诗人拉夫特瑞称之为地窖——然后又冒出,落入格雷戈里夫人的庄园里的一个湖里。我将要朗读的这首诗写作于格雷戈里夫人死前不久,是我大多数近作中的典型,比喻繁复精巧,天鹅和水都象征灵魂,不像我早期诗作,全都是梦,而是对人生的一种批判。这首诗叫做《库勒和巴利里,1931》。①

戈尔韦郡的盖尔语诗人安东尼·拉夫特瑞是盲人,故叶芝说他是"黑暗的"。他在赞颂当地农家美女的《玛丽·海呐斯或鲜艳的花束》一诗中有句云:"在巴利里有个坚固的地窖。"叶芝年轻时曾向当地一位老人请教这句诗的意思。"他说坚固的地窖是一个大洞,河水从那里沉入

---

① W. B. Yeats, "My Own Poetry Again", *Later Articles and Reviews*, p. 295.

地下。他带我到一个深潭,那里有一只水獭匆匆从灰色圆石下游走……"① 那个巨大深潭在巴利里碉楼附近,河水从那里沉入地下成为暗河,但实际上并不像叶芝所暗示,最终汇入了库勒湖。叶芝如此无意识地弄错或有意识地臆说,目的无非是为了让巴利里碉楼与库勒庄园发生某种联系。从结构上看,诗的第1节起到的就是个引子的作用。

  1911年叶芝率艾贝剧团访美,其间做了一些演讲。回到爱尔兰后,他演讲水平更上层楼,自信心也同步增长,于是到处神气活现地信口开河,批评中产阶级趣味不高,不愿赞助艺术。这甚至引起文艺圈里的一些人的反感,尤其是出身中产阶级者。曾因与叶芝合作不洽而心存芥蒂的乔治·穆尔(George Moore,1852—1933)不仅嘲笑他在美国购买的毛皮大衣,而且指出他的祖先也是商人。于是,他开始对自己的家族史发生兴趣,企图从中发掘出某种光荣传统来。在为写自传做准备的过程中,他发现自己的母系祖先巴特勒家族曾是沃蒙德伯爵和公爵。这令叶芝很是兴奋:这样一来,自己不就有了部分贵族血统吗?在《诗歌与传统》(1907)一文中,他宣称"凡有古老传统者都有贵族成分……"② 他在库勒庄园附近购置巴利里碉楼并将二者相提并论,恐怕多少也是有意攀比吧。曾任叶芝秘书的埃兹拉·庞德蔑称那座碉楼是他的"阳物象征"和"巴利鸡巴"。③ 的确,叶芝在不少诗作里还真用它来象征阳性力量呢。碉楼下流淌的河水则象征阴性的"孪生的灵魂",钻入地下洞穴,一直流到库勒湖中。这一阳一阴勾连互通的象征是不是很有意思呢?叶芝在库勒庄园度夏期间,格雷戈里夫人不仅在物质上为他提供理想的写作条件,像母亲似的照顾他的起居,而且在精神上给他以理解和支持。"在六月到来时,/ 在凯尔纳诺那古老屋顶下找到 / 一个更严厉的良心

---

① W. B. Yeats, "Dust Hath Closed Helen's Eye", *Mythologies*, p. 23.
② W. B. Yeats, *Essays and Introductions*, p. 250.
③ R. F. Foster, *W. B. Yeats: A Life*, Vol. II, p. 84.

和友善的家。"①(《责任·跋诗》"Closing Rhyme" to *Responsibilities*, 1914)叶芝则不仅在文学方面对格雷戈里夫人有很大影响,而且还常常在家庭事务方面为她出谋划策,以至于引起她儿媳的强烈反感。② 这样"相濡以沫"的关系恐怕用"灵魂相通"四字都难以概括吧。

库勒湖上常有许多天鹅。叶芝在《库勒的野天鹅》("The Wild Swans at Coole", 1916)一诗中有与此诗第2节相关但更详细而生动的描写。他在1932年2月3日写给妻子的信中说:"我正在把介绍格雷戈里夫人的'库勒'的段落变成一首有些长度的诗——各个部分或多或少都有些象征物。昨天我写了一段,描写天鹅突然起飞——灵感的象征,我想。"③ 的确,叶芝常在库勒湖边漫步,一边观赏天鹅,一边构思诗作。灵感的降临和消失也确似天鹅的倏忽来去。至于后来他又说天鹅象征灵魂,似乎也并非记忆有误,倒更可能是自我修正。随着年事渐高,叶芝愈来愈关心灵魂的去处:"我现在要整理灵魂"(《碉楼》"The Tower", 1926)。"整理灵魂"是爱尔兰习惯说法,意思是准备后事。他希望灵魂经过学习,能得到升华,以至于不朽(《向拜占庭航行》"Sailing to Byzantium", 1926)。当然,他在此时此地想到的绝不会仅仅是他一己的灵魂。1931年他在库勒庄园最后一次度夏,但从上面所引他写给妻子的信中可知,他在1932年初还在修改此诗。而他的灵魂伴侣格雷戈里夫人则于当年5月去世。总之,无论是灵感还是灵魂的象征,起飞的天鹅都是即将翩然逝去的形象,给人以无限惆怅之感。

承接上一节,第3节继续铺陈库勒庄园的外景,所选取的"标志"是"像灵魂一样"的预示风暴将至的乌云中间泄露的白色天光——可谓与黑暗的湖水上浮游的白色天鹅互为倒影。标志与象征近义,但指向意义

---

① 傅浩(译):《叶芝诗集》,页300。
② R. F. Foster, *W. B. Yeats: A Life*, Vol. I, pp. 398; 503.
③ Joseph Hone, op. cit., p. 425.

较为固定。风暴是临近大西洋的戈尔韦地区的标志性风景,叶芝在《为女儿的祈祷》("A Prayer for my Daughter",1919)开头两节中有相关的描写。说明它的一个主要动词是完成时的"消逝了"。与它的消逝同样神秘的是它所象征的力量和品质,这不由得令人想到与这景物相关联的、同样"那么傲然纯净"的人格——那"更严厉的良心"。

  接下来的两节转向庄园的内景及内涵。前一节罗列的是"贵族成分",后一节强调的是"古老传统"。借助手杖,从椅子到椅子辛苦挪动的自然是老人,指格雷戈里夫人。室内充满名贵的艺术品和书籍,可见主人的素养和趣味。库勒庄园常常同时接待不止一位作家小住,因地处偏远西部,故许多人都是远道而来的"旅人"。"孩童"应该是指格雷戈里夫人的孙辈。"末代继承人"指格雷戈里夫人的独生子罗伯特,他早已于1918年在意大利前线阵亡了,而库勒庄园也已被他的寡妻于1927年出售给了爱尔兰自由邦,格雷戈里夫人只能在其中的大宅居住终生。1932年格雷戈里夫人去世后,大宅即归国有,于1941年因年久失修而被夷平。所以,是整个库勒庄园——作为一种贵族文化传统的体现和象征——正在消逝。这里名人辈出,教养良好,有着荣耀的往昔。格雷戈里夫人的丈夫威廉·亨利·格雷戈里爵士(William Henry Gregory,1816—1892)是政客兼作家,曾任大英帝国锡兰总督。库勒是格雷戈里家族的祖产,原有八千英亩,传至威廉,被他赌马输得只剩下一千英亩,庄园大宅是一座三层楼房,为威廉爵士的曾祖父于十八世纪所创建。一代代人的经营累积成厚重的记忆,承载悠久传统的园林给子孙后代甚至姻亲带来可贵的福荫和荣光。相形之下,追逐时尚或耽于空想之人则精神贫乏,缺乏根基和定力。

  最后一节是总结陈词。"我们"自然是指格雷戈里夫人和叶芝自己,以及常来库勒庄园聚会的爱尔兰文学复兴运动的同人们。叶芝所谓的浪漫主义不同于一般评论家所谓的活跃于十九世纪上半叶的正浪漫主义(high Romanticism),是泛指相对于现实主义的偏重想象的理想主义文学传统,亦即自荷马以来的欧洲文学主流。他通过阅读和模仿直接受到埃德蒙·斯宾塞、威廉·莎士比亚、威廉·布雷克、珀西·比舍·雪莱(Percy Bisshe Shelley,1792—1822)、约翰·济慈(John Keats,1795—1821)以及威廉·莫瑞斯的影响。同他们类似,他选用的创作题材大部分也不外乎以不食人间烟火的神仙帝王、英雄美人之类为主角的种种奇闻异事,以绝对的美和智慧为至高主题。而这些都被如日中天的现代主义者所鄙弃,成了他们眼中的过时货色。所以叶芝自称"最后的浪漫主义者",哀叹古希腊神话中那象征灵感的飞马珀伽索斯已无人驾驭,意谓伟大的文学传统一如库勒庄园,后继无人。1934 年秋,叶芝应约编选《牛津现代诗选》(*The Oxford Book of Modern Verse 1892 – 1935*,1936)。该书的编选给叶芝提供了评价现代主义——他所谓的"奥登-艾略特派"——诗作的机会。他不欣赏他们背离传统的诗风:"他们决心表现工厂、大都会,那样一来他们就可能是现代的了。"① 他认为,时下流行的难懂的诗虽具有哲学的内质,但不是诗歌的主流;人们需要的是有传统支持的博大情怀,如莎士比亚、弥尔顿、雪莱等。

---

① W. B. Yeats, "Introduction", *Later Essays*, p. 215.

For Anne Gregory

'Never shall a young man,
Thrown into despair
By those great honey-coloured
Ramparts at your ear,
Love you for yourself alone
And not your yellow hair.'

'But I can get a hair-dye
And set such colour there,
Brown, or black, or carrot,
That young men in despair
May love me for myself alone
And not my yellow hair.'

'I heard an old religious man
But yesternight declare
That he had found a text to prove
That only God, my dear,
Could love you for yourself alone
And not your yellow hair.'

为安·格雷戈里作

"绝不会有一个小伙子,

被你耳边那两堆

美妙的蜂蜜色壁垒

抛入了绝望境地,

爱你就只为你本人,

不为你金黄的发丝。"

"但我可以用染发剂

给那里染上色彩,

棕色、黑色或红色,

10 那样绝望的小伙子

爱我就只为我本人,

不为我金黄的发丝。"

"我听一位老信徒

昨晚才宣布说是,

他发现有经文证明,

亲爱的,唯有上帝

爱你才只为你本人,

不为你金黄的发丝。"

【解】

此诗作于1930年9月,最初发表于诗集《或许可谱曲的歌词及其它》(1932)中。

安·格雷戈里(Anne Gregory,1911—2008)是格雷戈里夫人的孙女之一,活泼可爱,生有一头漂亮的"黄头发"。在库勒庄园,叶芝一时兴起,一气呵成此诗,并且在格雷戈里夫人的要求下朗读了六遍。[①] 据说初次听诗人当面朗读时,时年十九岁的安颇觉尴尬,不知说什么好,但在翌年九月在广播里听到叶芝朗读此诗时,她"惊喜极了"[②]。叶芝在广播里如是介绍说:

> 有时候我写健在的朋友们。现在我将要给你们朗读的这首诗是写给格雷戈里夫人的孙女安·格雷戈里的。她是一个二十岁的女孩,长着一头茂密的黄头发,美丽的头发,像麦田的颜色。我在诗里敷演了我曾经对她说过的几句话和她回答的一两句话。[③]

诗人的口气是戏谑的、逗趣的,但表达的想法是真实的,态度也是认真的。此诗简洁而精辟地表现了男女对于性爱的不同看法,反映了两性不同的心理特点。

只是"壁垒"这一意象有点儿怪异。是因为齐肩短发的轮廓像壁垒的梯形横截面,还是因为其颜色像堆砌壁垒用的黄土的颜色呢?抑或二者兼具?总之,用这么一个往往有军事功能的建筑物来孤立地比拟女孩子的头发,难道不像十七世纪英国玄学诗中的奇喻(conceit)那样有些牵强吗?

---

① R. F. Foster, *W. B. Yeats: A Life*, Vol. II, p. 409.
② Augusta Gregory, *Lady Gregory's Journals*, Vol. II, pp. 624; 707.
③ W. B. Yeats, "Reading of Poems", *Later Articles and Reviews*, p. 228.

图 31：安·格雷戈里
（出自互联网）

叶芝很善于利用对话的形式表达对立的意见,不少虚构的辩论诗作都是采用源于古罗马田园诗中的唱和体(amoebaean verses)的。与此诗类似,基于真实对话的即事诗还有《父与女》("Father and Child",1926?)等。

安·格雷戈里后来写有回忆录《我和努：在库勒庄园的童年》(*Me and Nu: Childhood at Coole*, 1970)。在其中,她回忆了与包括叶芝在内的众多作家和艺术家的接触。她觉得叶芝脾气不好,常常心神不宁,一副拒人于千里之外的神情。关于此诗,她如是说:"起初我认为那是打油诗,并不欣赏,不像我喜欢的那么浪漫。"她还记得他写诗的情状:"他常常先吟出节奏,然后再记下文字。奶奶告诉我们说,那就是为什么他的诗朗诵起来那么好听的原因。"①

---

① Aodhán Madden, "Yeats's girl with the yellow hair", *The Irish Times*, Jan 7, 2003.

At Algeciras — A Meditation upon Death

The heron-billed pale cattle-birds

That feed on some foul parasite

Of the Moroccan flocks and herds

Cross the narrow Straits to light

In the rich midnight of the garden trees

Till the dawn break upon those mingled seas.

Often at evening when a boy

Would I carry to a friend —

Hoping more substantial joy

10 Did an older mind commend —

Not such as are in Newton's metaphor,

But actual shells of Rosses' level shore.

Greater glory in the sun,

An evening chill upon the air,

Bid imagination run

Much on the Great Questioner;

What He can question, what if questioned I

Can with a fitting confidence reply.

November 1928

在阿耳黑西拉斯——沉思死亡

喙似苍鹭的白色牛背鹭

以摩洛哥牛羊身上某类

肮脏的寄生虫子为食物,

飞过狭窄的海峡,栖止

在园林浓厚的夜色之中,

待曙光在汇流的海面绽迸。

少年时代,在傍晚时分,

我常给一个朋友带去——

希望一个年长的慧心

10 推荐更具实质的乐趣——

并非牛顿的比喻中所说,

而是罗西斯平滩的真贝壳。

阳光里面有更大的荣耀,

空气中浮动着一股夜寒,

命令想象力多多关照

那位伟大的出题考官;

他会问什么,倘被问,我

又能以适当的自信答什么。

1928 年 11 月

【解】

此诗作于 1928 年 11 月叶芝夫妇移居意大利滨海小镇拉帕罗之初;最初发表于小册子《给埃兹拉·庞德的包裹》(*A Packet for Ezra Pound*, 1929)中,题为《沉思死亡之一》("Meditations I");收入诗集《或许可谱曲的歌词及其它》(1932)中时题为《作于在阿耳黑西拉斯度夏期间的沉思》("A Meditation written during Summers at Algeciras")。

1927 年 10 月 10 日前后,叶芝突患重感冒,继而转为肺炎,半个月后才基本痊愈。叶芝夫妇于是决定去南方过冬疗养。二人乘船于 11 月 9 日抵达西班牙南部港口城市阿耳黑西拉斯,入住莱纳·克里斯蒂那饭店。14 日从阿耳黑西拉斯乘车到塞维尔后,也许因为旅途劳顿,叶芝开始肺出血,因而担心自己快要死了。① 据叶芝太太说,叶芝当时就打算"'用几年时间'写一首关于阿耳黑西拉斯的群鹭的诗"。② 此诗应即对那时情景和心境的记忆或回想,是对死亡的预期和想象。

入住莱纳·克里斯蒂那饭店不久,叶芝即写信给茉德·冈,讲述在当地的所见所思:"一大群白鹭正开始在我的窗户外面黑暗的树枝中间栖息。它们在大约十英里外直布罗陀海峡对岸地中海中捕鱼,然后飞回到这里的花园中睡觉过夜。"③ 摩洛哥位于非洲大陆西北端,与西班牙的阿耳黑西拉斯隔直布罗陀海峡相望。那"狭窄的海峡"是地中海与大西洋"汇流"之处。牛背鹭是那里特有的一种候鸟。第 1 节看似纯粹的景物描写和事实陈述,实则其中寓有深意。据希腊神话传说,亡灵前往冥界须渡过五条冥河,转世再生之前须饮其中忘川之水,所以临水过渡就成为出生入死的传统暗喻。白色的鸟在叶芝诗里往往是精灵或灵魂的象征(参见《白鸟》一诗解)。它们跨海而来,归于暗夜,象征灵魂从生到

---

① John Kelly, *A W. B. Yeats Chronology*, pp. 256–257.
② Ann Saddlemyer, *Becoming George: The Life of Mrs W. B. Yeats*, Oxford: Oxford University Press, 2002, p. 387.
③ Maud Gonne & W. B. Yeats, *The Gonne-Yeats Letters 1893–1938*, p. 443.

死的旅行;等待曙光则意味着等待再生。

英国著名科学家艾萨克·牛顿爵士(Isaac Newton, 1643—1727)曾说:"我不知世人会怎样看我;但我自己觉得我不过像一个孩子,在海滩上玩耍,不时地逸出常规,捡到比一般漂亮的卵石或贝壳罢了,而伟大的真理之海洋在我面前尚全然未被发现。"① 显然,牛顿所说的海洋和贝壳之类都只是比喻。而叶芝在第2节中所追忆的则是少年时代在斯来沟镇附近渔村罗西斯角海边沙滩上捡到的实实在在的真贝壳。尽管如此,此中亦别有意味。阿尔布莱特认为:"叶芝少年时,这些贝壳并没有比喻性内涵,但老年时,给年长朋友送贝壳的行为就好像预示着向上帝敬献毕生作品的行为。"② 笔者觉得,此解恐怕不对。据希腊神话传说,亡灵渡冥河时,须至少付给摆渡者卡隆一枚银币作为渡资。此节承上一节灵魂即将过渡生死之意,送贝壳的行为类似付渡资的行为。少年时,诗人需要年长的朋友作为人生导师;将死时,则需要灵魂的导航者。后者虽然足够睿智,但还不足以比附上帝的角色吧。叶芝少年时在斯来沟过从最密的年长朋友是他的舅舅乔治·波莱克斯芬。他比叶芝大十六岁,与叶芝有着共同爱好——占星术等秘密法术,而且据说有些灵视能力。叶芝常与他一同实验法术,向他请教各种问题。而在年过半百婚后不久,叶芝与妻子合作实验"自动书写",从下降而凭附于妻子体内的"亡灵"那里得到许多启示和指点,所涉及的问题大到人类命运,小到个人隐私,可以说无所不包。他尊称那些莫须有的"亡灵"为"导师"(参见《对不相识的导师们的谢忱》"Gratitude to the Unknown Instructors"一诗③)。可见,从小到老,叶芝都需要这样或那样的导师,而临近死亡,这种需要就更显迫切了。他需要的不再是比喻和象征,而是切实的引导。

---

① David Brewster, *Memoirs of the Life, Writings, and Discoveries of Sir Isaac Newton*, Vol. II, Edinburgh: T. Constable, 1855, p. 407.
② W. B. Yeats, *The Poems*, p. 715.
③ 傅浩(译):《叶芝诗集》,页522。

最后一节顺理成章,是对最终面见人类想象中的至高主宰——"那位伟大的出题考官"——接受考验的情况的设想和期待。诗人就像备考的学生一样,有些忐忑,但更多的是一个偏科生的自信——如果考题押对了的话。此时的叶芝在世间可谓已经功成名就,而且自认为已洞知人类的所有奥秘,真可谓踌躇满志,志得意满了,但是面对可能正在逼近的真实的死亡,他是在故作镇静呢,还是不免有一点慌张?

此诗不免令人想到艾尔弗雷德·谭尼生勋爵（Alfred, Lord Tennyson, 1809—1892）的《越过沙坝》（"Crossing the Bar", 1889）一诗:

Sunset and evening star,
 And one clear call for me!
And may there be no moaning of the bar,
 When I put out to sea,

But such a tide as moving seems asleep,
 Too full for sound and foam,
When that which drew from out the boundless deep
 Turns again home.

Twilight and evening bell,
 And after that the dark!
And may there be no sadness of farewell,
 When I embark;

For though from out our bourne of Time and Place
 The flood may bear me far,
I hope to see my Pilot face to face

When I have crost the bar.①

汉译如下：

落霞和晚星，一声
　召我的清晰呼唤！
但愿在我动身出海的时辰，
　沙坝没有哀叹，

只有这涌动的海潮仿佛睡熟，
　涨满得无声无沫，
当那从无涯深海滚来的一股
　回家的时刻。

暮霭和晚钟，随后
　降临的就是黑暗！
但愿在我登船的时辰，没有
　离别的悲酸；

因为，虽说那巨流会将我载走，
　远离我们的时空界，
但我希望越过沙坝之后
　能亲见我的导航者。②

从性质、主题、语气甚至意象看来，二者是否颇有些相似呢？

---

① Alfred, Lord Tennyson, *Tennyson: A Selected Edition*, ed. Christopher Ricks, London：Routledge, 2014, pp. 665-666.
② 傅浩（译著）：《英诗华章：汉译·注释·评析》，页181。

Words for Music Perhaps

或许可谱曲的歌词

XVII. After Long Silence

Speech after long silence; it is right,
All other lovers being estranged or dead,
Unfriendly lamplight hid under its shade,
The curtains drawn upon unfriendly night,
That we descant and yet again descant
Upon the supreme theme of Art and Song：
Bodily decrepitude is wisdom; young
We loved each other and were ignorant.

十七、长久沉默之后

长久沉默之后又说话；对了——
别的恋人彼此疏远或亡故，

冷漠的灯光躲入灯罩深处，

层层窗帘挡住冷漠的夜色——

我们谈论了却又再次谈起

艺术与诗歌那个至高主题：

肉体衰老即智慧；年轻之时

我们彼此相爱却懵懂无知。

【解】

此诗作于1929年11月，最初发表于诗集《或许可谱曲的歌词及其它》(1932)中。

叶芝于1929年12月16日从晚年居住地意大利拉帕罗写信给旧情人奥莉维亚·莎士比亚："初到此地时，尽管走路不稳，但我精力相当旺盛，写了这首小诗，我给你看过散文草稿的。"[①] 他所谓的散文草稿见于一则未发表的日记中。原文如下：

SUBJECT

Your hair is white

My hair is white

Come let us talk of love

What other theme do we know

When we were young

---

① W. B. Yeats, *The Letters of W. B. Yeats*, p. 772.

叶芝诗解

We were in love with one another
And therefore ignorant.[①]

汉译如下：

话 题

你的头发白了

我的头发白了

来吧我们谈爱情吧

我们知道什么别的主题呢

年轻的时候

我们彼此相爱

所以无知。

这其实已经是一首自由诗了,只不过在叶芝眼里,自由诗还不算是诗(他称之为"美国邪恶"[②]),只能算是分行的散文罢了。他写诗有先打散文草稿的习惯,有时是真正的散文,有时已经是自由诗了。

据叶芝太太乔芝说,此诗是写叶芝与奥莉维娅·莎士比亚二人的。[③] 叶芝自1896年3月起开始与莎士比亚私通,一年后分手(参见《恋人伤悼失恋》一诗解),有一段时间未通音问,直到1900年才恢复联系,1911年在伦敦才又开始见面。从此他们一直保持着友谊；叶芝与她比与任何男女朋友通信都多且详细,一直持续到1938年10月莎士比亚去世为止。他在诗艺、政治、个人生活等各种问题上征求她的意见,而她的答复都非

---

① Richard Ellmann, *The Identity of Yeats*, New York: Oxford University Press, 1954, p. 280.
② W. B. Yeats, *The Letters of W. B. Yeats*, p. 825.
③ A. Norman Jeffares, *A New Commentary on the Poems of W. B. Yeats*, p. 317.

常富于才智。叶芝在听到她去世的消息后写信给晚年的女友多萝西·韦尔斯利说:"四十多年来她一直是我在伦敦的生活的中心,在所有那些时间里我们从未争吵过,偶尔有些伤心事,但从未有过分歧。我初识她的时候,她二十大几,但长得像个可爱的小女孩。她死的时候是个可爱的老太太。"①

另有论者说,此诗与梅瑟斯太太(Mina Bergson Mathers,1865—1928)亦有关系。② 叶芝于1900年与自己的精神导师麦克格莱戈·梅瑟斯决裂,将其逐出"金色黎明"秘术修会,导致梅瑟斯郁郁而终。梅瑟斯太太为此一直衔恨在心。1924年初,叶芝拜访了三十年未见的梅瑟斯太太,取得了对方的原谅。他甚至把《异象》(1925)一书题献给了她(用的是她在"金色黎明"秘术修会的法名"Vestigia Nulla Retrorsum"〔身后了无痕〕的略称"Vestigia")。此诗虽然是赠给莎士比亚的,但首行起兴之句"长久沉默之后又说话"则可能是诗人因想到与梅瑟斯太太和解之事有感而发的。所以,此句不是像一般读者所理解的,指一次谈话中长时间停顿后又说话,而是指多年彼此不理睬后又说话了。

如果说末行所谓"我们彼此相爱"(We loved each other)有可能是泛指一般的友爱,因为叶芝与梅瑟斯夫妇都是"金色黎明"秘术修会的兄弟姐妹,那么草稿中"我们彼此相爱"(We were in love with one another)的表达法就不容置疑是指情人之间的恋爱了,所以此诗虽有可能是借对其他事情的感想起兴,但主要内容无疑是说给曾经的有情人听的。

叶芝在1923年去瑞典斯德哥尔摩领诺贝尔文学奖时,看到金质奖章上的浅浮雕图案——一位青年在聆听一位文艺女神缪斯弹琴,心想:"我曾经就像那青年一样好看,但我的不熟练的诗充斥着缺点,好像我的缪斯是衰老的;现在我老了且患有风湿病,没什么看头了,但我的缪斯却是

---

① W. B. Yeats, *Letters on Poetry from W. B. Yeats to Dorothy Wellesley*, p. 207.
② David R. Clark, *Yeats at Songs and Choruses*, Amherst: The University of Massachusetts Press, 1983, pp. 65–89.

年轻的。"① 意思是说,年轻时体貌俱佳,但智慧不足,诗写得不够好;年老体衰了,才有了足够的智慧,诗越写越好了。同样,如此诗所表达的,年轻时我们恋爱,却不知爱为何物;现在我们老了,才有了足够的智慧,可以来"谈"恋爱了。智慧与青春不可兼得,灵与肉的对立乃是叶芝所谓"艺术与诗歌那个至高主题"。这一主题在叶芝别的作品中时有重现,如《佛格斯与祭司》《人随年岁长进》《血与月》《政治》以及诗剧《在鹰之井畔》(*At the Hawk's Well*, 1915)等。

---

① W. B. Yeats, *Autobiographies*, p. 541.

XVIII. Mad as the Mist and Snow

Bolt and bar the shutter,

For the foul winds blow:

Our minds are at their best this night,

And I seem to know

That everything outside us is

Mad as the mist and snow.

Horace there by Homer stands,

Plato stands below,

And here is Tully's open page.

10   How many years ago

Were you and I unlettered lads

Mad as the mist and snow?

You ask what makes me sigh, old friend,

What makes me shudder so?

I shudder and I sigh to think

That even Cicero

And many-minded Homer were

Mad as the mist and snow.

十八、像雾和雪一般狂

关好闩牢窗和门，
因为恶风吹得强：
今夜头脑最灵敏，
而我仿佛悉知详
身外一切全都是
像雾和雪一般狂。

荷马、贺拉斯并肩；
柏拉图立在下方；
图里的书已翻开。
10　多少年前少年郎，
你我曾经不识字，
像雾和雪一般狂？

老友问我何叹息，
问我颤栗何惶惶？
颤栗叹息是想起
多才荷马也同样
和西塞罗都曾经
像雾和雪一般狂。

【解】

此诗作于1929年2月12日,最初发表于诗集《或许可谱曲的歌词及其它》(1932)。

1927年秋,由于劳累过度,叶芝的呼吸系统和心脏疾病加重。于是,他花了两年时间在西班牙、法国南部和意大利休假疗养。时至1929年初,他的健康戏剧性地突然好转起来。在随后"欣喜若狂的数周"里,他进入了"新的想象力兴奋期",一连创作了十二首诗。① 这些诗后来都收入了《或许可谱曲的歌词及其它》。

叶芝在把总题为"或许可谱曲的歌词"的诗作作为组诗收入诗集《旋梯及其它》(The Winding Stair and Other Poems, 1933)时,在献给画家友人埃德蒙·杜拉克(Edmund Dulac, 1882—1953)的题词中写道:

> 1929年春,生命复归,犹如伟大的创造者们不可遏制的精力和勇气的印象一般;仿佛要不是新闻和评论,那所有的遁词和解释,这世界就要被撕成碎片了。我写了《像雾和雪一般狂》,一首机械的小歌,在随后那狂热的几周里,"或许可谱曲的歌词"那组诗几乎全都涌入了脑海。然后又病了,我写了《拜占庭》和《维罗尼卡之帕》,寻找适合我年龄的主题,从而得以把自己暖回生命。自那以后,我又给"或许可谱曲的歌词"增加了几首诗,但总是保持最初诗作的情绪和设计。②

1937年7月3日,他在英国广播公司伦敦台播出的"我自己的诗"节目中,介绍此诗为"宗教"诗之一:

---

① Joseph Hone, op. cit., pp. 400–401.
② W. B. Yeats, *The Variorum Edition of the Poems of W. B. Yeats*, p. 831.

>这些诗中的第一首是我久病初愈时写的。我又开始阅读伟大的文学作品,尽管我还非常虚弱。每一位伟大天才的强大力量令我充满敬畏。我身处一股力量中间,那力量就要把世界撕成碎片,要不是评论家、新闻记者、各种庸人把它转化为人类所用的话。要是他们突然不干了怎么办?我把这首诗叫做《像雾和雪一般狂》。①

他在散文《私人想法》(1938)中写道:"我开始变老的时候,就不再能够在大师杰作中间花费所有时间并试图创作类似作品。我把每天的部分时间仅仅用于消遣。我生病的时候,觉得伟大天才'像雾和雪一样狂'。"②

从以上三段不同时期对同一事实的回忆叙述可知,叶芝在久病初愈时开始阅读经典作品,受到了天才伟大创造力的强烈刺激,兴奋之余写下了这首节奏"机械的小歌"。从诗中的列举可知,他当时所读的有英语世界称为荷马的古希腊盲诗人奥默罗斯(Homeros,约前八至前七世纪)、称为贺拉斯的古罗马作家昆图斯·贺拉修斯·弗拉库斯(Quintus Horatius Flaccus,前65—前8)、古希腊哲学家柏拉图(Plato,前428—前347)和别称图里的古罗马演说家马尔库斯·图里尤斯·西塞罗(Marcus Tullius Cicero,前106—前43)等人的作品。这些都是经过时间考验的公认的大师经典。其中蕴含的天才的创造力与大自然的威力毫无二致,都是疯狂恣肆,不受控制的。而诗人年少无知时不也曾经如此疯狂过吗?疯狂的天才不也曾经年少无知过吗?在此意义上,谁都有可能与天才比肩,想想都让人兴奋不已,不是吗?其实疯狂正是创造力爆发的时候,人生又能有几回狂呢?

---

① W. B. Yeats, "My Own Poetry", *Later Articles and Reviews*, p. 286.
② W. B. Yeats, "Private Thoughts", *Explorations*, p. 436.

"荷马、贺拉斯并肩；／柏拉图立在下方；"是描写先贤的著作在书架上的位置，却也令人联想到文艺复兴时期意大利画家拉斐尔的名画《雅典学园》中群贤毕至立而论道的生动景象。

XX. 'I am of Ireland'

'I am of Ireland,
And the Holy Land of Ireland,
And time runs on,' cried she.
'Come out of charity,
Come dance with me in Ireland.'

One man, one man alone
In that outlandish gear,
One solitary man
Of all that rambled there
10   Had turned his stately head.
'That is a long way off,
And time runs on,' he said,
'And the night grows rough.'

'I am of Ireland,
And the Holy Land of Ireland,
And time runs on,' cried she.
'Come out of charity
And dance with me in Ireland.'

'The fiddlers are all thumbs,
20   Or the fiddle-string accursed,

The drums and the kettledrums

And the trumpets all are burst,

And the trombone,' cried he,

'The trumpet and trombone,'

And cocked a malicious eye,

'But time runs on, runs on.'

'*I am of Ireland,*

And the Holy Land of Ireland,

And time runs on,' *cried she.*

30 '*Come out of charity*

And dance with me in Ireland.'

二十、"我来自爱尔兰"

"我来自爱尔兰,

那神圣国土爱尔兰,

时光在飞跑",她喊。

"来吧,出于慈善,

与我共舞在爱尔兰。"

一个人，唯有一人，
　　　身穿那奇异的衣着，
　　　在那里闲逛的所有人
　　　当中的一个孤独者，
10　　把他庄严的头转过。
　　　"那是段遥远路途，
　　　时光在飞跑"，他说，
　　　"夜晚在变得粗鲁。"

　　　"我来自爱尔兰，
　　　那神圣国土爱尔兰，
　　　时光在飞跑"，她喊，
　　　"来吧，出于慈善，
　　　与我共舞在爱尔兰。"

　　　"琴手个个是笨手，
20　　要么是琴弦该杀，
　　　那些个皮鼓、铜鼓
　　　和小号全都爆炸，
　　　还有长号"，他嚷，
　　　"小号还有长号，"
　　　翻起恶毒的眼光，
　　　"可时光在飞跑，飞跑。"

　　　"我来自爱尔兰，

那神圣国土爱尔兰，

时光在飞跑",她喊，

30 "来吧，出于慈善，

与我共舞在爱尔兰。"

【解】

此诗作于1929年8月，最初发表于诗集《或许可谱曲的歌词及其它》(1932)中。叶芝在《诗汇集》(1933)中加注说:"'我来自爱尔兰'是从几年前某人给我复诵的一首十四世纪爱尔兰舞歌的三四行发挥而来的。"[1] 据研究者考证，给叶芝朗诵的是作家弗兰克·欧康纳;所朗诵的是十四世纪初的一首英语歌词。[2] 载于英国人韦尔斯(John Edwin Wells)编的《1050—1400年间的中古英语写作手册》(*A Manual of the Writings in Middle English 1050 - 1400*, 1916)的原文如下:

> *Ich am of Irlaunde*
>
> *Aut of the holy lande of Irlaunde*
>
> *Gode sir pray ich ye*
>
> *For of saynte charite*
>
> *Come and daunce wyt me*
>
> *In Irlaunde*[3]

---

[1] W. B. Yeats, *The Variorum Edition of the Poems of W. B. Yeats*, p. 830.
[2] Richard Ellmann, *The Identity of Yeats*, p. 280.
[3] A. Norman Jeffares, *A New Commentary on the Poems of W. B. Yeats*, p. 319.

叶芝诗解

汉译如下：

> 我来自爱尔兰，
>
> 来自那神圣国土爱尔兰。
>
> 好先生我求您，
>
> 为了慈善圣人的缘故，
>
> 来与我共舞
>
> 在爱尔兰。

可见,叶芝诗的副歌与此颇近似,只是改动了中间的一行半。这与他早年改写爱尔兰民歌的手法并无二致。1932年4月10日晚上9:05至9:30,叶芝在英国广播电台(BBC)朗读自己的诗作。在读过早期诗作《去水中一小岛》和《经那些柳园往下去》之后,读此诗之前,他介绍说：
"一年以前,我写出这些诗四十多年以后,有人给我读了一段副歌,那是中古时期都柏林地区的一首诗仅存的部分。我据此写了一首诗,尚未发表。也许会让你们看看我改得多么少。一个舞女在说话,但我不会解释这首诗,它的神秘都赋予了它什么性质。那舞女是谁,她在对谁说话? 我不知道。"[①]

据叶芝太太说,叶芝所用版本出自爱尔兰人西摩(St John D. Seymour)所著《1200—1582年间的爱尔兰英语文学》(*Anglo-Irish Literature 1200-1582*, 1929)。该书在引用韦尔斯的版本之前如是解说：

> 韦尔斯描述了一份包含流行歌曲——其中有些只残存一行——的英语手稿(1300—1350)中的一个片段。他说,这是些在大路边或酒馆里唱的粗俗歌曲,就像我们基尔肯内地方的残

---

① W. B. Yeats, "Poems About Women", op. cit., p. 236.

篇一样。其中一段引起了他的兴趣，他认为那也许是现存最早的英语舞歌。那更令我们感兴趣，因为那是以爱尔兰女孩的口吻唱的，所以可能是爱尔兰英语吟游诗人所作。①

埃尔曼认为，

> 但是叶芝诗中的女人不仅仅来自爱尔兰，她就是爱尔兰；她召唤所有人追随她所代表的理想的爱尔兰。她提醒他们，时光在飞逝，然而什么都尚未完成。可是只有一个人在听；他找来许多借口，宁要舒适的权宜之计，也不要不舒服的理想主义。当她重复恳求时，他进一步给出理由：在一个一切事情都不对头的国度，不可能有舞蹈。他还把她自己的话还给她，指出没有时间改善这些事了。然而她的呼喊继续，仿佛无视他的谨慎解释，就像所有理想主义和英雄主义的呼喊。②

这样的解说不免令人联想到叶芝的中期剧作《凯瑟琳·尼·胡里汉》（1902）的象征意义，其中的老妇人角色即爱尔兰的人格化身，她以高尚的命运之类说辞劝诱青年人去为爱尔兰慷慨赴死。如此联想不无理据，但并不见得符合诗人本意。1916年复活节起义之后，叶芝就已对该剧或许起到了宣传或煽动作用而感到内疚。多年后他在《人与回声》（"Man and the Echo", 1938）一诗中反省：

> 既然我已是年老多疾，
> 我曾说过和做过的一切

---

① St. John D. Seymour, *Anglo-Irish Literature 1200 – 1582*, Cambridge: Cambridge University Press, 1929, p. 98.
② Richard Ellmann, *The Identity of Yeats*, pp. 280 – 281.

> 就都成了问题,令我
>
> 夜复一夜不能成眠,
>
> 永远得不到正确答案。
>
> 我的那部剧是否曾驱使
>
> 某些人出去让英国人枪毙?

何况叶芝已经说过,他不知道那舞女是谁,在对谁说话。他更关心的也许仍旧是"艺术与诗歌那个至高主题"(《长久沉默之后》,1929),但在此处他不肯说破,宁可保留一分神秘之感。

A Woman Young and Old

一个女人的青年和老年

I. Father and Child

She hears me strike the board and say
That she is under ban
Of all good men and women,
Being mentioned with a man
That has the worst of all bad names;
And thereupon replies
That his hair is beautiful,
Cold as the March wind his eyes.

一、父与女

她听见我在拍案诉说
所有的善男好女

叶芝诗解

> 都把她诅咒谴责,
>
> 一并提到的还有
>
> 一个骂名昭著的男人;
>
> 于是随口回应:
>
> 他的头发美丽,
>
> 眼波清冷像三月风。

【解】

此诗大约作于 1926 年或 1927 年,最初发表于诗集《旋梯及其它》(1933)。

此诗基本上是叶芝夫妇与女儿安的一次对话实录,写七八岁的小女孩对男性美的最初印象。约瑟夫·霍恩在《叶芝传》(*W. B. Yeats 1865 - 1939*, 1943)中对那次对话有详细而生动的记述:

> 叶芝太太说起安在一次聚会上遇到的一个小男孩:"我不喜欢某某。他是个非常讨厌的孩子。"安回答说:"是的,可是他有那么漂亮的头发,他的眼睛冷冷得就像三月的风。"叶芝说:"每个爱流氓恶棍的女人的呼喊。"[①]

据说安的这位朋友名叫佛戈斯·菲茨杰拉德,[②]但这无关紧要。

---

① Joseph Hone, op. cit., pp. 374 – 375.
② A. Norman Jeffares, *A New Commentary on the Poems of W. B. Yeats*, p. 325.

图 32：叶芝一家
（出自 W. B. Yeats: A Life）

Supernatural Songs

超自然之歌

I. Ribh at the Tomb of Baile and Aillinn

Because you have found me in the pitch-dark night
With open book you ask me what I do.
Mark and digest my tale, carry it afar
To those that never saw this tonsured head
Nor heard this voice that ninety years have cracked.
Of Baile and Aillinn you need not speak,
All know their tale, all know what leaf and twig,
What juncture of the apple and the yew,
Surmount their bones; but speak what none have heard.

10   The miracle that gave them such a death
Transfigured to pure substance what had once
Been bone and sinew; when such bodies join
There is no touching here, nor touching there,
Nor straining joy, but whole is joined to whole;
For the intercourse of angels is a light
Where for its moment both seem lost, consumed.

Here in the pitch-dark atmosphere above
The trembling of the apple and the yew,
Here on the anniversary of their death,
20 The anniversary of their first embrace,
Those lovers, purified by tragedy,
Hurry into each other's arms; these eyes,
By water, herb and solitary prayer
Made aquiline, are open to that light.
Though somewhat broken by the leaves, that light
Lies in a circle on the grass; therein
I turn the pages of my holy book.

一、瑞夫在波伊拉和艾琳之墓畔

因为发现了我在黢黑的夜里
翻开着书本，你问我在做什么。
请注意听我的故事，带它到远方
给从未见过这削发的头颅也从未
听过这哑了九十年的嗓音的人们。
关于波伊拉和艾琳你无须讲什么，
都知道他们的故事，都知道苹果

和紫杉的枝叶如何纠结,覆盖

他们的遗骨;只讲些没人听过的。

10 赐给他们以如此死法的奇迹

把从前是筋骨的东西转变成了

精微物质;这样的身体交合时,

无所谓此处,也无所谓彼处的接触,

非紧张的欢乐,而是全体融合;

因为天使的交媾就是一团光,

二者仿佛迷失、消融于其中。

在这里,苹果和紫杉树枝的颤抖

之上黢黑的半空之中,在这里,

在他们去世的周年忌日,他们

20 初次拥抱的周年纪念日,那对

恋人,已被悲剧净化,急急

扑入彼此的怀抱;我这双被清水、

药草和孤独的祈祷锻炼得鹰眼般

犀利的眼睛都不堪那亮光的炫耀。

虽然有些被树叶割破,那亮光

落在草地上形成一个圆圈,

在其中我一页页翻动我的圣书。

叶芝诗解

【解】

　　此诗作于1934年7月24日,最初发表于《伦敦信使》(*The London Mercury*)月刊和芝加哥《诗刊》1934年12月号,后收入诗集《三月的满月》(*A Full Moon in March*, 1935)中。叶芝在1935年5月30日为该诗集所作的前言中说:"'超自然之歌'中的隐修士瑞夫是一个虚构的圣帕垂克的批评者。他的基督教信仰像许多早期爱尔兰基督教信仰一样,可能来自埃及,与基督教之前的思想相应。"① 据说叶芝曾读过韩内牧师(Rev. J. O. Hanney, 1865—1950)的《基督教隐修制度的精神和起源》(*The Spirit and Origin of Christian Monasticism*, 1903)和《沙漠的智慧》(*The Wisdom of the Desert*, 1904)。② 这两本书对早期基督教隐修运动包括埃及沙漠中的苦修活动有详细叙述。

　　波伊拉是爱尔兰传说中伦斯特国王梅斯盖德拉与北爱尔兰女神布安之子。据格雷戈里夫人所著《缪阿瑟姆内的库胡林》(*Cuchulain of Muirthemne*, 1902)所述,波伊拉

> 属于茹德瑞格族〔笔者按:北爱尔兰英雄群体之一〕;虽然他没有多少土地,但他是厄尔斯特〔笔者按:即今北爱尔兰〕王国的继承人,而且无论男女,谁见了他都喜欢他,因为他非常会说话。他们都叫他"蜜嘴波伊拉"。而最爱他的人是艾琳,伦斯特国王之子卢基夫之女。有一回,她与波伊拉约定在海边的狄尔甘要塞附近见面。波伊拉先出发;他从埃曼马哈来,越过史利夫法德,越过缪阿瑟姆内,到了他们约会所在的海滩;他停在那儿,解下战车,放马去吃草。他和手下人在那里等候的时候,看见一个长相狂野的陌生人从南边朝他们奔来,快得就像鹰从悬

---

① W. B. Yeats, *The Variorum Edition of the Poems of W. B. Yeats*, p. 857.
② A. Norman Jeffares, *A New Commentary on the Poems of W. B. Yeats*, p. 200.

崖上俯冲而下,或者像风从碧蓝的海上吹来。波伊拉对手下人说:"去会会他,打听打听他要到哪儿去,从哪儿来,为什么如此匆忙。"他们如是向他打听消息,他说:"我正要从史利夫绥佛莱肯回到图阿赫因维尔去,我知道的消息只有,卢基夫之女艾琳正赶路去会她所爱的布安之子波伊拉。伦斯特的年轻人追上了她,阻止她去见他,她当时当场就心碎而死了。与他们交好的巫师曾预言说,他们生前不会相聚,但死后会相逢,并且从此幸福到永远。"说完他就离开他们,又像一阵狂风似的去了,他们拦不住他。

波伊拉听到这消息,他的生命就离他而去,他倒在海滩上死了。

那时,少女艾琳正在南边她那阳光明媚的客厅里呢,因为她尚未动身呢。同一个陌生人进屋来到她面前,她问他从哪儿来。"我从北边来,"他说,"从图阿赫因维尔来,经过此地到史利夫绥佛莱肯去。我知道的消息只有,我看见厄尔斯特人在狄尔甘要塞附近聚集在海滩上,他们立起一块石头,在上面写下布安之子波伊拉的名字,他在去会见所爱的女子途中死在那里了,因为他们活着不可接触彼此,或者说一方不能活着见另一方。"说完他就消失了;至于艾琳,她的生命离她而去,她以与波伊拉同样的方式死去。

一棵苹果树从她的墓里长出来,一棵紫杉树从波伊拉的墓里长出来。①

据叶芝的叙事诗《波伊拉与艾琳》(*Baile and Aillinn*, 1903)的梗概介

---

① Isabella Augustus, Lady Gregory, *Cuchulain of Muirthemne: The Story of the Men of the Red Branch of Ulster*, London: John Murry, 1902, pp. 305–306.

绍,"波伊拉与艾琳是一对恋人,但是爱神安格斯希望他们在他的国度,在逝者中间幸福,便给每人讲了一个关于对方之死的故事,于是他们心碎而死。"叶芝在该诗末尾写道,波伊拉与艾琳死后,一棵紫杉树和一棵苹果树分别从他们的葬身之处生长起来;他们相爱的故事则被古代作者记录在用紫杉和苹果木做的书板上。①

叶芝于1934年7月24日致信奥莉维娅·莎士比亚说:"我头脑里还有一首诗,说的是一个修道士半夜在去世很久的一对恋人的墓上读祈祷书,那天正是他们的周年忌日;当夜他们在墓地上空交合,他们的拥抱不是部分的,而是全身起火发光;他就借着那光亮读书。"②这可以说就是目前此诗的梗概。其主旨则似意在表现超自然界与自然界交织共存,完美性爱或许比独居苦修更接近上帝之道。

此诗是用无韵体写作的一段戏剧独白,诗中发言的戏剧人物是隐修士瑞夫,他的基督教信仰不合正统,而属于羼杂有异教元素的早期传统。他向一位隐含的出场人物"你"讲述除了众所周知的有关波伊拉与艾琳的故事之外他自己亲身经历的奇事:他曾借着那对恋人的墓上的光亮读书。随着他娓娓道来,读者渐次得知更多细节。他留着中世纪基督教修道士的标志发型,头顶剃光,周围剪齐;他已隐居苦修九十年,靠清水、草药和祷告度日。据古罗马诗人奥维德的叙事诗《变形记》(*Metamorphoses*, 8)第4章第33—166行所叙,巴比伦少年皮拉姆斯与邻女提斯别相爱。因双方父母不同意,两人透过墙缝相约至郊外幽会。提斯别先至,却被一头狮子吓走。皮拉姆斯后至,见提斯别丢下的被狮子染上血污的面纱,误以为爱人已惨遭狮吻,遂拔剑自杀。提斯别稍后回来见情郎已死,亦拾剑自尽。双方父母把二人合葬在一棵桑树下。③威廉·莎士比亚据此传说的后世演绎版本写成悲剧《罗密欧与朱丽叶》(1597)。意大利少年

---

① W. B. Yeats, *The Poems of W. B. Yeats*, pp. 397; 402.
② W. B. Yeats, *The Letters of W. B. Yeats*, p. 824.
③ 奥维德:《变形记》,杨周翰译,北京:人民文学出版社,1984年,页44—48。

罗密欧与仇家少女朱丽叶一见钟情。为瞒过家人与情郎私奔,朱丽叶饮药假死。罗密欧得到消息,以为爱人真死了,遂掘墓与之吻别后饮药自尽。朱丽叶醒来见情郎已死,亦拔其佩剑自杀。双方家族和解,把二人葬在一处。① 波伊拉和艾琳与他们相似,都堪称理想恋人,以彼此殉死的方式完美了爱情。但奇迹尚不止此。经过悲剧的净化,他们的尸骨已变成了极精微的物质,据说天使显相的身体即由这种物质聚合而成。叶芝在 1933 年 2 月 21 日致奥莉维娅·莎士比亚的信中就提到过伊玛纽埃尔·斯威登堡(Emanuel Swedenborg,1688—1772)的说法:"天使的性交就是整体燃烧的一团火光。"② 他在《人民的剧院》("A People's Theatre",1919)一文中也写道:"如斯威登堡谈论天使的婚姻时所说,那种结合就是整体燃烧的一团火光";③ 在哲学论文《世界灵魂》("Anima Mundi",1917)中则写道:"随着情欲的必要性磨灭,逝者就进入一个自由维度……我不怀疑他们做爱就像斯威登堡所说的那样全身融合,从远处看就像一团火光"。④ 按照叶芝的理解发挥,人类逝者的精魂已进入超自然界,也照样可以像天使那样做爱。此诗内容即他这种信念的艺术表现。

---

① William Shakespeare, *Complete Works*, ed. Jonathan Bate & Eric Rasmussen, Beijing: Foreign Language Teaching and Research Press, 2008, pp. 1675 – 1743.
② Ibid., p. 805.
③ W. B. Yeats, *Explorations*, p. 245.
④ W. B. Yeats, *Later Essays*, p. 25.

II. Ribh denounces Patrick

An abstract Greek absurdity has crazed the man,
A Trinity that is wholly masculine. Man, woman, child (daughter or son),
That's how all natural or supernatural stories run.

Natural and supernatural with the self-same ring are wed.
As man, as beast, as an ephemeral fly begets, Godhead begets Godhead,
For things below are copies, the Great Smaragdine Tablet said.

Yet all must copy copies, all increase their kind;
When the conflagration of their passion sinks, damped by the body or
    the mind,
That juggling nature mounts, her coil in their embraces twined.

10   The mirror-scalèd serpent is multiplicity,
But all that run in couples, on earth, in flood or air, share God that is
    but three,
And could beget or bear themselves could they but love as He.

二、瑞夫驳斥帕垂克

一个抽象的古希腊怪论让这人发了疯癔——
一个全是男性的三位一体。男人、女人、小孩(女儿或儿子),
这才是所有自然或超自然故事流传的方式。

自然与超自然者用同样的指环结合成婚。
一如人类,一如走兽,一如蜉蝣生育,神也生育神,
因为那"伟大的绿宝石书板"说,在下者是副本。

而一切都必须复制副本,一切都繁衍同类;
在它们的情欲之火消沉,被肉体或心灵浇熄时,
那变戏法的大自然登场,她蜿蜒交缠在它们的拥抱里。

10　那生有镜片般鳞甲的蛇就是繁多滋生,
而在地上、水里或空中成双作对的一切共有那只有三位的神,
只要能像祂那样爱,它们就能生育自身。

【解】

　　此诗作于1934年7月下旬,最初发表于《伦敦信使》月刊和芝加哥《诗刊》1934年12月号,原题《瑞夫偏爱更古老的神学》("Ribh Prefers an Older Theology"),收入诗集《三月的满月》(1935)中时改为今题。圣帕

垂克是最早（五世纪）去爱尔兰传播基督教（罗马天主教）的罗马传教士，被奉为爱尔兰的主保圣人，曾利用三叶草（现在被定为爱尔兰的国花）的形象创造性地阐明圣父、圣子、圣灵三位一体的"道理"。

此诗是叶芝惯用的戏剧独白写法，通篇拟隐修士瑞夫的口气说话，批评爱尔兰天主教的正统观念。圣父、圣子、圣灵三位一体说是早期希腊教会教父提出的，后来于325年在尼西亚大公会议上得到确认，一直被正统基督教各派奉为基本信条，却被有异端思想的瑞夫斥为足以让"此人"（指圣帕垂克）发疯的"怪论"，理由是这三位全是男的。颇有幽默意味的是，他提出的反驳却是另一种貌似有理的怪论：民间故事中通常都要有三个人物，男人、女人和小孩，才讲得下去，不管那故事是讲人的还是说神的。

照此逻辑推理，神像人甚至低等动物一样都要结婚，都会生育，因为神也有男有女。这显然是被一神教视为异端的更早的多神教观念。叶芝却一贯骄傲于爱尔兰的历史比英格兰的悠久，爱尔兰的本土宗教比基督教甚至犹太教古老。他后来在《拙作总序》（"A General Introduction for my Work", 1937）一文中更直接地表明了他这种基于文化民族主义立场的信念：

> 我深信，在两三代人之后，人们将会普遍认识到，机械的理论并不实在；自然界与超自然界是交织在一起的；为避免某种危险的狂热，我们必须研究一门新科学。到那时，欧洲人也许会在一位救主身上看到某种魅力，其身后的背景不是犹太教而是竺伊德教的，不是被隔绝在僵死的历史之中，而是流动的、具体的、可感知的。[①]

[①] W. B. Yeats, "Introduction", *Later Essays*, pp. 210–211.

而且，叶芝相信"赫耳墨斯的绿宝石书板"所说的"在下者一如在上者"。① 所谓在下者是指自然界，在上者为超自然界，亦即神灵世界。犹太-基督教传说，人是神依照自己的形象所造，所以说"在下者是副本"。对犹太-基督教作神秘阐释的喀巴拉秘学则认为，自然万物与超自然万物之间存在着相互对应的关系。果真如此，即可证神也会结婚生育。《伟大的绿宝石书板》是1541年出版的一部用中古拉丁文撰写的秘密法术专著，伪托是埃及人"三重伟大的赫尔墨斯"所作。这位神秘作者传说是古埃及创造文字的智慧之神托特（等同于希腊神话中的赫尔墨斯）的化身，集祭司、哲学家、王者三重身份于一身，据说也是喀巴拉秘学创始人。后世基督教徒对他的著作加以曲解，说他预言了基督教的到来；他之所以被称为"三重伟大者"是因为他赞美了三位一体。② 叶芝让瑞夫引用此书，足证其基督教信仰不仅可能来自埃及，而且可能来自更古老的异教传统。

《旧约·创世记》第1章第22节云："神就赐福给这一切说，滋生繁多……"③ 本身已是副本的自然界万物还不得不遵命复制自己的副本。在瑞夫看来，包括人类在内的动物之所以会生育，制造有缺陷的副本，是因为其性爱本身不够完美。叶芝1934年7月24日致信奥莉维娅·莎士比亚说："此诗的主旨是，我们生育是由于我们的性爱不完美。"④ 人类的性爱之所以不完美，大概是因为原本一体的我们被分成了两半。叶芝在另一首诗《在学童中间》（"Among School Children", 1926）中曾写到那个著名的"柏拉图的寓言"。古希腊哲学家柏拉图在《会饮篇》中记述：喜剧作家阿里斯托芬（前450—385）辩称，最初的人是双性的、球形的，主神宙斯担心他们太强大而造反，就像用头发切开煮熟的鸡蛋那样将其一分为二，因此性爱是

---

① W. B. Yeats, "Symbolism in Painting", *Essays and Introductions*, p. 146.
② B. P. Copenhaver, ed., *Hermetica*, Cambridge: Cambridge University Press, 1992, p. xli.
③ 和合本《新旧约全书·旧约全书》，页1。
④ W. B. Yeats, *The Letters of W. B. Yeats*, p. 824.

寻求与自身的另一半重新合为一体的努力。① 由于肉体甚至心灵都不够纯粹,会把情欲之火浇熄,所以我们的性爱不够完美。而在这组诗的前一首《瑞夫在波伊拉和艾琳之墓畔》中,叶芝借瑞夫之口道出源自斯威登堡的说法,"天使的交媾就是一团光",因为据说天使本无形质,显相时其身体系由极精微的物质所构成,"这样的身体交合时,／无所谓此处,也无所谓彼处的接触,／非紧张的欢乐,而是全体融合"。这样的性爱才堪称完美。

《旧约·创世记》第3章载,最初的女人夏娃受蛇引诱,吃了禁果,又给她丈夫亚当吃了,二人终因违命被神逐出乐园。② 蛇后来被认为是魔鬼撒旦的化身,而撒旦又是堕落的天使。弥尔顿在史诗《失乐园》(*Paradise Lost*, 1665)第4卷第325—535行中描写撒旦偷窥亚当和夏娃恩爱,因妒生恨,遂发誓要毁了他们。③ 威廉·布雷克为这一场景绘有插图"撒旦窥视亚当和夏娃恩爱"(1822),显示登高而望的撒旦处于亚当和夏娃的上方,其身缠有巨蛇,无数鳞甲如镜片般闪闪发亮。叶芝在带有自传色彩的长篇小说《约翰·舍曼》中如是描写一位小姐的客厅:其中琳琅满目的装饰品"闪闪发亮,好像神秘主义者布雷克想象的伊甸园中有鳞巨蛇身上那奇异而混沌的色彩"。④ 自然界物种繁多,各自滋生,仿佛魔鬼化身的巨蛇身上的鳞甲一般繁复多彩。而相形之下,神只有三位,简单而完整。我们只有像神那样三位一体,完美无缺,才能做到"像祂那样爱",也就才能实现自我复制而"生育自身",也就是像古埃及传说中的不死鸟那样不断再生而永生。

据说,此诗刚完成后不久,叶芝就在家里给一些朋友朗读,读毕,问他们懂不懂,弗兰克·欧康纳回答:"不,我一个字也不懂。"⑤

---

① 柏拉图:《会饮篇》,王晓朝译《柏拉图全集》第二卷,页227—229。
② 和合本《新旧约全书·旧约全书》,页3—4。
③ John Milton, *Paradise Lost*, *The Norton Anthology of English Literature*, Vol. I, 7th edn., pp. 1881-1885.
④ W. B. Yeats, *John Sherman and Dhoya*, p. 62.
⑤ Frank O'Connor, *The Backward Look: A Survey of Irish Literature*, London: Macmillan, 1967, p. 174.

图 33：威廉·布雷克作水彩画《撒旦窥视亚当和夏娃恩爱》(1822)
（出自 *Paradise Lost*）

VI. He and She

As the moon sidles up

Must she sidle up,

As trips the scared moon

Away must she trip:

'His light had struck me blind

Dared I stop'.

She sings as the moon sings:

'I am I, am I;

The greater grows my light

10   The further that I fly'.

All creation shivers

With that sweet cry.

六、他和她

随月亮悄然升起

她必悄然升起，

随惊惶月亮逃逸

叶芝诗解

　　她也必然逃逸：
　　"他的光早把我刺瞎，
　　若我胆敢停止"。

　　月亮唱歌她也唱：
　　"我就是我，是我；
　　我的光变得愈亮，
10　我就愈远地逃躲"。
　　听到那甜美的喊声，
　　万物都抖颤瑟瑟。

【解】

　　此诗作于 1934 年 8 月 25 日之前，最初发表于《伦敦信使》月刊和芝加哥《诗刊》1934 年 12 月号。

　　此诗是叶芝于 1937 年 7 月 3 日在英国广播公司伦敦台播出的"我自己的诗"节目中介绍的最后一首"宗教"诗。他说："其中月亮和太阳象征灵魂和上帝。灵魂的逃离和回归。"① 叶芝在此诗完成后，在 1934 年 8 月 25 日写给奥莉维娅·莎士比亚的信中抄录了一份，并解释说此诗属于"私人玄学类的诗"，是关于灵魂的："当然，这是我的中心神话"。② 他的神话是指他在《异象》(1925；1937) 一书中构造的私人神话学体系，其中以二十八月相对应人的灵魂或性格类型的理论是其核心。诗中的"她"即指阴性的灵魂或性格，随着相应的月相变化而演化。阳性的"他"则指

---

① W. B. Yeats, "My Own Poetry", *Later Articles and Reviews*, p. 286.
② W. B. Yeats, *The Letters of W. B. Yeats*, pp. 828–829.

上帝。犹如月亮的阴晴圆缺受太阳的影响,人类灵魂或性格的形成和发展也受上帝的左右;它们的关系就好像男女两性,既相互吸引,又相互损耗,既相互喜欢,又相互害怕。

IX. The Four Ages of Man

He with body waged a fight,
But body won; it walks upright.

Then he struggled with the heart;
Innocence and peace depart.

Then he struggled with the mind;
His proud heart he left behind.

Now his wars on God begin;
At stroke of midnight God shall win.

九、人的四个时期

他曾与肉体战斗过一场,
但肉体赢了,趾高气扬。

然后,他又与心相抗拒;
纯真与和平都弃他而去。

然后,他与头脑相争斗,
把骄傲的心抛在了身后。

现在,他对神之战开始;
夜半钟鸣时,神将胜利。

【解】

叶芝于 1934 年 8 月 7 日致信奥莉维娅·莎士比亚说:"昨天我把我在前一封信里写的东西写成了诗",随后抄录了此诗,又加以解释说:

> 它们是个人的四个时期,但它们也是文明的四个时期。你会在你读过的那本书里找到它们。第一时期,土,植物性生长功能。第二时期,水,血液、性。第三时期,气,呼吸、理智。第四时期,火,灵魂等等。在前两个时期,月臻圆满——基督和酒神的复活。人变得理性了,不再被来自或上或下的力量驱使。……这封信里的这首诗是我正在为夸拉出版社即将出版的新书写的一组哲学诗中的一首。[①]

在写于 7 月 25 日的"前一封信里",叶芝更正了再前一封信里的有关页码的说法,但解释却改错了:

> 我把解释和我的书里的引文弄混了。那是出自第 35 页

---

① W. B. Yeats, *The Letters of W. B. Yeats*, pp. 826 – 827.

(不是 85 页),那里写着,在一个文明的最后四分之一(我们刚刚进入的部分),战斗是对抗肉体的,而肉体将取胜。你可以把灵魂定义为"自身有价值者",或者你可以这样谈论它:"那是我们只能通过类比得知的东西。"①

在 7 月 24 日的信里,他如是写道:

是的,那本书很重要。注意以下象征

土下之水

土		肠道等等	本能
水	=	血液和性器官	情欲
气	=	肺,逻辑思维	思想
火	=		灵魂

它们是我的四分法。土在八相之前,水在十五相之前,气在廿二相之前,火在一相之前。(见《异象》,页 86。)注意在《异象》的页 85,我们现在进入的冲突是"对抗灵魂的",正如我们刚刚离开的那一分是"对抗理智的"。这场冲突是为了重造肉体。
……

土 = 每个受自然主宰的早期文明
水 = 武装的性爱时期,骑士道,弗鲁瓦萨尔的《大事记》
气 = 从文艺复兴时期到十九世纪末。

---

① W. B. Yeats, *The Letters of W. B. Yeats*, p. 825.

火 = 我们的文明被我们的仇恨所清除。①

叶芝在信中提到的他的神秘哲学论著《异象》(1925)第 35 和 36 页的有关表述如下：

对立势力在自身之内的四种抗争

第一分：与肉体
第二分：与心　　在第一分之中肉体会赢,在第二分,心,等等。
第三分：与头脑
第四分：与灵魂

元素属性

土 …… 第一分 ……
水 …… 第二分 ……
气 …… 第三分 ……
火 …… 第四分 ……②

综上所引,叶芝写给奥莉维娅·莎士比亚的三封信实际上是对《异象》(1925)一书中列表的进一步阐释。叶芝把个人的一生和人类的文明发展阶段等分为四个时期,分别与"月相大轮"(参见《再度降临》一诗解)中的二十八月相对应,即第一时期对应初二至初七之月相,始生初长,四大属土,在个人为童年,肉体之本能为主,肠道等植物性功能旺盛,

---

① W. B. Yeats, *The Letters of W. B. Yeats*, pp. 823 – 825.
② W. B. Yeats, *A Vision* (1925), pp. 35; 36.

在文明为受制于自然的早期阶段；第二时期对应初八至十四之月相，趋向完美，四大属水，在个人为青年，心之情感为主，血气和性能力旺盛，在文明为中古骑士时代；第三时期对应十六至廿一之月相，由盛转衰，四大属气，在个人为中年，头脑之理智为主，气息和逻辑思维旺盛，在文明为文艺复兴时期至十九世纪末；第四时期对应廿二至廿八之月相，趋向灭亡，四大属火，在个人为老年，灵魂之信仰为主，在文明为二十世纪往后即西方基督教文明被仇恨毁灭的时代。然后又开始新的循环，"重造肉体"。在每个阶段都有阳阴正反两种势力交互作用，个人人格和文明特质就是通过原初本性与对立性质此消彼长斗争转化而发展完善的。

  此诗即旨在用形象手法阐释这两种势力的斗争：个人或文明的童年是长身体的时期，体力由弱至强，以至于占主导地位；青年是热血沸腾、情欲躁动的时期，也是最美、最具想象力的时期，但不再有童年的纯真与平和的心气；中年是思想成熟、理智占上风的时期，情感力相对衰弱了；老年是整理灵魂的时期，最终放弃理智而归于神。不过，叶芝在7月25日的信中把最后一个时期误说成了"是对抗肉体的"了，他的书里和7月24日的信里则都说是"对抗灵魂的"。而诗里说"神将胜利"，显然对抗的是神。按说叶芝不信基督教，他所谓的神应该不是耶和华神，也不是三位一体的神，而是他相信的新柏拉图主义鼻祖普罗提诺所谓的"世界灵魂"。个人灵魂出自世界灵魂而具形，历经各个时期而完成，复归世界灵魂而形灭，文明的发展历程也是如此。所以，神的胜利就是世界灵魂的胜利，也是成就了的个体灵魂的胜利。"夜半"应为初一之月相，为冲突寂灭之象征。

  此诗最初发表于《伦敦信使》和芝加哥《诗刊》1934年12月号。

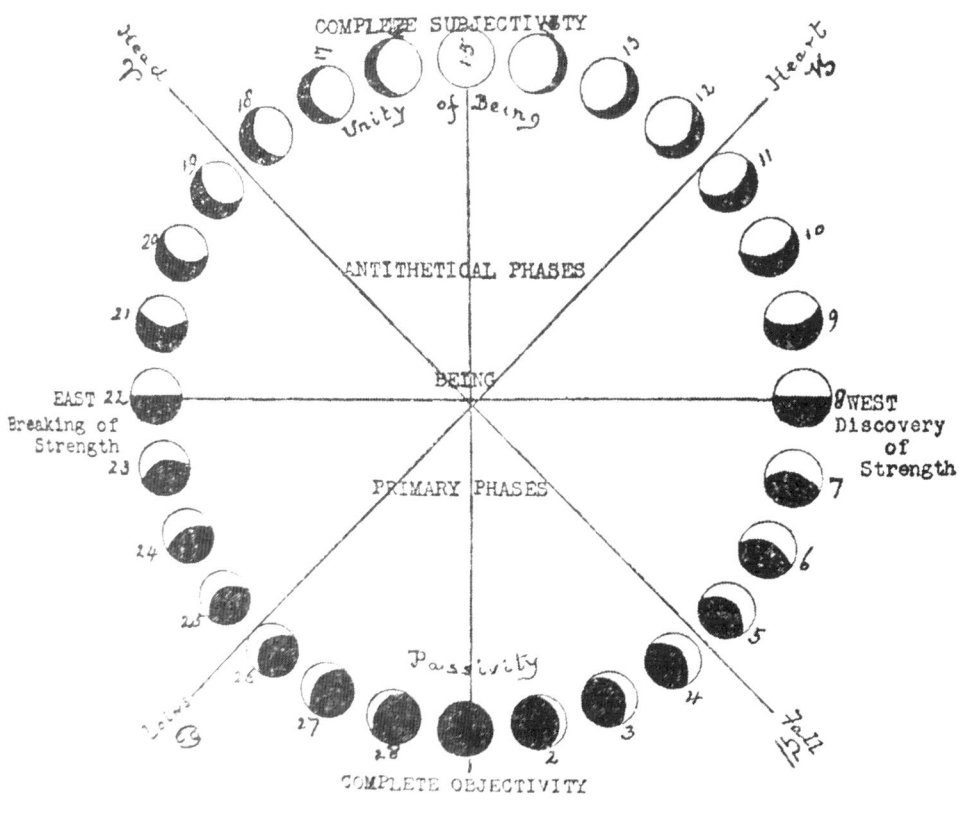

图 34：二十八月相大轮图
（出自 A Vision [1925]）

X. Conjunctions

If Jupiter and Saturn meet,
What a crop of mummy wheat!

The sword's a cross; thereon He died:
On breast of Mars the goddess sighed.

十、合象

假如朱庇特与萨图恩相逢,
木乃伊小麦有何等样收成!

剑是十字架;祂死于其上:
女神喘息,在马尔斯胸上。

【解】
　　叶芝于1934年8月25日致信奥莉维娅·莎士比亚,谈及曾用乩术请神为他的儿女算过命:

> 你可能记得,我被告知,我的两个孩子分别将是火星合金星,土星合木星;他们正是如此——安是火星-金星人格。然后我又被告知,他们会发展,我也就能够在他们身上研究交替而行的天命,先是基督教的或曰客观的,然后是对立的或曰主观的。基督教的是火星-金星——是民主的。木星-土星文明是在最有教养的人中间自由诞生的,出于传统,出于规则。
>
> (录诗略)
>
> 几天前我写了这几行诗。乔芝说,很奇怪,迈克尔总是思考生命,而安总是思考死亡。于是我想起来,两个孩子是两种命。安收集骨架。她把小鸟和小兽埋起来,等虫子把它们的肉吃掉后再挖出来。她有一搁板的非常白的小骨架。她曾经请假去地质博物馆画骨架。然后她爱上了悲剧,读了莎士比亚的所有悲剧,两个星期前还在搜索工具书,要弄清楚有关害死哈姆雷特父亲的毒药的所有情况。她长大后,要么会轰轰烈烈地恋爱一场,要么会交一个密友——拥有古老的爱与死之联系者。[①]

叶芝在其神秘哲学专著《异象》修订本(1937)中引用了此诗的第 1 节,以赞叹"那反向运动,那对立的多种形式流入的逐渐到来和增进"。该书素材是他与妻子合作,用"自动书写"降神的方式得自众多"亡灵"导师的。其中主要内容是以螺旋圆锥加月相大轮来图解人类文明和个人人格类型及发展模式的(参见《再度降临》、《人的四个时期》等诗解)。他这种"私家"象征体系又可以与传统星象学象征体系参互为用:

> 我现在必须解释已经进入我的诗歌中的象征体系——它也以种种我还不准备讨论的方式进入了我的生活——的一个

---

① W. B. Yeats, *The Letters of W. B. Yeats*, pp. 827–828.

细节。当"意志"经过十六、十七、十八月相时,"创造心"正在经过第十四、十三、十二月相,或者说,从白羊座到金牛座,也就是说,位于火星与金星合象之下。另一方面,当"意志"经过第十二、十三、十四月相时,"创造心"则正在经过十八、十七、十六月相,或者说,从双鱼座到宝瓶座,也可以说,位于木星与土星合象之下。……

宗教的命始于并终于十五月相,火星-金星合象主导其始,土星-木星合象主导其终。……所以,"原初"启示始于火星-金星合象之下,"对立"启示始于土星-木星合象之下。[①]

结合上引信件内容看来,基督教或曰客观的文明属于火星与金星合象命,其特点是群众的、民主的、驯顺的、外向的、行动的;对立或主观的文明属于木星与土星合象命,其特点是个人的、贵族的、暴力的、内向的、创造的。这两种文明交替兴亡。现在正值基督教文明将亡,对立文明将兴之时。人格方面的表现则如叶芝夫妇观察到的,火星与金星合象命的女儿倾向于对与死亡有关的事物感兴趣,而木星与土星合象命的儿子倾向于对与生命有关的事物感兴趣,但这又不是一成不变的,而是会反向发展的。成年后,安成了艺术家,迈克尔则成了政治家,似乎这命算得挺准。

与前一首类似,此诗也是以文学形象表现抽象的哲学思想。在西方传统中,木星称朱庇特,为古罗马神话中的司天主神之名;土星称萨图恩,为司地农神之名;火星称马尔斯,为司兵战神之名;金星称维纳斯,为司爱美神之名。此诗正文的汉译均舍汉语星名而用古罗马神名,是因为诸神皆为有情的形象,而非无情的概念。极富创造力的萨图恩与充满造

---

① W. B. Yeats, *A Vision* (1937), pp. 302; 207 - 208.

反精神的朱庇特父子相逢,即土星与木星合,对应于十五月相,为主观文明的起点和终点。基督教文明之前的古典文明属于主观文明,之后的文明也将是主观文明,所以,诗人以"木乃伊小麦"大丰收象征早已灭亡的远古文明即将复兴。据《关于古埃及人的传说》(*A Popular Account of the Ancient Egyptians*, 1854)一书所述,所谓"木乃伊小麦"是"近来在英国种植的品种,据说是用在底比斯金字塔中发现的麦种培育出来的"。[①] 西洋剑形似十字架;剑为战神的武器,十字架则为基督"死于其上"的古罗马刑具。情欲旺盛的维纳斯与鲁莽好斗的马尔斯私通幽会,即金星与火星合,对应于初一月相,为客观文明的起点和终点。维纳斯的丈夫伏尔甘是司工火神,曾怒而捉奸。据前一首诗,自二十世纪起,基督教文明开始进入最后的衰亡时期,终将毁于仇恨之火,这是否巧合?爱之将死,战火四起,这些不就是在我们这个时代正在应验的前兆吗?

---

① J. Gardner Wilkinson, *A Popular Account of the Ancient Egyptians*, Vol. II, London: John Murray, 1854, p. 39.

XI. A Needle's Eye

All the stream that's roaring by
Came out of a needle's eye;
Things unborn, things that are gone,
From needle's eye still goad it on.

十一、针眼

咆哮而过的流泉
全出自一个针眼；
未生、已逝的事物
从针眼驱它涌出。

【解】

此诗最初发表于《伦敦信使》月刊和芝加哥《诗刊》1934 年 12 月号。

《新约·马太福音》第 19 章第 23—24 节载："耶稣对门徒说，'我实在告诉你们，财主进天国是难的。我又告诉你们，骆驼穿过针的眼，比财主进神的国还容易呢。'"① 1934 年，乔治·拉塞尔（笔名 Æ，或写作 AE 或 A. E.）写信给叶芝说："我正在努力获得资格穿过那道窄小如针眼的门；如果我有颗强大的心灵，我就会坚持。"② 拉塞尔是叶芝青年时期在都柏林首府艺术专科学校的同学，他们有着共同爱好，曾一同写诗，一同创办秘术学会。与叶芝相比，拉塞尔对待神秘事物的态度更严肃，或者说更虔诚。1935 年 7 月 26 日，拉塞尔去世后不久，叶芝致信多萝西·韦尔斯利说：

> 我目前正在为 A. E. 的葬礼难受。……A. E. 一切都好。他的鬼魂不会游走。他没有情感强烈的人类关系可以把他拖回来。我妻子前天夜里说："A. E. 是你我见过的最接近圣人者。你是个更好的诗人，但不是圣人。我想，人不得不选择吧。"……A. E. 是我最老的朋友——我们一起开始我们的工作。我常常跟他争吵，但他从不怀恨。在他死前一个月写的最后一封信里，他说，一般来说，他跟我意见相左时，是因为他怕被我的个性吞没了。③

在此之前，他在 6 月 11 日写给韦尔斯利的信中讲述了他的一个梦：

> 昨夜我梦见我在耶路撒冷骑骆驼。我梦见我载着高高的货物，来到那个人称针眼的城门口。我的友人聚集在那里迎接我，A，B，C，D，E，F，G，H，及其他人。我的骆驼不用吩咐就跪下来。我说："朋友们，帮我们卸货吧，我们好从门下走过

---

① 和合本《新旧约全书·新约全书》，页 25。
② Richard J. Finneran, George Mills Harper & William M. Murphy, eds., *Letters to W. B. Yeats*, Vol. II, London: Macmillan, 1977, p. 565.
③ W. B. Yeats, *Letters on Poetry from W. B. Yeats to Dorothy Wellesley*, pp. 12–13.

去。"我知道那是他们想要的。他们急切地上前来为我解除负担,里面都是纸币,全都毫无价值。我重新骑上骆驼,穿过那门走出去,去寻找一个名叫苦行者圣西缅之柱的石柱废墟。①

虽然叶芝和拉塞尔都是不信基督的神秘主义者,但生在基督教文化主导的国度,意识里自然难免有潜移默化的痕迹。以上他们的言论都与耶稣的原始比喻不无关系。在《维罗尼卡之帕》("Veronica's Napkin", 1929)一诗中,叶芝如是写道:"天国的环路;……/ 在那里创造这伟大和荣耀的天父 / 以及祂手下各级天使的人马 / 都站在一个针眼的环路里头。"② 其中,"天国的环路"是古罗马新柏拉图主义哲学家普罗提诺所著《九章集》(Enneads)第2章第2节的标题,其中述及上帝位于宇宙中央,为万物所环绕。普罗提诺在柏拉图的理念说基础上进一步发挥,提出最高理念为"太一";从"太一"流出"神圣理智";从"神圣理智"流出"世界灵魂";从"世界灵魂"流出"个体灵魂和万化万物",乃有形而下的器质世界。而这流动并非单向,而是循环不息的。人生的最高目的就是通过反复修炼,完善灵魂,复归太一。他的学说对基督教也产生了影响。在基督徒看来,太一就是神或上帝,从而演绎出三位一体说。叶芝是普罗提诺学说的笃信者,他在此诗中即用形象表现了万物从太一或世界灵魂流出的想象景象。"针眼"不同于基督教的天堂之门,只是少数人才得以进入的窄门,而是所有灵魂具体赋形投生世间的必经之途。"未生者"即将出生,"已逝者"期待再生,纷纷扰扰,迫不及待。

---

① W. B. Yeats, *Letters on Poetry from W. B. Yeats to Dorothy Wellesley*, p. 3.
② 傅浩(译):《叶芝诗集》,页489。

Lapis Lazuli

(*For Harry Clifton*)

    I have heard that hysterical women say
    They are sick of the palette and fiddle-bow,
    Of poets that are always gay,
    For everybody knows or else should know
    That if nothing drastic is done
    Aeroplane and Zeppelin will come out,
    Pitch like King Billy bomb-balls in
    Until the town lie beaten flat.

    All perform their tragic play,
10 There struts Hamlet, there is Lear,
    That's Ophelia, that Cordelia;
    Yet they, should the last scene be there,
    The great stage curtain about to drop,
    If worthy their prominent part in the play,
    Do not break up their lines to weep.
    They know that Hamlet and Lear are gay;
    Gaiety transfiguring all that dread.
    All men have aimed at, found and lost;
    Black out; Heaven blazing into the head:
20 Tragedy wrought to its uttermost.

Though Hamlet rambles and Lear rages,

And all the drop scenes drop at once

Upon a hundred thousand stages,

It cannot grow by an inch or an ounce.

On their own feet they came, or on shipboard,

Camel-back, horse-back, ass-back, mule-back,

Old civilisations put to the sword.

Then they and their wisdom went to rack:

No handiwork of Callimachus

30 Who handled marble as if it were bronze,

Made draperies that seemed to rise

When sea-wind swept the corner, stands;

His long lamp chimney shaped like the stem

Of a slender palm, stood but a day;

All things fall and are built again

And those that build them again are gay.

Two Chinamen, behind them a third,

Are carved in Lapis Lazuli,

Over them flies a long-legged bird

40 A symbol of longevity;

The third, doubtless a serving-man,

Carries a musical instrument.

Every discolouration of the stone,

Every accidental crack or dent

Seems a water-course or an avalanche,

Or lofty slope where it still snows

Though doubtless plum or cherry-branch

Sweetens the little half-way house

Those Chinamen climb towards, and I

50　Delight to imagine them seated there;

There, on the mountain and the sky,

On all the tragic scene they stare.

One asks for mournful melodies;

Accomplished fingers begin to play.

Their eyes mid many wrinkles, their eyes,

Their ancient, glittering eyes, are gay.

天青石雕

（为哈利·克里夫顿作）

我曾听歇斯底里的女人

说她们厌恶调色板和提琴弓，

厌恶总是快活的诗人，

因人人皆知，否则也该懂：
假如不采取激烈手段，
飞机和飞艇就会出动，
像比利王那样扔下炸弹
直到这城市被摧毁夷平。

全都在表演各自的悲剧，
10 那边走哈姆雷，那边有李尔王，
那是奥菲莉，那是考娣莉；
可是，若演到最后一场，
巨大的幕布即将落地，
若配得上剧中的显要角色，
就不会中断台词而哭泣。
他们懂哈姆雷和李尔快乐：
改变着畏怖的众生的快乐。
人追求的一切，找到又失去；
黑灯；照进头颅的天国：
20 演绎到了极致的悲剧。
哈姆雷彷徨，李尔怒狂，
所有的布景都同时降落
在成千上万座舞台之上，
悲剧也不能再发展分毫。

他们来过：徒步，或乘船，
骑马，骑骡，骑驴，骑驼，

古老的文明遂面临刀剑。
他们同智慧就走向毁灭；
伽里玛科斯刻石如雕铜；
30　他刻的衣纹，当海风吹袭
这角落，仿佛飘飘飞动；
其作品如今无一站立；
他那棕榈树形的长灯罩
站立的时间不过一夜；
一切都倾倒又被重造，
重造一切者都很快乐。

天青石上刻着俩中国佬，
身后还跟着第三个人；
他们头上飞着只长腿鸟，
40　那是延年益寿的象征；
第三位无疑是个仆人，
怀里抱持着一件乐器。

石上每一片褪色的斑痕，
每一处偶然的凹窝或裂隙
都像是一道水流或雪崩，
或依然积雪的高坡峻岭，
虽然梅花或樱枝很可能
薰香了半山腰那座小凉亭——
中国佬正朝它攀登；我乐于

50 　想象他们在那里坐定；

　　在那里,凝望山峦和天宇,

　　注视一切悲剧的场景。

　　有一位要听悲悼的曲风；

　　娴熟的手指就开始弹拨。

　　他们皱纹环绕的眼睛,

　　苍老、炯炯的眼睛,快乐。

【解】

　　1935年7月4日,已过七十大寿的叶芝(他的生日是6月13日)收到英国青年诗歌爱好者哈里·克利夫顿(全名 Henry Talbot de Vere Clifton〔1907—1979〕,Harry 是其昵称)赠送的一件特殊的珍贵寿礼——一块中国清代乾隆时期天青石雕摆件。叶芝想必兴奋异常,因为隔日(7月6日)他就一连写了三封信向人提及这件价值不菲的礼物(据说当时估价在两三百英镑之间)。他在致多萝西·韦尔斯利的信中说:"我注意到你有许多天青石。有人送了我一大块,由中国雕刻师雕成了一座山的模样,上有庙宇、树木、小径,还有一位苦行者和弟子正要登山。"[①] 在致格温尼斯·福登(Gwyneth Foden)的信中说:"昨晚一位富有的英国青年送来一大块天青石,由某位古代中国的艺术家雕成一座山的模样,半山腰树丛里有一座小庙,一条通往那里的小径,小径上有一位苦行者和他的弟子。"[②] 在致埃德蒙·杜拉克的信中则说:"一大块天青石,由某位中国

---

① W. B. Yeats, *Letters on Poetry from W. B. Yeats to Dorothy Wellesley*, pp. 8-9.
② Jerusha McCormack, "The Poem on the Mountain: A Chinese Reading of Yeats's 'Lapis Lazuli'", *Yeats's Mask: Yeats Annual, No. 19: A Special Issue*, ed. Margaret Millis Harper & Warwick Gould, Cambridge, UK: Open Book Publishers, 2013, p. 286.

雕刻师刻成山的模样,上有小径、流水、树木、一个小庙、一位贤哲和他的弟子。"① 他还补充说,石雕背面刻有铭文,但他不知道写的是什么。② 其时叶芝显然对那玩意儿的意义不甚了了,对其外观的描述也不够准确。第三封信与前两封措辞略有不同,"苦行者"换成了"贤哲",这说明他对石雕上人物的身份尚不能确定,而仅止于猜测。至于其他景物器物,他也缺乏起码的认识。例如这三封信里都没有提及石雕上的第三个人物,也许就是因为当时不知他怀抱的是何物件而无法描述吧。在同年12月30日致韦尔斯利的信中,他再度提及那件石雕时如是措辞:"……我的青山,中国乐师正登山前往那小客栈或庙宇。"③ "苦行者"和"贤哲"变成了"乐师";"庙宇"也增加了一个新的或然选项"小客栈"。这说明他对石雕的认识有所修正,但可惜仍旧不是十分明了其义。有人猜测,叶芝此时很可能得到了高明④指点。

对于石雕本身,奥唐奈尔(William H. O'Donnell)给出了更为详细的外观描述,虽然仍不尽准确:

> 这座乾隆时期(1739—1795)的"山"立高26.7厘米(10.5英寸)〔加上雕花木底座通高30.7厘米(合12英寸)〕,雕刻着颇似叶芝在诗中所描写的景致。正面,三个男人正沿着登山小径走向一座小庙或房子。领头的是一位长胡子贤哲,半转身面朝紧跟在身后的一位较年轻的、没有胡子的弟子。这两人后边跟随着一个仆人,恭谨地保持着一段距离,携带着可能是琵琶的东西。

---

① Quoted in Michael Cade-Stewart, "Mask and Robe: Yeats's *Oxford Book of Modern Verse* (1936) and *New Poems* (1938)", ibid., p. 248.
② William H. O'Donnell, "The Art of Yeats's 'Lapis Lazuli'", *The Massachusetts Review* 23.2 (1982), p. 355.
③ W. B. Yeats, *Letters on Poetry from W. B. Yeats to Dorothy Wellesley*, p. 129.
④ 有人猜测可能即对中国艺术颇有研究的埃德蒙·杜拉克(McCormack, op. cit., p. 265)。杜拉克在给叶芝的回信中猜测,石雕背面的铭文是一首诗,并主动提出要替他翻译,如果叶芝能寄给他一份拓片或照片的话。由于铭文十分模糊,几不可读,叶芝也就不再提及(O'Donnell, "The Art of Yeats's 'Lapis Lazuli'", op. cit., p. 355)。

图 35：天青石雕
（出自 *Yeats Annual*, No. 19）

山上遍布巉岩、瀑布、松树——从针叶簇的程式化传统表现手法辨认得出。背面,山景延续,有更多松树、一只飞鹤,还有一首四句七言诗——在那一时期的雕件上,这算不得不寻常。①

理解其主题的关键就在于石雕背面的那首汉语题诗,但它一直是个谜,直到2013年,麦科马克(Jerusha McCormack)从爱尔兰国家图书馆获得了那件著名石雕的正面和背面的彩色照片,请北京故宫博物院专家张辛(译音)鉴定,才确认了石雕背面镌刻的是乾隆皇帝在位十四年(1749)时特为此石雕所题御制诗《春山访友》,其辞曰:

> 绿云红雨向清和,
> 寂寂深山幽事多;
> 曲径苔封人迹绝,
> 抱琴高士许相过。②

由此可知,这件俗称"山子"的皇家御玩表现的其实是我国传统艺术中常见的"携琴访友"主题("春山访友"是其变体之一)。这一主题不仅见于雕刻,还见于瓷器、漆器、绘画作品等,可以说已成为一种母题(motif),其表现形式也基本程式化了,其中人物往往都是一主一客加一琴童,环境则是山野幽居之类。

从石雕图片上可以看出,叶芝所谓的"小客栈或庙宇"其实不过是中国建筑中再平常不过的小凉亭而已。叶芝之所以最初把凉亭误认为庙宇,当是出于先入之见。在他编选的《牛津现代诗选》(1936)中收录有亚瑟·韦利(Arthur Waley,1888—1966)译自汉语的一首诗,即题为《庙

---

① William H. O'Donnell, "The Art of Yeats's 'Lapis Lazuli'", op. cit., pp. 353–354.
② Jerusha McCormack, op. cit., p. 278.

宇》("Temple")①，其中所写的情节不能不说与《天青石雕》最后一节的描写有相似之处。后者中的人物动态描写恐怕不是像某些评论者所认为的那样，纯粹出于想象，②而似乎是受了前者的启发。对比看来，不仅情节，两首诗中的意象甚至措辞也不乏雷同。③

很可能在收到天青石雕不久，叶芝就开始构思一首与之有关的诗作了。最初他的着眼点似乎是东西方艺术的不同。他不懂中文，对中国的隐士文化当然不甚了了。不过，在直观审视下，中国雕刻艺术表现出的平和快乐的气氛肯定对他产生了触动，尽管他关注的重点略偏重于西方人面对人生悲剧时应有的态度。他在1935年7月6日致韦尔斯利的信中继续写道："苦行者、弟子、顽石，感性的东方的永恒主题。绝望当中的英雄呐喊。可是，不，我错了，东方永远有自己的解决办法，因此对悲剧一无所知。是我们，而不是东方，必须发出那英雄的呐喊。"④ 与中国传统中所谓"天下无道则隐"的逃避主义不同，叶芝推崇的是直面悲剧现实的行动："对我来说，最高的目的是令人在悲剧当中感到快乐的一种具有信仰和理性的行动。"⑤ 此诗前三节着重写的就是西方艺术家面临悲剧时无畏的乐观态度："一切都倾倒又被重造，／重造一切者都很快乐。"相比之下，较早的诗作《再度降临》(1919)则仅仅对悲剧有所预见，情绪相当悲观："万物崩散；中心难维系；／世界上散布着一派狼藉，／血污的潮水到处泛滥，／把纯真礼仪淹没吞噬；／优秀的人们缺乏信念，／卑劣之徒却狂嚣一时。"诗人在《天青石雕》中的认识无疑有所改变，态度才会有所不同。据说此诗最后两节先于前三节草成，而且是一气呵成，几无修改。⑥这说明叶芝的诗思最初的确是源自对石雕的观察。而诗的最后两行是

---

① 此诗原文是白居易的《游悟真寺诗一百三十韵》。
② John Unterecker, op. cit., p. 260.
③ 详见傅浩：《叶芝心/眼里的中国》，《外国文学》2019年第4期，页121—136。
④ W. B. Yeats, *Letters on Poetry from W. B. Yeats to Dorothy Wellesley*, p. 9.
⑤ Ibid., p. 13.
⑥ William H. O'Donnell, "The Art of Yeats's 'Lapis Lazuli'", op. cit., p. 357.

最重要的观察结果,最后一个词更是诗眼所在。"快乐"这一极可能得自中国艺术的关键词随后才融入了对西方悲剧英雄行为的定义。无论是西方的积极入世、热心干预还是东方的消极避世、冷眼静观,最终都归结于快乐,可谓殊途同归。1937年11月20日,即该诗完成后一年有余,叶芝致信韦尔斯利说:"我想,我的问题在于从前是以快乐面对死亡,现在我学会了,应该是面对生活。"① 这不能不说是他晚年的一大转向。他在较早的《向拜占庭航行》(1926)一诗中还在衷心祈愿逃离生活的"感性音乐","耗尽我的心"而进入"那永恒不朽的艺术作品里",从此"不再采用/任何天然物做我的肉体躯壳"呢。而从《天青石雕》看来,殊途同归之中,还是有所侧重的。这也许是为什么诗人要把先完成的两节诗放在最后也是最重要位置的原因吧。

此诗是继《亚当所受的诅咒》(1902)一诗之后的谈话风格的发展,略去了有关谈话参与者或听众的介绍,而直接对隐含的受言者(包括不在场的哈利·克里夫顿)发言,类似布朗宁式的戏剧独白。

第1节是引子,写面临文明毁灭的现实悲剧时,世俗之人对待艺术的态度。开讲的口吻显得很随意,一如日常的闲聊:"我听某某说"云云。"歇斯底里的女人"确有其人,但具体是谁并不重要,有人认为即茉德·冈和康斯坦丝·马尔凯维奇那一类热衷政治的女人。② 叶芝在艾贝剧院1908年的日志中曾写道:"有一个女人曾经尽可能频繁地絮叨说,在这个时代画画或写诗就是在罗马燃烧之时拉小提琴。"③ 这是在借用爱好艺术的古罗马亡国之君尼禄皇帝的故事暗讽艺术误国,斥骂艺术家(尤其是诗人)是不关心政治的荒淫之徒。调色板、提琴弓、诗人分别代表视觉艺术、音乐和文学,是她们所排斥的令人"快活"的艺术。"gay"一词有多义,在此处(从歇斯底里的女人视点看来)含有贬义,据《牛津英语词典》

---

① W. B. Yeats, *Letters on Poetry from W. B. Yeats to Dorothy Wellesley*, p. 164.
② John Unterecker, op. cit., pp. 258–259.
③ W. B. Yeats, "Samhain: 1908. First Principles", *Explorations*, p. 239.

（OED），应是"Addicted to social pleasures and dissipations. Often euphemistically: Of loose or immoral life."（耽于冶游放浪之乐。常委婉谓生活放荡不羁或不道德）的意思。但在身为诗人的叶芝看来，保持快乐的心境，甚至放浪形骸、寻欢作乐并非是什么可耻的不道德行为，而是一种值得称道的英雄姿态。他在1935年7月6日致韦尔斯利的信中还写道：

> 我想，我们时代真正的诗歌运动是趋于某种英雄训诫的。太注重道德的人总是会失去英雄的狂喜。最常有英雄狂喜的那些人是道森曾经描写的（我找不到那首诗了，但那几行是这样的或像这样的）
>
> 醇酒、妇人、欢歌，
> 它们属于我们，
> 我们，痛苦而快活者。
>
> "痛苦而快活"，这就是英雄的心境。当有了绝望，无论是公众的还是私人的，当既定的秩序好像失去了的时候，人们就会向内心或身外寻找力量。①

厄内斯特·道森（Ernest Dowson，1867—1900）是叶芝创建的"韵人俱乐部"成员，是十九世纪末颓废文学运动的践行者，与其他多位成员一样，在维多利亚时代崇尚道德的社会氛围中纵情酒色，放任自我，终于潦倒夭折。叶芝因而惋惜地称之为未能完成自我人格的"悲剧的一代"。尽管如此，其以艺术的"快活"在绝望中对抗现实悲剧的姿态却不失为一种

---

① W. B. Yeats, *Letters on Poetry from W. B. Yeats to Dorothy Wellesley*, p. 8.

英雄的姿态。所引道森诗句出自《诗人之路吟》("Villanelle of the Poet's Road", 1899)第10—12行(叶芝记忆有误,把第12行置于第10行之前了),是颓废派的标志性口号。

按照叶芝的历史循环理论,人类文明两千年一循环;以基督教文化为主导的西方文明发展到二十世纪,已接近又一个循环的终点;在过渡到下一个循环之前,必经不止一次的大破坏大毁灭。叶芝作此诗时,与一战前的情形类似,欧洲正笼罩着对可能再度爆发大战的恐慌。在1690年爱尔兰的波义尼河战役中,信奉新教的英王威廉三世(William III, 1650—1702)击败信奉天主教的被废黜老王詹姆士二世(James II, 1633—1701)。有民谣《波义尼河之战》("The Battle of the Boyne")叙述他使用炸弹的情形:"詹姆士王在两军战线之间／搭起帐篷要休息,／可是威廉王扔进了炸弹／把它们都点着烧起"(King James has pitched his tent between ／ The lines for to retire ／ But King William threw his bomb-balls in ／ And set them all on fire.)。[①] 其中"pitch"一词有多义,在此处是(詹姆士王)"搭建"(帐篷)的意思,叶芝却偏偏借用来表达(威廉王)"猛掷"(炸弹)的意思,可见其顽皮。在第一次世界大战中,德皇威廉二世(1859—1941)曾派齐卜林飞艇空袭英国伦敦。比利是威廉的昵称,故第7行的"比利王"一语双关,明指英王威廉三世,暗指德皇威廉二世(Wilhelm II, 1859—1941)。若说这是对第二次世界大战中纳粹德国轰炸伦敦的预言的话,叶芝算是又算准了。世俗的女人们鄙弃艺术而热衷政治,却无法避免注定的破坏。面对将临的灾难,与她们的惊恐不安相反,诗人们"总是快活的",因为他们知道,毁灭之后,必有重建;暂时的政权免不了倾覆,而永恒的艺术总会更新。

第2节以文学为例,谈艺术家创造的人物对待死亡之悲剧的态度。其实在现实生活中,人人都在表演着各自的悲剧,或像莎士比亚悲剧《哈

---

① Quoted in A. Norman Jeffares, *A New Commentary on the Poems of W. B. Yeats*, p. 364.

姆雷特》(Hamlet)中的主人公哈姆雷特王子,或像其女友奥菲莉,或像《李尔王》(King Lear)中的李尔王,或像其女儿考娣莉。然而,在人生悲剧即将落幕时,如果人人都能像那些虚构的悲剧典型人物那样有英雄气概,"就不会中断台词而哭泣"了。据弗兰克·欧康纳说,是他为叶芝提供了这一想法的。他告诉叶芝,他在看格雷戈里夫人创作的一出悲剧演出时,女主角在落幕时竟然哭了。他问叶芝:"演员在落幕时哭泣是允许的吗?"叶芝回答:"决不!"[①] 叶芝后来在《拙作总序》(1937)一文中写道:

> 莎士比亚的主人公们通过他们的表情,或通过他们言语的比喻方式,向我们传达着他们得见异象的顿悟,传达着他们在死亡临近时的狂喜:"她此后本该死了";"千万个热吻中,这可怜的最后一个";"让你暂时离别幸福";他们变成了神或塘鹅神母:"我哺育的婴儿",但一切都必须是冷的;没有哪个女演员在扮演克娄巴特拉时哭泣过,就连舞台监督浅薄的大脑都从未想到过这种事情。超自然物出场了,冷风吹过我们的手,吹拂在我们的脸上,温度下降;由于这冷,我们招致了新闻记者和鉴赏力低下的观众的怨恨。也许在这个或那个细节里存在着令人痛苦的悲剧,但在整个作品里却不存在丝毫。我曾听见格雷戈里夫人在拒绝某部投寄到艾贝剧院的以现代风格写作的剧本时说:"悲剧对那要死的人来说必须是一件快乐的事情。"这对抒情诗、歌曲、叙事诗来说也没有什么不同;无论是学者还是大众,谁都不曾因为某一作品令人痛苦而世世代代阅读或传唱它。必须用永恒的形式把他们为其悲剧歌唱的那位宫廷侍女从历史中提升出来;她是四位玛丽中的一个;节奏是古老而熟悉的,想象却必须跳起舞来,必须超越感情而被带入原始的寒

[①] Frank O'Connor, *The Backward Look: A Survey of Irish Literature*, p. 174.

冰中去。寒冰这个词对吗？我曾经模仿我父亲一封来信中的句子夸口说，我要写一首"像黎明般寒冷而热情的"诗。①

艺术家创造的文学中的悲剧人物面对死亡时是快乐的，因而是英雄的。悲剧之所以令人快乐，是因为其中具有"改变着畏怖的众生的快乐"（第17行）。悲剧英雄求仁得仁，找到了又失去了世人所追求的一切，人生已臻圆满，了无遗憾，最终顿悟，得见天国之光，达到极乐境界。毁灭之际也就是完善之时，能意识到这一点必然是快乐的，至此，即便万千舞台上所有布景同时降落，"演绎到了极致的悲剧"（第20行）"也不能再发展分毫"（第24行）。寻常之人若能体会英雄的如此心境，又怎么会画蛇添足，悲伤哭泣，为古人担忧呢？

第3节以视觉艺术为例，谈身为创造者的艺术家对待破坏之悲剧的态度。在人类文明的更替过程中，艺术和创造艺术的人都无一例外势必遭到毁灭。当亚洲势力横扫欧洲时，作为上一个历史循环的代表，古希腊文明遭到了大规模破坏。第25行开头的"他们"一词指来自西亚、北非和欧洲本土的"野蛮人"：信奉基督教或伊斯兰教或其它宗教的柏柏尔人、匈奴人、哥特人、突厥人、阿拉伯人等。他们前赴后继，不断骚扰和打击希腊文明的继承者罗马帝国，摧毁了无数被他们视之为属于"异教"文化的艺术品。第28行开头的"他们"则指古希腊人。在野蛮暴力的冲击下，他们连同他们的智慧产物都归于毁灭。伽里玛科斯是公元前五世纪的希腊雕刻家兼建筑师，发明以旋凿雕刻衣纹，曾为雅典守护神庙制作过一盏金灯和一个棕榈树形的青铜灯罩，代表着古希腊工艺的较高水平，但他的作品几乎没有一件留存下来。面对衰亡，对人类文明贡献最多的艺术家仍然乐观，因为他们知道"一切都倾倒又被重造"（第37行）。艺术创造或重造堪比造物主之创造世界，是无中生有的过程，有此权能

---

① W. B. Yeats, "Introduction", *Later Essays*, pp. 213–214.

之人，能不快乐吗？

第4节才点题，谈到天青石雕，是对石雕外貌的客观描写。第39行中所谓"长腿鸟"无疑是指仙鹤，因为下一行的补充说明"那是延年益寿的象征"是不会让熟悉传统文化的中国读者误解的，但对于西方读者，这种写法则可能是有意陌生化，以营造距离感，或也许是根本不知道其英语的对应名称为何所致。其实，石雕实物上不是只有一只鸟，而是有两只鸟，一立于树下，一飞于空中，都在背面，这从麦科马克文中提供的照片即可看出。① 当然，诗人怎么写，是另一回事。在石雕实物上，与仙鹤相配的是松树，"松鹤延年"也是中国传统艺术中早已程式化的主题。然而，松树在诗里（第47行）却变成了"梅花或樱枝"。诗人是误读了石雕的形象呢，还是在发挥想象的自由？一个"或"字透露出了他读图的不确定感，而石雕上的球形松针叶簇倒确有点儿像花团。很可能经人指点，除"长腿鸟"之外，诗人此时也大概弄清楚了在给友人的信中不曾提及的石雕上的第三个人物的身份——一个携带乐器的仆人（其实是少年琴童）。乐器是个关键形象，尽管诗人并不知道那到底是一种什么样的乐器。

最后一节以音乐为例，谈艺术家或东方贤哲对待人世悲剧的态度。诗人终于直接露面，不仅继续描写石雕实物上固有的景物，而且试图表现了那上面所没有的东西。他不满足于静态描写，而是像济慈在《希腊古瓮颂》("Ode on a Grecian Urn", 1819)一诗里所做的那样，运用想象，让雕刻的人物"活"起来，登上山去，坐在凉亭里，超然静观展现在他们脚下的"一切悲剧的场景"。他们就像完成了创造世界和人类的造物主一样，停工休息了，从此不再干预自己所创造的一切，而是任由它们自作自受、自生自灭。虽然他们演奏和欣赏的是"悲悼的曲风"，但是他们的艺术像西方的悲剧一样，必定是令人快乐的。这就是诗人想象中的中国

---

① Jerusha McCormack, op. cit., p. 277.

人,他们不懂悲剧为何物,因为对待悲剧,他们"永远有自己的解决办法",尽管他不知道那是些什么办法。他只知道,至少从石雕上人物的神情看来,他们是快乐的。

《天青石雕》于1936年7月25日写成,[①]最初发表于《伦敦信使》月刊1938年3月号和1938年4月13日的《新共和国》(*The New Republic*)杂志。叶芝自认为它"几乎是我近年来所写的最好作品"。[②]

[①] John Kelly, *A W. B. Yeats Chronology*, p. 299.
[②] W. B. Yeats, *Letters on Poetry from W. B. Yeats to Dorothy Wellesley*, p. 19.

Imitated from the Japanese

A most astonishing thing
Seventy years have I lived;

(Hurrah for the flowers of Spring
For Spring is here again.)

Seventy years have I lived
No ragged beggar man,
Seventy years have I lived,
Seventy years man and boy,
And never have I danced for joy.

仿日本诗

稀奇至极一件事:
我已活了七十年;

(欢呼春天百花开,

因为春天又来临。)

我已活了七十年,

未做褴褛讨饭人;

我已活了七十年,

七十年来少与老,

乐莫如今而舞蹈。

【解】

叶芝在1936年12月底将此诗抄寄给多萝西·韦尔斯利,并解释说:"我根据一首赞美春天的日本俳句的散文翻译作成此诗。"① 据芬纳阮(Richard J. Finneran)说,叶芝所据可能是宫森朝太郎英译的《古今俳句集》(*An Anthology of Haiku Ancient and Modern*,1932)中江森月居(1745/56—1824)的一首咏春俳句:"对逝去的春天,/我的盼望/年年不同。"英译者如是解说:"季节的变化每年都相同,逐年衰老的诗人却感受不同。此句似乎是对一首汉语名诗头两行的改写:'年年岁岁花相似,岁岁年年人不同'。"② 不过,对照看来,叶芝诗中括号内的引文与月居俳句的译文还是有出入的。月居俳句中并没有提到花,花的形象仅见于英译者的解说文字中引用的出自我国唐代诗人刘希夷(约651—约680)的《代悲白头翁》一诗的那两句(并非头两行)中。

无论如何,叶芝是读到某一首英译日本俳句有所触动而作此诗的。他的心情与俳句的情调相契合,那是一种油然而生、合乎自然的莫名快

---

① W. B. Yeats, *Letters on Poetry from W. B. Yeats to Dorothy Wellesley*, p. 128.
② W. B. Yeats, *The Poems of W. B. Yeats*, p. 669.

乐。叶芝此时可谓功成名就，也小有资产了，回想年轻时没有固定职业，仅靠抄抄写写为生，如今终靠写作安身立命，必定既感慨又自得，诚如他在《又怎样？》("What Then?", 1936)一诗中所写，"'工作完成了，'年老时他自思，/'按照我少年时的计划设想；/让蠢人发怒吧，我丝毫未偏离，/使某种东西达到了完美'"。① 另外，让他如此快乐的一个直接原因可能是，他于1934年4月5日或6日接受了当时极为时髦的所谓的"回春"手术（施坦纳赫输精管部分切除术），据说不仅从此恢复了多年不举的性能力，而且找回了失去已久的创作灵感，用他自己的话说，迎来了"奇妙的第二春"，这才令他如此精力充沛，自信满满。②

此诗开头两句倒是与我国唐代诗人杜甫（712—770）《曲江二首》之二中的一句诗——"人生七十古来稀"——意思相近。

---

① 傅浩（译）：《叶芝诗集》，页594。
② R. F. Foster, *W. B. Yeats: A Life*, Vol. II, pp. 496; 498; 531.

Sweet Dancer

The girl goes dancing there

On the leaf-sown, new-mown, smooth

Grass plot of the garden;

Escaped from bitter youth,

Escaped out of her crowd,

Or out of her black cloud.

Ah dancer, ah sweet dancer!

If strange men come from the house

To lead her away do not say

10 That she is happy being crazy;

Lead them gently astray;

Let her finish her dance,

Let her finish her dance.

Ah dancer, ah sweet dancer!

甜美的舞女

　　那女孩去那里跳舞,
　　在花园中落叶缤纷,
　　新剪的柔滑草坪上;
　　逃离她苦涩的青春,
　　逃离她周围的人群,
　　或笼罩她的乌云。
　　舞女啊,甜美的舞女!

　　若生人从那楼里来
　　要把她带走,可别说
10　她觉得疯了很快乐;
　　悄悄拉他们到一侧;
　　且让她跳完她的舞,
　　让她跳完她的舞。
　　舞女啊,甜美的舞女!

【解】

　　1934年4月5日或6日,叶芝接受了当时流行的所谓"回春"手术(施坦纳赫输精管部分切除术)。术前,他向主刀医生诺曼·海尔(Norman Haire,1892—1952)坦白,"大约有三年时间……他丧失了所有灵感,写不出任何新东西来"。① 术后,他不仅文思泉涌,而且精力充沛。用他自己的话来说,这次手术给了他"奇妙的第二春"。② 因此,尽管年老貌衰,他还是不禁春心蠢动,在7月24日给老情人奥莉维娅·莎士比亚的信中写道:"奇怪,我竟然在老年写这些东西。这时假如我主动开始新的恋爱,我只能指望被厌倦了抱枕的被动拥抱的年轻女人接受了。"③ 说来也巧,这时正有一位年轻女人主动频繁来信,与他谈诗。她名叫玛戈特·儒多克(Margot Ruddock,1907—1951),是个英国戏剧演员,业余写诗,结过两次婚,但都不幸福,精神有些不稳定。10月4日,他们初次在伦敦见面,叶芝一下子就被她"面容和肢体的出众之美"及悦耳的女低音迷住了,在她的建议下,当即在当地买下一套公寓房,以便日后来往。④ 10月18日再聚时,他们很可能就有了肉体接触。11月下旬,他寄给她一首题为《玛戈特》("Margot")的情诗,也许就是记他们再次见面时的印象;诗人自我感觉颇有些受宠若惊的意思,可见他对她一时迷恋的程度。该诗一直秘不公开,直到1970年才随二人的通信集问世。原文如下:

I

All famine struck sat I, and then

Those generous eyes on mine were cast,

Sat like other agèd men

Dumbfoundered, gazing on a past

That appeared constructed of

Lost opportunities to love.

---

① Richard Ellmann, *W. B. Yeats's Second Puberty*, Washington: Library of Congress, 1985, p. 7.
② R. F. Foster, *W. B. Yeats: A Life*, Vol. II, p. 531.
③ W. B. Yeats, *The Letters of W. B. Yeats*, pp. 824–825.
④ R. F. Foster, *W. B. Yeats: A Life*, Vol. II, p. 505.

II

O how can I that interest hold?

What offer to attentive eyes?

Mind grows young and body old;

When half closed her eye-lid lies

A sort of hidden glory shall

About these stooping shoulders fall.

III

The Age of Miracles renew,

Let me be loved as though still young

Or let me fancy that it's true,

When my brief final years are gone

You shall have time to turn away

And cram those open eyes with day.[1]

汉译如下：

一

被饥饿击倒，我坐着，接着

那慷慨的双眼投向了我的眼；

像别的老年人一样坐着，

颓然发呆，凝望着从前，

从前就仿佛是由无数

---

[1] W. B. Yeats & Margot Ruddock, *Ah, Sweet Dancer: W. B. Yeats, Margot Ruddock: A Correspondence*, ed. Roger McHugh, London: Macmillan, 1970, pp. 33–34.

失去的恋爱机会所构筑。

二

啊,我怎能保持那兴趣?
拿什么给这专注的双眸?
心变得年轻身体渐老去;
她的眼帘半闭的时候,
一种隐秘的荣耀即将
落在我这佝偻的双肩上。

三

奇迹的年代会不断重来,
就让我被爱,仿佛还年轻,
或让我幻想这都是实在;
我短暂的暮年逝去之后,
你将会有时间扭头转向,
让大睁的双眼充满日光。

初次见面后,为了给儒多克安插一个女王角色,叶芝就开始着手修改新诗剧《大钟楼之王》(*The King of the Great Clock Tower*, 1934)。一年后,他终于成功安排她在他的旧诗剧《演员女王》(*The Player Queen*, 1922)的一次演出中饰演了女主角。他还为她修改诗作,并在自己正在编选的《牛津现代诗选》(1936)中收入了她七首诗。然而,由于种种原因,他未能"保持那兴趣","给这专注的双眸"以同等的专注,不久就移情别恋,且一度有意疏远她。

1935年11月,叶芝与印度人师利·普罗希大师启程赴西班牙马略卡岛，在那里合作翻译古印度哲学论著《奥义书》(*Upanishads*)。其间，他仍不断收到儒多克寄来自己的习作，征求他的意见。翌年4月，他给她写了一封长信，在对她的才华不吝溢美之词，予以充分肯定之后，末了又毫不留情地指出：

> 我不喜欢你近期的诗作。你没有在技巧上下功夫……你拣最容易的道走——省掉韵脚或者选用用滥了的韵，因为——你真该死——你太懒了。暂时别写诗了。你的技巧稀松的时候，你的题材就变成二手的了——没有难度迫使你深入表面之下——难度是我们的犁。①

这下她受不了了，于是彻夜不眠，疯狂写作，以至于出现幻觉，真地疯了，最后竟跑到马略卡岛来找叶芝。5月22日，叶芝分别写信给奥莉维娅·莎士比亚和多萝西·韦尔斯利，详述了事情的前后经过。在致前者的信中，他这样写道：

> 那女孩堪称美人儿，七八天前来到这里。她6:30走进来，手里拎着行李。她用过早餐后，说她来是为了要弄清楚，她的诗是否一无是处。我认识她几年了，曾教她停止写作，因为她的技巧越来越糟了。我惊诧于某些片段的悲壮之美并且如是说了。她就跑到屋外大雨之中，心想——如她后来所说——如果她自杀了，她的诗也许会代替她活下去。跑到海边要跳进去，转念又想她热爱生活，就开始跳舞。她到师利·普罗希大师所在的出租屋去睡觉。她湿透了，大师就给了她一些自己的

---

① W. B. Yeats & Margot Ruddock, *Ah, Sweet Dancer: W. B. Yeats, Margot Ruddock: A Correspondence*, ed. Roger McHugh, London: Macmillan, 1970, p. 81.

图 36：玛戈特·儒多克
（出自 Ah, Sweet Dancer）

衣服;她没钱,他给了她一些。第二天,她去了巴塞罗那,在那里发了疯,从窗口爬出跌落,砸穿了一家烘焙店的屋顶,摔坏了一个膝盖,躲在一艘轮船的货舱里,大部分时间都在唱她自己的诗。英国驻巴塞罗那领事向我求助,乔芝和我就去了那里,发现她恢复了神志,正坐在一家诊所的病床上写她发疯的经过呢。不可能从她家人那里拿到足够的钱,所以我承担了费用,她才被遣送回英格兰,而现在我一年都买不起新衣服了。她丈夫写信来,不是寄钱,而是祝贺她大大出名了。你看到的那一段肯定是他的手笔。她会保持清醒吗?不可能知道。

　　回到伦敦后,我很可能会躲起来,因为她丈夫会让记者来找我,因为我想与一场在其中我不再能有所帮助的悲剧保持距离。①

在致后者的信中,他这样写道:

　　八九天前,玛戈特·柯利斯〔笔者按:儒多克的夫姓〕——你曾把她的一些诗作与艾米丽·勃朗特的相比——在6:30走进来,手里拎着行李。她从家里跑出来了。我穿好衣服,她洗漱毕,用过早餐后,她把一大堆她的诗作放在我面前,问它们是否够好,足以结集出版。我吃惊地浏览了一遍。有些我认为是壮美的悲剧片段。另一些我无法判断;我说我会寄给你看。她似乎满意了,在种种插曲之后,趁人不注意溜了出去。现在我知道了,她怀有一种想法,即如果她自溺而死的话,她的诗也许会替她活下去。她去到海边,又转念想到别的什么,就在雨中跳起舞来。她跑到普罗希大师所在的出租屋去过夜。她湿透

---

① W. B. Yeats, *The Letters of W. B. Yeats*, p. 856.

了,他借给她一些衣服,借给她一些钱。接下来是大英驻巴塞罗那领事来函求助。一位英国诗人从一扇窗户爬出,跌穿了一个屋顶,摔破了她的膝盖,躲藏在一艘轮船的货舱中,这期间大部分时间都在用自度的曲唱自作的诗。她处于某种极乐状态之中。我和妻子去了巴塞罗那,尝试从她的家人那里拿到足够的钱,但徒劳无功。最后我部分自掏腰包雇了一位护士送她回家(一年之内不能买新衣服了)。我不得不把她打发走,因为领事说,西班牙当局是反英的;如果他们听说了她,就会把她关进疯人院,就几乎不可能把她弄出来了。她现在完全正常了,我见到她的时候就已经正常了。她的弟弟、她的丈夫和英国领事都求我帮忙,但天知道英国新闻界都在说些什么。……我很可能会去你那儿……躲避这女孩的丈夫可能派来的新闻记者(他只想把这一切闹大)、种种提问,不再与一场在其中我不再能有所帮助的悲剧为邻……那疯女孩可能是个不祥之物。①

此诗较早的一稿见于 1937 年 1 月 8 日致韦尔斯利的信中。叶芝在诗前写道:"我似乎把你当做了我的告解神父——尤其在我处于那黑暗情绪之中时,但我现在快乐了——在为哀伤的曲调写词。"②

诗的内容是写"那女孩"(叶芝总是如此指称儒多克)精神失常之后的一个生活片段,是从作为旁观者的诗人的视角写的。当然,诗人也是知情人,对她有所了解。"她苦涩的青春"、"她周围的人群"、"笼罩她的乌云"都不完全是象征写法。第二节首行中"从那楼里来"的"生人"指来送她就医的西班牙国民卫队队员。诗人设想他们可能从办公大楼里来,要把她接走(参见《发疯的女孩》"A Crazed Girl"一诗解。)。接下来,

---

① Quoted in R. F. Foster, *W. B. Yeats: A Life*, Vol. II, pp. 543 – 544.
② W. B. Yeats, *Letters on Poetry from W. B. Yeats to Dorothy Wellesley*, p. 132.

诗人充满同情的劝告是重点所在。他是说给任何人听的,同情之中又满溢出欣赏之意。结合前一首诗《仿日本诗》来看,舞蹈无疑是快乐的表现;结合再前一首诗《天青石雕》来看,发疯无疑是悲剧,如奥菲莉和李尔王之疯狂;二者结合即所谓"悲剧的快乐",在叶芝看来,那不啻一种英雄行为,是人格接近完善的彻悟或极乐境界。打扰这样美好的境界岂不是罪过?

此诗最初发表于《伦敦信使》1938年3月号,随即收入诗集《新诗》(*New Poems*, 1938)。

也许是作为安慰或补偿,1937年4—10月间,叶芝应英国广播公司之邀在伦敦电台做系列谈诗节目直播时曾邀请儒多克参与朗诵和演唱,还为她编订了诗集《柠檬树》(*The Lemon Tree*, 1937),并撰写序言。

The Three Bushes

An incident from the 'Historia mei Temporis' of the Abbé Michel de Bourdeille.

Said lady once to lover,
'None can rely upon
A love that lacks its proper food;
And if your love were gone
How could you sing those songs of love?
I should be blamed, young man.'
   O my dear, O my dear.

'Have no lit candles in your room,'
That lovely lady said,
10 'That I at midnight by the clock
May creep into your bed,
For if I saw myself creep in
I think I should drop dead.'
   O my dear, O my dear.

'I love a man in secret,
Dear chambermaid,' said she,
'I know that I must drop down dead
If he stop loving me,

Yet what could I but drop down dead

20　If I lost my chastity?'

　　O my dear, O my dear.

'So you must lie beside him

And let him think me there,

And maybe we are all the same

Where no candles are,

And maybe we are all the same

That strip the body bare.'

　　O my dear, O my dear.

But no dogs barked and midnights chimed,

30　And through the chime she'd say,

'That was a lucky thought of mine,

My lover looked so gay;'

But heaved a sigh if the chambermaid

Looked half asleep all day.

　　O my dear, O my dear.

'No, not another song,' said he,

'Because my lady came

A year ago for the first time

At midnight to my room,

40　And I must lie between the sheets

When the clock begins to chime.'

O my dear, O my dear.

'A laughing, crying, sacred song,

A leching son,' they said.

Did ever men hear such a song?

No, but that day they did.

Did ever man ride such a race?

No, not until he rode.

O my dear, O my dear.

50　But when his horse had put its hoof

Into a rabbit hole

He dropped upon his head and died.

His lady saw it all

And dropped and died thereon, for she

Loved him with her soul.

O my dear, O my dear.

The chambermaid lived long, and took

Their graves into her charge,

And there two bushes planted

60　That when they had grown large

Seemed sprung from but a single root

So did their roses merge.

O my dear, O my dear.

When she was old and dying,
The priest came where she was;
She made a full confession.
Long looked he in her face,
And O, he was a good man
And understood her case.
70   *O my dear, O my dear.*

He bade them take and bury her
Beside her lady's man,
And set a rose-tree on her grave.
And now none living can
When they have plucked a rose there
Know where its roots began.
    O my dear, O my dear.

三丛灌木

米歇尔·德·布尔代叶神父《我的时代的历史》中记载的一件事。

贵妇曾对情郎说,
"没人能够依赖

缺乏资粮的爱情；
假如爱人已离开，
你怎能唱那些情歌？
小伙子，我应受责怪。"
　　　　哦乖乖，哦乖乖。

"在你屋里别点灯，"
那娇美贵妇叮嘱，
10　"我好在夜半时分
偷偷爬上你床铺；
若看见自己偷情，
我怕会倒地死去。"
　　　　哦乖乖，哦乖乖。

"我秘密爱着一个人，
亲爱的丫头，"她说，
"我知道必倒地而死，
假如说他不再爱我；
可假如我失去贞洁，
20　除倒地而死能如何？"
　　　　哦乖乖，哦乖乖。

"你就得躺在他身旁，
让他以为我在床，
也许我们都一样，

在没有灯烛的地方；

也许我们都一样，

一旦把身上都脱光。"

  哦乖乖，哦乖乖。

  半夜钟鸣狗不咬；

30 听着钟声，她会说：

"我这个主意真不错，

情郎看上去很快活；"

看侍女整天打瞌睡，

她又不禁长叹嗟。

  哦乖乖，哦乖乖。

"不是别的歌，"他说，

"因为在一年以前，

我的情妇第一次

半夜来到我房间；

40 钟声开始鸣响时，

我得躺在被单间。"

  哦乖乖，哦乖乖。

"又笑、又叫的圣歌，

一首色情歌，"他们说。

有谁曾听过这种歌？

只那天他们听过。

有谁曾跑过这种马?
没有,直到他跑过。
　　　哦乖乖,哦乖乖。

50 可他的马把蹄子
陷进了兔子洞里,
他一头栽地而死。
他的情妇全看见,
也倒地而死,因为她
用她的灵魂把他爱。
　　　哦乖乖,哦乖乖。

那侍女活了很久,
照看着他们的坟墓,
在那里种两丛灌木,
60 好让它们长大后
仿佛生自一条根,
玫瑰花也混在一处。
　　　哦乖乖,哦乖乖。

在她衰老临死前,
教士来到她身旁;
她做了彻底的告解。
他久久盯着她脸庞,
哦,他是个善心人,

理解她的情况。

70　　*哦乖乖，哦乖乖。*

他教人把她葬在
女主人的男人一侧，
在墓上种一丛玫瑰。
如今世人在那里
摘玫瑰，谁也不知
那根茎始于哪里。

　　　哦乖乖，哦乖乖。

【解】

1935 年 5 月间，由于编选《牛津现代诗选》的机缘，叶芝发现并结识了英国诗人多萝西·韦尔斯利。从此，他们开始频繁通信，讨论诗艺及其它话题。在 1936 年 7 月 2 日的一封信中，叶芝附有对韦尔斯利的一首本不押韵的自由诗所作的修改，并称赞说她写了一首"杰作"，而他"只是加入了韵脚，使之成为一首谣曲"。他还提及自己前两天也写了一首"关于诗人、贵妇、女仆的谣曲"，并且"相信我写了一首杰作。十二节，每节六行"，但在又及中说她的诗经他本人改过后"比我那费力而较活泼的诗句要好得多。"[①] 借用诗人凯瑟琳·瑞恩（Kathleen Raine，1908—2003）的话来说，叶芝的"杰作"实际上是"挪用"韦尔斯利的那首"杰作"的创

---

① W. B. Yeats, *Letters on Poetry from W. B. Yeats to Dorothy Wellesley*, pp. 76–78.

意重写的。①

在接下来的一封信里,叶芝附上了再加修改的韦尔斯利的部分"谣曲",以及自己另作的较长的谣曲和两首相关的伴随诗的完成稿,并解释说:

> 请原谅我对现在这首诗所做的改动。从你所写的看来,我想,你原本是不打算押韵的,而我想证明你是错的。也许它与"街角歌曲"合得来——有那样的情绪。我已经从你那古雅的现代性的震骇中恢复过来了,它一度使我失去了自信。我现在又喜欢我的关于三丛灌木的长谣曲了。我还写了同一主题的另外两首诗。我将尽快寄上所有的。我认为它们在我最好的作品之列。②

在9月14或17日的信中,叶芝附寄了为韦尔斯利修改的谣曲完整终稿,并说:"见面时我们再决定最早编这故事的十四或十五〔世纪〕寓言作者的名字"。③ 历史上法国有一位布朗多姆修道院长名叫彼埃尔·德·布尔代叶(Pierre de Bourdeille, 1540—1614),写过不少传说历史,很可能叶芝就是借用他的姓氏杜撰了其诗原始故事作者的姓氏的。叶芝和韦尔斯利的谣曲定本都采用了他们共同编造的同样的题记。在西方传统中,谣曲自古流行于民间,大多是根据真人真事创作,由游吟诗人到处传唱的,功用有些类似后世的新闻传播。叶芝自早年学诗时起就惯于用英语改写盖尔语谣曲译本,给此诗虚构一个本事来源大概是想让它听起来更像是地道的古风原创吧。

据韦尔斯利自注,其诗"自己的文字"发表于夸拉出版社1937年出版的《宽面》(*A Broadside*)杂志,稍后又加印了勘误,改正了个别措辞,因

---

① Kathleen Raine, "Introduction" to *Letters on Poetry from W. B. Yeats to Dorothy Wellesley*, 1964, p. xii.
② W. B. Yeats, *Letters on Poetry from W. B. Yeats to Dorothy Wellesley*, p. 81.
③ Ibid., p. 104.

考虑到叶芝的批评而删去了末尾三节,[1]并增加了新拟的题记。以下即她在与叶芝反复讨论的基础上自行修改后发表的原文:

THE LADY, THE SQUIRE, AND THE SERVING-MAID

She sent her wench unto the wight

Who would her lemen be.

"O maiden, mimic me to-night,

With him I will not lie.

'Tis easy done without the light,

So, child, make love for me".

Said lover to the serving-maid,

"Sweet mistress, you are wild,

O you are wild in love unwed,

And I for you, my child.

O light the torch before we're dead!"

Then fled she fast and wild.

When they were dead of the old Black Death,

The lord and lady proud,

The serving-maid beside the hearth

Sat down to hem the shroud.

She bleached it well for the dark deep earth,

---

[1] W. B. Yeats, *Letters on Poetry from W. B. Yeats to Dorothy Wellesley*, p. 77.

A-singing long and loud.

So sang she to the feather-stitch,
So sang she mad and loud:
"O love is nought but fancy's itch,
Man cools if maid is proud.
For no man knows the which from which",
Sang serving-maid to shroud.

Ere long she was laid in between,
Dead of the same death dire.
Such rose grew there was never seen
To deck the dame and squire.
It arched them both by Hallowe'en;
And the servant maid for hire.

"What told you?" said the lady to the rose,
"What to him did you say?"
"I spoke to give him truth's repose;
With thee he never lay.
Truth after death" said the bitter, bitter rose.
"Yes" said the lady in the clay.

"Then she was not my love?" said squire,
Herself she never gave?
"then she was never mine?" said squire.

"*No*" *said the briar to the grave.*

"*Truth after death*" *said the bitter, bitter briar.*

"*Yes*" *said the lover in the grave.*

"*Truth after death*" *cried the maid in the grave;*

"*'Twas I who rose at dawn.*

Yet though 'twas I not she who gave"

Cried maid unto the thorn,

"*I'll deck their graves and my own grave*"

Sang living heart to thorn.[①]

汉译如下:

贵妇、乡绅与女仆

她派丫头去那冤家居所,

他将做她的情郎。

"啊,女子,今夜就装作我,

我不愿跟他同床。

没有光亮这事儿容易做,

孩子,就替我爱一场。"

情郎对着那个女仆说:

"你真够野,甜妹子,

---

① Dorothy Wellesley, "The Lady, the Squire, and the Serving-Maid", *A Broadside*, No. 9 (New Series, Sept., 1937), pp. 1-2.

啊,你婚外偷情真够野,
我给你,我的孩子。
啊,咱们在死前点着火!"
于是她溜之大吉。

他们死于古老的黑死病,
那老爷和骄傲的夫人;
女仆在壁炉的旁边坐定
把尸衾的边缘缝纫。
为深入黑土她将它洗净,
一边放长声把歌吟。

就这样她对着羽毛针儿唱,
就这样她唱得疯又响:
"爱情不过是幻想在发痒,
女孩儿骄傲男人凉。
男人才不分哪个是哪样,"
女仆对着尸衾唱。

不久她死得同样地可悲,
被葬在他们中间处。
那里长出没见过的玫瑰
装点那乡绅和贵妇。
到了万圣节把两位遮蔽,
连同那受雇的女仆。

"你说什么了?"贵妇对玫瑰讲,

"你对他讲了些什么?"

"为让他安息,我告知他真相:

他从来没跟你睡过。

死后的真相,"恨恨的玫瑰讲。

"对,"土里的贵妇说。

"这么说她不是我爱人?"乡绅讲,

"她自己从未给出过?

这么说她从不属于我?"乡绅讲。

"不,"灌木对坟墓说。

"死后的真相,"恨恨的灌木讲。

"对,"墓里的情郎说。

"死后的真相,"墓里的女仆哭,

"是我在黎明时起床。

但尽管是我不是她曾给出,"

女仆对着花丛嚷,

"我仍会装点他们和我的墓,"

活着的心对花丛唱。

叶芝曾希望韦尔斯利在《宽面》上发表经他修改的终稿,但她并未照办。其原文如下:

THE SQUIRE, THE DAME, AND THE SERVING MAID

She sent her maid unto the man

Who would her leman be;
"*O Psyche mimic me in love*
  With him I will not lie.
'Tis sweetly done, 'tis easy done;
  So child make love me."

And love she made until he said
  "*With love for me you are wild,*
And I am wild for love of you
  And yet we were more wild
Were we not hidden in the dark,
  So light the torches child."

When they were dead of the Old Black Death,
  The Lord and the Lady Proud,
The sewing maid, the sewing maid,
  Sat down to hem the shroud,
The serving maid, the serving maid
  Who did as she was bid.

Long she sang and loud she sang
  Sang to the feather stitch
"All goes well with a man in the dark
  Whether he marry or letch;
All goes well, O all goes well
  No matter which is which."

When the Old Black Death came round again
    It was her turn to fall
And she was put between their graves
    That each might on her call
And soon was planted there a Thorn
    That arched above them all.

"I know," said thorn to lady,
    But she spoke up in the grave
"That he was never mine" she said,
    "Myself I never gave."
"Truth after death," said the bitter bitter spine,
    "What we buy we have."

"Then she was never mine" said he
    "Who rose before the morn."
" 'Twas all the same to him" said the maid.
    "That's so," said thorn.
"Truth after death" said the bitter bitter spine
    "That's so" said thorn.

"But when the withered leaf" said she
    "Cumbers all the ground,
Before the morn I slip away
    And on their graves attend,
If any find me brushing there

I am but a whirl of wind."①

汉译如下:

乡绅、贵妇与女仆

她派女仆去男人那里,
 他将做她的情郎。
"啊,赛琪,就装作我在爱,
 我不愿跟他同床。
这事儿美得很,这事儿容易做,
 孩子,就替我爱一场。"

她做爱直做到他对她说:
 "你爱我爱得真够野,
我也爱你爱到要发狂,
 但咱们可以更狂野,
如果咱们不躲在黑暗中,
 孩子,那就点着火。"

他们死于古老的黑死病,
 那老爷和骄傲的夫人;
做针线的女仆,做针线的女仆,
 坐下身把尸衾来缝纫;
做针线的女仆,做针线的女仆,

---

① W. B. Yeats, *Letters on Poetry from W. B. Yeats to Dorothy Wellesley*, pp. 105–106.

她做了吩咐她做的事。

她唱得长来她唱得响,
  对着羽毛针儿唱:
"一切都好,跟男人在暗中,
  无论正娶或强抢;
一切都好啊,一切都好,
  不管哪个是哪样。"

古老的黑死病再度来临,
  这回轮到她倒毙;
她葬在他们的坟墓之间,
  每位都听得见她声气;
不久那里种下了荆棘,
  把他们全都遮蔽。

"我知道,"贵妇对着荆棘说,
  但她是在墓里说。
"他从来不曾属于我,"她说
  "我自己从未给出过。"
"死后的真相,"恨恨的棘刺说。
  "我们买什么有什么。"

"这么说她从不是我的?"他说,
  "天亮前起床的那个。"
"对他来说都一样,"女仆说。

叶芝诗解

   "确实如此，"荆棘说。

   "死后的真相"，恨恨的棘刺说。

   "确实如此，"荆棘说。

   "可是在枯死的树叶，"她说，

    "铺满地面的时令，

   我会在天亮前悄悄地溜走，

    去照看他们的坟茔；

   若有人发现我在那里打扫，

    我不过是一阵旋风。"

  对比以上韦尔斯利的原作、叶芝的修改和重作，即可看出其中情节及措辞的发展线索，以及叶芝重作的高明之处。

  此诗可谓文人拟作的叙事谣曲，所叙故事情节简单，无需复述。至于其意义，倒不妨大胆猜测，姑妄言之。叶芝于1887年曾写过一首小戏剧诗，原题《嫉妒》("Jealousy")，收入诗集《乌辛漫游记及其它》(1889)时改题为《阿娜殊雅与维迦耶》("Anashuya and Vijaya")。该诗是他阅读摩尼耶·威廉姆斯(Monier Williams, 1819—1899)英译的古印度诗人迦梨陀娑(Kalidasa, 4—5世纪)的剧作《沙恭达罗》(*Abhijnanashakundalam*)之后的仿作。他在1925年加的注中云："那个小小的印度戏剧场景原是打算作为一出关于一个男人为两个女人所爱的剧本的第一幕的。他在她们之间有一个灵魂，一个女人醒着时另一个睡着，一个只知道白天另一个只知道黑夜。当我在罗西斯角看见一个男人拎着两条鲑鱼时，这念头来到我脑海中。'一个人有两个灵魂，'我说，然后又补充说，'哦不，两个人有一个灵魂。'现在我在《异象》中再次忙于这种思想：昼与夜、日与月的对立。"① 稍

---

① W. B. Yeats, *The Variorum Edition of the Poems of W. B. Yeats*, pp. 841 – 842.

后,他的创作方向转到爱尔兰题材后,类似主题又在叙述抒情诗《库胡林与大海之战》("Cuchulain's Fight with the Sea", 1891)和诗剧《埃玛的惟一嫉妒》(*The Only Jealousy of Emer*, 1918)中重现,但结局都是悲剧,三角恋问题都没有得到圆满解决。直到韦尔斯利寄给他那首写贵妇让女仆代己侍情郎枕席的诗,叶芝想必如获至宝,盛赞其为"杰作"、"不会死的东西",声称在其中"发现了前人从未唱过的东西",①以至于忍不住将其创意据为己有,也许就是因为此诗为他提供了令他满意的答案——灵魂之爱与肉体之爱既一分为二又合二为一的可能性。

  他不仅在诗歌创作中,而且在生活实践中也遇到同样问题。对这一问题的哲学性思考不仅给他的创作提供灵感,而且对他的生活具有指导意义。编选《牛津现代诗选》时,叶芝偶然发现了韦尔斯利的诗:"我对她一无所知,直到几个月前,我读到《群马》的开头段落,它那步幅的变化——突然的断言,然后是泛泛的一长行,它那既现代又精确的词汇令我欣喜不已。"②读其诗,尚不识其人,就已然十分倾心:"我双眼充满了泪水。我兴奋地读着,更觉得喜悦,因为这说明我尚未丧失我对诗歌的理解力。"③后来他才惊讶地得知她出身贵族,非常富有,即将成为惠灵顿公爵夫人,还是个公开的同性恋者。虽然嘴上说诗人生活不易,"富人很少会进入缪斯的神殿",④他在心里一定庆幸自己又得到了一位"精神缪斯"或灵魂伴侣,而她显然也以格雷戈里夫人第二自居。⑤ 在为她反复悉心修改那首有关灵肉之爱的诗作期间,他感慨地写道:"啊,我亲爱的,我重写了你的那首诗,就为了知道那是你的诗,这令我倍加兴奋。我把你和我自己重造成了一体。"⑥尽管叶芝当时已年届七旬,韦尔斯利则是人

---

① W. B. Yeats, *Letters on Poetry from W. B. Yeats to Dorothy Wellesley*, pp. 77; 87; 89.
② W. B. Yeats, "Introduction to *The Oxford Book of Modern Verse*", *Later Essays*, p. 198.
③ Keith Alldritt, *W. B. Yeats: The Man and the Milieu*, New York: Clarkson Potter, 1997, p. 336.
④ W. B. Yeats, *Letters on Poetry from W. B. Yeats to Dorothy Wellesley*, p. 7.
⑤ R. F. Foster, *W. B. Yeats: A Life*, Vol. II, p. 530.
⑥ W. B. Yeats, *Letters on Poetry from W. B. Yeats to Dorothy Wellesley*, p. 90.

过中年的同性恋者,佛斯特(R. F. Foster)认为他们不可能发生肉体关系,①但我们也不应忽视以下事实,即两年前叶芝刚做过时兴的回春手术,用主刀医生诺曼·海尔的话说,正急于"测试"手术"效果",②而与他正在交往的两位更年轻的女作家——业余诗人玛戈特·儒多克和小说家伊瑟尔·曼宁——都与他有过肉体关系。所以,叶芝怀有甚至提出发生关系的意愿并非完全不可能,而那首诗也许正是韦尔斯利用来委婉拒绝他的工具也未可知:她宁愿只拥有灵魂爱者的身份,尽管同性恋者并非绝对不能与异性发生关系,况且她还育有一子一女(准确而言,她应该是双性恋者)。

　　对于诗人的自我来说,灵魂之爱与肉体之爱可以分开,而且同等重要,但又相互纠缠,同归一源。三丛玫瑰的象征是否可视为三位一体的另一种诠释(参见《瑞夫驳斥帕垂克》一诗解)呢?

---

① R. F. Foster, *W. B. Yeats: A Life*, Vol. II, pp. 529–530.
② Ibid., p. 510.

The Lady's First Song

　　I turn round

　　Like a dumb beast in a show,

　　Neither know what I am

　　Nor where I go,

　　My language beaten

　　Into one name;

　　I am in love

　　And that is my shame.

　　What hurts the soul

10　My soul adores,

　　No better than a beast

　　Upon all fours.

贵妇的第一支歌

　　我转身四顾,

　　像哑兽演出,

　　不知我何物,

不知我去处；

语言被锤炼

成一个名字；

我在恋爱中，

这令我羞耻。

伤害灵魂者

10　我灵魂爱慕，

还不如一个

四条腿走兽。

【解】

　　此诗是叙事谣曲《三丛灌木》的伴随诗之一，是一段戏剧独白，其中发言者是贵妇。叶芝于1936年11月20日将此诗随信抄送多萝西·韦尔斯利，并说明"应该是贵妇在她对侍女说话那两首诗之前说的。……它本身并不很好，但会强化那出戏剧"。[①] 所谓戏剧指的是《三丛灌木》，其故事情节颇具戏剧性。此诗拟贵妇的口吻，抒写其慑于社会道德和习俗的约束，欲爱不敢，欲罢不能，充满矛盾和自责的心理活动。

---

① W. B. Yeats, *Letters on Poetry from W. B. Yeats to Dorothy Wellesley*, p. 115.

The Lady's Second Song

What sort of man is coming

To lie between your feet?

What matter we are but women.

Wash; make your body sweet;

I have cupboards of dried fragrance

I can strew the sheet.

   The Lord have mercy upon us.

He shall love my soul as though

Body were not at all,

10   He shall love your body

Untroubled by the soul,

Love cram love's two divisions

Yet keep his substance whole.

   The Lord have mercy upon us.

Soul must learn a love that is

Proper to my breast,

Limbs a love in common

With every noble beast.

If soul may look and body touch

20   Which is the more blest?

   The Lord have mercy upon us.

叶芝诗解

贵妇的第二支歌

　　什么样男人将前来
　　卧在你双脚之间？
　　我们不过是女人。
　　沐浴；使身体香甜；
　　我有好多橱干香料
　　可用来点缀床单。
　　　　主会怜悯我们。

　　他将爱我的灵魂，
　　就仿佛肉体无存；
10　他将爱你的肉体，
　　而不受灵魂纠纷；
　　爱填充爱的两部分，
　　却保持他形质完整。
　　　　主会怜悯我们。

　　灵魂必须学一种
　　适合我胸怀的爱；
　　肢体学一种高等
　　动物都同有的爱。
　　假若灵魂看，肉体触，
20　哪一个更有福气？
　　　　主会怜悯我们。

【解】

1936年7月某日,叶芝将此诗连同《三丛灌木》和另一首伴随诗抄寄给多萝西·韦尔斯利,并说"它们在我最好的作品之列"。[①] 这是一段戏剧独白,是出场人物贵妇说给侍女听的话。出于种种顾虑,她嘱咐她冒名顶替自己去与情郎幽会。这是怎样深沉而又扭曲的爱啊!她想必是害怕不见容于世,又害怕得罪情郎,为了维持隐秘的爱情,才出此下策,拿另一个无辜又无知的女子来做牺牲。然而诗人却让她表现得像是很有哲学头脑的样子,用堂皇的理由为自己的行为辩护。

此诗与《三丛灌木》一样,也是采用谣曲体写的。每节末尾用礼拜仪式用语充当的叠句表明,女主人公是虔诚的天主教徒。天主教对通奸行为的惩罚和歧视一贯是极严重的。可以想见,她承受的情感和精神压力有多大。叠句与正文内容的反差产生出一种反讽效果。

[①] W. B. Yeats, *Letters on Poetry from W. B. Yeats to Dorothy Wellesley*, p. 81.

The Lady's Third Song

When you and my true lover meet
And he plays tunes between your feet,
Speak no evil of the soul,
Nor think that body is the whole
For I that am his daylight lady
Know worse evil of the body;
But in honour split his love
Till either neither have enough,
That I may hear if we should kiss
A contrapuntal serpent hiss,
You, should hand explore a thigh,
All the labouring heavens sigh.

贵妇的第三支歌

假若你和我的情郎相遇，
他在你双脚间弹奏乐曲，
可不要妄说灵魂的坏处，

也不要以为肉体是全部——

　　因为我是他白天的女人，

　　了解肉体有更坏的弊病——

　　而应该把他的爱情分割，

　　以至谁都没有足够份额，

　　好让我听见——若我们接吻——

10　毒蛇发出的咝咝相和声，

　　你呢，如果手摸索到大腿，

　　会听见辛劳的诸天叹息。

【解】

　　此诗是叶芝随谣曲《三丛灌木》抄寄给多萝西·韦尔斯利的另一首伴随诗。与前一首同样，这是一段戏剧独白，是贵妇告诫侍女的话。与前一首中的劝勉口气不同，在此诗中她用警告的口吻提醒侍女不要得意忘形，妄图僭越，而应尽自己的本分而已。

　　叶芝在1925年为早期诗作《阿娜殊雅与维迦耶》(1887)所作的注释云："他在她们之间有一个灵魂，一个女人醒着时另一个睡着，一个只知道白天另一个只知道黑夜。"① 此诗中的贵妇说："我是他白天的女人"，意谓以灵魂相爱者。

　　第3—6行叶芝致韦尔斯利的信中抄本作："假如你胆敢将灵魂侮辱，／或者说以为肉体是全部，／我作为他在白天的女人，／必须愤怒地把肉体贬损"(If you dare abuse the soul, / Or think the body is the whole / I

---

① W. B. Yeats, *The Variorum Edition of the Poems of W. B. Yeats*, p. 841.

must, that am his day light lady, Outrageously abuse the body)。此处的修改听起来语气更含蓄,思虑更深熟。

第7—8行信中抄本作:"发誓保证他白天黑夜里／都不会与二者之一分离"(Swear that he shall never stray / From either neither night and day)。① 修改后的定本听起来有一种哲学家的冷静,恐怕是诗人的观点,而非诗中人物的意愿吧。

第9—10行的意象令人联想到偷食禁果之前的亚当和夏娃(参见《瑞夫驳斥帕垂克》一诗解),说明灵魂之爱的纯真和极乐。

第11—12行的描写则暗示人类堕落之后的境况,说明肉体之爱的不完美(参见《瑞夫在波伊拉和艾琳之墓畔》一诗解),如果有关前两行的猜测成立的话。

---

① W. B. Yeats, *Letters on Poetry from W. B. Yeats to Dorothy Wellesley*, pp. 86; 87.

The Lover's Song

Bird sighs for the air,

Thought for I know not where,

For the womb the seed sighs.

Now sinks the same rest

On mind, on nest,

On straining thighs.

情郎的歌

鸟雀把天空向往;

思绪不知欲何往;

精子把子宫向往。

此刻安息同降落

在心灵,在巢窠,

在绷紧的大腿上。

【解】

1936年11月8日,叶芝致信多萝西·韦尔斯利,谈到他卧室内墙上挂的三幅名画复制品,其中第二幅是法国画家古斯塔夫·莫罗(Gustave Moreau, 1826—1898)的"女人与独角兽"。他写道:"第二幅神秘——触摸生殖器官的神秘,透过一幅帘子的模糊触摸。"翌日,他又致信韦尔斯利:"在给你写完信之后,我又试着找更好的词语解释我所说的来自帘子后面的触摸的意思。今天早上,这个来了。"[①]他随即抄录了此诗。

此诗可以说是莫罗的画作的解说,也可以说是由该画获得灵感之作,抒写欲望满足之后的安宁。作为《三丛灌木》的又一首伴随诗,这也是叶芝为剧中人情郎代拟的适合情境的独白。其身份与叶芝一样,也是诗人。

[①] W. B. Yeats, *Letters on Poetry from W. B. Yeats to Dorothy Wellesley*, pp. 110; 112.

图 37：古斯塔夫·莫罗画作《女人与独角兽》(1885)
(出自 *Gustave Moreau: Between Epic and Dream*)

The Chambermaid's First Song

How came this ranger

Now sunk in rest,

Stranger with stranger,

On my cold breast.

What's left to sigh for,

Strange night has come;

God's love has hidden him

Out of all harm,

Pleasure has made him

10 Weak as a worm.

侍女的第一支歌

怎么搞的,这浪子

此刻沉陷于休养——

生人与生人一起——

在我冰凉的胸上。

还剩什么可期冀,

>   陌生的夜已到来；
>
>   上帝的爱掩护他
>
>   免受了一切伤害，
>
>   快乐已经使得他
>
> 10   虚弱得像条虫子。

【解】

　　叶芝于1936年11月15日致信多萝西·韦尔斯利说："那首'鸟雀把天空向往'现在是《三丛灌木》的伴随诗之一了。它是《情郎的歌》。我在其后又加上了《侍女在黎明前的祈祷》和《侍女在他死后的歌》。"① 此诗即前者（"The Chambermaid's prayer before Dawn"），是侍女的独白，情景继《情郎的歌》之后。侍女的话朴实无华，客观写实，没有什么深刻的思想，与其身份相称。

　　值得一提的是，叶芝信中的诗稿与此处定本措辞有所不同，尤其是第7行，原本是祈使句"愿上帝的爱掩护他"（May God's love hide him），这才与原题中的"祈祷"之意相符，也体现出侍女心地之善良。

---

① W. B. Yeats, *Letters on Poetry from W. B. Yeats to Dorothy Wellesley*, p. 113.

The Chambermaid's Second Song

From pleasure of the bed,

Dull as a worm,

His rod and its butting head

Limp as a worm,

His spirit that has fled

Blind as a worm.

侍女的第二支歌

由于床笫的欢乐,

迟钝得像条虫;

他那顶人的家伙

疲软得像条虫;

他那逃走的魂魄

盲目得像条虫。

【解】

此诗与前一首诗一道,于1936年11月15日抄寄给多萝西·韦尔斯利,原题《侍女在他死后的歌》("The Chambermaid's song after his death")。这两首诗,尤其是后一首中的大胆露骨描写让韦尔斯利大感震惊。她在11月25日的回信中写道:

> 觉得虫子诗很有趣。当然它一下子就击中了我,所以我想希金斯是对的。换个写法的话,那里有美好的东西在,我亲爱的;但是像所有的女人一样,我不喜欢虫子……你能想到用什么东西来替代虫子吗?我们本是虫子,将归于虫子。①

叶芝于11月28日回信说:

> 我改换了虫子诗里的形容词……
> "虫子"是对的,其令人反感的感觉是对的——那些形容词也同样——"迟钝"、"疲软"、"细瘦"、"光溜",都是由男人的裸体所引起,因那可怜无助的肉体与虫子发生联系的,都暗示着她的超然态度、她的"冰凉的胸"、她那慈母般的祈祷。②

他前后寄了三稿,措辞都与发表的定稿有所不同;最后一稿除最后一行的"盲目"(blind)作"光溜"(bare)外,在第4、5行之间还有两行:"露水间一个鬼影/细瘦得像条虫"(A shadow among the dew / Thin as worm),更明确地表示这是"侍女在他死后的歌"。目前此诗则有些暧

---

① W. B. Yeats, *Letters on Poetry from W. B. Yeats to Dorothy Wellesley*, p. 116.
② Ibid., pp. 117-118.

昧,似可以理解为情郎灵肉分离,心不在焉,夜间满足了肉欲之后睡着了而已。作为他"黑夜的女人",侍女对他的印象仅限于此,超然之中是否又透出一丝厌倦,一丝遗憾?

A Crazed Girl

That crazed girl improvising her music,
Her poetry, dancing upon the shore,
Her soul in division from itself
Climbing, falling she knew not where,
Hiding amid the cargo of a steamship
Her knee-cap broken, that girl I declare
A beautiful lofty thing, or a thing
Heroically lost, heroically found.

No matter what disaster occurred
10   She stood in desperate music wound
Wound, wound, and she made in her triumph
Where the bales and the baskets lay
No common intelligible sound
But sang, 'O sea-starved hungry sea.'

发疯的女孩

  那发疯的女孩在海滩上面舞蹈,
  即兴创作着她的音乐、诗歌;
  她的灵魂部分从自身分离,
  爬高,坠落到她所不知的何处;
  躲藏在一艘汽船的货物中间,
  她的膝盖跌破;那女孩,我宣布
  是个美丽高尚之物,或一个
  英勇地失去,又英勇地找回之物。

  无论什么样灾难发生,她都
10 立于不顾死活的音乐中缠裹,
  缠裹,缠裹;她怀着胜利的喜悦,
  在放置水斗和货筐的地方,不是
  发出明白易懂的寻常声音,
  而是唱:"渴望大海的饥饿大海啊。"

【解】

  此诗作于1936年5月,可以说是"即兴创作"的即事诗(事见《甜美的舞女》一诗解),最初作为序诗见于玛戈特·儒多克的诗集《柠檬树》(1937),题为《在巴塞罗那》("At Barcelona")。诗的体式是十四行体,但不合律，只偶然押韵，这在叶芝诗作中是极罕见的。按说叶芝批评儒多克写诗不押韵是因为"太懒"，他自己想必是不为也，非不能也。所以，如果不是应付差事，他这样写很可能是有意为之，或者是为了俯就儒多克诗集的风格，或者是以不整齐的形式暗示发疯主题。

叙述和描写部分基本上都是客观纪实，除了第3—4行略有些讲究。根据叶芝神秘哲学中的人格理论，个人灵魂按照功用至少可分为两部分——"意志"和"创造心"，用通俗的话讲，即感情和理智。那么，"那发疯的女孩"丢掉的当然是灵魂的理智部分了。我们的俗话形容人疯痴不正常不也说"像丢了魂似的"。如果仅仅是这样写，就流于一般了。诗人把女孩的行为转嫁到"她的灵魂"身上，让人格化的灵魂替她"爬高，坠落到她所不知的何处"，岂不生动，岂不妙哉。

第6—8行是诗人直接出面发表评论。他所谓"美丽高尚之物"是在诗集《新诗》(1938)中排在此诗前面的一首诗的标题暨主题(在叶芝诗集中，诗作往往不是按创作时间先后排列，而是按主题之相关性组合，以收互相发明之效)；在该诗中，诗人列举了约翰·欧李尔瑞、诗人的父亲约翰·叶芝(John Butler Yeats, 1839—1922)、斯坦迪士·欧格莱蒂、奥古斯塔·格雷戈里夫人、茉德·冈等亲朋故旧的颇见性情的行为，称之为"美丽高尚之物"。儒多克当然没有资格与这些人并列，但独处一诗作为补遗，也不失荣耀。"英勇地失去，又英勇地找回之物"则略同于《天青石雕》中的"人追求的一切，找到又失去"，是悲剧快乐的产物。叶芝在1936年5月22日致多萝西·韦尔斯利的信中转述英国驻巴塞罗那领事的话说："一位英国诗人从窗口爬了出来，跌穿了一个屋顶，摔破了她的膝盖，躲藏在一艘轮船的货舱中，这期间大部分时间都在用自度的曲唱自作的诗。她处于某种极乐之中。"①

最后两行是说儒多克作诗往往想法怪异，造语突兀，不同寻常，例如

---

① Quoted in R. F. Foster, *W. B. Yeats: A Life*, Vol. II, pp. 543 – 544.

其中所引诗句。"sea-starved"本身就是个奇怪的搭配,直译意思是"因(缺乏)大海而挨饿的",而又修饰后面的"饥饿的大海",颇令人费解,看来是货真价实的疯言疯语。此句引语出自《柠檬树》中儒多克的自叙《我几乎品尝到极乐》("Almost I Tasted Ecstasy")一文,她在其中记述了她在巴塞罗那发疯的经历:

> 我在家政方面很失败。我不得不花为孩子的未来所积蓄的钱。情况只会变得更糟,我未能找到做演员的工作。我死了似乎最好,但我想:"如果我是个好诗人的话,我就有权利活下去。"我在打字机前坐了一星期,然后我想:"我要去马略卡,叶芝会告诉我,我是否好诗人;师利·普罗希大师会告诉我,我是否有权利活下去。"
>
> ……我告诉叶芝,如果我写不出一首可以传世的诗的话,我就必须死。他浏览了一遍我的诗,却说,我必须逐首修改,直到完美。我说:"我怎么能使它们完美?我要死死不了,要活活不旺。"然后我想,要是我死了,我的诗也许会替我活下去。……叶芝读了一首写大海的诗。我趁没人注意的时候溜了出去。我冒雨慢慢走下海滩;我想:"我要死的话,会有什么力量助我的";我站在礁石上,却无法下海去,因为生活中有那么多我热爱的东西,然后我因不必死了而快乐得跳起舞来。
>
> ……天快亮了,我几乎没睡着,我的朋友们很担心。我觉得自己正在极乐状态中漂出去,但不敢放任自流,我想如果我放开了,我就会死。我起床在公寓四周散步;我向一个小伙子要了一根香烟,我们坐下闲聊;我深感绝望——黎明来的很慢,我想:"黎明不会来了,因为我没有进入极乐而死。"我们一起用早餐;我的朋友认为我精神失常了。我走到前门,想要出去;我

想:"如果我回到马略卡去,叶芝会知道我没有精神失常";我的朋友锁上了门;我跟他们搏斗;那小伙子试图把我关进一间我不喜欢的房间,因为有声音说,那不是合适的房间。我跟他搏斗,尽管我知道他是朋友,他们试图把我关进那房间时又跟他们所有人搏斗。他们把我关进另一间似乎友好的房间,那墙壁和家具几乎是我的一部分。我开始唱歌,即兴作词作曲,内容是关于上帝无所不在。我记得我拿了大师的拖鞋。我在马略卡淋湿的时候他借给我的,我穿着来到巴塞罗那,但已经脱了;拖鞋在另一个房间里。我想:"我必须归还它们,我必须回到马略卡去。"我停止了歌唱,大力擂门,呼唤朋友。他们没有听见,因为他们正在跟来接我去精神病院的国民卫队说话;我迅速跑向窗户,知道我必须设法逃走。我爬出窗去:外墙是粗糙的砂石砌的,下面的窗户有铁栏杆。我往下爬了一段;我没穿鞋,这有利于攀爬;终于我看到了下面的灰色屋顶。如果我能爬到那上面,我就能从那儿跳到地面上。我坠落在那上面,穿透了屋顶,似乎下落了好长一段距离。剧痛之后就感觉不到痛了;我落在一间理发店里,人们冲过来把我扶起来,但我走了出去;外面是骑马的国民卫队。我很高兴打败了他们,就跟马儿说话。他们送我去了诊所。……

我到朋友的住处去拿要带到马略卡去的拖鞋,但房门似乎锁起来了。我慢慢走向那条船。路很长,但我不觉得痛苦。我心气平和,一路闻着花香。我觉得饿,但我没钱。我想:"我要卖了戒指买船票",但我没护照。我爬进船的货舱,一只猫跑过来盯着我看;我开始轻声唱歌;我记得我唱道:

渴望大海的、饥饿的大海,

在伸出手的谦卑之中,

裹在一场梦里站在那里,

闭着眼睛面朝海沙滩,

知道大海就在那里,

深深地饮……啊,痛快地哭……

啊,我的爱人倾身稍稍远离我。①

---

① Margot Ruddock, *The Lemon Tree*, London: J. M. Dent, 1937, pp. 1 - 9.

To Dorothy Wellesley

Stretch towards the moonless midnight of the trees

As though that hand could reach to where they stand,

And they but famous old upholsteries

Delightful to the touch; tighten that hand

As though to draw them closer yet.

                                        Rammed full

Of that most sensuous silence of the night

(For since the horizon's bought strange dogs are still)

Climb to your chamber full of books and wait,

No books upon the knee and no one there

But a great dane that cannot bay the moon

And now lies sunk in sleep.

                                    What climbs the stair?

Nothing that common women ponder on

If you are worth my hope! Neither Content

Nor satisfied Conscience, but that great family

Some ancient famous authors misrepresent,

The Proud Furies each with her torch on high.

给多萝西·韦尔斯利

　　伸向那树林里没有月亮的中夜,
　　仿佛那只手能够到树木站立处;
　　而它们不过是名牌老家具陈设,
　　摸起来令人愉悦;握紧那只手,
　　仿佛想要把它们拉近些。
　　　　　　　　　　内心
　　充满了夜的那种最感性的静寂
　　(地平线购得,陌生的狗已安静),
　　上楼去到你满是书的内室等待,
　　没有书跪着,空无一人在那里,
10　只有一只大丹犬,它无月可吠,
　　此刻正躺倒沉睡。
　　　　　　　　什么在登梯?
　　绝不是平庸的女人沉思的东西,
　　若你不负我期望!既不是"满足"
　　也不是满足的"良心",而是往昔
　　某些名作家讹传的那伟大家族——
　　骄傲的复仇三女神高举着火炬。

叶芝诗解

【解】

叶芝于1936年8月1日将此诗稿抄寄给多萝西·韦尔斯利。后者加注云:"此诗经重大修改后刊印在《伦敦信使》1938年3月号和夸拉出版社版的《新诗》(1938)中,题为《给一位朋友》;以《给多萝西·韦尔斯利》为题发表于《最后的诗》(麦克米伦,1939)中。"[①] 翌日,叶芝又寄一信,改动了第7和10行几个词。8月5日,他再次致信韦尔斯利,详细说明此诗的创作背景和他的有关思路:

> 我星期六开始给你写一封信,是以对《给多·韦》作的新修改开头的。然后我对修改改了主意,就把它撕掉了。……此处是我对《给多·韦》作的最新修改。……希金斯说这首诗"棒极了",我喜欢这个形容词。在我近期所写的诗里,他似乎最喜欢它。……我们在自身之内都有一些东西要打倒,要从此战斗中获得力量。我从不"生产"诗剧而不向演员展示,诗中的激情来自以下事实,即发言者正抑制着暴力或疯狂——"打倒歇斯底里症"。全都要看抑制的完美程度,要看下面那野兽的动弹情形。就连我的诗《给多·韦》也应该给人以如此印象。月亮、没有月亮的夜、黑天鹅绒、感性的寂静、寂静的房间和狂暴而明亮的复仇女神。没有如此冲突,我们就没有激情,有的只是情感和思想。
>
> ……
>
> 关于《给多·韦》中的冲突,我并没有刻意设计。那种冲突存在于我的潜意识深处,也许人人都有。我梦见清水,也许两三回(诗中的月亮),然后来了色情绮梦。然后几个星期,也许我以性为主题写诗。然后来了反转——我年轻时,那是随着醒与睡之间某种梦或幻景而来的,其中有一团火焰。然后几个星

---

① W. B. Yeats, *Letters on Poetry from W. B. Yeats to Dorothy Wellesley*, p. 93, n.1.

期,我得到一套象征,就像我的拜占庭诗或《给多·韦》中那样的,以火焰为主题。这一切可能都来自如此机遇:我年轻时常参与一种喀巴拉仪式,其中有两根柱子,一根象征水,一根象征火。火的符号是△,水的符号是▽,二者结合组成所罗门王之印✡。水是感觉、和平、黑夜、寂静、慵懒;火是激情、紧张、白昼、音乐、精力。①

如叶芝所解说,此诗用其惯用的神秘象征手法营造出一种有冲突感的气氛——寂静的环境与创作的激情之间的冲突。他在8月13日的信中还劝勉韦尔斯利呢:"写诗吧,我亲爱的,继续写吧,这才是唯一要紧的事。"② 此诗是叶芝直接对韦尔斯利说话,也可以视为对她的讽劝吧。

第3行中"名牌老家具陈设"(famous old upholsteries)可能原来是"名牌老壁挂画毯"(famous old tapestries),因为韦尔斯利于8月7日复信说:"你的诗非常美妙,我喜欢那些修改。'家具陈设'比'壁挂画毯'好得多,整体极佳。"③

然而,第7行的描写似乎令韦尔斯利心生不快了。她在英格兰南部苏塞克斯郡威希汉姆村购置有一处名为"岩石中的宾士"的十八世纪老别墅。由于嫌视野范围内的当地农舍碍眼,她一气之下索性把农舍所在地全都买下,迫使原住村民统统迁出。她在1936年3月4日致叶芝的信中得意地提到了她的这一豪举:"也许宁静和远离繁忙的生活退居到南方某个遥远的角落会让我醒来。我用二十四小时拯救了这个苏塞克斯郡的小角落,使之免于沦为一座红砖平房小镇。就这样我现在拥有了对面的美丽山脊,觉得我为'荒凉山庄'做了点什么。"在为这段文字做的注释中,她写道:"这一事实解释了叶芝诗《给多·韦》中否则可能模糊不

---

① W. B. Yeats, *Letters on Poetry from W. B. Yeats to Dorothy Wellesley*, pp. 93–95.
② Ibid., p. 97.
③ Ibid., p. 96.

清的一点:'地平线购得,陌生的狗已安静'。然而,我从未弄懂他后半行的意思,除非他想入非非,意谓我在买下那几英亩地之后,赶走了住在那里的人,连同他们的狗一道。"① "陌生的狗"当然是别人家的狗。8月1日所寄稿后半行作"一切都安静了"(all is still),第二天才改为现在这样,只是以具体的形象代替了概括的说法,暗示环境之静谧而已。

第9行前半行"没有书跪着"(No books upon the knee)倒有些暧昧。洋装书摆在书架上一般是"立"着的,如《像雾和雪一般狂》(1929)一诗所描写的"荷马、贺拉斯并肩;/柏拉图立在下方"。那么摊开来想必就是"跪"下了? 此语似亦可译为"没有书在膝上",但没有人,何来膝? 无论如何,这似乎都只是在暗示其书房或卧室之整洁。

第10行:韦尔斯利养有一条大丹麦犬,名叫布鲁图斯。到此为止,以上基本是写实。

以下则是浪漫的想象,才真是"想入非非"了。叶芝晚年除了读诗和哲学外,放松的时候还喜欢读些消遣性的通俗读物,例如侦探或吸血鬼小说之类。在前面的铺垫之后,此处诗人是否有意无意地借用这类小说的笔法,想要营造一种近乎恐怖的紧张气氛,或者用他自己的话说,一种"冲突"感呢?

叶芝真心欣赏韦尔斯利的诗才,认为她的诗具有"充满激情的精确",对她不吝溢美之词到了令许多人都感到惊讶的地步。② 他在所编选的《牛津现代诗选》中收入了她八首诗,比T. S.艾略特还多一首。他特地作此诗相赠既是为了鼓励她,又是为了讨好她。然而,不久他们的关系就起了微妙的变化。导致变化的一个重要原因可能就是,叶芝屡次对韦尔斯利的诗作大加修改,甚至擅自"挪用"她的创意写作了一组谣曲(参见《三丛灌木》一诗解)。她后来回顾说:

---

① W. B. Yeats, *Letters on Poetry from W. B. Yeats to Dorothy Wellesley*, p. 58.
② R. F. Foster, *W. B. Yeats: A Life*, Vol. II, p. 529.

图 38：多萝西·韦尔斯利
（现藏英国国家肖像美术馆）

叶芝总是试图修改我的诗作。我们就此争吵过。我对他说:"我宁可要自己写的坏诗,也不要你用我的名义写的好诗。"他对我的诗中某行提出改动建议,而我表示异议说:"我将作个注说,此行被叶芝改动过,否则我就是在欺骗",这时他就会说:"不! 在诗人中间总是这么做的",这是真的。他补充说:"格雷戈里夫人就曾在我混乱不堪的草稿基础上替我写了《黛尔德》的结尾。"

　　然而,我还是要照我的意思去做。①

　　叶芝去世后,韦尔斯利从她保存的那册叶芝《新诗》(1938)中剪掉了前十三页(其中当然包括叶芝"挪用"她的创意之作),以及印有此诗的那一页,而且,还把她那首惨遭叶芝批评和篡改的《贵妇、乡绅和女仆》排除在收有自己"希望保存的所有"以往作品的诗集《清早的阳光》(*Early Light*, 1955)之外。②

---

① W. B. Yeats, *Letters on Poetry from W. B. Yeats to Dorothy Wellesley*, pp. 50–51.
② W. B. Yeats, *New Poems: Manuscript Materials*, ed. J. C. C. Mays & Stephen Parrish, Ithaca, NY: Cornell University Press, 2000, p. 381.

The Curse of Cromwell

You ask what I have found and far and wide I go,

Nothing but Cromwell's house and Cromwell's murderous crew,

The lovers and the dancers are beaten into the clay,

And the tall men and the swordsmen and the horsemen where are they?

And there is an old beggar wandering in his pride

His fathers served their fathers before Christ was crucified.

> *O what of that, O what of that*
>
> *What is there left to say?*

All neighbourly content and easy talk are gone,

10   But there's no good complaining, for money's rant is on,

He that's mounting up must on his neighbour mount

And we and all the Muses are things of no account.

They have schooling of their own but I pass their schooling by,

What can they know that we know that know the time to die?

> *O what of that, O what of that*
>
> *What is there left to say?*

But there's another knowledge that my heart destroys

As the fox in the old fable destroyed the Spartan boy's

Because it proves that things both can and cannot be;

20   That the swordsmen and the ladies can still keep company;

Can pay the poet for a verse and hear the fiddle sound,

That I am still their servant though all are underground.

   O what of that, O what of that

   What is there left to say?

I came on a great house in the middle of the night

Its open lighted doorway and its windows all alight,

And all my friends were there and made me welcome too;

But I woke in an old ruin that the winds howled through;

And when I pay attention I must out and walk

30 Among the dogs and horses that understand my talk.

   O what of that, O what of that

   What is there left to say?

对克伦威尔的诅咒

你问我找到了什么,我所到之处又广又远,

除克伦威尔的宅邸和凶残的人马一无所见,

恋爱的人们和跳舞的人们都被打入了泥土,

魁梧的汉子、剑客和骑士,他们现在何处?

还有一个趾高气扬到处流浪的老乞丐,

基督受难前他的先辈服侍过他们的先辈。
　　　　哦,那又怎样,哦,那又怎样,
　　　　还剩下有什么可说的?

　　一切邻居的满足和随和的交谈都已成过去,
10　可是抱怨也没用,因为金钱的吵闹在继续。
　　向上爬的家伙必定要踩在他的邻居身上,
　　而我们和所有的缪斯什么东西也算不上。
　　他们上学受教育而我对他们的教育不理睬,
　　他们能知道我们自知死期者知道的什么事?
　　　　哦,那又怎样,哦,那又怎样,
　　　　还剩下有什么可说的?

　　但是还有另外一种知识毁伤着我的心,
　　就像古寓言里的狐狸毁伤了斯巴达少年的心,
　　因为它证明事物既可能存在又不可能存在,
20　那些剑客和贵妇依然能够交好往来,
　　能够付给诗人一首诗的酬金,听琴弦的音韵,
　　虽然他们都长眠地下,我依然是他们的仆人。
　　　　哦,那又怎样,哦,那又怎样,
　　　　还剩下有什么可说的?

　　我在夜半偶然发现一所高大的宅院,
　　门廊通明开敞,所有的窗户都灯光灿然,
　　我所有的朋友都在那里,也对我表示欢迎;

但我在一处古老的废墟里醒来，风声凄冷；

在我定神四顾之后，我不得不走出去，

30　去到那些听得懂我说话的狗儿马儿中间去。

哦，那又怎样，哦，那又怎样，

还剩下有什么可说的？

【解】

此诗作于1936年11月至1937年1月间，最初发表于《宽面》新系列第8号（1937年8月）。

1649—1650年，时任英国议会军将领的奥利佛·克伦威尔（Oliver Cromwell，1599—1658）被选派以爱尔兰总督的身份率兵征伐爱尔兰。他击败了爱尔兰多派联军，占领了全岛，随后推行惩治法，没收了天主教徒的大部分土地。叶芝于1937年1月8日致信多萝西·韦尔斯利说："此时我正在写奥利佛·克伦威尔——他是他那个时代的列宁——以表达我对知识界的愤怒——我通过爱尔兰某位流浪的农民诗人之口说话。"他随即抄录了此诗的前六行，接着又提及一份英国杂志上的一篇文章，说："此文表明，你我受到攻击，是因为英国知识界的大多数人是共产主义者。"[1] 同年7月3日，他在英国广播公司伦敦台播出的"我自己的诗"节目中，继《玫瑰树》和《一位爱尔兰飞行员预见死亡》之后，介绍此诗为"第三首政治诗"。他说："克伦威尔来到爱尔兰，有点儿像列宁。他摧毁了整个社会秩序。除非是由他或在他之后迁入的家族，我们之中没有一个不对他的暴虐有所记忆。爱尔兰和英格兰的历史所知的克伦威

---

[1] W. B. Yeats, *Letters on Poetry from W. B. Yeats to Dorothy Wellesley*, p. 131.

尔是不同的。我的诗中最好的一行——我留给你们去找出——不是我的。那是翻译自一首盖尔语诗的,它在其中的用法一如我的用法。"①

然而,诗中至少有三行是源自盖尔语诗作的。据说,第3—4行是化自一首作者佚名的盖尔语哀歌《齐尔卡什》("Kilcash")的段落:"庭院充满了积水,/伟大的伯爵他们在何处?/伯爵、夫人、臣民/都被打入了泥土。"(The courtyard's filled with water / And the great earls where are they? / The earls, the lady, the people / Beaten into the clay.)② 1690年7月12日,在爱尔兰伦斯特郡爆发的波义尼河战役中,信奉新教的荷兰裔英国国王威廉三世(1650—1702)打败了信奉罗马天主教的英国国王詹姆士二世(1633—1701)。在那之后,新教徒势力占了上风,原先统治爱尔兰的天主教徒伯爵们纷纷逃亡海外。叶芝在《帕内尔的葬礼》("Parnell's Funeral", 1934)一诗的"注解"中写道:"在社会的底层,但几乎都不在其中,农民们继续做着他们的中世纪的梦;盖尔语诗人们则歌唱被放逐的天主教贵族;其中最著名的一位唱:'在基督受难前我的先辈服侍过他们的先辈'。"③ 这是盖尔语诗人伊根·欧拉希利(Egan O'Rahilly, 1670—1729)的一首诗中的最后一行。叶芝借此表达他的社会等级观念,反对共产主义的平均理想。据此化出的叶芝此诗中的第6行很可能就是他所谓的"最好的一行"。

如叶芝所说,诗中的发言者是一位"流浪的农民诗人"。第1节写他在克伦威尔暴政的统治下,只见国土满目疮痍,贵族逃亡,爱尔兰的昔日荣光不再,除了到处横行的英军外,只遇到一个像他一样怀旧的老乞丐。第2节写往日和谐的邻里关系都已逝去。新教徒邻居往往欺负天主教邻居,趁惩治法施行之机侵吞受后者之托代管的地产。英国人办学,却不

---

① W. B. Yeats, "My Own Poetry", *Later Articles and Reviews*, pp. 283-284.
② A. Norman Jeffares, *A New Commentary on the Poems of W. B. Yeats*, p. 383; Brendan Kennelly, ed., *The Penguin Book of Irish Verse*, Harmondsworth: Penguin Books, 1970, p. 69.
③ W. B. Yeats, *The Variorum Edition of the Poems of W. B. Yeats*, p. 833.

给天主教徒受教育的权利。盖尔语诗人只能靠古老的文艺女神缪斯所赋予的异禀口口传承着另一传统的神秘知识。第3节写盖尔语诗人源自竺伊德教的古老神秘知识已走向式微,令人痛心。在此诗人用了一个典故喻说心痛之甚。典出伪托为古罗马帝国时期希腊哲学家兼传记作家普鲁塔克(Plutarch,46—120)所著《十演说家生平》中关于雅典政治家吕库尔古斯(前390—前225/4)的生平一章里所述的一个故事:一个斯巴达少年偷了一只狐狸藏在衣下怀里,宁肯让狐狸啃咬心脏至死也不让人搜身定罪。第4节写流浪诗人在一座也许就是逃亡贵族遗弃的大宅废墟里梦见故人欢聚,醒来发现繁华尽散,只剩无限悲凉。叶芝晚期剧作《炼狱》(*Purgatory*,1938)描写主人公在废弃的故宅看到自己所弑父亲与母亲的幻象,与此情此景有异曲同工之妙。而"听得懂我说话的狗儿马儿"并非虚言。据传,古代盖尔语诗人均有通灵之术,能禽言兽语。有一首小叙事诗即记述一位诗人不堪烦扰,用咒语驱鼠的异事。每节后重复的副歌就是仿盖尔语诗歌所具有的特点,据说重复的吟诵就有咒语的效果。

在1937年1月28日致韦尔斯利的信中,叶芝又提及此诗:"我让人把那首克伦威尔打字誊抄好就寄给你。它很尖刻,因为那是我自己眼看着浪漫和高贵消失的状态",[①]可谓一语道破了其中寄托的真意。

[①] W. B. Yeats, *Letters on Poetry from W. B. Yeats to Dorothy Wellesley*, p. 135.

Roger Casement

(*After reading 'The Forged Casement Diaries' by Dr. Maloney*)

I say that Roger Casement
Did what he had to do,
He died upon the gallows
But that is nothing new.

Afraid they might be beaten
Before the bench of Time
They turned a trick by forgery
And blackened his good name.

A perjurer stood ready
10   To prove their forgery true;
They gave it out to all the world
And that is something new;

For Spring-Rice had to whisper it
Being their Ambassador,
And then the speakers got it
And writers by the score.

Come Tom and Dick, come all the troop

That cried it far and wide,

Come from the forger and his desk,

20　Desert the perjurer's side;

Come speak your bit in public

That some amends be made

To this most gallant gentleman

That is in quick-lime laid.

罗杰·凯斯门特

(马罗尼医生著《伪造的凯斯门特日记》读后)

我说罗杰·凯斯门特

做了他必须做的事,

他死在绞刑架上面,

这不是什么新鲜事。

生怕他们会在时光

法官的面前被击败,

他们用作伪的伎俩，

给他的好名声抹黑。

伪证者站起来准备

10　要证明伪造是真实；

他们把赝品公开给

世人，这才是新鲜事；

斯普灵-赖斯是大使，

不得不小声地传说，

于是演讲者得知了，

还有一大批写作者。

汤姆和狄克快来呀，

大肆传播者都快来，

离开伪造者的书桌，

20　抛弃伪证者那一派；

快来在广众中发言，

以便给这位被置于

石灰之中的最勇敢

绅士，做一些弥补。

【解】

罗杰·凯斯门特爵士（Sir Roger Casement，1864—1916）与叶芝一样，出生于英裔爱尔兰人家庭。他在英国政府外交部门工作数十年，在殖民地人权调查领域成绩卓著，1911年获封骑士爵位。由于耳闻目睹殖民当局对土著居民的种种不公对待，1913年退休后，他渐渐对英政府的帝国主义政策失去信心，转而受爱尔兰国民主义中激进的共和派影响，于1914年加入新芬党。在第一次世界大战期间，他企图从德国往爱尔兰偷运军火以襄助1916年复活节起义而被捕。在他受审和上诉期间，英国政府故意在有关人士中间散播他描写自己的同性恋活动的日记摘抄，以影响公众舆论。最终，他被以叛国罪判处死刑。

多年以后，美国爱尔兰裔医生兼作家威廉·J·马罗尼（William J. Maloney，1881—1952）经过多方搜集证据，专门撰写了《伪造的凯斯门特日记》（*The Forged Casement Diaries*，1936）一书，辩称那些日记是英国人伪造的，并谴责当时英国驻美国大使塞西尔·阿瑟·斯普灵-赖斯爵士（Cecil Arthur Spring-Rice，1859—1918）和在美国任教的英国诗人阿尔弗雷德·诺伊斯（Alfred Noyes，1880—1958）曾帮助传播谣言，致使美国公众舆论也反对凯斯门特。叶芝读过此书后，义愤填膺之余接连写下此诗和《罗杰·凯斯门特的鬼魂》("The Ghost of Roger Casement"，1936）二诗，并投给了《爱尔兰新闻界日报》（*Irish Press*）。

他在1936年11月15日写给伊瑟尔·曼宁的信中说：

> 我正处于狂怒之中。我刚刚得到塔尔波特出版社出版的一本名叫《伪造的凯斯门特日记》书。这是我在纽约认识的一位马罗尼医生写的；他花了多年时间搜集证据。他证明了那些被认为证明了凯斯门特是"一个堕落分子"并成功阻止了要给他缓刑的呼请的日记是伪造的。凯斯门特不是个很能干的人，

但他勇敢无私,有权利留下一个他认为的清白名声。我渴望打破我反对政治的规矩,骂这些人是罪犯,但我不应该。也许一首诗会来找我,现在或此后一年内。①

不久,诗就来了。11月28日,他致信多萝西·韦尔斯利说:"我寄了一首按一个流行曲调填写的狂暴的谣曲给一家报社。那是关于一本这里出版的书《伪造的凯斯门特日记》的,点名斥责某某和某某在伪造事件中推波助澜。直到我听到牛津的爱尔兰大学生唱它,我才会开心。"② 12月4日,他在致韦尔斯利的信中又写道:

> 即便我愿意,我也无法停止那首谣曲,人们已经传抄了,而且我也不想。某某属于我瞧不起的一类人。这种人毫无道德感。他们是阴谋家操纵的彩绘纸板。如果他是个人的话,他就会在散播那些针对凯斯门特的指控之前问问,"这些证据给凯斯门特看过吗?"就会得知凯斯门特曾否认那些指控并且徒劳地要求看证据。《泰晤士报》总编说要在《泰晤士报》上登载同样指控的时候我在场。他没有这样做,很可能是由于罗杰·弗莱和我的愤怒点评。……
>
> 可是如我们所知,那些有关凯斯门特的证据不是真的——那是当时许多作伪行为之一。我只能重复多年前芬尼亚党人老首领对我说的话:"即便是为了拯救国家,有些事还是不能做的。"
>
> 顺便插上一句,我的谣曲应当这样开头:

---

① W. B. Yeats, *The Letters of W. B. Yeats*, p. 867.
② W. B. Yeats, *Letters on Poetry from W. B. Yeats to Dorothy Wellesley*, p. 117.

图 39：罗杰·凯斯门特爵士
（出自 *Roger Casement*）

>"我说罗杰·凯斯门特
>
>做了他必须做的事,
>
>却死在绞刑架上面,
>
>这不是什么新鲜事。"

我觉得诗必须像口语那样直接而自然。我以前寄给你的开头不是很自然。

不,我不会让人在牛津唱这首谣曲的:那只是个"一闪而过的"想法,因为我正巧认识某个狂学生,他可能会十分高兴担当此任的——这主意曾让我觉得好玩儿。①

叶芝一贯坚持艺术的独立性,追求诗歌的纯粹品格,认为诗歌不应掺杂对政治的好奇等"杂质"。② 他所写的涉及政治时事的诗都仅仅与爱尔兰有关,而且都是表达个人看法的"私人话语"。曼宁等人曾试图劝他在推荐卡尔·冯·奥西茨基(Carl von Ossietzky, 1889—1938)为1935年诺贝尔文学奖候选人的请愿书上签名,他拒绝了。她后来在自传中如是记述:

>他说,他从不掺和政治事务,也从未掺和过。在茉德·冈的敦促下,他曾经在为罗杰·凯斯门特寻求减免刑罚的请愿书上签名,但仅此而已。凯斯门特案件毕竟是一桩爱尔兰事务。他是个诗人,爱尔兰人,对欧洲大陆的政治争吵毫无兴趣。他的兴趣是爱尔兰,爱尔兰在政治上与欧洲毫无关系:它在局外、远处。他很抱歉,但这是他一直以来的态度。③

---

① W. B. Yeats, *Letters on Poetry from W. B. Yeats to Dorothy Wellesley*, pp. 119–120.
② W. B. Yeats, *Autobiographies*, p. 167.
③ Ethel Mannin, *Privileged Spectator*, London: Jarrolds, 1939, p. 84.

叶芝诗解

可见,目前此诗也仅仅是激于对某些人造假行为的义愤而作的,但也仅此而已,并无更深的政治或其它含义。叶芝在 12 月 10 日致韦尔斯利的信中写道:

> 今天邮差送来一封一位住在英格兰的爱尔兰女人的来信。我曾寄给她经过修改的凯斯门特诗。她在信中赞赏她以为的我对英格兰的仇恨。这令我感到震惊,因为这让我担心你也会同样认为。我回信给来信者:"我干的这行欠莎士比亚、布雷克和莫瑞斯的,我怎么能仇恨英格兰?英格兰是唯一我不能仇恨的国家。"①

在此诗中,一如在马罗尼的书中,叶芝指名道姓,本来不止提到斯普灵-赖斯一人。此诗最初在 1937 年 2 月 2 日的《爱尔兰新闻界日报》发表时,第 17 行作"阿尔弗雷德·诺伊斯和大伙快来呀"(Come Alfred Noyes and all the troop)。据马罗尼引证,诺伊斯曾在 1916 年 8 月 31 日的《费城公众明细账日报》(*Philadelphia Public Ledger*)上发表文章,称凯斯门特的日记"污秽得难以言传"。在看到叶芝发表的谣曲之后,诺伊斯致信《爱尔兰新闻界日报》(登载于 1937 年 2 月 12 日)表示抗议,并建议成立包括叶芝在内的独立仲裁团来鉴定凯斯门特日记的真伪。翌日,该报登出了叶芝的回应,同时载有此诗的修改本,其中第 17 行略去了诺伊斯的名字,改成了"无论他们都叫什么名字"(No matter what the names they wear)。② 叶芝致《爱尔兰新闻界日报》的信内容如下:

> 我接受阿尔弗雷德·诺伊斯的解释,感谢他高贵的来信。

---

① W. B. Yeats, *Letters on Poetry from W. B. Yeats to Dorothy Wellesley*, p. 122.
② A. Norman Jeffares, *A New Commentary on the Poems of W. B. Yeats*, p. 386.

我也认为英国政府应该把那些日记置于某个对于爱尔兰和英格兰来说可以接受的仲裁团面前。他建议处理此类问题的了不起的专家 G. P. 古驰博士和我应当"参与这样一次调查"。我既没有受过法学训练,又没有受过文件检查训练,也没有人们的信任。但是我感谢他提名我的客气。

我附上我的歌的新版本。诺伊斯的名字被删除了,但我要重申我的指控:基于伪造的日记的诽谤传遍了世界;无论受什么力量强迫,"斯普灵-赖斯不得不小声地传说"。他在普通生活事务方面是个可敬的、能干的人,那么他为什么就不问问那些证据是否已经给被告看过?英国政府本应该被迫回答的。

在凯斯门特被判刑,也许是被处决之后,我正在与一位比利时内阁部长的夫人吃饭,有个与《泰晤士报》有联系的人也在座。他说他们已经被要求要把注意力引向那些日记。我说用既没有给凯斯门特看过又没有在审判时查验过的证据给他的名声抹黑是可耻的。不久,著名的艺术评论家罗杰·弗莱进来了。那位记者又说了一遍他刚才说的话。罗杰·弗莱怒不可遏地加以了驳斥。我不记得《泰晤士报》是否评论过那些日记了。

假如说斯普灵-赖斯是个自由人,他就会像我和罗杰·弗莱一样感到愤怒了。①

现在定本的第 17 行中的"汤姆和狄克"不是具体哪两个人的名字,而是对普通人的泛指。最后一节中的"被置于石灰之中"是写实。英国监狱惯例:被绞死的犯人用石灰蚀化,就地掩埋。罗杰·凯斯门特于 1916 年 8 月 3 日在伦敦奔腾维尔监狱被处以绞刑,其遗骸于 1965 年被运

---

① W. B. Yeats, *The Letters of W. B. Yeats*, pp. 882–883.

回爱尔兰,在国葬仪式之后,被安葬在格拉斯内文公墓。

此诗是用叶芝惯用的谣曲体式写的。他在 1936 年 11 月 28 日致韦尔斯利的信后又及:"如果你努力使你的精神既自然又富有想象,你就不会觉得这种四行诗节'太容易了'。我的'凯斯门特'比我的'帕内尔'〔笔者按:指《帕内尔派,聚集到我身边来》一诗〕写得好,因为我得找三个韵的时候就会有所忽略,得找两个的时候就不会。"①

叶芝在 1937 年 2 月 8 日致韦尔斯利的信中讲述了此诗刚刚发表后在爱尔兰引起的反响:

> 2 月 2 日那天,我妻子去都柏林购物,诧异于公交车上和商店里人人看见她时展露的异样表情。然后她发现了原因所在——凯斯门特诗在早晨见报了。第二天,我受到行政委员会副主席、德·维列拉的政务秘书、我们的头号古玩收藏家和一位老革命者普伦基特伯爵的公开感谢,伯爵称拙诗是"一首人民非常需要的谣曲"。德·维列拉的报纸给我发了一篇长篇社论,说在未来的世世代代,拙诗都会把轻蔑泼向伪造者及其支持者。唯一的英格兰评论见于《标准晚报》,它指出我的韵压得很糟糕,并且说在这么多年之后,已不可能讨论那些日记的真伪了(英国政府把它们已封藏了多年)。②

然而,此后关于日记的真伪一直都存有争议,而且官方和私人都做过不止一次专门调查。1959 年,日记被解密,由英国内务部认可的人员(包括历史学家和凯斯门特传记作者)对其做了有限检查,结果意见不一。2002 年,由两位美国笔迹鉴定专家所做的笔迹比较则表明那些日记确实

---

① W. B. Yeats, *Letters on Poetry from W. B. Yeats to Dorothy Wellesley*, pp. 118 – 119.
② Ibid., pp. 138 – 139.

出自凯斯门特亲笔。① 同年,其全部日记也经研究者整理问世。

叶芝于 1937 年 2 月 20 日致信曼宁:

> 我亲爱的伊瑟尔:这儿有一笔匿名捐款给你们工党的助穷募捐箱——不是为了政治——我已经永远与它分手了。这是《爱尔兰新闻界日报》寄给我的,我的凯斯门特谣曲的稿费。我不想因为那首诗拿钱。
>
> 祝你好运,我亲爱的。
>
> W. B. 叶芝②

---

① Angus Mitchell, ed., "Phases of a Dishonorable Phantasy", *Field Day Review*, Vol. 8, No. 12 (Dublin, 2012), pp. 85–125.
② W. B. Yeats, *The Letters of W. B. Yeats*, p. 884.

Come Gather Round Me Parnellites

Come gather round me Parnellites
And praise our chosen man,
Stand upright on your legs awhile,
Stand upright while you can,
For soon we lie where he is laid
And he is underground;
Come fill up all those glasses
And pass the bottle round.

And here's a cogent reason
10   And I have many more,
He fought the might of England
And saved the Irish poor,
Whatever good a farmer's got
He brought it all to pass;
And here's another reason,
That Parnell loved a lass.

And here's a final reason,
He was of such a kind
Every man that sings a song
20   Keeps Parnell in his mind
For Parnell was a proud man,

No prouder trod the ground,

And a proud man's a lovely man

So pass the bottle round.

The Bishops and the Party

That tragic story made,

A husband that had sold his wife

And after that betrayed;

But stories that live longest

30   Are sung above the glass,

And Parnell loved his country

And Parnell loved his lass.

帕内尔派,聚集到我身边来

帕内尔派,聚集到我身边来,

颂扬我们选的人;

双腿挺立站直片刻,

站直了只要你能;

不久我们就躺在他卧处,

而他长眠在地底；
来斟满所有那些酒杯，
把酒瓶轮流传递。

有一个无可辩驳的理由，
10 我还有更多的原因，
他与英格兰的强权战斗，
拯救了爱尔兰穷人，
无论农夫得什么好处，
他都使好事变成真；
这里还有另一个缘由，
帕内尔爱一个女人。

还有最后一个缘故：
他是那么一种人，
每个会歌唱一曲的人
20 都把帕内尔记在心，
因为帕内尔是骄傲的人，
骄傲得世上没人比，
骄傲的人是可爱的人，
那就把酒瓶传起。

制造悲剧故事的乃是
政党和主教神父，
还有个出卖了妻子后来

又背叛诺言的丈夫；

但是活得最长的故事

30　都是在酒杯上传唱，

帕内尔热爱他的祖国，

帕内尔爱他的女郎。

【解】

此诗作于1936年8月，最初发表于新系列《宽面》第1号(1937年1月)。查尔斯·斯图亚特·帕内尔：爱尔兰国民党和议会党领导人，曾任大不列颠地方自治联盟主席，号称"爱尔兰的无冕之王"，在爱尔兰民族自治运动中起过重要作用。1890年，由于与凯瑟琳(姬蒂)·伍兹·欧什阿太太私通之事败露，他被其丈夫在离婚案中连带起诉，因此遭遇公众信任危机，终于被开除出党，免去一切职务，旋即因病去世。

叶芝于1937年2月1日在艾贝剧院舞台上录制的广播节目中请约翰·史蒂芬森(John Stephenson, 1895—1963)演唱了此诗。他简短介绍说：

> 现在，史蒂芬森先生即将演唱这首关于帕内尔的诗。你们要把自己想象成老头儿，也许是老农民，习惯于读报纸和听歌，但不习惯于读书。你们年老体衰，因为你们四十年来每逢帕内尔的忌日都去格拉斯内文公墓祭扫。你们剩下的人不多了，你们要想象自己从格拉斯内文公墓归来后，聚坐在酒馆里。①

---

① W. B. Yeats, "Abbey Theatre Broadcast", *Later Articles and Reviews*, pp. 262 – 263.

叶芝心目中的听众无疑包括占爱尔兰人口大多数的天主教徒，即他一贯鄙视的"白丁"（Paudeen）。帕内尔虽同叶芝一样，出身于英裔新教徒移民家庭，但他领导的土地联盟发起土改运动，通过减租等措施使得广大天主教贫困佃农普遍受益。他得势的时候，爱尔兰新教徒与天主教徒空前团结，争取全民自治的进程似乎一帆风顺。然而，他失势的时候，天主教会抛弃了他，认为他私德有亏，会危害自治事业。从此，他所领导的政党分裂，人心也随之或向或背，主张暴力革命的共和派力量开始重新抬头，自治目标的实现则显得遥遥无期。

除了"政党和主教神父"的事后背叛，导致帕内尔毁灭的悲剧的直接制造者则是威廉·亨利·欧什阿（William Henry O'Shea, 1840—1905）上尉。叶芝在1936年9月8日将此诗的一稿寄给多萝西·韦尔斯利，并说明：

> 我寄给你一首我写的谣曲……那是一段有趣的历史。大约三个星期或一个月之前，一个人，亨利·哈瑞森，一个老朽之人，来看我。五十年前他还是牛津大学本科生时，就加入了帕内尔的政党，现在写了一本书来保卫有关帕内尔的记忆。……他恳求我写用诗或散文写点儿什么，以使所有帕内尔派信服，帕内尔与她〔指姬蒂·欧什阿〕相爱没有什么可耻的。结果就是这首随信寄上的诗，还有一份历史脚注，我留给我下一本随笔集。如果你记得，帕内尔最狂热的追随者现在都是很老的人了，你就会更好地理解第一节了。[①]

所谓"历史脚注"无疑就是收在《1931至1936年随笔》（*Essays 1931 to 1936*, 1937）一书中的《帕内尔》（1936）一文，因为文末附有此诗的定稿。

---

① W. B. Yeats, *Letters on Poetry from W. B. Yeats to Dorothy Wellesley*, p. 102.

叶芝在该文中称爱尔兰民族主义者、作家亨利·哈瑞森(Henry Harrison, 1867—1954)所著的《证明无罪的帕内尔：遮盖的揭开》(1931)一书

> 无可辩驳地证明：帕内尔结识欧什阿太太时，她已是个"自由的女人"；而一个富有的老女人活着，就不能离婚；欧什阿上尉从一开始就知道他们的私通；他为了金钱和其它实际利益出卖他的妻子；为了两万英镑，假如帕内尔能筹集到那笔钱，他就准备让离婚诉讼不利于他自己，而不是帕内尔……①

在政治上，叶芝无疑拥护帕内尔的主张，但作为诗人，他更感兴趣的是这个神一般存在的人物身上的人性。帕内尔的悲剧打破了集体幻觉，使艺术家的注意力重新回到了艺术本身。叶芝于1931年写道："帕内尔的倒下把想象力从实际政治、土改不公和政治仇恨解放出来，转向想象的民族主义，转向盖尔语，转向古代故事，最终转向抒情诗和戏剧。"② 时隔多年，他就更能够以超然的态度看待个人命运在历史中的沉浮了。他在1937年2月26日致多萝西·韦尔斯利的信中再次提及此诗："那首帕内尔谣曲所写的主题在这里是被看做古史的。……《宽面》的爱尔兰读者不会把那首帕内尔谣曲视为政治性质的。那是一首关于一个早已远离当今政治的人物的歌。"③ 实际上，以时人时事，尤其是具有轰动效应的事件为题材，是流行谣曲创作的一个传统。叶芝如此解释，一来也许是怕英国贵族出身的韦尔斯利误解，二来也确实与他一贯秉持的艺术不应即时有用的主张一致。

谣曲在欧洲各国都有，早期以叙事为主，但逐渐发展出兼有或纯抒情之作。叶芝喜用此体裁，且多仿民间谣曲，所作既有叙事，又有抒情之

---

① W. B. Yeats, "Parnell", *Later Essays*, p. 85.
② W. B. Yeats, "Introduction to *The Words upon the Window-pane*", *Explorations*, p. 343.
③ W. B. Yeats, *Letters on Poetry from W. B. Yeats to Dorothy Wellesley*, p. 143.

类。此诗虽关乎实事,但诉诸想象,重在造境而非叙事,故属抒情谣曲。比较以上提到的两稿,可以看出,第 1 节头两行有较大改动。前者作:"Come stand about me Parnellites; / Come praise a hunted man"(帕内尔派,来站在我周围;/ 来颂扬一个被猎捕之人)。后者的第 1 行则是部分借用一首民间谣曲的现成词句。① 另外,第 16 和 32 行的"lass"一词也多用于谣曲。爱尔兰普通人喜欢边喝酒边听民谣,甚至伴随着谣曲音乐跳舞。所以,此诗从内容到形式再到实际功能可谓契合无间,相得益彰。

读此诗,不免令人联想到叶芝较早的一首诗《三座纪念雕像》("The Three Monuments", 1925)。其中提到的"三个老流氓"之一就是帕内尔。他与另外两位著名政客同样都不相信清规戒律能够导致真正的廉洁,在私生活方面都不拘小节,有失检点,而这正反映了他们真性情的一面。正所谓"人无癖不可与交,以其无深情也",貌似严于律己不近人情者往往是野心家,如希特勒之流。此诗则除了颂扬帕内尔为人民服务的精神和能力外,还为他好色而淫和骄傲不群的品质干杯。在陈述了充分的理由之后,诗人似乎下结论说:既爱江山又爱美人的英雄才是真英雄,真英雄才会永远活在悲剧的传说中。

---

① W. B. Yeats, "The Last Gleeman", *Mythologies*, p. 49.

The Great Day

Hurrah for revolution and more cannon shot;

A beggar upon horseback lashes a beggar upon foot;

Hurrah for revolution and cannon come again,

The beggars have changed places but the lash goes on.

伟大的日子

为革命欢呼,让更多大炮轰击;

马背上的乞丐鞭打徒步的乞丐。

为革命欢呼,让大炮再度轰击;

乞丐们换了位置,但鞭打继续。

【解】

1937年1月28日,叶芝在致多萝西·韦尔斯利的信中写道:"这儿

叶芝诗解

有三首诗,表达我的政治观的实质",①随即抄录了此诗和随后的两首诗。这三首及后面的一首《马刺》("The Spur")最初一同发表于《伦敦信使》1938年3月号,共题为《断章》("Fragments")。

爱尔兰有谚语云:"把乞丐放到马背上,他就会驰往地狱。"这有点儿像我们常说的"小人得志"。叶芝服膺尼采(Friedrich Nietzsche,1844—1900)"超人"哲学,一贯厌恶群众,斥之为愚昧的"盲人"(参见《关于一名政治犯》一诗)。暴力革命不会改变国民的素质,文化才会,这也许就是诗人想说的吧。叶芝毕生从事文化建设活动,有意识地与政治保持距离或超然于政治之上,可谓身体力行。

此诗及随后的三首诗都是格言体(epigram,又译警句体),是欧洲古典时期(古希腊-罗马时期)流行的一种诗体,英国古典时期(十七世纪)主要用于写构思巧妙、用语精炼的讽刺诗。叶芝此诗即很好地体现了这一传统。

---

① W. B. Yeats, *Letters on Poetry from W. B. Yeats to Dorothy Wellesley*, p. 136.

Parnell

Parnell came down the road, he said to a cheering man;
'Ireland shall get her freedom and you still break stone.'

帕内尔

帕内尔一路走来,他对一欢呼的人讲:
"爱尔兰将获得自由,你将仍旧采石方。"

【解】

此诗是发表于《伦敦信使》1938年3月号的组诗《断章》之一。有关帕内尔其人,请参见《帕内尔派,聚集到我身边来》一诗解。叶芝在1937年1月28日致多萝西·韦尔斯利的信中称,此诗"包含帕内尔真实说过的一句话"。① 这是为爱尔兰争取独立的政治领袖对下层劳动人民说的大实话,不免令我们联想起张养浩(1270—1329)的千古浩叹:"兴,百姓

---

① W. B. Yeats, *Letters on Poetry from W. B. Yeats to Dorothy Wellesley*, p. 136.

苦。／亡，百姓苦"。① 在思想内容上，此诗是前一首诗的延续：在另一方面，对于大多数人而言，政治环境的改变似乎与他们的生活无关，尽管他们每每会起劲地欢呼。同样是多么辛辣的讽刺！

---

① 张养浩：《山坡羊·潼关怀古》，《古代汉语》（校订重排本），王力主编，北京：中华书局，1999年，页1592。

What Was Lost

I sing what was lost and dread what was won,
I walk in a battle fought over again,
My king a lost king, and lost soldiers my men;
Feet to the Rising and Setting may run
They always beat on the same small stone.

失去之物

我歌唱失去之物,害怕赢得之物,
我走在一场重新再打一遍的战役里,
我的王是失败之王,人是失败之士;
尽管双脚会朝着日出和日落奔走,
脚底却总是踩踏着同一小块顽石。

【解】

此诗是发表于《伦敦信使》1938年3月号的组诗《断章》之一。

叶芝诗解

  叶芝自称是"最后的浪漫主义者"(参见《库勒和巴利里,1931》一诗),总是"眼看着浪漫和高贵消失"①而慨叹哀歌,"歌唱失去之物",大概因为失去的东西往往显得更可贵,更令人怀念。在剧作《复活》的序言(1934)中,他谈及对历史叙述的看法:"我为什么必须认为胜利的事业更好?……头脑中想着'柏拉图年'〔笔者按:一柏拉图年等于三万六千年,又称"大年"〕,我只要找到戏剧就满足了。我更喜欢让失败的事业比拥有胜利广告的事业得到更生动的描述。没有哪一场战役最终是赢了或输了。"②用长远的眼光看来,一切成败兴亡在悠悠历史长河中都显得毫无意义。而且,叶芝相信,历史是循环的,灵魂是轮回的,一切都只是重复,本质上并没有进步。一切都只不过是戏剧——准确地说,是悲剧——的素材而已。

  恩特勒克指出,"失败之王"是指叶芝心目中唯一的英雄帕内尔。③那么,照此逻辑,"失败之士"就可以说是指参加1916年复活节起义的义士了,但也可以说是指1798年起义、1803年起义以及1867年起义的义士。这些失败者都抱有同一个梦想,"踩踏着同一小块顽石"(参见《一九一六年复活节》一诗解)。也许叶芝在作此诗时确实想到了他们,但他想要表达的应更具普遍意义。"same small stone"这三个词连压头韵,似强调同一块石头的循环重现或一成不变。

---

① W. B. Yeats, *Letters on Poetry from W. B. Yeats to Dorothy Wellesley*, p. 135.
② W. B. Yeats, "Introduction to *The Resurrection*", *Explorations*, p. 398.
③ John Unterecker, op. cit., p. 271.

The Spur

You think it horrible that lust and rage
Should dance attendance upon my old age;
They were not such a plague when I was young;
What else have I to spur me into song?

马　刺

你认为可怕的是情欲和愤懑
竟然向我的暮年献殷勤;
我年轻时它们算不得大祸殃;
还有什么能刺激我歌唱?

【解】

此诗作于 1936 年 10 月 7 日,最初发表于《伦敦信使》1938 年 3 月号,作为组诗《断章》之一。

自 1936 年 7 月 2 日起,叶芝在与多萝茜·韦尔斯利的通信中反复讨论一首自己根据她写的一首谣曲改写的谣曲《三丛灌木》,并在此基础上又生发出数首相关的续诗来。在其中一首题为《侍女的第二首歌》中,他形容男性生殖器"疲软得像条虫"云云。如此惊世骇俗的描写颇令他这位新交的女友反感,但叶芝坚持认为他是对的。韦尔斯利是个才艺平庸的诗人,但叶芝在自己编选的《牛津现代诗选》中收入了不少她的诗作并给予了相当高的评价,因此颇受人诟病。叶芝为此颇感愤懑。

爱尔兰外交官罗杰·凯斯门特爵士因同情共和党人,企图从德国往爱尔兰偷运军火襄助起义而被英国人于1916年8月3日处决。在他受审和上诉期间,英国政府故意传播他描写自己的同性恋活动的日记。美籍爱尔兰医生兼作家威廉·J·马罗尼事后多方搜集证据,专门著有《伪造的凯斯门特日记》(1936)一书,辩称那些日记是英国人伪造的,意在使公众舆论对凯斯门特不利(据说2002年一次笔迹鉴定表明那些日记的确出自凯斯门特亲笔,但仍有人质疑①)。叶芝读过此书后,义愤填膺之余写下《罗杰·凯斯门特》一诗,投给了《爱尔兰新闻界报》。他在11月28日致韦尔斯利的信中告诉她说:"我写信给编辑说,我此前没有寄给过他一首诗,是因为几乎我所有的诗都不适合,因为它们都出自愤懑和情欲。"在12月4日的信中,他再次强调:"我告诉过你,我的诗全都出自愤懑或情欲。"在12月9日的信中,他抄录了此诗,称之为他的"最后辩解"。②

12月11日,叶芝又将此诗抄寄给另一位女友伊瑟尔·曼宁,并说"有些事情逼得我发疯;我的舌头失去了控制"。③

两封信里所抄的诗稿均无题,"情欲"和"愤懑"二词都以大写字母开头,这表示抽象概念的拟人化,是斯宾塞的讽喻诗中常见的手法。诗中

---

① Angus Mitchell, ed., "Phases of a Dishonorable Phantasy", *Field Day Review*, Vol. 8, No. 12 (Dublin, 2012), pp. 85–125.
② W. B. Yeats, *Letters on Poetry from W. B. Yeats to Dorothy Wellesley*, pp. 76–121.
③ W. B. Yeats, *The Letters of W. B. Yeats*, p. 872.

发言者亦即诗人显然是在回应某位受言者,其人担心诗人交友不慎,受情欲和愤懑这两个损友蛊惑,以至于晚节不保;诗人则不以为然,说我年轻时它们都没能把我怎么样,现在年老体衰,感觉迟钝了,不受点儿强烈的刺激还怎么能唱出歌来?发表的定稿加"马刺"为题,则是暗喻这两样东西正是诗人所需要的。一如在别处,叶芝在此诗中所暗示的诗人形象是不言而喻的,仍是驾驭飞马珀伽索斯的骑手兼歌者这一传统形象,或者说,诗人本身就是飞马珀伽索斯的化身。

The Pilgrim

I fasted for some forty days on bread and buttermilk
For passing round the bottle with girls in rags or silk,
In country shawl or Paris cloak, had put my wits astray,
And what's the good of women for all that they can say
Is fol de rol de rolly O.

Round Lough Derg's holy island I went upon the stones,
I prayed at all the Stations upon my marrow bones,
And there I found an old man and though I prayed all day
And that old man beside me, nothing would he say
But fol de rol de rolly O.

All know that all the dead in the world about that place are stuck
And that should mother seek her son she'd have but little luck
Because the fires of Purgatory have ate their shapes away;
I swear to God I questioned them and all they had to say
Was fol de rol de rolly O.

A great black ragged bird appeared when I was in the boat;
Some twenty feet from tip to tip had it stretched rightly out,
With flopping and with flapping it made a great display
But I never stopped to question, what could the boatman say
But fol de rol de rolly O.

Now I am in the public house and lean upon the wall,

So come in rags or come in silk, in cloak or country shawl,

And come with learned lovers or with what men you may

For I can put the whole lot down, and all I have to say

Is fol de rol de rolly O.

朝圣者

我只吃面包喝淡奶,斋戒了大约四十天,

因为与穿破布或丝绸,身披乡土披肩

或巴黎大氅的女孩轮饮,曾令我智迷;

女人有什么用处,她们会说的只是

呋儿嘚喽儿嘚啰哩噢。

我脚踏砾石走遍德戈湖的圣岛周遭;

我五体投地在所有的苦路站前祈祷;

在那里我遇到一老人;尽管我整天祷告,

但我旁边那老人,什么也不说,除了

10 呋儿嘚喽儿嘚啰哩噢。

都知道世上的逝者都滞留在那附近,
假如母亲要寻找儿子,她不会有好运;
因为炼狱的烈火把他们形骸已吞噬;
我对神发誓我问过他们,他们说的是
呋儿嘚喽儿嘚啰哩噢。

我在船上时一只毛蓬蓬的大黑鸟出现;
从翅尖到翅尖伸展开来有二十尺宽,
噼噼啪啪扇动着翅膀,它大肆炫耀,
可我从不问,船工能说什么,除了
20　呋儿嘚喽儿嘚啰哩噢。

如今我呆在酒吧里,身子靠在墙壁上,
那就来吧,穿破布或丝绸,身披大氅
或乡土披肩,跟文雅的情郎或随便谁一起,
因为我可以把一切都放下,要说的不过是
呋儿嘚喽儿嘚啰哩噢。

【解】

此诗创作日期不详,最初发表于《宽面》新系列第 10 号(1937 年 10 月)。

叶芝曾在《假如我二十四岁》("If I were Four-and-Twenty", 1919)一文中写道:

但假如我二十四岁,没有风湿病,我想,我就不会满足于排演法国戏剧和阅读报纸了。我想我会去——虽然我肯定不是也永远不会是天主教徒——两大朝圣地,去帕垂克丘,去德戈湖。我们的教堂已经没了顶或被剥光了;曾经驰名欧洲大陆的圣卡尼斯大教堂的花窗玻璃在三个世纪前就被毁了;基督教堂看起来就像卫理公会礼拜堂一样干净而没有历史感,其雕刻的墓床和碑石都碎裂开来,或在地穴里狼藉堆放;自从肥硕的爱尔兰教会主教拆掉了那哥特式教堂的铅顶以节省他的腿力,就没有会众爬到卡舍尔岩上去了:但是欧洲大陆没什么比我们的朝圣地更古老了。在许多小抒情诗里,我会宣称那座石山属于爱尔兰所有基督教和异教信仰,在青年的狂喜中相信,三代以后,我会使之在所有富有想象力的人们记忆中如同版画收藏家记忆中的日本圣山一样生动;我,年仅二十四岁且好古者,会纪念那些主教,以再度打开德戈湖那异象之洞,它曾经被一个显形为翅膀无毛的长腿鸟的邪恶精灵所占据。

然后,我也会把那有关炼狱的信条——基督教与新柏拉图主义所共有的——与乡民的信仰联系起来:乡民相信逝者近在丘垄或花园尽头"苦修悔罪";我会在我们这个时代的心灵学研究中找出细节,以使这种联系对智力和情感具有说服力。我会努力创造一个典型人物,其最感人的宗教体验——尽管他得自某个遥远地方,尽管他的智力完全是个人的——会带有形象,可以与现在和过去的爱尔兰大众相联系。①

德戈湖是多呐戈尔郡和费尔玛纳郡交界处一小湖,是爱尔兰最重要的朝圣地,湖中有岛,岛上有洞,被认为是炼狱的入口,人称"圣帕垂克的

---

① W. B. Yeats, "If I were Four-and-Twenty", *Later Essays*, pp. 36–37.

炼狱",据传爱尔兰的主保圣人圣帕垂克曾在那里禁食斋戒,看见过炼狱的异象。在天主教神学中,炼狱是注定要升入天国的灵魂死后经烧炼而涤除污秽的处所。叶芝相信,"到德戈湖朝圣者看见的炼狱异象——从前异教冥界的异象"为但丁的《神曲》提供了框架。① 天主教徒到圣地朝圣,一般都要象征性地重走耶稣身背十字架走向受难地所经之路,沿路每歇一处为一站,有图画或雕塑表现相应故事,通常十四幅或座组成一系列,天主教会称之为"苦路十四处"。在德戈湖圣岛正好绕岛一周。

此诗中的主人公(发言者)应该就是叶芝创造的"典型人物",犹如他在《钓者》("The Fisherman", 1914)一诗中创造的另一个典型人物——钓者,他们都是所谓"行动中的人物",②具有"可以与现在和过去的爱尔兰大众相联系"的形象。从其自述或自吹可推知,此人曾经沧海,见过世面,很可能即爱尔兰传统中的民间游吟诗人之类的角色——这类人得意时可与王侯并坐,失意时则与乞丐为伍——因为此诗的形式即叶芝惯于拟作的游吟诗人所唱的抒情谣曲之类。此诗可谓悟道之语:主人公厌倦了在脂粉堆里厮混,幡然顿悟,寻欢作乐的女人不会带来智慧;于是发心苦修,虔诚祈祷,遇到饱经沧桑的过来人,于人生的秘密却无可奉告;经过苦修得见异象,向炼狱中的逝者请教,他们说什么却一句也听不懂;阴阳两界走一回,向神秘的摆渡人(连同那大黑鸟都似与冥界有关)提问,得到的答案也是不知所云;最后,终于彻悟,放下一切,见山还是山,也就懂了,可道非常道,一说就错,能说的只是哩咯呤,一切尽在不言中。天主教、异教和世俗元素融汇在一个典型人物的个体经验之中。那似咒语的无意义副歌听起来意味无穷,犹如未知数,代入每一节中意义都有所不同,具有顾左右而言他的效果,可谓绝妙好辞。据说古代爱尔兰游吟诗人有用咒语催眠或驱除不祥之物的能力,叶芝在诗中就常喜欢利用副歌营造类似咒语的效果。

---

① W. B. Yeats, "The Celtic Element in Literature", *Essays and Introductions*, p. 185.
② W. B. Yeats, "An Introduction for my Plays", *Essays and Introductions*, p. 530.

图 40：德戈湖中"圣帕垂克的炼狱"
（出自 W. B. Yeats: *Images of Ireland*）

A Model for the Laureate

On thrones from China to Peru
All sorts of kings have sat
That men and women of all sorts
Proclaimed both good and great;
And what's the odds if such as these
For reason of the State
Should keep their lovers waiting,
   Keep their lovers waiting.

Some boast of beggar-kings and kings
10 Of rascals black and white
That rule because a strong right arm
Puts all men in a fright,
And drunk or sober live at ease
Where none gainsay their right,
And keep their lovers waiting,
   Keep their lovers waiting.

The Muse is mute when public men
Applaud a modern throne:
Those cheers that can be bought or sold
20 That office fools have run,
That waxen seal, that signature.

> For things like these what decent man
> Would keep his lover waiting?
>   Keep his lover waiting?

给桂冠诗人的范本

> 从中国到秘鲁宝座之上
> 曾坐过各式的王与帝，
> 被各式各样的男人女人
> 赞颂为既伟大又仁慈；
> 那又有什么要紧，假如
> 这样的大人物为国事
> 竟然让他们的爱人久等，
>   让他们的爱人久等。
>
> 有人自称乞丐王和黑白
> 10 恶棍王，他们之称霸
> 是因为有条强壮的右臂
> 让所有人都感到害怕，
> 无论醉醒都悠闲地度日——

没有人跟他们争高下——

并且让他们的爱人久等，

    让他们的爱人久等。

诗神默然，当社会名流

为现代的王权鼓掌时：

那些可以被买卖的欢呼，
20　那傻瓜管理的办公室，

那火漆封印，花押签名。

为这些玩艺，好男子

谁愿意让他的爱人久等？

    让他的爱人久等？

【解】

    1937年7月26日，叶芝在致多萝西·韦尔斯利的信中写道："假如我被聘任为桂冠诗人的话，这才是我情愿写的那种东西，这也许就是为什么我没有被聘任为桂冠诗人的原因。"[①] 随信他附寄了一首诗，题为《结婚颂》，即目前此诗较早的一稿，文字只有个别差异，收入诗集《新诗》（1938）时改为今题。

    桂冠诗人是享受英国皇室薪俸而有义务为其庆典场合提供颂诗的宫廷御用诗人的终身荣誉称号。1937年4月28日的《泰晤士报》登载了叶芝的朋友、时任桂冠诗人的约翰·梅斯菲尔德（John Masefield, 1878—

---

①   W. B. Yeats, *Letters on Poetry from W. B. Yeats to Dorothy Wellesley*, p. 156.

1967)为庆祝英王乔治六世(George VI, 1895—1952)登极所作的颂诗《为国王在位祈祷》("A Prayer for the King's Reign")。乔治六世的继位是其兄爱德华八世(Edward VIII, 1894—1972)为娶沃丽丝·辛普森太太(Mrs Wallis Simpson, 1896—1986)而逊位的结果。叶芝此诗则是为"庆祝"爱德华八世逊位而作的,是有意与桂冠诗人唱反调,可谓反颂诗。爱德华八世不爱江山爱美人的惊世之举轰动一时,引起很大争议。叶芝显然是支持他的决定的。1936年12月11日晚,刚刚逊位的国王在面向全世界的电台广播中解释说:"我告诉你们,没有我所爱的女人的帮助和支持,我觉得不可能如我所愿作为国王承担重任并履行义务,你们一定要相信我。"① 收听过广播后,叶芝在12月21日致韦尔斯利的信中写道:"我认为前国王的广播令人感动,克制而有尊严。"②

从诗的标题的改变即可看出,诗人命意的重点从庆祝转移到了示范,意谓桂冠诗人要写诗就应该这样写,写这样的主题,好好学着点儿吧!这是直接对桂冠诗人之流喊话,颇有戏谑调弄之意。第一节举古代异域的王者为例,说他们那样"既伟大又仁慈"的君主有国家大事要操心,所以冷落了爱人并不算什么。第二节举丐帮头子和黑帮老大为例,说他们好勇斗狠,恃强凌弱,拥有一定势力,可以只顾一己享乐,根本就不把爱人当回事。第三节直指现代王权:与前两者相较,现代英国的立宪君主则形同摆设,既无仁政又无实权,过日子就像过家家;为了那些只有象征意义的虚荣空文,值得体面的绅士牺牲爱情吗?身为"社会名流"的桂冠诗人歌颂这样的王权时,又怎能从诗神缪斯那里获赐灵感呢?

第1行"从中国到秘鲁"一语借自塞缪尔·约翰逊(Samuel Johnson, 1709—1784)的讽刺长诗《人类愿望的虚妄》(*The Vanity of Human Wishes*, 1749)的开头两行:"让观察具有宽泛的视野广度,/ 来巡查审视

---

① Edward VIII, "Broadcast after his Abdication, 11 December 1936", Official website of the British monarchy, archived from the original on 12 May 2012, retrieved on 1 May 2010.
② W. B. Yeats, *Letters on Poetry from W. B. Yeats to Dorothy Wellesley*, p. 124.

人类,从中国到秘鲁"(Let Observation, with extensive view, / Survey mankind, from China to Peru)。① 叶芝此诗亦微含讽刺,从反面肯定了爱德华八世的行为:他不尚虚荣,独重爱情,敢于反潮流,堪称"好男子"。

此诗体式为谣曲,其最明显的标志即每节末尾的叠句。叶芝晚年喜用此体式作诗,系自觉朝简单风格复归。

---

① Samuel Johnson, *The Vanity of Human Wishes*, *The Norton Anthology of English Literature*, Vol. I, p. 2662.

Those Images

What if I bade you leave
The cavern of the mind?
There's better exercise
In the sunlight and wind.

I never bade you go
To Moscow or to Rome,
Renounce that drudgery,
Call the Muses home.

Seek those images
10 That constitute the wild,
The lion and the virgin,
The harlot and the child.

Find in middle air
An eagle on the wing,
Recognise the five
That make the Muses sing.

那些形象

假如我叫你离开
心灵的洞穴如何？
在阳光清风之中
运动健身更适合。

我从来不曾教你
去莫斯科或罗马；
放弃那乏味工作，
把缪斯召唤回家。

去寻觅那些形象：
10　它们把狂者构成，
构成狮子和处女，
构成娼妓和孩童。

去在半空中找到
一只展翅的鹰隼，
认清那五种类型，
它们使缪斯歌吟。

【解】

此诗作于1937年8月初,最初发表于《伦敦信使》1938年3月号。

叶芝于1937年8月13日致信多萝西·韦尔斯利,抄录有此诗的未定稿,在诗稿前面写道:

> 我受够了,不再想面对公开宴会发表必要的参议员讲话。"我们的运动对于国民来说是基本的——只用歌曲、戏剧、故事,我们就能够把我们的三千万人团结在一起,使之从新西兰到加利福尼亚成为一个民族。我心里一直怀着这一目的工作着。"可是亲爱的,我就像麻雀一样是无政府主义的。"为了这样的事情,何等体面人物会让爱人久等?""国王和议会,"布雷克说,"在我看来不像属于人类生活。"或像雨果所说的:"他们配不上上帝赐给红雀筑巢的一片草叶。"
>
> 以下是我最近写的抒情诗,写的就是我刚才说的意思。[①]

叶芝于1922年12月应爱尔兰自由邦政府提名出任参议员,直到1928年7月期满卸任。其间他做了许多工作,发表了许多讲话,除了政治,主要专注于文化、艺术、教育、社会生活等方面的问题。一如觉得1899年至1910年间的剧院筹建和管理事务耽误了诗歌创作(参见《对困难重重之事着迷上瘾》"The Fascination of What's Difficult",1910一诗[②]),叶芝认为政治活动是"乏味工作",同样干扰正常生活和艺术创作。这就是此诗的主题思想:远离政治,恢复艺术创作。

叶芝曾在《雪莱诗歌的哲学》("The Philosophy of Shelley's Poetry",1900)一文中引用雪莱《对玄学的玄想》("Speculations on Metaphysics",

---

① W. B. Yeats, *Letters on Poetry from W. B. Yeats to Dorothy Wellesley*, p. 157.
② 傅浩(译):《叶芝诗集》,页234。

1815)一文中的话:"'思想能够艰难地造访所居住的迂曲的内室。它就像一条河流,其湍急而不息的水流向外流淌着……心灵的洞穴隐蔽而幽暗……'"① 在《一亩草地》("An Acre of Grass",1936)一诗中有句云:"用以养气和健身／还有一亩青草"(An acre of green grass / For air and exercise)。② 本诗第一节以不利于健康的幽思玄想与有利于健康的户外健身的对照来起兴。

叶芝曾在1924年接受《爱尔兰时报》采访,公然表示对民主运动的否定和对强权政治的赞赏。③ 当时,法西斯主义政党在意大利崛起,苏维埃社会主义政权在俄国巩固,经过一战的欧洲知识分子在厌倦之余,一度对未来充满幻想和期待。第二节以离弃政治,回归艺术的劝诫来类比前一节的否定与赞成。九位缪斯是希腊神话中文艺和科学的保护神,在此处主要象征诗歌艺术。

叶芝在《剧作卷序》("An Introduction for my Plays",1937)一文中写道:

> 无论是在抒情诗还是在戏剧诗里,我开始去除在某种意义上不是行动中的人物;也许会在行动中间暂停,但行动永远是其目的和主题。……我欣赏行动之人,同样欣赏军人和手艺人;我想让诗歌背离所有那时髦的新奇玩意儿——心理学——诗歌主题永远都近在眼前。我记起一个印度故事:有些人问那最伟大的圣人说:"你师父是谁?"他回答道:"风和娼妓,处女和孩童,狮子和鹰隼。"④

---

① W. B. Yeats, "The Philosophy of Shelley's Poetry", *Essays and Introductions*, p. 85.
② 傅浩(译):《叶芝诗集》,页592;W. B. Yeats, *The Poems of W. B. Yeats*, p. 301.
③ W. B. Yeats, "From Demography to Authority", *Uncollected Prose*, Vol. II, pp. 433-435.
④ W. B. Yeats, "An Introduction for my Plays", *Essays and Introductions*, p. 530.

第三、四节列举的"那五种类型",构成狂者的"那些形象"显然借自这位印度圣人的说法。圣人的意思大概是说,这些人和物都各有特质,通过观察它们,就可以从中领悟到智慧。而在叶芝看来,它们都不是阴郁的故作深沉的思想者,而是阳光的纯任天然的行动者的象征。写行动和行动者的诗是叶芝追求的好诗。据叶芝的神秘哲学中的个人性格说,具有创造力的艺术家的自我属于阴性人格,其对立的反自我属于阳性人格,即具有行动力的英雄人物。自我总是追求或渴望成为反自我。这也许能够解释为什么他总是喜欢写行动中的英雄人物,摆出阳刚姿态。

Under Ben Bulben

I

Swear by what the Sages spoke
Round the Mareotic Lake
That the Witch of Atlas knew,
Spoke and set the cocks a-crow.

Swear by those horsemen, by those women,
Complexion and form prove superhuman,
That pale, long visaged company
That airs an immortality
Completeness of their passions won;
Now they ride the wintry dawn
Where Ben Bulben sets the scene.

Here's the gist of what they mean.

II

Many times man lives and dies
Between his two eternities,
That of race and that of soul,
And ancient Ireland knew it all.
Whether man dies in his bed
Or the rifle knocks him dead,

  A brief parting from those dear
20 Is the worst man has to fear.

  Though grave-diggers' toil is long,
  Sharp their spades, their muscle strong,
  They but thrust their buried men
  Back in the human mind again.

III

  You that Mitchel's prayer have heard
  'Send war in our time, O Lord!'
  Know that when all words are said
  And a man is fighting mad,
  Something drops from eyes long blind,
30 He completes his partial mind,
  For an instant stands at ease,
  Laughs aloud, his heart at peace.
  Even the wisest man grows tense
  With some sort of violence
  Before he can accomplish fate,
  Know his work or choose his mate.

IV

  Poet and sculptor do the work
  Nor let the modish painter shirk
  What his great forefathers did,

40   Bring the soul of man to God,
       Make him fill the cradles right.

       Measurement began our might:
       Forms a stark Egyptian thought,
       Forms that gentler Phidias wrought.

       Michael Angelo left a proof
       On the Sistine Chapel roof,
       Where but half-awakened Adam
       Can disturb globe-trotting Madam
       Till her bowels are in heat,
50   Proof that there's a purpose set
       Before the secret working mind:
       Profane perfection of mankind.

       Quattrocento put in paint,
       On backgrounds for a God or Saint,
       Gardens where a soul's at ease;
       Where everything that meets the eye
       Flowers and grass and cloudless sky
       Resemble forms that are, or seem,
       When sleepers wake and yet still dream,
60   And when it's vanished still declare,
       With only bed and bedstead there,
       That Heavens had opened.

Gyres run on;

When that greater dream had gone

Calvert and Wilson, Blake and Claude

Prepared a rest for the people of God,

Palmer's phrase, but after that

Confusion fell upon our thought.

V

Irish poets learn your trade

Sing whatever is well made,

70   Scorn the sort now growing up

All out of shape from toe to top,

Their unremembering hearts and heads

Base-born products of base beds.

Sing the peasantry, and then

Hard-riding country gentlemen,

The holiness of monks, and after

Porter-drinkers' randy laughter;

Sing the lords and ladies gay

That were beaten into the clay

80   Through seven heroic centuries;

Cast your mind on other days

That we in coming days may be

Still the indomitable Irishry.

VI

Under bare Ben Bulben's head

In Drumcliff churchyard Yeats is laid,

An ancestor was rector there

Long years ago; a church stands near,

By the road an ancient Cross.

No marble, no conventional phrase,

90 On limestone quarried near the spot

By his command these words are cut:

Cast a cold eye

On life, on death.

Horseman, pass by!

September 4, 1938

布尔本山下

一

以那些圣人所言起誓——

阿特拉斯的女巫熟知，

在马莱奥提湖滨附近，
圣人开言，令晨鸡啼鸣。

以那些骑士、女人起誓——
他们的形容超凡绝世；
面孔白皙瘦长的群体
显出一种不朽的神气，
曾使其情热得以完成；
10 如今踏着寒冬的黎明
他们驰过布尔本山下。

以下是他们示意的精华。

二

许多回人死而复生，
在他的种族和灵魂
这两个永恒间轮回，
古老的爱尔兰悉知。
无论是寿终于床榻，
还是遭残暴死枪下，
人最为惧怕的却是
20 与亲爱者短暂别离。

铁锹锋利，肌肉强健，
尽管掘墓人苦作不断，

他们不过将下葬之人

重新抛回人类心灵中。

                  三

"主啊,给当今降下战争!"

听过米切尔祈祷之人,

你们深知话都说尽时,

一个人战斗至狂之时,

有物落自久瞎的眼睛,

30 完善了他那部分心灵,

悠然地伫立一时片刻,

放声大笑,心气平和。

就连最睿智之人亦因

某种暴力而紧张万分,

在他完成宿命,熟练

艺业或选定伴侣之前。

                  四

诗人兼雕塑家,努力工作,

不要让时髦的画家避躲

他那些伟大祖先的业绩;

40 把人类的灵魂引向上帝,

让他把摇篮填充得恰当。

我们的力量肇始于度量:

一古板的埃及人构思的形式，
温文的菲狄亚斯造就的形式。

在那西斯廷礼拜堂穹顶，
米开朗琪罗留下了证明；
那上面唯有半醒的亚当
能撩拨周游世界的女郎，
直到她禁不住欲火中烧；
50 证明那秘密运作的头脑
早就有一个意图定在先：
宁冒渎神圣把人类完善。

在神或圣徒的背景里面，
十五世纪用油彩曾增添
供灵魂自在栖息的花园；
在那里一切寓目的东西，
鲜花、绿草和无云的天际，
肖似实在或仿佛的形式；
那时候眠者已醒却仍在
60 做着梦，梦境已消失，只剩
床架和床垫时，依然宣称：
天国曾敞开。

螺旋转不休；
在那更伟大的梦逝去之后，
卡尔佛、威尔逊、布雷克和克劳德

为上帝的子民准备了安歇——
帕尔莫的名言;但从此以往,
混乱降临在我们的思想上。

五

爱尔兰诗人,把艺业学好,
要歌唱一切优美的创造;
70 要鄙弃时兴的从头至足
全然都不成形状的怪物,
他们不善记忆的头和心
是卑贱床上卑贱的私生。
要歌唱田间劳作的农民,
要歌唱四野奔波的乡绅,
要歌唱僧侣的虔诚清高,
要歌唱酒徒的放荡欢笑;
要歌唱快乐的侯伯命妇——
经过峥嵘的春秋七百度,
80 他们的尸骨已化作尘泥;
把你们的心思抛向往昔,
我们在未来岁月里可能
仍是不可征服的爱尔人。

六

不毛的布尔本山头下面,
叶芝葬在竺姆克利夫墓园;

　　　　古老的十字架立在道旁，

　　　　邻近坐落的是一幢教堂，

　　　　多年前先人曾在此讲经。

　　　　不用大理石和传统碑铭，

90　　只就近采一方石灰岩石，

　　　　遵他的遗嘱刻如下文字：

　　　　冷眼一瞥

　　　　看生，看死。

　　　　骑士，驰过！

　　　　　　　　　1938 年 9 月 4 日

【解】

　　此诗完成于 1938 年 9 月 4 日，最初发表于 1939 年 2 月 3 日的《爱尔兰时报》和《爱尔兰独立报》(*The Irish Independent*)。此诗往往被一般编辑者排在叶芝诗集的最后，是叶芝毕生思想的总结，表达他对今生和来世的信念（散文初稿即题为《信条》"Creed"和《他的信念》"His Convictions"）[1]，带有预言性质。

　　布尔本山位于爱尔兰西部斯来沟郡斯来沟镇以北。爱尔兰神话传说和英雄故事中的许多事件都发生在此山上，民间传说山上常有超自然物的幻影出现。

---

[1]　W. B. Yeats, *The Poems*, p. 809.

图 41：布尔本山
（傅浩摄影）

第1部分以基督教和异教(爱尔兰本土民间信仰)圣人或精灵的名义起誓,表示以下"我相信"(初稿发端之语)的信条是源远流长的普遍真理。

第1节中的马莱奥提湖今名马里奥特湖,在埃及亚历山大港以南。早期基督教隐修活动曾在这一地区盛极一时。"那些圣人"即指曾在这一带沙漠中苦修的埃及隐修士科马的圣安东尼(250—356)等。他的事迹在西方文学艺术中有诸多表现。据说叶芝曾读过韩内牧师(Rev. J. O. Hanney, 1865—1950)的《基督教隐修制度的精神和起源》(*The Spirit and Origin of Christian Monasticism*, 1903)和《沙漠的智慧》(*The Wisdom of the Desert*, 1904)。① 这两本书对早期基督教隐修运动有详细叙述。叶芝于1900年曾评论雪莱的长诗《阿特拉斯的女巫》("The Witch of Atlas", 1820)说,"当女巫乘船从洞穴中的河流驶过时,那无疑是她的宿命。她顺着尼罗河经过'摩埃里斯和马莱奥提湖',在湖面上看见了所有人类生活的投影,那些倒影'永远不会被抹去,而是永远颤动着'"。② 此诗的散文初稿开头四行作:"我相信早于基督千年,/坐在棕榈树下的古代圣人〔所说的〕,/就像马莱奥提海附近的/古代圣人〔所说的〕一样"(I believe what the old saints / a thousand years before Christ, sitting under / the palms, like the old saints about / the Mareotic sea.)。斯托尔沃西(Jon Stallworthy)认为,基督之前的古代圣人是指古希腊太阳神的祭司和古印度的佛陀。③ 然而,诗成之后,他们被省略了。

第2节中的"那些骑士、女人"指爱尔兰传说中的男女神仙或精灵(参见《希神的集结》"The Hosting of the Sidhe"[1893]一诗④),亦可指芬尼亚勇士和他们的所爱的美人(参见《仙谣》一诗)。叶芝在小品文《劫

---

① A. Norman Jeffares, *A New Commentary on the Poems of W. B. Yeats*, p. 200.
② W. B. Yeats, "The Philosophy of Shelley's Poetry", *Essays and Introductions*, p. 85.
③ Jon Stallworthy, "Under Ben Bulben", *Yeats: Last Poems: A Casebook*, ed. Jon Stallworthy, London: Macmillan, 1968, pp. 218–219.
④ 傅浩(译):《叶芝诗集》,页149—150;W. B. Yeats, *The Poems of W. B. Yeats*, p. 55.

持者》("Kidnappers", 1889)中曾提到布尔本山南数百英尺高处,人和山羊都不能涉足的地方,有一个白色的小方块。那是"仙境之门"。半夜时分,门会猛然打开,大队"仙军"从中冲出。他们整夜纵马在平地上呼啸奔驰,有时会劫持新嫁娘或新生儿回到山中仙境去。① 此诗的散文第三稿有句云:"我相信,／ 如马莱奥提海的修士所信,／ 如乡下之人所信,／ 他们看见古代战士／ 和他们的淑女从山中／ 出来,行进着,／ 从一山到另一山"(I believe as did the ／ monks of the Mareotic sea, ／ as do country men ／ who see the old fighting men ／ and their fine women coming out ／ of the mountain, moving from ／ mountain to mountain)。② 叶芝曾听一位乡下老妇人(他舅舅家的佣人玛丽·白特尔)讲述她通过灵视所见的精灵:"他们长得精致迷人,就像在山坡上看见的三三两两骑马佩剑的人。……如今没有这样的种族了,谁也没有那么好的身材"。③ 此节与前一节代表叶芝信仰体系的两个重要来源:一是包括早期基督教在内的东方神秘宗教,一是爱尔兰民间迷信传统。

第2部分表述灵魂不朽且不断转世再生的信念。

叶芝相信,人的性格和行为受阴阳两股势力影响。他在《诸神与争战之人》("Gods and Fighting Men", 1904)一文中写道:"属于太阴影响的是由集体、由普通人、由身份不明者造就的所有思想情感;属于太阳的是来自受过高等训练或个人的王者般头脑的一切。"④ 他在自传中则如是写道:"'太阳',据我学自梅瑟斯的一切,意味精致、工艺十足、丰富,好似金匠作品的一切,而'水'意味'太阴','太阳'意味简单、通俗、传统、情感的一切。"⑤ 他于1938年6月22日致信多萝西·韦尔斯利说:"以下是我论述的命题:'现有大量证据表明,人立于他的家族与他的灵魂这两

---

① W. B. Yeats, "Kidnappers", *Mythologies*, p. 70.
② Jon Stallworthy, "Under Ben Bulben", in op. cit., pp. 222 – 223.
③ W. B. Yeats, "And Fair, Fierce Women", *Mythologies*, p. 58.
④ W. B. Yeats, "Gods and Fighting Men", *Explorations*, p. 24.
⑤ W. B. Yeats, *Autobiographies*, p. 371.

个永恒之间。'我把这些信念应用于文学和政治,显示它们必定造成的变化。"① 他在《假如我二十四岁》("If I were Four-and-Twenty", 1919)一文中如是论述:"我认为,只有一个人掌握了他的全部庞大体系时,他才能清楚地理解,他的社会秩序是家族与家族、个人与个人这两种斗争所创造的,我们的政治依赖哪种斗争,对我们的想象影响就最大。"② 他在生前最后发表的文字——1938 年 8 月 4 日问世的一篇广播稿中谈到了他的这一信念在文学中的应用:"我背弃了外国主题,认定种族比个人更重要,开始写《乌辛漫游记》。"③ 很可能出于民族自豪感,他声称爱尔兰人自古就懂得这些显然是来自东方神秘哲学(犹太教喀巴拉)的理论。

1884 年前后,叶芝读到 A.P.辛奈特(A. P. Sinnet, 1840—1921)所著《佛教密宗》(*Esoteric Buddhism*, 1884)一书,即开始对东方神秘哲学大感兴趣。1886 年,他邀请印度教徒摩希尼·莫罕·查特尔吉到都柏林演讲,从此树立了他对轮回转世学说的终生信仰。他回忆说:"那是我第一次遇到一种哲学,它印证了我模糊的推想,似乎既合理又无限。"④ 然而,他似乎并未接受佛教有关轮回是苦的精义,却把轮回理解为一种福利。他在《摩希尼·查特尔吉》(1928)一诗中如是写道:

> 我加以疏解阐释:
> "昔日恋人还会有
> 时光褫夺的一切——
> 坟头堆叠上坟头,
> 让他们得到慰藉——
> 黑暗的大地之上,

---

① W. B. Yeats, *Letters on Poetry from W. B. Yeats to Dorothy Wellesley*, p. 182.
② W. B. Yeats, "If I were Four-and-Twenty", *Later Essays*, p. 39.
③ W. B. Yeats, "I Became an Author", *Later Articles and Reviews*, pp. 299 - 300.
④ W. B. Yeats, *Autobiographies*, pp. 91 - 92.

>   行进着古代军队；
>   诞生堆在诞生上，
>   如此猛烈的炮击
>   可能把时光轰退；
>   生死的时刻相续，
>   或者，如圣哲所谓，
>   人跳着不死之舞。"①

他相信，轮回再生使人有机会再度拥有失去的一切，死亡不过是"与亲爱者短暂别离"，是重返有如印度哲学所谓大梵的"人类心灵"。

第3部分论完成自我之重要。

约翰·米切尔(John Michel，1815—1875)是爱尔兰民族主义者，因创办《联合爱尔兰人报》(United Irishman，1843)，鼓吹爱尔兰独立而被英国政府逮捕。引语出自他的《狱中日志》(Jail Journal，1854)1853年11月19日条，是对天主教日课晚祷文中的句子"主啊，给当今降下和平吧"的戏仿，是祈祷与英国开战。叶芝在此处引用他这句话并非用其民族主义原意，而是在普遍的哲学意义上用的。

"一个人战斗至狂"疑用郭尔王(参见《郭尔王之疯狂》"The Madness of King Goll"[1884]一诗②)或库胡林(参见《库胡林与大海之战》"Cuchulain's Fight with the Sea"[1891]一诗③)之故事。"有物落自久瞎的眼睛，"则可能是用莎士比亚悲剧《李尔王》之典，其中有葛罗斯特伯爵被剜去双眼的情节。"他那部分心灵"指"世界灵魂"或"人类心灵"在个人身上的体现；个人心灵是人类心灵的一部分，犹如印度吠檀多哲学中"梵"与"我"的关系。叶芝相信，一个人若能积极行动，成就自我，就算完

---

① 傅浩(译)：《叶芝诗集》，页509—510。
② 同上书，页86—89。
③ 同上书，页112—116。

成了宿命,即便死于非命,也是快乐的(参见《天青石雕》"Lapis Lazuli",1936一诗第二节);否则仅仅耽于沉思,即便善终,也不得安宁。

第4部分讲艺术家不仅应该且能够成就自我,而且应该且能够完善人类,提升人类灵魂。

阿尔布莱特认为,叶芝受十九世纪末唯美主义运动影响,相信艺术作品能够对胎儿发育产生影响,如沃尔特·佩特在(Walter Pater, 1839—1894)《文艺复兴》(*The Renaissance*, 1893)一书中引用约翰·约阿希姆·温克尔曼(Johann Joachim Winckelmann, 1717—1768)的说法:"'一般人对美的推崇达到了如此地步,斯巴达妇女在她们的闺房里供涅柔斯、那喀索斯或雅辛托斯的像,好生漂亮孩子'";王尔德(Oscar Wilde, 1854—1900)在《谎言的衰朽》("The Decay of Lying", 1913)一文中说:"古希腊人……在新娘的洞房里供赫尔墨斯或阿波罗神像,好让她在欢喜和痛苦中看着,生的孩子像那些艺术作品一样美好。"① 这样的解释用于此处未免牵强。其实,叶芝相信,个人的心灵或灵魂可彼此交流,因为都源于一个大心灵或"世界灵魂",而"此大心灵和大记忆可以用象征召唤"。② 艺术是象征或形象的创造和体现,具有沟通个人与世界心灵的力量,能够"把人类的灵魂引向上帝"。摇篮在叶芝的象征体系中是月相的别称,因为缺月形似摇篮,各种月相又与不同人格相应。"把摇篮填充得恰当"意思是说在正确的月相下投生,则生而具有相应的人格。其《月相》(1918)一诗中即有句云:

> 二十又八,月之不同变相,
>
> 月望月晦及种种盈亏之相,
>
> 共计二十八,但只有二十六种

---

① W. B. Yeats, *The Poems*, p. 811.
② W. B. Yeats, "Magic", *Early Essays*, p. 25.

乃人必需育于其中的摇篮；

因为月望月晦时无人类生命。①

"古板的埃及人"指生于埃及的吕科波利斯的希腊裔哲学家普罗提诺（205—270）。他反对柏拉图的艺术是模仿之模仿说，认为艺术不应因此而被轻视，因为它们不是简单地仿造自然物，而是直接"回到自然所从来的理念"；艺术作品具有自足性，"它们是美的持载者，且补自然之不足。如是，菲狄亚斯塑造出宙斯，并不是依照任何感觉之物为模型，而是依据假设宙斯决定显形，他必会采取何等样貌之解悟。"②菲狄亚斯（Phidias，前490—前432）是古希腊著名雕塑家，其作品有奥林匹斯山上的宙斯神像和雅典卫城上及帕特农神殿中的雕塑。

意大利画家米开朗琪罗在梵蒂冈西斯廷礼拜堂穹顶绘有著名的壁画《创世记》，其中有正在被耶和华唤醒的裸体亚当，被认为是男人体的完美典型。据说叶芝藏有米开朗琪罗作品的复制品，并曾购《创世记》组画之一《创造亚当》给出版审查官员，以说明其乱禁文学作品的行为欠妥。③ 一般人会认为此画有伤风化，冒渎神圣，但见识非凡的艺术家怀着崇高的目的，"宁冒渎神圣把人类完善"。

十五世纪意大利文艺复兴运动初期的画家，尤其达·芬奇（Leonardo da Vinci，1452—1519），崇尚宗教美，与米开朗琪罗崇尚人体美的艺术风格形成对照，二者各代表传统的一面。他们的作品都达到了美的极致，即叶芝的月相大轮图中的第十五月望之相，此本非人类灵魂可居之所，但艺术使人能在幻觉中进入其中，故曰"天国曾敞开"。根据叶芝的双螺旋椎体图，1500年则正当基督教文明反向回转的半中腰，是阴阳势力均

---

① 傅浩（译）：《叶芝诗集》，页363—364。
② Plotinus, *The Divine Mind: Being the Treatise of the Fifth Ennead*, trans. Stephen MacKenna, London: Medici Society, 1926, p. 74.
③ A. Norman Jeffares, *A New Commentary on the Poems of W. B. Yeats*, p. 405.

图 42：米开朗琪罗壁画《创造亚当》
（出自 The Encyclopedia of World Art）

衡的黄金时期,所以人类艺术达到了辉煌的顶点。此后,螺旋继续旋转,"那更伟大的梦逝去"。

其后,尽管风骚稍逊,传统艺术的继承者如英国画家爱德华·卡尔佛(Edward Calvert, 1799—1883)、理查德·威尔逊(Richard Wilson, 1714—1782)、威廉·布雷克(1757—1827),法国画家克劳德·热雷(Claude Gellée, 1600—1682,又名洛兰 Le Lorrain)等,也同样"为上帝的子民准备了安歇"。叶芝称这句话是"帕尔莫的名言"。他在《威廉·布雷克及其给〈神曲〉所作插图》("William Blake and his Illustrations to the *Divine Comedy*", 1896)一文中引用英国画家塞缪尔·帕尔莫(Samuel Palmer, 1805—1881)评论布雷克为维吉尔作品英译本所作插图的话:"'它们像那位卓越的艺术家的所有作品一样,拉开了肉体的帷幕,窥见了所有虔诚勤勉的圣徒享受过的、那存留给上帝的选民的安息。'"① 实际上,帕尔莫是引用《新约·希伯来书》第4章第9节:"这样看来,必另有一安息日的安息,为神的子民存留。"② 叶芝所推崇的西方高尚艺术传统至此为止,此后随着螺旋转至十九世纪末,"万物崩散,中心难再维系"(《再度降临》),"混乱降临在我们的思想上"。

第5部分告诫同胞同行,何为正确的努力方向。

叶芝以不容置疑的权威口吻教导本土的同行们:首先要"把艺业学好",即继承传统的诗歌艺术;其次"要歌唱一切优美的创造",美无禁忌,创作亦无禁忌,管他什么政治审查。对于流派纷呈、竞相出新的现代艺术和诗歌,叶芝内心充满了鄙夷之情,斥之为"时兴的从头至足／全然都不成形状的怪物",因为造就它们的人不向传统学习,没有根柢,"他们不善记忆的头和心／是卑贱床上卑贱的私生"。

叶芝每每以爱尔兰拥有比英格兰更为悠久的历史为傲(参见《致未

---

① W. B. Yeats, *Essays and Introductions*, p. 125.
② 和合本《新旧约全书·新约全书》,页293。

来的爱尔兰》"To Ireland in the Coming Times"［1892］一诗①），然而，爱尔兰自十二世纪被诺曼人征服起，一直处于外来殖民统治之下。七百多年来，爱尔兰人没有停止抗争，没有停止生活，没有停止延续自己的文化，他们的历史值得记录，尽管贵族逃亡，穷人饿死，说盖尔语的本土爱尔兰人口越来越少，如弗兰克·欧康纳英译的盖尔语哀歌《齐尔卡什》所唱："庭院充满了积水，／伟大的伯爵他们在何处？／伯爵、夫人、臣民。／都被打入了泥土。"②叶芝在《拙作总序》一文中引述英国历史学家汤因比（Arnold Joseph Toynbee，1889—1975）的预言："如果'犹太复国主义和爱尔兰国民主义成功达到目的，那么犹太人和爱尔兰人就会各自在六七十个民族群体中间……适应自己小小的生存空间'，觉得生活容易些，但不再是'一个独立社会的遗存……古老爱尔兰的传奇终于走到终点……'"，然后评论说："如果爱尔兰文学一如我这一代人所规划的那样发展下去的话，它就会为保持'爱尔兰人'活下去做点儿什么……"③在此，他就是在重申从青年时代起就开始为之奋斗的规划及做法：眼光向后看，创造一种用英语写作爱尔兰题材的浪漫主义与象征主义风格相结合的新文学。

第6部分自撰墓志铭及遗嘱。

叶芝的曾祖父约翰·叶芝牧师（Rev. John Yeats, 1776—1846）在1811—1846年间任斯来沟郡竺姆克利夫（盖尔语，义为"柳焰山脊"）教堂教区长。竺姆克利夫是个行政村，位于斯来沟镇以北约八公里处，向北可远眺布尔本山。如叶芝所说，"竺姆克利夫是一个宽阔的绿色谷地，躺在布尔本山脚下……竺姆克利夫是个征兆灵异之地。……竺姆克利

---

① 傅浩（译）：《叶芝诗集》，页144—145。
② A. Norman Jeffares, *A New Commentary on the Poems of W. B. Yeats*, p. 383; Brendan Kennelly, ed., *The Penguin Book of Irish Verse*, Harmondsworth: Penguin Books, 1970, p. 69.
③ W. B. Yeats, "Introduction", *Later Essays*, p. 209.

夫……充满了鬼魂。……在竺姆克利夫有一处非常古老的墓园。"① 叶芝于 1938 年 8 月 22 日致信晚年的情妇之一伊瑟尔·曼宁说:"我正在安排我的墓地。那会在斯来沟一个偏远的小乡村教堂墓园里,我曾祖父一百年前在那里当牧师。只有我的名字、生卒日期和这几行诗:冷眼一瞥／看生,看死;／骑士,驰过。"② 而在 8 月 15 日致多萝西·韦尔斯利的信中,这三行之上原来还有一行:"提缰,提气"(Draw rein; draw breath),③ 看来是最终被弃用了。此处所谓"骑士",既可能是第一部分提到过的在布尔本山下驰骋的精灵骑士,又可能是驾驭飞马珀伽索斯的诗人,他们都超越了有生有死的人世间而奔向理想中的永恒仙境或以完成了的人格归于世界心灵。

对于这一部分,一向口没遮拦的埃兹拉·庞德有诗戏仿曰:

>Neath Ben Bulben's buttoks lies
>
>Bill Yeats, a poet twoice the soize
>
>Of William Shakespear, as they say
>
>Down Ballykillywuchlin way.
>
>Let saxon roiders break their bones
>
>Huntin' the fox
>
> Thru dese gravestones.④

汉译如下(原文中对叶芝的爱尔兰口音的模仿就无法再现了):

---

① W. B. Yeats, "Drumcliff and Rosses", *Mythologies*, pp. 88 – 92.
② W. B. Yeats, *The Letters of W. B. Yeats*, p. 914.
③ Ibid. p. 913.
④ Ezra Pound, "Under Ben Bulben", *Pavannes and Divagations*, New York: New Directions, 1958, p. 228.

叶芝诗解

> 在布尔本山屁股下面躺着
> 比尔·叶芝,一位两倍强过
> 威廉·莎士比亚的诗人,沿着
> 巴利齐利乌赫林他们一路这样说。
> 让萨克森骑手在猎狐的时候
> 穿过这些个墓碑
>   摔断他们的骨头。

  叶芝于1939年1月28日下午2时许逝世于法国南方小镇罗克布吕纳,30日下午3点暂时下葬于当地圣潘科拉斯教堂墓园。葬礼极简单,只有叶芝太太乔芝、女友多萝西·韦尔斯利和"最后一位情妇"伊迪丝·沙克尔顿·希尔德(Edith Shackleton Heald,1885—1976)这三位"遗孀"及少数几位朋友参加。[①] 第二次世界大战结束之后,爱尔兰政府派海军唯一的一艘巡洋舰把遗骸运回爱尔兰,于1948年9月17日举行盛大葬礼,安葬于竺姆克利夫教堂墓园,墓碑上镌刻着《布尔本山下》末尾的三行作为墓志铭。

  叶芝遗愿,葬于当地满一年后迁回爱尔兰。乔芝取得了墓地的十年租用权,原计划于1939年9月迁葬,但因二战爆发而受阻。到了1947年6月,伊迪丝·沙克尔顿·希尔德再次来到罗克布吕纳,却找不到叶芝的墓了。教堂执事称,五年租期已过,遗骸已被掘出,移至尸体寄存处。据佛斯特说,可能是由于教堂方面误把墓址指定在了市政而非私家区域,前者租期通常为五年,因为在叶芝葬后几天有个英国人也葬在那里,也是租了十年墓地,然而五年之后也被请出了。糊涂的法国人既不认账又搞不清状况,乔芝无奈只好上诉到法国政府。最终政府派专人来从一堆

---

① R. F. Foster, *W. B. Yeats: A Life*, Vol. II, p. 652.

图 43：叶芝墓
（傅浩摄影）

已除名待处理乱放着的尸骸中找出了叶芝的遗骸,重新装殓入棺并钉上原来的名牌。对此鉴定结果,各方均表示满意。然而,在这一番折腾之后,尽管当事者极尽小心,还是免不了各种各样的传言满天飞。[①] 笔者不久前在一次学术会议上遇见北爱尔兰女王大学的大卫·约翰斯顿(David Johnston)教授,他就很认真地给我讲了一个极具戏剧性——用他的话说,"很爱尔兰"——的故事。以下是谈话实录:

——你去过爱尔兰吗?

——去过两次。

——去看过叶芝墓吗?

——去过。

——可是那里面躺的并不是叶芝。

——????

——千真万确。那不是叶芝。……那时候还没有DNA技术,怎样才能确认到底哪具是叶芝的遗骸呢?听说叶芝患有风湿性关节炎,左腿膝盖是坏的,他们找到一个左腿膝盖坏了的遗骸,就认定是叶芝,给运回了爱尔兰。后来,有一个英国女人来找爱尔兰政府,说贵国偷走了我丈夫的遗体。爱尔兰人问,你有什么凭据?那女人答,他左腿膝盖是坏的。

[①] R. F. Foster, *W. B. Yeats: A Life*, Vol. II, pp. 656–657.

Cuchulain Comforted

A man that had six mortal wounds, a man
Violent and famous, strode among the dead;
Eyes stared out of the branches and were gone.

Then certain Shrouds that muttered head to head
Came and were gone. He leant upon a tree
As though to meditate on wounds and blood.

A Shroud that seemed to have authority
Among those bird-like things came, and let fall
A bundle of linen. Shrouds by two and three

10   Came creeping up because the man was still.
And thereupon that linen-carrier said
'Your life can grow much sweeter if you will

'Obey our ancient rule and make a shroud;
Mainly because of what we only know
The rattle of those arms makes us afraid.

'We thread the needles' eyes and all we do
All must together do.' That done, the man
Took up the nearest and began to sew.

'Now we shall sing and sing the best we can
20　But first you must be told our character:
Convicted cowards all by kindred slain

'Or driven from home and left to die in fear.'
They sang but had nor human notes nor words,
Though all was done in common as before,

They had changed their throats and had the throats of birds.

January 21, 1939

得到了安慰的库胡林

一个有六处致命伤的汉子,一个

威名赫赫的汉子,阔步在死人堆;

一双双眼睛自树枝间凝望又隐没。

随后,一些交头接耳的尸衣

来而复去。他倾身靠着一棵树,

仿佛对创伤和鲜血凝神沉思。

在那些似鸟的东西中间,似乎
有权威的一尸衣前来,丢下一捆
亚麻布。三三两两的尸衣匍匐

10　上前,因为那汉子凝然不动。
于是那携来麻布者开口说起:
"你的生活会变更美好,若你肯

依我们古老尺度,做一件尸衣;
主要是由于仅我们所知的一切,
那些武器的铿锵声令我们怖畏。

我们引线穿针,要做的一切
我们都必须一起做。"那汉子纫好针,
捡起最近的一块布开始缝合。

"现在我们得唱歌,尽量唱好听,
20　但先得告诉你我们是何等人物:
全都是被亲属屠杀或逐出家庭,

任其在恐惧中死去的有罪懦夫。"
它们唱起来,却无人类的词与调,
尽管全都一起唱,一切如故;

它们嗓音变了,变得像鸟叫。

1939 年 1 月 13 日

【解】

  1938 年 12 月,叶芝致信伊迪丝·沙克尔顿·希尔德,告诉她说,他完成了那部剧作,"正在写一首出自其中的抒情诗"。艾伦·韦德注释称,剧作指《库胡林之死》(*The Death of Cuchulain*, 1939);抒情诗即指此诗。1939 年 1 月 1 日,他又写信给希尔德说:"我正在为一首诗写一个散文梗概——一种续篇——也很奇怪,某种新东西。"[①]多萝西·韦尔斯利记述了这篇散文梗概的内容:

  在开普马丁,我们常去拜访他。有一回,他朗读了一首打算用三联韵体来写的诗的散文主题:

  一个新到的鬼魂在"逝者之乡"的一条山沟里穿行;它身负六处致命伤,但曾经是个高大、强壮、英俊的汉子。别的鬼魂从树丛间看着他。有时候它们走近它,然后又很快逃开。最后它坐下了,显得非常疲惫。渐渐地,众鬼魂聚集在它周围,其中一个似乎有些权威者在它脚前放下一捆亚麻布。一个说:"现在它坐着不动,我就不怕它。它的兵器铿锵响得吓人。"另一个说:"如果您做一件尸衣穿上,而不佩带兵器,你就会舒服很多。我们给您带来了一些亚麻布。如果您自己动手做,您会觉得快

[①] W. B. Yeats, *The Letters of W. B. Yeats*, pp. 921; 922.

乐得多,当然,我们会负责穿针。我们什么事儿都一起干,所以我们每一位都会穿一根针,所以我们把针放在您脚前的时候,您可以挑一根您最喜欢的。"负有六处伤的汉子从未见过有人穿针穿得这么快这么溜的。它拿起穿好线的针开始缝纫;一个鬼魂说:"您一边缝,一边听我们给您唱歌;但您可能想知道我们是谁。我们是从战场上逃跑的人。我们有些人被当做懦夫处死了,有些人躲了起来,有些人甚至没人知道他们是懦夫就死了。"然后,它们开始唱歌,但不像男人和女人那样唱歌,而是像站在一根栖木上由一位好的唱歌老师调教出来的燕雀。

数日后(应该是1月13日之后),叶芝又给她们朗读了用三联韵体写成的诗,①内容与以上梗概几无出入。

库胡林是凯尔特人红枝英雄传说中最伟大的武士。据格雷戈里夫人《缪阿瑟姆内的库胡林》(1902)所述,库胡林原名塞坦塔,是北爱尔兰厄尔斯特国王康纳哈的外甥,少年时因故杀死了铁匠库林的凶猛猎犬,作为赔偿主动承担起保卫库林一家及其财产的职责,因而得号"库胡林",盖尔语义为"库林的猎犬"。为了给国人争取集结的时间,他只身一人迎战梅娃女王召集的爱尔兰南方诸国来犯联军,毙敌无数,最后身负重伤而死。② 叶芝最后一部诗剧《库胡林之死》写的就是基于库胡林临死故事的戏剧情节;作为"续篇",此诗写的则是关于库胡林死后境况的想象情景。

芬纳阮认为此诗令人想到柏拉图《理想国》卷十中厄尔的故事,其中述及即将转世的灵魂抓阄决定未来的生活方式:"厄尔告诉我们,某些灵魂选择自己的生活很值得一看。……他说,他看到一个曾经是奥菲斯的

---

① W. B. Yeats, *Letters on Poetry from W. B. Yeats to Dorothy Wellesley*, pp. 212-213.
② Isabella Augustus, Lady Gregory, *Cuchulain of Muirthemne: The Story of the Men of the Red Branch of Ulster*, pp. 26-28; 252-256.

灵魂,它选择了天鹅的生活方式。由于死在妇女手里,它痛恨一切妇女而不愿再从女人腹中出生。他看到萨弥拉斯的灵魂选择了夜莺的生活……"① 叶芝熟悉柏拉图的著作,在创作时很可能会想到这段关于死后灵魂历程的古希腊神话,但他在此诗中所用的应该还是与题材性质更一致的爱尔兰本土神话框架吧。爱尔兰神话传说中固有"逝者之乡",为爱神安格斯与有福的不死灵魂所居之处(参见《瑞夫在波伊拉和艾琳之墓畔》一诗解),其中相爱者的灵魂化成鸟儿,被用金链子成对锁在一起。叶芝在给叙事诗《波伊拉与艾琳》(*Baile and Aillinn*, 1903)所作的注中写道:"'大平原'是逝者与快乐者之地,也叫做'永生的心之地',此外还有许多美丽的名字。……在安格斯头顶上飞翔的鸟儿是他用他的吻造出的四只天鹅;当波伊拉和艾琳变成被金链拴在一起的天鹅时,他们采取古老故事中在他们之前中了魔法的恋人们所采取的形体。"②

叶芝相信人死为鬼,死后至再生之前要经历六个境界,灵魂逐渐蜕脱净化。在《异象》(1937)卷三"审判中的灵魂"中,他详述了这些过程:"在第三个蜕脱境界,我即刻会描述的一种境界中,它会弃绝人的形体而从前世的社会或宗教传统中选取某种象征其状况的外形。"③ 在这些境界中,灵魂会丧失个体独立性,成为集体之一分子。叶芝还转述从前降神会上某个亡灵通过灵媒对他说的话:"'我们做什么都不单独做,每个动作都由一伙同时做。'它们的完善是一个共享的目的或想法。"④ 他在小册子《穿过月色的友好宁静》(1917)中记述了当时参加系列降神会的心得:"直到此时,鬼魂与鬼魂一直在共同记忆的时刻互相交流,那些时刻反复重现,就像在恐惧或欢乐中跳舞的人形,但现在它们与同类一起奔跑,它们的聚集的群体活动都有节奏和模式。这种一起奔跑,都朝着

---

① W. B. Yeats, *The Poems of W. B. Yeats*, p. 677; 柏拉图:《国家篇》,王晓朝译《柏拉图全集》第二卷,页645—646。
② W. B. Yeats, *The Variorum Edition of the Poems of W. B. Yeats*, p. 188.
③ W. B. Yeats, *A Vision* (1937), p. 224.
④ Ibid., p. 234.

一个中心却不丧失身份的奔跑,是它们对自己的道德生活及其受益者和受害者,甚至没走过的路的探索所期待的;它们所有的思想都影响了这一载体的形成,变成了事件和环境。"①

根据以上介绍可知,库胡林的鬼魂在一众懦夫的鬼魂的劝说下,加入了它们缝制尸衣的集体活动;但我们不确定,他的鬼魂是否跟他们的一道最终也变成了鸟。在诗剧《库胡林之死》中,我们有了答案:

库胡林: 　　那边远处漂浮着

我在死后将要选取的形体,

我的灵魂的最初形体,一个生羽毛的柔软形体,

对于一个伟大战士的灵魂来说,难道说那不是

一个奇怪的形体吗?

库胡林死后,妻子埃玛前来战场上吊祭,听到了"寂静中几声微弱的鸟鸣"。②

根据叶芝的"面具"理论,一个人要完善自己的人格就必须自觉向自我的对立面(即"面具")发展。他认为自己天性阴柔务虚,所以视库胡林这样的行动之人为"反自我",有时也会表现出斗争精神和英雄气概。库胡林死后变鸣禽则是一种回归。鸣禽即歌者,是诗人的象征。此诗是叶芝所作倒数第二首抒情诗,《库胡林之死》则是最后一部诗剧,二者都是"整理灵魂"之作。爱尔兰俗语"整理灵魂",意谓准备后事。叶芝在《碉楼》(1925)一诗中就曾写过:

到了写遗嘱的时候;

……

---

① W. B. Yeats, *Later Essays*, p. 25.
② W. B. Yeats, *The Plays* [*The Collected Works of W. B. Yeats*: Vol. II], ed. David R. Clark & Rosalind E. Clark, Hampshire: Palgrave, 1989, pp. 552 – 553.

我现在要整理灵魂——

强迫它去一所博学

学校研习学问,

直到肉体的坏灭,

……

看起来不过像地平线

隐没后天上的云霓;

或渐渐深浓的荫影间

一只鸟困倦的鸣啼。①

  有趣的是,在诗剧中,库胡林死之前后有三个女人前来为他"送行",一个是他的妻子,两个是他的情人;在现实中,叶芝死时,也是有三个女人陪伴着他,一个是他的妻子,两个是他的情人(参见《布尔本山下》一诗解)。看来,叶芝与库胡林一样,也"得到了安慰"。

---

① 傅浩(译):《叶芝诗集》,页 422—425。

The Statues

Pythagoras planned it. Why did the people stare?
His numbers, though they moved or seemed to move
In marble or in bronze, lacked character.
But boys and girls, pale from the imagined love
Of solitary beds, knew what they were,
That passion could bring character enough,
And pressed at midnight in some public place
Live lips upon a plummet-measured face.

No! Greater than Pythagoras, for the men
That with a mallet or a chisel modelled these
Calculations that look but casual flesh, put down
All Asiatic vague immensities,
And not the banks of oars that swam upon
The many-headed foam at Salamis.
Europe put off that foam when Phidias
Gave women dreams and dreams their looking glass.

One image crossed the many-headed, sat
Under the tropic shade, grew round and slow,
No Hamlet thin from eating flies, a fat
Dreamer of the Middle-Ages. Empty eye-balls knew
That knowledge increases unreality, that

Mirror on mirror mirrored is all the show.

When gong and conch declare the hour to bless,

Grimalkin crawls to Buddha's emptiness.

When Pearse summoned Cuchulain to his side

What stalked through the Post Office? What intellect,

What calculation, number, measurement, replied?

We Irish, born into that ancient sect

But thrown upon this filthy modern tide

30   And by its formless, spawning, fury wrecked,

Climb to our proper dark, that we may trace

The lineaments of a plummet-measured face.

雕　　像

毕达哥拉斯设计。人们凝视为何？

他的数虽然活动或仿佛活动在

大理石或青铜里，但是缺乏性格。

但由于对孤单床铺的想象之爱

而苍白的少男少女懂它们是什么，

懂情欲能够把足够的性格带来，
半夜里把活人的嘴唇在某个广场
贴在一张用锤规度量的面孔上。

不，比毕达哥拉斯更伟大，因为是
10 那些用锤子或凿子把这些算数
塑造得像天然肌肤一样的匠师，
摧毁了亚细亚模糊的庞然大物，
而不是那些游动在萨拉米斯
万头涌动的浪涛上的战船桨橹。
欧洲逐退了那浪涛，当菲狄亚斯
给女人以梦想，给梦想以镜子之时。

一形象渡过那万头涌动者，静坐
在热带凉荫下，渐渐变浑圆迟滞，
不是吃苍蝇而羸瘦的哈姆雷特，
20 是肥胖的梦想中古之人。空眸子
懂得知识徒增虚妄，懂得
镜中之镜像即是全部现示。
铜锣螺号宣告祝福的时辰时，
灰毛狸猫就爬向佛陀的空寂。

当时皮尔斯召唤库胡林来加盟，
什么曾大步出邮局？什么智力，
什么计算、数字、量度，曾响应？

我们爱尔兰人，生入那古老宗派，

却被抛到这污浊的现代潮流中，

30　被它那丑陋、激增的忿怒摧毁，

爬上我们合适的暗处吧，好摸索

一张用锤规度量的面孔的轮廓。

【解】

　　1938年6月10日，叶芝致信多萝西·韦尔斯利说："我已经完成了有关古希腊雕像的沉思长诗，但我请人打字誊清后再寄给你（是你建议我写的）。"6月22日，他把此诗的打字稿寄给了她，①文字与目前定稿无异。

　　叶芝用散文写下的最初构思有助于我们理解此诗的意思：

一

　　他们在大白天或月色下外出，怀着梦想活动……只有用大理石雕琢的形象、空洞的面孔、经过度量的毕达哥拉斯式的完美；只有不会思想者才有无限激情；只有激情才得见上帝。人在萨拉米斯得胜，但人的胜利一钱不值，时而此起，时而彼兴；只有这些冰冷的大理石形象能够击退模糊的亚洲范式；只有它们能够凭借其确定性打败自然。

二

　　人厌倦了胜利，就会远离所有伙伴，在孤寂中长时间静坐，

---

① W. B. Yeats, *Letters on Poetry from W. B. Yeats to Dorothy Wellesley*, pp. 181; 183 - 184.

以至于曾经健美的身体变得绵软浑圆,不能胜任劳作或战事,因为他的眼睛是空的,比夜空还要空……所有人都崇拜现在的神。阿波罗忘记了毕达哥拉斯,而取了佛陀之名,那就是亚洲模式的胜利的希腊。其他人远远待在一边……征服他们崇高的空;在附近的丛林中,他们看见大理石伸出许多头和脚。

三

你现在在哪里?你褪下了晒黑的肤色而变得苍白,是真的吗?你在1916年出现在邮政总局了吗?皮尔斯用库胡林的名字称呼你,是真的吗?当然我们需要你。模糊的潮流正处于高点……正从四面八方涌来……带着你所有的毕达哥拉斯数据回来吧!①

此处第一段对应诗的第1、2节;第二段对应第3节;第三段对应第4节。第1节的意思是说:古希腊的雕塑形象是用数学方法度量设计的纯粹形式,面无表情,缺乏性格,唯其如此规范,才得超越自然,臻乎完美。古希腊哲学家毕达哥拉斯(Pythagoras,约前582—约前507)精于数学,是黄金分割律和音程数理基础的发现者,其数字理论在多种艺术中都有应用,所以诗人说是他设计了古希腊古典时期雕塑的理想范式。在叶芝看来,雕塑艺术在古希腊时期是类型化、象征性的,到了古罗马才变成个性化、写实性的;古希腊人给大理石雕像的眼珠子涂色,时间长了色彩褪掉,眼睛就显得茫然无所视的样子;古罗马人则在大理石雕像的眼睛里钻孔以表现瞳孔,似乎更注重眼神的表现。②然而,这并不妨碍只有梦想而不会

---

① Jon Stallworthy, *Vision and Revision in Yeats's 'Last Poems'*, Oxford: The Clarendon Press, 1969, pp. 125 – 126; A. Norman Jeffares, *A New Commentary on the Poems of W. B. Yeats*, p. 412.由于叶芝手稿字迹潦草,个别拼写不规范,这两本书中的释读略有出入。笔者汉译时综合二者,两相斟酌,择善而从。
② W. B. Yeats, *A Vision* (1937), pp. 275 – 277.

思想的少男少女们把那样超现实的完美形象当做情欲对象,以至于大半夜偷偷去广场上亲吻那些冷冰冰的公共雕像。他们的激情赋予那些雕像(主要是神像)以性格,甚至能让他们在幻觉中看见它们所象征的至高存在。

第2节的意思是说:虽然古希腊雅典人于公元前480年在萨拉米斯战役中击败了来自亚洲的波斯人,但"人的胜利",即武力的征服,在历史上并不算什么,真正决定文明质量的是文化艺术。古希腊雕塑不仅以其度量有数的精确性超越了自然,而且击退了造型模糊的亚洲雕塑范式的影响。在此意义上,使毕达哥拉斯的数字形式具体化的雕塑匠人就更了不起,技艺胜过思想。菲狄亚斯是公元前五世纪古希腊著名雕塑家(参见《布尔本山下》一诗解),叶芝在其神秘哲学论著《异象》(1937)中论述古希腊文明的发展史时提到了他的艺术:

> 在基督降世前一千年,我想象他们的宗教体系完成了,他们自己变成了蛮族和亚洲人。然后,来了荷马、市民生活、一种对无疑有赖于某种神谕的市民秩序的欲望,然后(新千年之初十月相)是对独立的市民生活和思想的欲望。在公元前,比如说,六世纪(十二月相),个性开始了,但还没有智性的孤独。一个人可以统治部落或城市,但他无法与大众分开。随着孤独的最初发现(十三和十四月相),如我所想,来了令今天我们大多数人都感兴趣的视觉艺术,因为菲狄亚斯的艺术就像拉斐尔的艺术,目前已穷尽了我们的注意力。我想起在阿什莫连博物馆有一尊胜利女神像,具有一种自然而非系统化的美,就像拉斐尔之前的那种美,尤其是一些罐子,浅色地子上画着深色怪异的半超自然的马。自我实现的达到会带来对权力的欲望——系统化为其工具——但是清晰、有意味、优雅,在明亮空间里彼

此分离的一切,似乎仍超乎其它所有美德。……

波斯战争后,与伊奥尼亚的优雅并肩而来了多利安的活力,制陶匠的四肢轻盈的花花公子、雕塑师的卷发精致的巴黎长相的年轻女子让位给了运动员。有人怀疑有意背离这一切的转向是东方的或就像把诗人逐出柏拉图的理想国那样的一种道德宣传,但也许是因为,为最终系统化做准备,显然需要摧毁,比如说,波斯侵略者的伊奥尼亚工作坊和因"命运体"抵抗日益增长的灵魂孤独而产生的一切。然后,在菲狄亚斯身上,伊奥尼亚和多利安影响统一了起来——令人想到提香——一切都被满月改变了,一切都丰盛而流溢。①

战争做不到的,艺术做到了。菲狄亚斯的作品以运动员般充满活力的男性形象"给女人以梦想"(参见《布尔本山下》和《长足虻》二诗及解),起到了移风易俗(或者说败坏风气)、去波斯化的作用。他是古典时期古希腊雕塑艺术的集大成者,他的作品成了后来者效仿的典范。

第3节的意思是说:古典时期的古希腊雕塑艺术以其谨严的法度和健美的形象不仅击退了来自波斯的亚洲影响,而且越洋跨海侵略到遥远的印度,给那里播种下欧洲影响。叶芝于6月28日又把此诗寄给伊迪丝·沙克尔顿·希尔德,并指出:"读第三节时,请记住对现代雕塑和对跟随亚历山大的雕塑师的硕大坐佛的影响。"② 公元前326年马其顿国王亚历山大大帝(Alexander the Great,前356—前323)征服印度西北部犍陀罗等国,给佛像雕塑艺术带去了希腊影响。此前印度几无像样的佛像,只有造型模糊的简陋象征,真正意义的造像即始于此时,其线条较清晰准确,颇具古希腊古典时期风范,而且还承传了其造像量度之法。然

---

① W. B. Yeats, *A Vision* (1937), pp. 269–270.
② W. B. Yeats, *The Letters of W. B. Yeats*, p. 911.

而，其造型却不似希腊本土那样的运动员形象，而是越来越胖，诗人将此归因为征服者厌倦了征战，在热带天气中变得懒散而沉湎于长时间静坐，渐渐地"健美的身体变得绵软浑圆"。以其为模特的造像自然也就随之发福了，因为"所有人都崇拜现在的神"。健美的阿波罗变成了肥胖的佛陀，希腊化与本地化相妥协，欧洲影响被亚洲模式中和了。叶芝在《异象》中接着论及亚历山大征服对东西方的影响：

> 我把亚历山大征服及其王国的分崩——当形式和规范化的希腊文明把自身遗失在亚洲之时——认定为廿二月相的始与终；据某位历史家所记载，他打算挥师西向，说明他不过是造就了希腊化罗马和亚洲的那场冲动中的一个角色而已。到处是每块肌肉都经过度量、每个姿势都经过讨论的雕像；这些雕像再现着没有什么更多东西可获取的人、成功而自满的肉体之人，女人薄施粉黛，而男人——也许是因为露天裸体锻炼——呈红木色。在以方法替代了力量的优胜劣败时代（廿二月相）之后的每一项发现都是一次由对技艺的痴迷（廿三月相），由对过去的意识（廿四月相），由某种主流信仰（廿五月相）发动的弃智行为。①

佛陀的形象不是像现代英国舞台上的哈姆雷特王子那样的瘦子，而是像某个"梦想中古之人"那样的胖子，这是诗人比喻的说法。后者的原型是叶芝青年时代崇敬的擅写中古传奇的文学前辈威廉·莫瑞斯。在自传第2部《帷幕的颤动》（1922）中，叶芝说他在壁炉台上挂有一幅莫瑞斯的肖像，

---

① W. B. Yeats, *A Vision* (1937), pp. 271-272.

> 它那肃穆大睁的眼睛好像某种正在做梦的野兽的眼睛,令我想到提香的"阿里奥斯托",而那宽阔的充满活力的身体则暗示着一个无需理智以保持清醒的头脑,尽管它沉湎于各种幻想:梦想中古之人。那是"精灵的小丑……山一样宽广狂野",是坚定的欧洲形象,但还半记得佛陀的寂然不动的禅定,与那摇摇晃晃、忍饥挨饿沉思的憔悴形象毫无共同之处;由于我们舞台上某些著名的哈姆雷特形象之故,后者只能充斥心目。①

他反对英国导演把莎士比亚笔下的哈姆雷特理解成耽于思想之人,认为其实"他是个中古时期的行动之人"。② 说他"吃苍蝇而羸瘦"是漫画笔法。

由于古印度受古希腊直接影响,雕像多少也是象征性的,而不像古罗马那般写实。叶芝在《异象》中还具体论及各种雕像眼睛的区别:"想到古罗马时,我总是看见那些有着关注世俗的眼睛的头颅,那些如社论里的比喻一般老套的身体,在想象中比较着茫然一无所视的模糊的古希腊眼睛、凝视着异象的拜占庭的钻孔的象牙眼睛、中国和印度的那些眼帘、那些同样厌倦世俗和异象的垂帘或半垂帘的眼睛。"③ 尽管眼睛形态不同,古印度与古希腊雕像的眼眸却一样,不涂色则无神,都是"空"的。空无表情方显神圣本色。

"知识徒增虚妄","镜中之镜像即是全部现示"是叶芝对佛教教义的理解和转述。他读过一些介绍佛教的英文著作,例如辛奈特的《佛教密宗》。这两句话或许有出处,或许是他自己的发明。不过,佛教经论中倒确有类似的表述,镜中像喻尤为常见,例如《放光般若经》卷第一摩诃般若波罗蜜放光品云:"所说如幻,如梦,如响,如光,如影,如化,如水中泡,

---

① W. B. Yeats, *Autobiographies*, pp. 141 – 142.
② W. B. Yeats, *Explorations*, p. 446.
③ W. B. Yeats, *A Vision* (1937), p. 277.

如镜中像,如热时焰,如水中月,常用此法用悟一切。"《维摩诘所说经》卷上弟子品云:"诸法皆妄见,如梦,如焰,如水中月,如镜中像,以妄想生。"《摩诃止观》卷第六上云:"若明一切法如镜中像,见不可见,见是亦有,不可见是亦无,虽无而有,虽有而无。"《法苑珠林》卷第二十致敬篇仪式部云:"如一室中悬百千镜,有人观镜,镜皆像现。"① 在随笔与剧作集《在锅炉上》(*On the Boiler*, 1939)中,叶芝写道:"最近我试图就实际细节理解一切知识中存在的虚假,科学比哲学更虚假,但哲学也虚假。……假如我们最终要把虚假赶走,我们就必须进入佛教寺院……"②

叶芝在《异象》(1937)中"解释已经进入我的诗歌中的象征体系"(参见《合象》一诗解)时具体阐述了火星-金星和木星-土星这两种合象的意义:

> 这两种合象表现着那么多东西,当然有时是外向的心、爱欲及其诱惑与内省的关于心自生的统一性——一种智性兴奋——的知识的对比。可以说,它们就像纹章护持者那样站立,守卫着十五月相的神秘。在多年前最初发现的兴奋中写下的诗句里,我把一个比做斯芬克司,一个比做佛陀。我本来应该写基督而不是佛陀的,因为据我的导师们说,佛陀是木星-土星命。

> 虽然我是在心目中看见的这一切,
> 但直至我死去都不会有什么更真确;
> 我借月光观看,
> 正值十五月圆。

---

① 《中华大藏经》(电子版),Nos. 221;475;1911;2122.
② W. B. Yeats, *Explorations*, pp. 449–450.

> 一个摆着尾,被月光照亮的眼眸
>
> 注视着已知的万物,未知的万物,
>
> 恃才智得意洋洋,
>
> 凝然的头颅高昂。
>
> 另一个被月光照亮的眼眸永凝固,
>
> 凝注于被爱的万物,不被爱的万物,
>
> 可是他极少安宁,
>
> 因为施爱者伤心。①

据《合象》一诗,基督教或曰客观的文明属于火星与金星合象命;对立或主观的文明属于木星与土星合象命。叶芝承认自己在上面的引诗(《麦克尔·罗巴蒂斯的双重灵视》"The Double Vision of Michael Robartes",1918)中弄错了,因为斯芬克司代表古希腊-罗马文明,属于木星与土星合象命,与之相对的应该是火星与金星合象命,即基督教文明(叶芝认为基督教是一种"亚洲输入",与古希腊和爱尔兰相对立②)。既然佛陀是木星-土星命,那么他也是对立或主观文明的象征,亦即在某种意义上与古希腊文明一脉相承的佛教文明的代表。照此推论,与之相对的则是属于火星与金星合象命的类似基督教的客观文明(在印度,佛教前后则属波斯文明系统)。在《猫与月》("The Cat and the Moon",1917)一诗中,叶芝称猫是月亮"最近的亲眷",因为猫的瞳仁会像或随月亮一样有圆缺变幻。③ 佛像的眼睛则像希腊雕像的眼睛一样是"空寂"的、"凝固"不变的。灰毛狸猫是莎士比亚悲剧《麦克白》(*Macbeth*)中三女巫之一使唤的精怪,可以说是斯芬克司的退化版本。它爬向佛像的意象与第

---

① W. B. Yeats, *A Vision* (1937), pp. 207–208.
② Richard Ellmann, *The Identity of Yeats*, p. 189.
③ 傅浩(译):《叶芝诗集》,页 369—370。

一节末怀春的少男少女夤夜爬上雕像偷吻的意象相呼应对照,也是一种漫画笔法,似意谓印度热带丛林里弃置的佛像不似古希腊城市广场上的神像那般健美而有魅力,即便在大白天敲锣吹号开法会,也只有无心的野猫前来接受祝福。在《麦克尔·罗巴蒂斯的双重灵视》的第5节中,叶芝如是描写那"硕大坐佛"的姿态:"佛陀,一手安住,/ 一手举起祝福。"①

第4节的意思是说:我们爱尔兰人与古希腊人一样,也是富有健美的神话传说英雄的民族,却无缘享有同样精美的雕像艺术,而只能任自己的审美趣味被大量庸俗丑陋的现代艺术作品所淹没所败坏;我们,尤其艺术家,应该"爬上我们合适的暗处",达到"智性的孤独"的高处,以便通过学习过去的传统,提高审美趣味,恢复健美的体格,创造精美的作品,为文明的发展尽自己的本分。叶芝在致希尔德的信中接着解释说:"库胡林之所以在最后一节中,是因为皮尔斯及其一些追随者崇拜他。政府在重建的邮政总局里安置了一尊库胡林的雕像以纪念此事。"② 皮尔斯是1916年复活节起义主要领导人(参见《一九一六年复活节》、《玫瑰树》二诗解),曾以都柏林邮政总局为指挥中心抵抗英军,被爱尔兰人视为共和国的建国之父。叶芝在《在锅炉上》中写道,政府内阁成员的后代"将会构成我们的统治阶级,并把他们的源头从邮政总局算起,一如美国家族把他们的源头从'五月花号'算起"。③ 库胡林是凯尔特人传说中北爱尔兰"红枝英雄"群体中的头号勇士,在爱尔兰的地位相当于古希腊神话中的英雄阿喀琉斯,其体格不言而喻自然是健美的标本,被有些起义者奉为精神偶像和力量源泉。在叶芝未完成的长篇小说《班鸟》(*The Speckled Bird*, 1896—1903)第2卷第1章中,主人公迈克尔在大英博物馆遇见老熟人麦克拉根(原型部分是麦克格莱戈·梅瑟斯),后者引领他参观并予以讲评:

---

① 傅浩(译):《叶芝诗集》,页376。
② W. B. Yeats, *The Letters of W. B. Yeats*, p. 911.
③ W. B. Yeats, *Explorations*, p. 413.

然后他走进古希腊展厅，站在一座运动员雕像前，伸出双臂，让迈克尔摸臂上肌肉，并拿运动员的肌肉与之相比较。……的确，他把时间都花在了运动上。他说，假如他不这么做而忽视了他的书，他可能就会漂入普通职业，无异于邻人了。……然后，他谈论起古希腊雕像的造型与正在参观的男女的对比。他说："人们从前就像那样，现在样子变得越来越可怜了。要没有它们，这世界会变得糟糕得多，因为人人都在努力——尽管是三心二意地——变得像它们一点儿，只是他们的努力变得越来越微弱了。……古代诸神依旧在私底下受人崇拜；我们要做的就是使这种崇拜重新公开。"

在十九世纪末的爱尔兰，大多数人虔信罗马天主教，崇拜古代异教诸神的行为是不合正统的。叶芝少年时即对基督教失去信仰，转而对一切异教神秘感兴趣，从此致力于利用凯尔特神话传说为题材写作和举行神秘仪式，以期唤醒民族精神和自豪感，提高民众的审美趣味，达到以文化统一爱尔兰的目的。他对现代艺术"模糊的潮流"深恶痛绝，认为此类作品毫无章法和美感可言，是"时兴的从头至足／全然都不成形状的怪物"（《布尔本山下》）。他对当代雕塑家奥利弗·谢泼德（Oliver Sheppard，1865—1941）所作的库胡林雕像也并不满意。在 1938 年 12 月 29 日致画家朋友威廉·罗森斯坦的信中，叶芝写道："某些最有名的年轻人在 1916 年被杀了，他们非常崇拜爱尔兰传说中的英雄库胡林，以至于政府用一座坏雕像来纪念这一事件。对我们来说，传说中的男人或女人必须还能战斗和跳舞。"① 所以，一如皮尔斯召唤库胡林的战斗精神，叶芝召唤古希腊雕塑的艺术精神回归当下。他在《在锅炉上》中重申：

---

① William Rothenstein, "Yeats as a Painter saw Him", *Scattering Branches*, p. 53.

图44：奥利弗·谢泼德雕塑作品《库胡林之死》(1935)
(出自 *Oliver Sheppard, 1865 – 1941: Symbolist Sculptor of the Irish Cultural Revival*)

有时候我肯定,艺术必须再度接受那些把毕达哥拉斯的数字带入雕塑艺术的古希腊比例,那些因为所有一切都是空的和经过度量的而显得神圣的面孔。当希腊战船在萨拉米斯击败波斯大军时,欧洲尚未出生;但是当多利安工作坊派出那些脊背宽阔的大理石雕像去抵抗形态多样、线条模糊、富有表情的亚洲之海时,它们就给予欧洲的性欲本能以目标对象,以固定类型。[1]

此诗作于1938年4月9日,在叶芝逝世后初次发表于《伦敦信使》1939年3月号。

---

[1] W. B. Yeats, *Explorations*, p. 451.

Long-legged Fly

That civilisation may not sink
Its great battle lost,
Quiet the dog, tether the pony
To a distant post.
Our master Caesar is in the tent
Where the maps are spread,
His eyes fixed upon nothing,
A hand under his head.

Like a long-legged fly upon the stream
His mind moves upon silence.

That the topless towers be burnt
And men recall that face,
Move most gently if move you must
In this lonely place.
She thinks, part woman, three parts a child,
That nobody looks; her feet
Practise a tinker shuffle
Picked up on the street.

Like a long-legged fly upon the stream
Her mind moves upon silence.

That girls at puberty may find

The first Adam in their thought,

Shut the door of the Pope's chapel,

Keep those children out.

There on that scaffolding reclines

Michael Angelo.

With no more sound than the mice make

His hand moves to and fro.

Like a long-legged fly upon the stream
30 *His mind moves upon silence.*

长足虻

为使大战不失败,

文明不沦丧,

请让狗安静,拴住马

在远处柱子上。

主公恺撒在营帐里,

地图摊开,

双眼茫然无睹，

一手托腮。

像溪水之上一只长足虻，

10   他心思游动在静寂上。

为使高塔遭焚毁，

人怀念那容颜，

若必需，请极轻走过

这寂寞的地面。

似妇人，更像孩儿，她以为

没人看；双脚

练习着街头学来的

流浪者的舞蹈。

像溪水之上一只长足虻，

20   她心思游动在静寂上。

为使怀春女初见

心目中亚当，

请关紧教皇圣堂门，

把孩子们阻挡。

那里，脚手架上仰躺着

米开朗琪罗。

他动静轻如鼠爪，

  手来回动作。

  像溪水之上一只长足虻
30 他心思游动在静寂上。

【解】

  1938年4月11日，叶芝将此诗"初稿"寄给多萝西·韦尔斯利，其中文字只有第二节与目前定本稍异，① 最初发表于《伦敦信使》1939年3月号。

  据《简明不列颠百科全书》，长足虻是一种双翅目长足虻科昆虫。形小，蓝或绿色，有金属光泽。捕食较小的昆虫，见于阴湿的沼泽周围。② 关键的一点此书中没有提到，即这种昆虫具有踏水而行的能力。柯尔律治《文学传记》(*Biographia Literaria*, 1817) 第7章有段文字如下：

>   我的大多数读者将会观察到小溪水面上一种小小的水上昆虫，给阳光透照的溪底投下一个缀着五彩流苏的五点影子；也会注意到这种小动物是如何逆流而上的：凭借主动和被动运动的交替律动，时而抵抗水流，时而随顺水流，以便为进一步推进而积聚力量，获取瞬间的立足点。以此象征心智在思维活动中的自我经验绝非不恰当。③

---

① W. B. Yeats, *Letters on Poetry from W. B. Yeats to Dorothy Wellesley*, pp. 177–178.
② 《简明不列颠百科全书》，第2册，北京：中国大百科全书出版社，1985年，页242。
③ Samuel Taylor Coleridge, *Biographia Literaria*, ed. J. Shawcross, Oxford: Clarendon Press, 1907, pp. 85–86.

罗杰斯（W. E. Rojers）指出,这段文字可能即叶芝此诗中叠句的想法来源。① 以长足虻在溪水上活动的意象比喻凝神静思的状态,说明一切外在的伟大惊世之举（作）都源于内在的极宁静极精微的创造性心智活动;一切唯心所造,在此意义上,人的创造类乎神的创造;人在纯粹的创造活动中即可谓阶及神明了。这大概就是此诗所要表达的主旨吧。主题则可概括为创造的神秘吧。

第1节以古罗马独裁官盖尤斯·尤力乌斯·恺撒（Gaius Julius Caesar,前100—前44）为例,说明一战功成的决定因素在于统帅的缜密思虑。他曾率军征服高卢,著有《高卢战记》（*Commentarii de Bello Gallico*）一书。诗人以全知视角想象,在某次大战前夕恺撒运筹帷幄,凝思入神。此时需要绝对安静,一丝干扰就有可能改变历史进程,导致文明与野蛮易位。诗人又化身恺撒帐下近卫队长发言,吩咐手下保持安静,绝不可打扰正在专心思考的"主公"。

第2节以古希腊传说中的美女特洛伊的海伦为例,说明倾国之美的养成需要秘密修炼。诗人想象尚未成年的海伦——"似妇人,更像孩儿"②——为了多通才艺,无所不学,竟偷偷苦练下等人的技艺。诗人又以不明身份的偷窥者身份发言,叮嘱偶尔经过的路人,尽量把脚步放轻,以免打扰正在专心用功的女孩儿。

第3节以文艺复兴时期意大利艺术家米开朗琪罗为例,说明完美的艺术需要极致的专注。在叶芝生前未发表的文章《"非洲人"列奥》（1915）中,他通过降神术结识的亡灵导师之一、"非洲人"列奥自述其经历云:"在罗马,我曾看见过米开朗琪罗在西斯廷圣堂中的脚手架上干活儿。有一回,我还去了他的画室,看他画模特。生前和早先

---

① W. B. Yeats, *The Poems*, p. 831, n. 9.
② 原文"part woman, three parts a child"直译为"一分妇人,三分孩儿",不明究为几分法,似谓较诸妇人,三倍更像孩儿。初稿作"half woman, half child",倒较易理解。

梦里的事件就像那模特一样，但渐渐就变了，更像脚手架撤掉之后我看到的亚当……"① 所以，此节中的旁观者可以说就是列奥。诗人借他之口发言，劝告圣堂执事关紧大门，以免孩童吵闹打扰正在专心工作的艺术家。至于他的杰作"创造亚当"为什么惊世骇俗，尤其对怀春女意义重大，请参见《布尔本山下》一诗及图解。

诗的主体与叠句一写外，一写内，互为表里，但重点在于后者，因为俗话不是说"重要的事情说三遍"吗？何况标题也从旁助了一把力。此诗细节精当，意象新鲜，堪称叶芝诗中上品。韦尔斯利读后回信说："再三品读之下，我觉得第一节和最后一节尤其感人。这种美令人泪下，尤其在这种时日。"②

---

① Steve L. Adams & George Mills Harper, eds., "The Manuscript of 'Leo Africanus'", *Yeats Annual*, No. 19, p. 325.
② W. B. Yeats, *Letters on Poetry from W. B. Yeats to Dorothy Wellesley*, p. 178.

Politics

'In our time the destiny of man presents its meanings in political terms.'

THOMAS MANN

How can I, that girl standing there,

My attention fix

On Roman or on Russian

Or on Spanish politics,

Yet here's a travelled man that knows

What he talks about,

And there's a politician

That has both read and thought,

And maybe what they say is true

10   Of war and war's alarms,

But O that I were young again

And held her in my arms.

政　治

"在我们的时代,人的命运以政治形态呈现其意义。"
　　　　　　　　　　　　——托马斯·曼

　　那女孩站在那儿,我怎能

　　集中我的思想

　　在罗马或者俄罗斯

　　或者西班牙的政治上?

　　这儿倒有位多识之士

　　清楚他谈论的是什么;

　　那儿还有位既博学

　　又有思想的政客;

　　也许他们说的是真的——

10　关于战争和战争警报;

　　可是啊,要是我再度年轻,

　　把她搂在怀里该多好。

【解】

　　1938 年 3 月,《耶鲁评论》(*The Yale Review*)发表了美国诗人阿奇波尔德·麦克利什(Archibald MacLeish, 1892—1982)的《诗歌中的公共话语与私人话语》("Public Speech and Private Speech in Poetry")一文。该

文把诗人的话语暨诗歌截然分成两种彼此对立的模式——公共话语和私人话语,并拿十九世纪英国诗歌与现代诗歌作对比,蔑称十九世纪诗人是"说私人话语者、对心窃窃私语者、不关心世事的浪漫主义者、古怪的波西米亚人、善解女人意者、长着少女美目的少男"云云,而赞扬叶芝是"现代诗人中最优秀者",说他超越了早年的浪漫主义诗风,晚年发展出了"敢于重新进入世界"的诗歌,从一个"私人话语和绸缎沙龙的诗人"变成了"公共话语和世界的诗人"。然而,作者又指出,"由于叶芝在爱尔兰相对隔绝的状态,由于叶芝的年纪,叶芝的晚期诗并没有应召来利用这场诗歌革命的成果……叶芝只是短暂而不情愿地走到过诗歌革命与战后世界社会、政治、经济结构中的革命的交叉点。"他继而引用据说是德国小说家托马斯·曼(Thomas Mann, 1875—1955)说过的一句话(即此诗转引为题记者),断言十九世纪诗歌无力应付政治世界和以政治形态呈现的命运,而这些正是现代诗歌最为适应的。①

叶芝于 5 月 24 日致信多萝西·韦尔斯利说:

> 《耶鲁评论》上有一篇评论我的作品的文章,那是多年来唯一一篇所论话题没令我厌烦的文章。它赞扬我高于其他现代诗人,因为我的语言是"公共的"。这个我自己不曾想到的词是我想要的一个词。……它接着说,由于我的年纪和我与爱尔兰的关系,我无法把这种"公共的"语言用于它明显认为是正确的公共素材者——政治。所附小诗即我的回应。它不是一个真实事件,而是片刻的沉思。……
>
> 又及:
>
> 我这首诗部分是对某某惊恐不安的谈话的评论。

---

① Archibald MacLeish, "Public Speech and Private Speech in Poetry", *The Yale Review*, Vol. 27, No. 3 (March 1938), pp. 541–546.

没有哪一口智力的自流井能发现诗歌的主题。①

随信所附题为《政治》的诗稿完成于前一天,②当为初稿,头四行与后来发表的定稿颇不同:"在那窗边站着一个女孩;/ 我无法集中心思 / 听他们对令人类 / 麻木的事情的分析"(Beside that window stands a girl; / I cannot fix my mind / On their analysis of things / That benumb mankind)。比较而言,初稿中的话题没有定稿中的具体,但环境描写更具体些。结合上引叶芝的信看来,此诗营造的是一次聚会谈话的情景(尽管诗人否认是实写某一"真实事件"),有多人参与,其中有一位引人注目的漂亮女孩。据知情人说,这是个真实存在的红发美女,名叫珂拉·休斯,常在欧康奈尔大街共和党代表大会会场卖报纸,叶芝出入格雷沙姆饭店时经常会注意到她。③ 当然,这只是诗人的灵感来源而已。真实经验的印象被用作诗中的一个成分,"那女孩"的形象就成了具有普遍意义的象征了。

6月10日,叶芝寄给多萝西·韦尔斯利"更好的"第二稿,标题改成了《主题》("The Theme"),正文措辞已经很接近定稿了。④ 其中第3、4行改作"罗马或者俄罗斯 / 或者西班牙的政治",是诗歌主题的具体化,但可能并不是当时谈话的主题,因为此诗如叶芝所说,所写的不完全是"真实事件",何况这两行是再度推敲的结果。而定稿把头四行改成了反问句,"一个女孩"改成了"那女孩",感觉更直接,更有力,更精炼,更具体了。

此诗意在回应麦克利什的好评。对于称赞他的诗是"公共的",叶芝欣然接受;至于暗示他对政治主题关注不够,叶芝则在不满之余,应之以此诗,坦白自己一贯的真实想法,暗示抒情诗人的话语永远是"私人的"。

---

① W. B. Yeats, *Letters on Poetry from W. B. Yeats to Dorothy Wellesley*, pp. 179–180.
② W. B. Yeats, *Last Poems: Manuscript Materials*, ed. J. Pethica, Ithaca, NY: Cornell University Press, 1997, p. 407.
③ R. F. Foster, *W. B. Yeats: A Life*, Vol. II, pp. 623; 762, n. 36.
④ W. B. Yeats, *Letters on Poetry from W. B. Yeats to Dorothy Wellesley*, p. 181.

叶芝诗解

此诗大意与《有人求作战争诗感赋》(1915)一诗可谓异口同声,情调与《人随年岁长进》(1916)一诗可谓异曲同工,可参而观之。只不过此诗如阿尔布莱特所说,语涉"下流"。[①] 这倒符合茉德·冈对晚年叶芝的印象,即其诗变得更难懂,其言谈变得更猥亵了。

最后两行很可能化自麦克利什文章中作为现代诗所恢复的"活的语言用法"之例援引的十六世纪英国无名氏的四行诗:

> O western wind when wilt thou blow
> That the small rain down can rain:—
> Christ, that my love were in my arms
> And I in my bed again.[②]

汉译如下:

> 西风哟,你什么时候吹起来,
> 小雨才能够下下来?
> 救主哟,要是我的爱在我怀,
> 我又在床上该多美。

可谓以其人之道还治其人之身,因为这种被称为"活的语言"的口语并非所谓公共话语的专利。

此诗最初发表于《大西洋月刊》和《伦敦信使》1939年1月号。

[①] W. B. Yeats, *The Poems*, p. 579.
[②] Archibald MacLeish, op. cit., p. 540.

附 录

一、傅浩论叶芝

《叶芝心/眼里的中国》,载《外国文学》2019 年第 4 期。

《威廉·巴特勒·叶芝：我们是最后的浪漫主义者》,载《文艺报》2019 年 3 月 11 日第 6 版。

《解说的必要：以叶芝诗为例》,载《外国文学》2018 年第 4 期。

《叶芝在中国：译介与研究》,载《外国文学》2012 年第 4 期。

《叶芝作品中的基督教元素》,载《外国文学》2008 年第 6 期。

《创造自我神话：叶芝作品的互文》,载《外国文学》2005 年第 3 期。

《叶芝笔下的个人情感》,载普通高中课程标准实验教科书语文选修《外国诗歌散文欣赏》教师教学用书,北京：人民教育出版社,2005 年。

《当你年老时：五种读法》,载《外国文学》2002 年第 5 期。

《叶芝的影响及其后的爱尔兰诗歌》,载《外国文学动态》2001 年第 1 期。

《叶芝》,载《欧洲文学史》第三卷上册,北京：商务印书馆,2001 年。

《叶芝的神秘哲学及与其文学创作的关系》,载《外国文学评论》2000 年第 2 期。

《叶芝评传》,杭州：浙江文艺出版社,1999 年。

《叶芝》,成都：四川文艺出版社,1999 年版。

《叶芝的象征主义》,载《国外文学》1999 年第 3 期。

《叶芝的戏剧实验》,载《外国文学》1999 年第 3 期。

《叶芝诗中的东方因素》,载《外国文学评论》1996 年第 3 期。

《永恒的爱尔兰诗魂》,载《文艺报》1995 年 5 月 6 日第 6 版。

《叶芝》,载《20 世纪欧美文学史》第二册,北京：北京大学出版社,1995 年。

《身在尘世心向净土——叶芝诗〈因尼斯弗里岛〉赏析》,载《名作欣赏》1994年第4期。

《叶芝》,载《诺贝尔文学奖词典》,兰州:敦煌文艺出版社,1993年。

《早期叶芝:梦想仙境的人》,载《国外文学》1991年第3期。

《叶芝》,载《世界名诗鉴赏词典》,北京:北京大学出版社,1990年。

二、傅浩译叶芝

《在你年老时:叶芝诗歌精选》,北京:中国盲文出版社,2019年。

《我用古老的方式爱过你:叶芝经典诗集》,南京:江苏凤凰文艺出版社,2019年。

《我们的爱情长成星辰:叶芝抒情诗精选》,天津:天津人民出版社,2019年。

《叶芝诗选》,北京:中国宇航出版社,2019年。

"叶芝生前未发表的少作",载《光年》第2卷(2018年第1期)。

《叶芝诗集》(增订本),上海:上海译文出版社,2018年。

"叶芝生前未发表的早期诗作选",载《世界文学》2017年第5期。

《寂然的狂喜》(诗配画,合译),北京:中信出版社,2016年。

《叶芝诗选》(英汉对照),上海:上海外语教育出版社,2015年。

《叶芝诗选》,长春:吉林出版集团时代文艺出版社,2012年。

"叶芝诗新译"(及附记),载《诗书画》2012年7月号(总第五期)。

《叶芝抒情诗选》，昆明：云南人民出版社，2011年。

《丽达与天鹅》，载《诗歌读本》（大学卷），南宁：广西师范大学出版社，2010年。

《叶芝精选集》（主编、译），北京：北京燕山出版社，2008年。

《把流氓钉上十字架》，载《外国文学》2008年第六期。

《叶芝诗精选》（英汉对照），北京：华文出版社，2005年。

《叶芝诗集》（修订本），石家庄：河北教育出版社，2003年。

《叶慈诗选》（英汉对照），台北：书林出版有限公司，2000年。

《天青石雕》，载《历届诺贝尔文学奖获得者诗歌金库》，北京：人民日报出版社，1998年。

《白鸟》，载《诺贝尔文学奖文库》，杭州：浙江文艺出版社，1998年。

《叶芝抒情诗全集》（附柯彦玢译《颁奖辞》《受奖辞》和《对我的创作的总介绍》），北京：中国工人出版社，1994；1996年。

"叶芝诗二首"，载《诺贝尔文学奖获奖作家短诗精品》，南昌：百花洲文艺出版社，1994年。

"叶芝诗四首"，载《英国抒情诗》，傅浩译析，广州：花城出版社，1992年。

"叶芝早期抒情诗十首"，载《国外文学》1991年第3期。

《白鸟》，载《诺贝尔文学奖金获奖诗人作品选》，杭州：浙江文艺出版社，1988年。

"叶芝诗五首"，载《英国诗选》，王佐良编，上海：上海译文出版社，1988年。

"叶芝诗抄"（17首），载《外国诗》第6期，北京：外国文学出版社，1987年。

《亚当所受的诅咒》，载《孤独的玫瑰》，上海：上海译文出版社，1986年。

"叶芝诗抄"（6首），载《外国诗》第5期，北京：外国文学出版社，1986年。

"叶芝早期诗五首"，载《国外文学》1985年第1期。

后　记

　　埃兹拉·庞德曾在《事态》("Status Rerum", 1912)一文开篇写道:"我觉得叶芝先生是唯一值得认真研究的诗人。"① 本书即认真研究叶芝诗作的一种尝试。我在大学二年级即立志以叶芝为起点研究英语现代诗歌,三年级即写出论文《浅论叶芝》并译出《叶芝诗选》。其后断断续续浸淫于其人其诗,时有所获。近两年为撰写本书,时隔多年,重读叶芝,也还不断有新发现。记得从前在某高校做讲座,有听众提问:您研究叶芝多年,现在是否比以前对他有更多了解?我戏答:当然,例如以前不知道他有那么多情人,现在才发现。可见,读其书难,知其人更难。

　　近年来参与国际学术会议,自然常以叶芝研究心得为话题。有一回发言指出西方权威叶芝学者在著作中把《踌躇》一诗中的"the great lord of Chou"误释为周公,而经我考证其实是指称王之前的周文王。会后有爱尔兰专家特地走过来跟我握手致意,连称"受教"(原话是"I am re-educated")。另有一回指出《他的不死鸟》一诗与乔叟《巴拉德》一诗的相似处,会后亦有爱尔兰教授当面表示钦佩之意说,他知道叶芝书房里有乔叟全集,却想不到他这首诗竟是模仿乔叟的。后来听别人说,他还在其他学者面前"盛赞"我的发言。还有一回我就《天青石雕》一诗提出自己的见解,顺便指出多位西方学者的误解,其中一位当时在座,会后向我索取发言稿,说是要在即将出版的新著中引用以订正自己的观点。我这才觉悟,自己的研究或许开始有了些许突破和创获吧。

　　本来以为,自己早已译出叶芝抒情诗全集,而且注释颇详,无需再加

---

① Ezra Pound, "Status Rerum", *Poetry* (No. 4, Vol. 1, 1913), p. 123.

解说了，可是常常看到一般读者懵懂误解，专业学者大胆妄说，又不免惋惜，不免惊诧。看来，还是有再加解说的必要。而促使我发心著作本书的直接因缘却起于一次失败的合作尝试。先是有人编外国诗歌读解丛书，特邀我撰写叶芝卷，后来因与出版方商谈未洽而退出，遂萌生不如另起炉灶单干之意。也是因为自己向来不惯与人合作，不喜受丛书体例篇幅约束之故。自行另作则可完全自作主张。

自2017年起，我开始主持中国社会科学院"登峰计划"英语文学重点学科项目，本书的写作计划即列入其中，但迟至2018年下半年才动笔。至今大体告竣，实际用时不足两年，因其间曾数度被别的临时插入的急务打断。本来还可以继续写下去，因为目前只解了89首诗，尚不足叶芝全部正式结集诗作的三分之一，但由于时间和篇幅有限，加之拖延日久，无心恋战，遂打算暂且就此搁笔。好在本书并无固定框架，可以随时停工待料，以后有机会有兴致再接着扩建。

本书正好与我的旧著《叶芝评传》(1999)、旧译《叶芝诗集》(1994；2003；2018)合成"叶芝三部曲"，一为作者研究，一为作品翻译，一为作品评论。对一位诗人的研究，可谓规模初具了。诗集已修订不止一次；下一步打算修订评传。

本书撰写过程中，曾蒙诸位友人和学生鼎力相助，不辞辛劳在全世界范围内代为查找资料：陈国华从剑桥大学图书馆拍照上千页巨著（我光一页页下载都觉麻烦，甚觉过意不去）；李国辉从国外网站购得多种重要参考书相赠，还代为下载多种有关文献；程文从北伊利诺伊大学图书馆代为扫描下载多种资料；黄怡婷从大英图书馆代为扫描多种资料；甘婷从加州大学伯克利分校图书馆代为扫描多种资料；白宁（通过其夫）从美国国会图书馆代为扫描资料；乔修峰（通过其妻）从兰开斯特大学图书馆代为拍照资料；Christian Dupont 从波士顿学院图书馆叶芝特藏部代为扫描珍稀资料。当然，还有吾妻柯彦玢一如既往从北京大学图书馆代借大量资料。他们皆不惮烦劳，殷勤可嘉，令人感动。他们的慷慨助力已全都化为本书的一部分，他们的真挚情谊使本书不仅得以成就，而且有了体温。在此，我谨铭记他们的无价付出，向他们致以无尽谢忱。

傅 浩

2020年7月9日草

25日改

诗题索引

Adam's Curse 188
亚当所受的诅咒

After Long Silence 422
长久沉默之后

Arrow, The 178
箭

At Algeciras — A Meditation upon Death 416
在阿耳黑西拉斯——沉思死亡

Certain Artists bring her Dolls and Drawings 258
某些艺术家给她带来玩偶和线描画

Chambermaid's First Song, The 539
侍女的第一支歌

Chambermaid's Second Song, The 541
侍女的第二支歌

Come Gather Round Me Parnellites 576
帕内尔派,聚集到我身边来

Conjunctions 467
合象

Coole and Ballylee, 1931 398
库勒和巴利里,1931

Countess Cathleen in Paradise, The 137
女伯爵凯瑟琳在天堂

Crazed Girl, A ... 544
发疯的女孩

Cuchulain Comforted ... 636
得到了安慰的库胡林

Curse of Cromwell, The ... 558
对克伦威尔的诅咒

Down by the Salley Gardens ... 072
经那些柳园往下去

Dream of Death, A ... 133
梦死

End of Day, The ... 262
白天的结束

Easter, 1916 ... 273
一九一六年复活节

Empty Cup, The ... 379
空杯

Faery Song, A ... 100
仙谣

Father and Child ... 439
父与女

Fiddler of Dooney, The ... 174
都尼的提琴手

Fisherman, The ... 231
钓者

flower has blossomed, A ... 055
一朵花开了

Folly of Being Comforted, The ... 182
感到安慰的愚蠢

For Anne Gregory ... 410
为安·格雷戈里作

Four Ages of Man, The ... 460
人的四个时期

Great Day, The ... 583
伟大的日子

Happy Townland, The ... 194
快乐的镇区

He and She ... 457
他和她

He wishes for the Cloths of Heaven ... 169
他冀求天国的锦缎

Her Courage ... 268
她的勇敢

Her Courtesy ... 256
她的温文尔雅

Her Friends bring her a Christmas Tree ... 271
她的朋友们给她带来一棵圣诞树

Her Race ... 264
她的家族

His Phoenix ... 238
他的不死鸟

Imitated from the Japanese ... 492
仿日本诗

In Memory of Eva Gore-Booth and Con Markiewicz 384

纪念伊娃·郭尔-布斯和康·马尔凯维奇

Into the Twilight 142

到曙光里来

Irish Airman Foresees his Death, An 219

一位爱尔兰飞行员预见死亡

'I am of Ireland' 432

"我来自爱尔兰"

Lady's First Song, The 527

贵妇的第一支歌

Lady's Second Song, The 529

贵妇的第二支歌

Lady's Third Song, The 532

贵妇的第三支歌

Lake Isle of Innisfree, The 107

湖岛因尼斯弗里

Lapis Lazuli 474

天青石雕

Leda and the Swan 369

勒达与天鹅

Long-legged Fly 660

长足虻

Lover mourns for the Loss of Love, The 153

恋人伤悼失恋

Lover's Song, The 535

情郎的歌

Mad as the Mist and Snow 427
像雾和雪一般狂

Man Young and Old, A 379
一个男人的青年和老年

Men Improve with the Years 225
人随年岁长进

Model for the Laureate, A 599
给桂冠诗人的范本

Needle's Eye, A 471
针眼

Nineteenth Century and After, The 396
十九世纪及以后

On a Political Prisoner 302
关于一名政治犯

On being asked for a War Poem 246
有人求作战争诗感赋

Parnell 585
帕内尔

Pilgrim, The 592
朝圣者

Politics 666
政治

Prayer for my Daughter, A 334
为女儿的祈祷

Ribh at the Tomb of Baile and Aillinn 443
瑞夫在波伊拉和艾琳之墓畔

Ribh denounces Patrick	450
瑞夫驳斥帕垂克	
Roger Casement	564
罗杰·凯斯门特	
Rose of the World, The	095
尘世的玫瑰	
Rose Tree, The	297
玫瑰树	
Sailing to Byzantium	360
向拜占庭航行	
Second Coming, The	311
再度降临	
Secret Rose, The	158
隐秘的玫瑰	
She turns the Dolls' Faces to the Wall	260
她把玩偶的脸转向墙壁	
Song of Wandering Aengus, The	145
漫游的安格斯之歌	
Song of the Old Mother, The	151
老母亲之歌	
Spur, The	589
马刺	
Statues, The	644
雕像	
Stolen Child, The	058
被拐的孩子	

Supernatural Songs 443
超自然之歌

Sweet Dancer 495
甜美的舞女

Those Images 604
那些形象

Three Bushes, The 506
三丛灌木

To an Isle in the Water 068
去水中一小岛

To be Carved on a Stone at Thoor Ballylee 353
拟刻于巴利里碉楼一块石头上的铭文

To Dorothy Wellesley 550
给多萝西·韦尔斯利

To the Rose upon the Rood of Time 080
致时光十字架上的玫瑰

Under Ben Bulben 609
布尔本山下

Upon a Dying Lady 250
关于一位濒死的女士

Upon a House shaken by the Land Agitation 206
关于一幢被土改运动动摇的房子

What Was Lost 587
失去之物

When You are Old 117
你年老时

White Birds, The	129
白鸟	
Woman Young and Old, A	439
一个女人的青年和老年	
Words	203
文字	
Words for Music Perhaps	422
或许可谱曲的歌词